새미비평신서 14

# 비평의 교향악(交響樂)

김남석 평론집

새미

국립중앙도서관 출판시도서목록(CIP)

비평의 교향악 : 김남석 평론집 / 김남석 지음. -- 서울 :
새미, 2003
   p. ;   cm. -- (새미비평신서 ; 14)

ISBN  89-562-8077-0 94800 : ₩20000
ISBN  89-562-8076-2(set)

810.906-KDC4
895.709-DDC21               CIP2003000825

# 비평의 교향악(交響樂)

# 비평의 교향악
## — 비평의 문 밖에서 —

- **잡동산이(雜同散異)** : 조선 정조 때 안정복이 경사자집(경서, 사서, 제자, 시문집의 네 종류)에서 글자를 뽑아 모으고 물건 이름과 세상에 떠돌아 다니는 이야기들을 적어 엮은 책(53책)

연극은 환희이다. 작은 들뜸이고 깨어남이고 생명의 약동이다. 만물의 조화이며, 세상의 성장이며, 의미 있는 어울림이다. 무대는 다시 시작된 봄이다. 따라서 연극은 봄이다.

연극을 하기 위해서는 여러 사람의 협조와 이해가 필요하다. 어떤 배우도 혼자서는 연극을 할 수 없으며, 많은 사람들이 협심하지 않고는 좋은 공연이 만들어질 수 없다. 연극 비평은 이러한 연극의 생리를 이해해야 한다. 따라서 연극비평은 봄의 소생과 어울림을 기억해야 한다.

나는 연극비평을 봄의 정신으로 이해한다. 연극을 투시하면 무대 뒤의 움직임이 보이고, 무대 앞의 노고가 보인다. 그들이 어떻게 움직이고 어떻게 생각하느냐에 따라 연극의 성패가 좌우되듯이, 그들의 숨겨진 역동성과 열정을 어떻게 이해하느냐에 따라 연극비평의 성패 또한 갈라진다.

또한 연극비평은 나에게 봄에 해당한다. 나는 대학원에서 드라마를 전공했지만, 정식으로 비평가의 절차를 밟지 못했다. 간혹 들어오는 청탁(연극비평)에 따라 글을 쓰는 것을 제외하면 연극비평을 쓴다는 것은 대부분 나와의 싸움이었다. 그러다가『북새통』의 연재를 맡게 되었다. 겨울의 차가움을 뚫고 솟아나는 봄처럼, 나는 내 안의 침잠을 깨고 연극비평이라는 세계로 본격적으로 뛰어들었다. 마치 봄이 새로운 주기를, 새로운 세상을 일으키는 것처럼.

체홉의 연극은 고요하다. 그 고요는 겨울의 침착함과 닮아 있다. 「바냐 아저씨」에 대한 평론 「생의 기울어지는 느낌」은 고요와 침착함을 읽으려 한 글이다. 겨울을 잊지 않으면서도 봄을 그리는 지점은 입춘이다. 입춘은 두 힘의 맞섬이다. 겨울과 봄이 겨루는 자리이다. 맞섬과 겨룸을 살핀 평론 「상식과 반상식의 척력」도 입춘(立春 onset-spring 봄의 시작)에 알맞다.

뮤지컬과 마당극은 이질적인 장르이지만 어깨를 들썩이고 무대를 요동하게 한다는 공통점이 있다. 「무대로의 손짓」과 「비밀의 봉인을 뜯고」는 이러한 들썩임으로 무대를 물오른 땅(雨水 watery earth)으로 만들었던 두 연극에 대한 글이다.

이윤택의 연극은 춤이다. 그의 연극을 보고 있노라며 노래를 따라 부르고 싶고, 같이 춤추고 싶어진다. 뮤지컬 「태풍」과 악극 「사랑에 속고 돈에 울고」는 움직임 사위가 넉넉하게 들어간 연극이었다. 그 움직임이 생명의 춤을 불어넣었고 연극적 동면에서의 깨어남(경칩 驚蟄 dance of the life 생명의 춤)을 자극했다.

춘분(春分 heart of the spring 봄의 심장)은 봄의 중심이다. 나에게 연극적 중심은 오태석이다. 그래서 봄의 중심을 오태석에게 내주기로 한다. 최근 오태석 연극에 나타난 하나의 동향을 읽어낸 글, 「오태석 연극의 밑그림」을 중심에 놓기로 한다.

**6**

평소부터 최인훈의 희곡을 읽으면 맑아지는 느낌을 받곤 했다. 그것은 최인훈의 연극적 상상력이 시적 이미지를 환기시키기 때문이 아닌가 한다. 문자적 답답함을 벗어난 청량감(淸明 blue energy 푸른 기운)을 만끽하며 최인훈 공연작을 청명에 위치시키기로 한다.

봄 들녘을 적시는 생명의 비(穀雨 vital rain)는 만물의 성장을 돕고 죽은 것들에 재생의 기회를 준다. 이것은 생동감의 부여이며 신비감의 현현이다. 임영웅의 연극은 생동감이 있고 신비함이 있다. 그의 연극은 활기가 있으면서도 다 보여지지 않은 깊이가 있다. 이것은 침착함과 감춤이 잘 짜여진 결과이다. 또 임영웅은 계속해서 연극을 살려내는 습성(레퍼토리 시스템)이 있다. 「고도를 기다리며」가 대표적인 작품이며 최근 만들어진 「매디슨 카운티의 추억」 역시 그렇게 될 것으로 예상된다. 그에 대한 평론은 연극적 생명의 소생력을 집중적으로 다루고 있다.

연극비평은 신나게 쓰고 싶었다. 재미있게 쓰고 싶었고, 일반인들도 쉽게 읽을 수 있도록 쓰고 싶었다. 너무 전문적인 지식은 도움이 안 된다고 생각했고, 모호한 문장으로 진의를 호도해서도 안 된다고 생각했다. 연극비평을 쓸 때마다 나는 봄을 생각했다. 나에게 연극비평은 봄이다. 그래서 환희이다.

봄에서 여름으로 넘어가듯이, 연극비평은 희곡비평에게 자리를 이양한다. 두 장르는 밀접한 관계가 있다. 아니 있어야 한다. 이렇게 말하는 것은, 우리나라에서는 희곡비평이 활성화되지 않았기 때문이다. 희곡은 문학도 연극도 아닌 어정쩡한 점이지대에서 주목을 받지 못하고 있다. 그러다 보니, 연극비평도 아니고, 문학비평은 더더욱 아니고, 가깝다면 희곡연구에 가깝다고 생각하는 풍조가 확산되고 있다. 그러나 연극연구가 희곡비평을 대신할 수는 없다.

희곡은 '작은 충만'(小滿 small fullness)이어야 한다. 공연을 위한 텃밭이어야 하고, 독서를 위한 결실이어야 한다. 그런데 지금 우리 희곡계는 작품의 기근에 시달리고 있다. 또 희곡이라는 장르는 무언가 부족하고 불완전한 분야로 인식되고 있다. 이러한 위기에 대항하는 방법을 찾고 싶었다. 세 편의 희곡 비평은 모험적인 것이다. 작품의 기근은 옛 것의 손질로 어느 정도 대체될 수 있다고 믿으며, 희곡에 대한 인식 부족은 교과과정의 정확한 인도로부터 바로잡혀야 한다고 믿으며, 그리고 희곡비평의 새로운 가능성을 제시하기를 바라며 모험을 시도하였다. 희곡교육은 지상의 열기가 허락하는 곡식의 포태(芒種 chance of the awned grain 까락 곡식의 때)에 비유될 수 있다.

입하(立夏 onset-summer 여름의 시작)를 지나 성하가 되면, 땅과 하늘과 인간의 열기가 상승한다. 메타비평은 비평 중에서 가장 뜨거운 온도를 지닌다는 점에서 성하에 가장 어울리는 장르이다. 하늘의 불이 땅에 내려와 지상의 인간을 따뜻하게 덮고 그 안에 숨어있던 문학의 열정을 불러일으킨다는 점에서 성하(盛夏)의 열기는 문학의 속성과도 상당히 일치한다.

「문학교육으로 다리 놓기」는 메타비평이면서 동시에 교육에 대한 제언이다. 지상의 열기로 포태된 생명의 씨앗(교육)은 태양의 상승하는 열기(夏至 erection of the sun 태양의 발기)에 힘입어 무럭무럭 성장한다.

문학도 비평도 더 이상 교육과 유리되어서는 곤란하다. 교육 특히 문학교육은 문학의 성장뿐만 아니라, 세상의 성장에도 중요한 역할을 담당해야 한다. 「문학교육으로 다리 놓기」는 교육적 관점에 입각한 글이라는 점에서 입하와 성하의 연결점이기도 하고, 메타비평의 시작이라는 점에서 본격적인 여름의 개막이기도 하다.

메타비평은 내면의 투쟁이고, 논쟁적 사랑의 한 형태이다. 그래서 메타비평은 상당한 자체 열기를 지니고 있다. 비평가들이 진검을 들고 싸운다는 점에서 흥미진진하기도 하다. 나는 천성적으로 메타비평을 좋아하지는 않지만, 내가 신뢰하고 좋아하는 비평가를 위해서 내면의 열기를 일으켜 보았다. 그 열기가 보다 발전적인 힘으로 나아갔기를, 그리고 계속 나아갈 수 있기를 기대해본다.

가을은 '식은 불'(處暑 cool fire)과 함께 온다. 문학의 열기가 식은 다음에 찾아오는 것은 무엇일까. 차가우면서도 아직은 꺼지지 않은 열기를 가진 것은 무엇일까. 나에게는 영화인 것 같다.

영화는 어둡고 차가운 방에서 바라본 활기차고 역동적인 바깥세상이다. 검푸른 공간을 날아가 스크린에 달라붙는 빛 줄기는, 밝으면서도 그 안에 수심을 가진 인상이다. 차고 푸르고 창백하고 그래서 이지적인 영화는 가을의 우울에 가장 어울리는 장르가 아닐까.

영화는 내가 좋아하는 장르이다. 나는 일주일의 상당 부분을 극장과 그 언저리에서 머문다. 영화는 나에게 공부이기도 하지만, 그 이전에 오락이고 만남이고 세상에 대한 관찰이다. 때로는 나를 다독여 무언가를 정리하게 하거나 새로운 일을 준비하게 독려하기도 한다. 그런 면에서 가을은 창백한 안색을 닮아 있다. 소슬한 바람이 불어오듯, 달려드는 영상은 들뜸을 가라앉히고 약동을 다스리며 깊게 침잠하여 혼자만의 공간을 만끽하게 만든다. 이것은 어울려 만들고 보는 연극과 조금 다른 맛을 나에게 가르쳐준다.

영화의 권역에 드는 첫 번째 글은 극장에 관한 것으로 배치하기로 한다. 영화관의 현재적 동태와 미래적 비전을 제시하는 글을 쓰고 싶었다. 영화를 가을의 우울과 대비시켜 생각해서 그런지, 영화에 대한 글도 우울하다. 『와이키키브라더스』에 대한 글은 창백한 꿈에 대해서 이야기하고 있고(더 정확히 말하면 그 안에 담긴 창백한 꿈을 읽어내고 있고), 홍상수에 대한 글은 관념의 과도한 집착에 대해 이야기하고 있다(일반인들과 기존의 비평가들은 거꾸로 생각하고 있다).

김화영의 말을 빌리면, 영화는 어두운 방안에서 바라본 밝은 세상이다. 세상을 보는 또 하나의 방식이다. 그렇다면 영화평론은 세상을 보는 방식을 다시 바라봄으로써, 그 안에서 원리와 방법을 배우는 방법이며, 때로는 세상을 보는 방식을 변화시킴으로써, 세상을 획기적으로 변화시키려고 하는 시도이다. 나 역시 그러한 영화평론을 쓰고 싶고, 여름의 활기에 대비되는 가을의 우울이 그 소망을 이루는 데에 중요한 힘을 줄 것이라고 생각하고 싶다.

어두운 세상이 늘어나고 빛의 세상이 줄어들면, 겨울이 온다. 가을에서 겨울로의 진입은 침착에서 고요로의 심화이며, 빛에서 어둠으로의 이전(秋分 from the light to the darkness)이다.

시는 고요의 확산과 어둠의 역량을 보여주는 대표적인 장르이다. 차갑게 가라앉은 대기(寒露 ice air 차가운 공기)와 침묵하는 땅(霜降 silence land 침묵하는 땅)을 보며 시인은 내면의 열기(봄과 여름의 기운)가 침잠했다가 숙성하며 하나의 시상으로 뭉쳐지는 것을 경험한다. 약간의 어려움(小雪 a little snow 약간의 눈, 大雪 heavy snowfall 폭설)이 생기고 그 어려움은 밝고 뚜렷하게 빛나는 명제를 침몰(冬至 downfall of the sun 태양의 몰락)시킨다. 시인은 잃어버린 명제를 찾아 시어를 누비고 그 시어로 아름다운 한 편의 세상을 꿈꾸어본다. 그 꿈이 시(詩)이다.

시는 가을에서 겨울로의 겹침이며 그 안에서의 잉태이다. 나는 시 평론을 대부분 가을에서 겨울로 넘어가는 시점에서 썼다. 그래서 그런지 시 안에 잠긴 겨울의 이미지를 많이 보았고, 봄의 이미지를 많이 그리워했다. 어찌 보면, 시가 겨울에 적합한 것은 겨울 그 자체의 아우라에도 빚지는 바가 많지만, 겨울 다음에 소생해야 할 봄을 앞두고 있기 때문일 수도 있다.

문정희의 시를 읽고 평하게 된 것은 기쁨이다. 그녀의 시 안에 품어진 독은 빛 속에서 세력을 넓혀 나오는 어둠을 연상시킨다. 이것은 그녀의 시를 깊고 차분하게 만들고 의미 있는 것으로 만든다. 빛에서 어둠으로(from the light to the darkness)는 그녀의 시를 위한 조어이기도 하다. 나는 쉬운 시를 어려운 시보다 좋아하며, 자연스럽게 써 내려간 시를 인위적으로 조탁한 시보다 좋아하는 편이다. 김광규와 함께 문정희는 쉬운 시를 쓰는 것으로 유명하다. 그녀의 시를 품평하고 그녀와 만나 대화하게 되면서, 나는 분명하게 알게 되었다. 쉬운 시가 쓰기 어렵다는 것을.

나금숙의 시는 상승과 하강의 힘이 길항하는 자리에서 만들어진다. 차가운 공기는 그 자체로 부상(浮上)의 힘을 가진 존재면서도, 냉각으로 인해 지상의 인력을 적용 받는다는 점에서 얼어붙은 공기(ice air)에 어울린다. 홍신선과 김윤배의 시는 낮게 가라앉아 있고 그 변화의 폭도 느릿하다. 그러니 침묵하는 대지(silence land)의 영혼에 비유될 수 있다.

겨울의 공식적인 시작(onset-winter)은 얼어붙은 대지의 풍경으로 상징된다. <물형나무심, 나무와 물이 어우러진 풍경>은 황량하고 고요한 겨울의 시작을 알려준다. 겨울의 통과의례에서 만나는 소설과 대설은 변화이다. 겨울이 되면 시련이 오고, 그 시련은 일종의 변화로 우리에게 다가온다. 나의 시 비평에도 약간의 변화가 찾아온다. 우연이지만 바라마지 않던 기회가 왔다. 나는 시조에 대한 비평을 쓸 기회가 있었는데, 작은 눈과 큰 눈처럼 하나의 연차적 난관으로 작용하면서, 시조에 대한 평소의 생각을 정리할 기회를 만들어주었다.

기형도는 많은 사람이 애창하는 시인이다. 그가 죽은 지 꽤 오랜 시간이 흘렀음에도 불구하고 사람들은 그를 잊지 않으려 한다. 나 역시 나의 젊은 날의 한 부분을 강하게 차지하는 그에 대해 정리해야 할 필요성을 느낀 적이 있었다. 내심 이 평론이 나의 데뷔평론이 되기를 바랐지만, 그 꿈도 몰락한 그의 생명처럼 으스러졌다. 기형도에 대한 나의 평론 제목은 <봄의 문턱에서 멈춘 푸른 빛>이다. 기형도의 시는 겨울의 절정(downfall of the sun)에 있다. 거기서 만개했고, 거기서 졌다. 조금 있으면 봄이 올 수 있기에 그의 죽음(시적 죽음)은 아쉽기 이를 데 없다. 그러나 한편 생각해보면, 그래서 그의 시적 죽음은 또 다른 정점일 수 있다.

본격적인 겨울을 지나면 봄이 한층 가까워진다. 1년 주기의 마지막은 겨울의 연장에서 스며드는 봄을 기다리는 시기이다. 나는 이 장의 제명을 〈겨울의 끝에서 봄을 기다리며(waiting for the spring in the center of the winter)〉로 지으려 한다. 세 편의 글을 비축했는데, 장르는 소설비평으로 결정했다. 소설에 대한 나의 비평은 다른 평론집을 통해 정리될 것이다. 그러나 아직 못 다한 이야기가 남아있었던 듯 하다.

나는 소설평론이라는 냉혐한 비평의 세계 속으로 다시 들어가 주로 동세대의 작가들과 글로 싸웠다. 미진한 것을 정리해야 했기에 그 냉혹한 추위(小寒 into the cold 추위 속으로)를 감수해야 했다. 「황당하고 괴상한 것들의 봉기 혹은 반란」은 70년대 전후 출생 작가들의 작품을 중심으로 문화적 현상과 작법상의 공통점을 살피고, 그 공과와 성패를 가늠한 형식의 글이다. 감수성이 비슷하고 세상에 대한 이해도가 비슷할 것 같아 매몰차게 쓰고자 노력했다.

뒤의 두 글은 겨울과 봄에 쓴 계간평이다. 나는 이 계간평을 쓸 때 계간평을 쓰겠다는 당면 과제에 가급적 얽매이지 않고 겨울과 봄의 싸움을 가급적 반영할 수 있는 방법을 모색했다. 「자연의 기적」은 잘못 선정된 이상문학상 선정에 대한 반론으로 쓰여졌다. 이것은 기존 세대가 기존 세대의 눈으로 작품을 판별한 대표적인 오류로 보여진다. 자연의 기적은 글 속에서의 사랑을 가리키지만, 결과적으로 봄이 오고 있는 시대적 물리적 환경의 변화를 암시적으로 가리키도록 함의를 비축했다. 이것은 봄의 관점으로 겨울의 완고함(大寒 center of the winter)을 비판한 것이다.

「동일시와 신빙성」은 거꾸로 했다. 이것은 고전적인 작법의 중요성을 강조하고자 썼다. 새로운 소설이 등장하면서 소설 작법도 변화를 겪고 있다. 그 변화는 의미있는 변화여야 한다. 일시적 기분내기나 유행이 되어서는 곤란하다. 차분한 소설 작법을 선보인 소설을 중심으로 그 가치와 의미를 드러내고자 노력한 평론이다. 이미 가고 있는 겨울의 논리로 새로운 봄의 방종을 경계하고자 했다. 아직도 우리에게는 문학의 봄(re-oneset-spring)—그것이 세대 교체이든 주기의 변화이든—을 맞이할 준비가 미진한 것 같다. 특히 젊은 작가들에게 그 봄은 좀더 늦게 와야 한다.

나는 나의 비평집이 다양한 장르의 무질서한 더미가 되기를 원하지 않았다. 연극/희곡/영화/메타비평/시/소설의 이웃 장르들이 오롯이 자리를 잡으면서도 조화를 이루고 맥락을 형성하면서 순환과 재생의 주기를 기억하는 잡동사니로 남기를 바랐다. 질서를 갖추고 동시대의 미학과 정서를 드러내며 복잡한 사회의 한 단면을 포착하는 예술의 한 형식이기를 간절히 바랐다.

아무래도 나의 꿈은 현재로서는 무리한 것이었을지도 모른다. 어쩌면 이러한 행태가 비평의 문 밖에 스스로를 위치짓는 일일지도 모른다. 그러나 만족하지 않고 도전했고 두려워하지 않고 실험했다는 점에서, 나는 낮지만 당당하다. 앞으로도 나는 무수히 많은 잡동사니에 도전할 것이고 그 결과물을 모아들일 것이다. 그럼에도 그 안에 연주법이 있고 체계가 있고 길이 있음을 의심하지 않겠다. 한 가지 다행인 것은 다음 번에는 더 잘 정리할 수 있을 것이라는 예감이 든다는 점이다.

# 차 례

# 1악장

## 봄의 환희*dance of the life*

# 생이 기울어지는 느낌

  흔히 체홉의 연극은 어렵다고 말한다. 동감이다. 체홉의 연극은 어렵다. 그의 표현을 빌리면, 100년 후의 사람들이나 제대로 이해할 수 있을지도 모른다. 하지만 한 가지 장점은 있다. 그것은 나이가 들수록 처음보다 쉬워진다는 것이다. 그렇다고 내가 체홉의 연극을 충분히 이해할 정도로 나이를 먹었다거나, 무조건 나이를 먹으면 체홉을 이해할 수 있게 된다고 말하는 것은 아니다. 다만 그의 작품이 오래 기억될 수밖에 없고 삶의 미묘한 층위를 잘 포착했다고 말해두고 싶은 것이다.

  2002년 11월 「바냐 아저씨」(김태훈 역, 지구극 연구소 제작)가 무대(연강홀)에 올랐다. 보기 드물게 좋은 공연이었다. 작년에도 무대에 올려 호평을 받았다고 하는데, 올해 역시 그러했다. 특히 이번 「바냐 아저씨」는 그다지 나이를 먹지 않고도, 체홉을 이해할 수 있도록 만든 연극이었다. 거칠게 평가하자면, 연출가가 체홉을 명확하게 이해했다고 생각한다. 체홉은 인생이 기울어 가는 느낌을 이해한 작가이다. 그러므로 체홉을 이해하려는 사람은 그 느낌을 이해해야 한다. 삶은 희망과 도전으로 시작하는 듯 하지만, 조금씩 몰락하고 있다는 느낌이 마치 커다란 배의 밑바닥에 뚫린 구멍처럼 남은 삶을 엄습해온다. 감당할 수 없는 양의 절망과 비탄과 자괴감과 자기 모멸을 불러올 수밖에 없다는 느낌. 밑바닥부터 차 올라 무저갱의 아래로 끌어내리는 듯한 느낌을 이해할 수 있어야, 체홉은 살아날 수 있다. 아무래도 이 느낌은 젊은 날에는 거부될 수밖에 없다. 그러나 나이가 들면 조금씩 <그 오만했던 거부>를 거두지 않을 수 없다.

바냐 아저씨의 삶은 점차 기울어진다. 여동생의 남편(교수)을 받드는 데에 젊은 날을 소모했는데도, 지금은 그 교수로부터 버림받을 처지에 놓여 있다. 일생을 허비한 대가는, 주위 사람들의 비웃음이다. 바냐가 한때 사랑했던 여자는 그토록 한스러운 인생을 만들어버린 교수에게 속해 있다. 3막에서 발광하듯 쏘아대는 총은, 기울어버려 회복불능 상태에 빠진 자신의 생에 대한 비탄이다. 그러나 4막에서 바냐는 폭발한 감정을 억눌러야 한다. 훌쩍 떠나지도 못하고 강하게 반발하지도 못하고 심지어는 죽지도 못하고, 살아오던 대로 계속 살아가야 한다. 한 가지 위안이 있다면 조카(교수의 딸)만은 바냐를 이해한다는 사실이다. 왜냐하면 그녀 역시 바냐와 같은 한스러운 일생을 살아갈 것이기 때문이다.

체홉의 연극이 감동스러운 또 하나의 이유는, 아무도 일방적으로 선하고 아무도 일방적으로 악하지 않다는 것이다. 등장 인물의 삶은 선하거나 악하거나 간에, 조금씩 허물어져갈 뿐이다. 그들은 그 느낌을 따라, 어쩔 수 없이 살아가고 또 그 만큼 절망한다. 바냐가 저주하는 교수의 삶 역시 대동소이하게 허물어진다. 교수는 일생의 영화(榮華)를 누리고 살 것 같지만, 실제로는 소심하게 평생을 산다. 정년퇴임을 하자, 냉정한 현실 앞에서 어떻게 살아야 할지 두려워한다. 그의 젊고 아름다운 아내 역시 불행하기는 마찬가지이다. 그녀는 젊은 의사를 사랑하지만, 자존심과 주위의 평판 때문에 사랑하지도 않는 남편과 함께 떠나야 한다. 교수나 아내는 평온한 집안과 마을의 분위기를 망치지만, 그것은 그들이 악하기 때문이 아니라 약하고 어리석기 때문이다. 등장인물 모두는 허물어지는 삶 앞에 당황하고 있는 셈이다. 이러한 전언 앞에 숙연해지지 않기는 힘들다. 「반야 아저씨」는 이 전언을 느낌으로 바꾸어 우리 앞에 전달해준 연극이었다. 체홉을 통해, 그 숙연한 느낌에 한 번쯤 젖어보는 것도 괜찮을 것 같다.◆(『북새통』 2002. 12)

# 상식과 반(反)상식의 척력(斥力)

훌륭한 예술작품은 장르에 관계없이 상식을 뛰어넘는 힘을 지닌다. 뒤샹이 <샘>이라는 제목으로 변기를 전시했을 때, 변기를 처음 보는 사람은 아마 없었을 것이다. 그 때까지 변기는 상식 속에서 화장실에 속하는 물건이었으며, 변기와 샘을 연결하는 상상력은 발동된 적이 없는 상태였다. 그런데 뒤샹은 상식의 의표를 찌르면서 변기를 샘이라고 명명했다.

좋은 작품은 상식에 기반하되, 상식의 작동원리를 뒤집는다는 점에서 반상 식적이다. 최근 주목을 끈 두 작품도 상식과 반상식의 <논리적 맞섬>에 근거 하고 있다. 그 작품은 「19 그리고 80」과 「허삼관 매혈기」이다. 두 작품은 생각하기 힘든 설정을 자연스럽게 만들었다는 점에서 일단 훌륭하다.

「19 그리고 80」은 19세 소년과 80세 노파의 사랑 이야기이다. 처음 이 작품의 줄거리를 들었을 때, 흥미위주의 소재거리를 구걸한 작품으로 간주했 다. 열 아홉 소년이 여든 살 노파와 사랑에 빠진다는 설정 자체가 비정상적이 어서, 최근 유행하는 <벗기기 연극>의 역공 같은 작품일 거라고 지레짐작하고 만 것이다. 나중에서야 박정자가 주연을 맡고 있으며 원작의 향기가 상당하다는 사실을 알았지만, 당시만 해도 나의 상식으로는 도저히 그 완성도를 점치기 힘든 작품이었다.

「19 그리고 80」의 성패는 반상식적인 상황을 상식적으로 납득시키는 일이었다. 어떻게 해야 61의 나이 차이를 넘어설 수 있을까. 열 아홉 청년 헤롤드는 다소 우울한 아이이다. 그는 유아적 발상으로 어머니를 놀라게 하는 행동을 궁리하고 장례식과 폐차장에 가는 괴상한 취미를 가지고 있다. 그것은 그가 다 자란 성인이 되지 못했으며, 인생의 의미를 탐구할 준비가 되어 있지 못함을 시사한다.

반면 모드는 유연한 사고를 지닌 여자이다. 그녀는 삶의 간난신고(艱難辛苦)를 겪어왔으되, 그 간난신고에 얽매이기보다는 초극하려는 범상치 않은 여유를 지니고 있다. 무엇보다 인생의 의미를 알고 있으며, 그 가치를 어떻게 해야 체감할 수 있을지도 알고 있다. 두 사람의 만남은 사숙의 관계에서 출발한다. 모드는 헤롤드에게 남의 차를 왜 그냥 탈 수 있는지, 동물원의 물개를 왜 바다에 놓아주어야 하는지, 나무 위에 올라가는 것이 어떤 느낌인지, 해질 녘의 풍경이 얼마나 아름다운지, 시를 쓰고 인생에 도전하는 것이 얼마나 가치 있는지를 가르친다. 그리고 다른 사람을 사랑하는 것이 얼마나 소중한 것인지도 가르친다.

다만 한 가지는 가르치지 못한다. 외로운 삶을 버티는 방법이다. 모드는 80세 생일에 자살하기로 결심하고 있었고, 연인인 헤롤드도 그 결심을 막지 못한다. 그녀는 많은 것을 알고 가르칠 수 있었지만, 더 이상 삶이 외롭지 않을 수 있다는 확신은 얻지도 주지도 못했던 것이다. 헤롤드는 모드의 뜻대로 시인이 되었을지도 모른다. 그러나 그 외로움을 이겨낼 힘을 가졌을지는 미지수이다.

「19 그리고 80」은 헤롤드가 모드에게 삶의 가치를 가르치는 과정에서,

사랑의 가치를 일깨우는 과정을 슬며시 끼워넣음으로써, 비현실적인 나이 차를 극복할 수 있는 힘과 설득력을 확보한다. 그러나 한편으로는 두 세대간의 차이, 즉 인생의 외로움을 보는 시각 차를 동반함으로써, 그 사랑을 불가능하게 만들고 있다. 이것은 상식이면서 동시에 반상식이다.

「허삼관 매혈기」는 가난한 노동자가 피를 팔아 가정을 건사하는 이야기이다. 허삼관은 아름다운 부인을 얻지만, 그 부인은 옛 애인과 통정하여 첫째 아들(일락)을 낳는다. 일락이 자라면서 그 사실이 밝혀지고, 공동체 생활을 하던 마을에서 허삼관은 얼굴을 들고 다닐 수 없게 된다. 설상가상으로 그 아들이 말썽을 부려 막대한 돈이 필요하게 된다. 가진 재산을 모두 날릴 위기에 처하자, 허삼관은 가족과 재산을 보호하기 위해 피를 팔러 간다. 피를 파는 행위는 마을 사람들의 더 큰 비웃음을 사게 된다.

하지만 가뭄이 들어 아이들(일락도 포함)이 배고픔에 시달릴 때에도, 일락이 큰 병에 걸려 막대한 수술비가 필요할 때에도 그는 아낌없이 피를 판다. 그는 피를 팔아, 친자식이 아닌 아들을 거두고 기르고 살려낸다. 이것은 상식적인 측면에서 좀처럼 이해가 되지 않는 행동이다.

「허삼관 매혈기」에 아이러니한 장면이 하나 있다. 지나치게 피를 뽑은(400cc) 허삼관이 그만 혼절을 한다. 의사는 허삼관을 살리기 위해 수혈을 하는데, 그 양이 700cc이다. 깨어나 이 사실을 알게 된 허삼관은 300cc 가격만 내겠다고 우긴다. 피를 판다는 것이 얼마나 고통스러운 선택인지를 보여주는, 간단하지만 페이소스 짙은 설정이다.

잘 살지 못하는 사람에게 하루하루는 자신의 피로 충당되는 삶이다. 그것마저 손해 보는 경우가 많다. 그럼에도 자신의 아들이 아닌 아들을 돌보고, 자신에게 해악을 끼친 사람을 도우면서, 많은 사람들이 살고 있다. 상식적으로 보면 용납되기 어려운 사실이 아닐까. 가난한 사람이 다른 사람을 돕고, 자신도 부족한 사람이 남을 위해 헌신한다는 사실이 말이다.

「허삼관 매혈기」는 우리가 그냥 지나치는 삶의 어떤 측면을 반상식적인 틀 위에 놓고 생각하게 만든다. 우리에게 익숙한 것이 실은 익숙한 것이 아니며, 당연한 것이 실은 부당한 것일 수 있음을 보여준다. 상식이 아닌 반상식을 일깨우는 연극인 셈이다.

　문학과 연극에서 반상식은 상식을 비틀고 익숙한 것을 낯선 것으로 만들어, 우리의 의식을 깨어나게 한다. 벗기지 않고도 흥미롭고, 억지 유머를 남발하지 않고도 웃기며, 고상하게 치장하지 않아도 의식적 충격을 줄 수 있다는 것을 알려준다. 두 작품은 반상식이 얼마나 큰 무기가 될 수 있으며 탁월한 미학이 될 수 있는지를 새삼 일깨운 귀중한 사례였다. 몇 가지 단점에도 불구하고, 두 작품을 기억할만한 이유가 여기에 있다.◆(『북새통』 2003. 1)

# 무대로의 손짓

현재, 연극계의 최대 이슈는 뮤지컬이다. 뮤지컬은 미국의 브로드웨이와 영국을 중심으로 발전한 연극 장르로, 발생 당시부터 까다로운 조건들을 요구해 왔다. 대본작가와 작곡자와 작사가가 협심해야 하고, 연출가와 안무가가 제 목소리를 내야 한다. 참여 인원도 일반 연극에 비해 많은 편이다. 오케스트라가 동원되어야 하고, 코러스와 안무단이 뒷받침되어야 하는 경우도 많다. 배우들은 상대적으로 긴 훈련기간을 인내해야 하고, 많은 능력(대표적인 것이 음악적 소양과 춤 실력)을 요구받는다. 제작자는 제작자대로 높은 실패율을 감수해야 한다. 그러다 보니 뮤지컬은 열악했던 한국의 연극적 현실에서 좀처럼 선호되지 못했다.

이러한 현실 여건은 최근 눈에 띄게 변화했다. 각 극장은 브로드웨이와 유럽의 이름난 뮤지컬을 수입하여 관객들을 불러들였고, 관객들의 호응 역시 기대를 뛰어넘는 수준이었다. 그러나 문제도 속출했다. 로열티와 인센티브 계약은 외화 낭비를 우려하게 만들었고, 대형 뮤지컬의 수입은 국내 뮤지컬을 고사시킬 위험을 가중시켰다. 일부 작품은 접대와 유흥이라는, 저질 문화의 온상이 되면서 사회적 물의를 빚기도 했다.

그럼에도 나는 뮤지컬의 융성을 흐뭇하게 생각한다. 뮤지컬은 극장을 떠났던 사람들을 연극 무대로 불러들이고 있다. 어설프지만 오랜만에 극장으로 돌아온 관객들은, 연극의 황홀한 즐거움을 만끽하는 듯 하다. 학생들의 마음을 들뜨게 하는 작품도 속속 등장하고 있다. 전통적으로 학창시절에는 다른 연령층보다 연극을 많이 보는 특징이 있지만, 어쩐 일인지 요즘 학생들은 예전만큼 연극을 즐기지 않는다. 그런 이들이 한 편의 뮤지컬을 계기로 연극의 매력을 실감하게 되었다면, 지나친 과장일까?

나는 평소부터 연극을 가르치는 가장 좋은 방법이 실제 관극이라고 믿어왔다. 그러나 학생들에게 인상적인 첫 경험을 안겨주기란 여간 어려운 일이 아니다. 일단 볼만한 작품이 많지 않고 그들이 영상매체를 통해 습득한 관람방식을 하루아침에 바꾸기 어렵기 때문이다. 적당한 작품을 물색하던 나의 눈에 들어온 작품이 있었다. 이름만 들어도 알만한 대작 뮤지컬 속에서, 국내 초연이라는 이름을 걸고, 위태롭게 서 있던 「풋루스」. 일반 대중들에게 영화로, 히트 음악으로 알려져 있고, 전문가들에게는 소화하기 어려운 뮤지컬로 알려진 작품이다.

이 작품의 가장 큰 매력은 빠름과 역동성이다. 일반적으로 연극은 영화에 비해 느리고 침중한 것으로 이해된다. 영화의 속도와 현란함을 주변에 두고 자란 이들에게 느림과 침중함은 관극의 어려움을 초래할 수 있다. 「풋루스」는 서사의 군더더기를 최소화함으로써 자칫 늘어질 수 있는 플롯을 간추린다. 음악은 적재적소에서 언어적 플롯을 대신하여 사건을 이끌고, 그 효과를 풍성하게 만든다. 여기에 여간해서는 소화하기 힘든 격렬한 춤과 열광적 코러스가 가미된다. 배우들은 무대 위에서 역동적으로 움직이고 노래함으로써 내면의 열정을 관객에게 전달하고, 관객은 달아오르는 분위기에 점잖은 관극을 포기하게 된다.

　이것이 연극이 지닌 본래적인 힘이다. 그런데 어느새 우리는 무대에 참여하기보다는 무대를 지켜보는 것에 익숙해져 있다. 뮤지컬 「풋루스」는 냉정하게 팔짱을 낀 우리를 무대 위로 부른다. 같이 올라와 춤 추고 노래 부르자고 그 손짓이 낯설지만, 퍽 그리웠었다.◆(『북새통』 2002. 11)

# 비밀의 봉인을 뜯고

「밥, 꽃수레」는 작년 11월에 초연되었다. 그 때 공연을 보고 간략한 메모를 남겨둔 바 있다.

극작과 연출을 겸한 남기성은, 대립과 갈등의 역사에서 화해와 치유 방안을 모색하기 위해 이 작품을 썼다고 밝힌 바 있다. 정례라는 문제적 여성의 삶을 해부하는 구조로 되어 있는 이 작품은, 6 · 25 전쟁과 거듭되는 좌우익의 대립 그리고 이념의 희생물로 살아가야 하는 한 여성의 아픔을 차례로 우리 앞에 현시(現示)한다. 환상과 현실의 교차, 웃음과 한의 접목, 과거의 자아와 현재의 자아의 만남, 역사와 현실의 조응이 무대적 기법으로 깔끔하게 처리되고 있는 점이 특색이다. 그러면서도 전통연희적 요소가 골고루 삽입되어, 우리 미학과 정서를 만끽할 수 있도록 해준다. 인형극의 차용, 구슬픈 우리 가락의 흐름, 힘차고 때로는 웅크려드는 춤의 율동은, 역사와 현실의 만남을 이채롭게 한다. 특히 옛 음악이 가져오는 이미지의 조형은, 구조적 입체감을 불러오기에 손색이 없다.

8개월이 지난 지금, 그 때의 판단이 여전히 유효하다고 확신했다. 그러면서도 한 가지 부연해야 할 사안이 있음을 깨달았다. 그것은 <정례라는 문제적 여성의 삶을 해부하는 구조>에 대한 면밀한 탐색이다.

연극은 소통의 형식이다. 커뮤니케이션의 체계화된 수단이며, 시각적으로 변화된 말의 움직임이다. 우리는 언어를 눈앞에서 보면서(現示) 그 언어의 새로운 전달 방식을 습득하고 향유한다. 말을 잘 하는 사람들을 유심히 관찰하면, 이야기의 핵심을 한번에 들려주지 않는다는 것을 알 수 있다. 시쳇말로 <뜸을 들인다>고 하는데, 가장 요긴한 부분을 어떻게든 지연시켜 듣는 이가 최대한 궁금함을 품도록 이야기 절편(切片)을 조형한다. 그것에는 크게 두 가지 방법이 있다. 일단 핵심을 가장 늦게까지 발설하지 않는 방법이 있고, 미리 발설하되 듣는 이가 미처 주의를 기울이지 못하게 하는 방법이 있다. 복선은 뒤의 방식을 따르고, 비밀은 앞의 방식을 따른다.

「밥, 꽃수레」는 비밀의 구도를 이용한다. <신정례>라는 밥장수 할머니를 현재의 시점에서 제시하고 그녀의 다친 팔과 그녀를 찾아오는 죽은 <오라비>의 영혼을 보여주어 그 관계를 궁금하게 만든다. 그 관계를 확인하기 위해서는 삽입되는(현재와 끊임없이 교차 반복되고 혼합되는) 과거를 유심히 보아야 한다.

과거는 먼 과거부터 재현된다. 시댁에서 쫓겨난 정례(과거의 자아)가 찾아오고 마침 산으로 피신하던 빨치산 첫째 오빠(죽기 전의 오라비)가 그런 정례를 데리고 입산한다. 그 뒤 산 속에서의 생활과 입산자의 고충(피곤과 배고픔)이 소개된다. 그러다가 정례가 산에서 내려와 마을을 장악한 국방군에게 고초를 겪는 장면과, 손을 다친 정례가 아들을 보기 위해서 시댁에 왔으나 무참하게 내쫓기는 장면이 이어진다. 이러한 배치는 시간적 순서를 따르고 있어 그 자체로 자연스러워 보인다.

문제는 이러한 과거를 감싸고 있는 현재에서 끊임없이 던지는 물음이다.

아니 관객들로 하여금 비밀을 캐내도록 요구하는 현재적 상황이다. 할머니가 되어 있는 정례(현재의 자아)를 찾아오는 죽은 오빠는 어떤 사연을 간직하고 있는가? 또 그것 때문에 고향에도 가지 못하고 악착같이 돈을 벌어야 했던 <망가진 손>은 어떤 연유로 얻게 된 것인가?

<그 날>의 장면은 이러한 현재적 자극에 대한 답변의 구실을 한다. 결국 모든 비밀과 작가의 전언은 비통했던 그 날의 광경을 비밀 속에 숨겨두고 마지막까지 긴장감 있게 연극을 끌어간 이 장면에 담긴다. 이 장면은 현재의 정례가 앉아서 보고 있는 자리에서, 과거의 정례와 죽기 전 오빠가 만나면서 시작된다. 정례는 식량 추렴을 구실로 마을로 내려온 본대를 따르지만, 진짜 이유는 아들 성대를 보기 위해서이다. 오빠는 정례의 행동을 나무라지만 곧 소용없음을 알고 자신이 성대를 데려오려 한다. 정례 대신 사지로 뛰어든 오빠가 총탄에 맞아 죽고, 정례 역시 절규하다가 손에 총탄을 맞아 평생 지울 수 없는 화인을 얻게 된다. 망가진 손은 죽은 오빠와 자신의 구슬픈 운명에 대한 자책감으로 남는다.

공연에서 인상깊게 들은 대사가 <미언허고 죄송허요 오라버니>이다. 의미 상으로 볼 때, 불필요한 중첩이다. <미안하다>와 <죄송하다>는 거의 같은 의미로, 굳이 반복할 필요가 없는 표현이다. 그러나 정례는 같은 대사를 여러 번 반복해서라도 마음속의 미안함과 죄송함을 씻어내고 싶어한다. 그 미안함 과 죄송함을 전달하기 위해서, 마음 속에 남은 죄책감과 한스러움을 보여주기 위해서, 비밀이 생성되고 숨겨지며 지연되다가 풀어지면서 현시되는 것이다. 그 비밀의 봉인을 뚫고, 숨겨둔 장면의 의미를 캐려는 자에게 이 작품은 분명, 소중한 언어이자 이미지로 기억될 것이다.◆(『북새통』 2003. 8)

# 태풍의 중심을 흔드는 사랑의 밀어(蜜語)

　뮤지컬 「태풍」은 성공한 작품이다. 그것은 일단 외형적으로 증명된다. 이 작품은 내노라 하는 상을 휩쓸었고, 몇 년째 꾸준히 리바이벌 되고 있다. 동석한 사람의 표정을 보아도 알 수 있는데, 한결 같이 감탄과 황홀의 표정을 짓곤 한다. 그들과 헤어지는 자리는 항상 기쁘다. 그들은 이야기한다. 이렇게 좋은 연극을 보게 해주어서 고맙다고 말이다.

　그러나 더 중요한 것은 내적인 성공일 것이다. 나는 음악에 대한 식견이 부족하지만, 「태풍」의 음악이 기억할 만하다는 것은 알고 있다. 재공연될 때마다 「태풍」을 보러 가는 것도 음악 때문이다. 특히 미란다와 페디넌트가 부르는 사랑의 앙상블은 이 작품을 보는 중요한 이유가 된다. 그들은 두 번 이 노래를 부른다. 한 번은 난파한 페디넌트가 미란다를 보고 반하는 장면에서(물론 미란다도 반한다), 다른 한 번은 페디넌트와 미란다의 결혼 서약 장면에서이다. 한 번 더 있다. 이 노래는 커튼콜에서 반드시 앵콜된다. 관객들의 열화와 같은 성원을 받으면서, 배우들은 아예 세 번 부르는 것으로 생각하고 있는 눈치이다.

이쯤 되면 객석의 많은 사람들은 이 멜로디를 따라 부를 수 있게 된다. 그 맛을 다 살리기는 어렵겠지만, 그 느낌을 간직할 수준은 된다.

한 작품을 보는 이유로 음악을 첫 손가락에 꼽는 것은, 어찌 보면 연출가에 대한 무례일 수 있다. 그렇다고 이 연극의 성패가 음악에 있다는 사실을 부인할 수는 없다. 연출가는 음악을 살리기 위해 노력해야 한다. 사랑하는 두 연인의 마음이 충분히 녹아들 때, 그들의 음악은 살아날 수 있다. 그리고 그 둘의 사랑이 만개할 수 있도록 돕는 역할이 주변 사람들에게 주어져야 한다. 권력 다툼, 오래된 은원, 이간질과 시기심, 지배욕과 굴욕감 같은 추악한 덕목들은, 사랑이라는 정신의 태풍에 흔적도 없이 사라져야 한다. 코러스의 환상적인 율동과 화려한 무대 장치도 두 사람의 앙상블을 최대한 뒷받침해야 한다. 이러한 면에서 이윤택의 역할은 월하노인(月下老人)의 그것과 크게 다르지 않다.

이윤택은 연극적 공간감과 시각적 효과를 잘 이해하는 연출가이다. 그래서 그는 대사 의존적인 셰익스피어의 원작을 그대로 따라하는 우를 범하지 않는다. 음악의 질감을 해치지 않는 범위 내에서만, 대사를 운용한다. 대사의 공백으로 허름해질 수 있는 공간을, 신체의 언어(춤)와 음악적 선율과 기하학적 무대로 채워 넣는다. 그 중심에 사랑의 이중창을 심고 하나의 작품으로 조율해 낸다. 비움과 채움, 중심과 주변, 음악성과 시각성을 아우르는 멋진 무대는 이렇게 만들어진다.

셰익스피어는 더 이상, 먼 섬나라의 이름을 국적으로 가진 서양 연극인이어서는 안 된다. 그는 바다를 건너, 시간을 건너, 우리 곁에, 가깝게 현존하는 존재로 다가오고 있다. 그러면서 변화의 바람이 일고 있다. 과거의 셰익스피어는 서양 사람들이 보는 셰익스피어를 모방하는 수준이면 만족이었다. 그런데 최근 셰익스피어의 인물들은 서양의 가치관을 대변하는 존재에서, 자생적으로 사고하는 한국인으로 거듭나기를 요청 받고 있다.

오태석과 함께, 이윤택은 그 선두에 서 있다. 이윤택은 셰익스피어 극이 발산하는 견고하고 유혹적인 말들의 향연을 거두고, 그 중심을 비운 다음, 사랑의 밀어인 음악으로 채워 넣음으로써, 독자적으로 해석된 셰익스피어를 부활시켰다. 피터 브룩이 말한 대로 셰익스피어에 의지해 조건 반사적인 연출 관행을 고집하는 연출가가 <죽은 연출가>의 표본이라면, 이윤택은 <살아있는 연출가>가 해야 할 소임 하나를 일깨운 셈이다. 다시 그의 「태풍」이 리바이벌 된다면, 아마 나는 다시 극장을 찾을텐데, 그것은 그 <살아있음>을 감촉하기 위해서일 것이다.◆(『북새통』 2003. 2)

# 대중을 위한, 대중의 연극
— 한국연극의 회생을 위한 하나의 제언 —

연극계가 어렵다는 것은 공공연한 비밀이다. 관객 수가 줄어들고, 외국의 대형 연극(주로 뮤지컬)이 상륙하면서, 가난한 이 땅의 연극인과 연극계는 점점 갈 길을 몰라하고 있다. 이것은 엄연한 현실이며, 우리가 이겨내야 할 시련이다. 시련을 돌파하는 방식은 여러 가지가 있겠지만, 이윤택의 실험은 음미할만한 선례가 될 법하다.

그는 연극을 대중에 가까이 가져오려고 한다. 그래서 신파극은 그가 주목하는 양식이 된다. 본래 '신파'란 일본에서 서양 연극(낭만주의)을 받아들일 때, 자신의 전통적인 연극(가부끼)과 구별하는 의미에서 붙인 이름이다. 즉 가부끼가 구파(舊派) 연극이고, 서양 연극이 신파(新派) 연극이다. 일본의 신파극은 한국 내 자국민 거주지에서 공연된다. 이를 한국인이 어깨 너머로 보고 따라하면서, 신파극이 만들어진다. 이렇게 따지면, 낭만주의 연극이 두 다리 쯤 건너서 수입된 연극이라고 할 수 있다.

분명 신파극은 국적 불명의 연극이다. 양식도, 실체도 명확하지 않다. 그러나 당시 대중들에게는 삶의 위안이자 중요한 소일거리였다. 특히 1935년 무렵, 연극에 대한 대중의 사랑은 최고조에 달한다. 그것은 '동양극장' 때문이었다. 한때 서울을 구경한다는 것은 동양극장의 레파토리를 구경한다는 것과 같은 의미였다. 동양극장의 배우들은 요즘 연예인처럼 최고의 인기를 누렸으며, 사회적으로 공인된 신분으로 취급되기도 했다. 관객을 수송하기 위한 전차가 특별히 마련될 정도였다.

임선규의 〈사랑에 속고 돈에 울고〉는 동양극장의 레파토리 중에서도 가장 인기있는 작품이었다. 이 작품은 한때, '지독한 신파'여서 상연 보류의 운명에 처하기도 했었다. 그러나 선행 작품(단종애사)의 예기치 못한 공연 중단으로 대체 작품이 급박하게 필요했다. 운영진은 논란을 벌이면서도 작품 제작에 돌입했다. 성과는 상상을 초월했다. 경성의 교통은 이 한 작품으로 엉망이 되었고, 극장은 연일 몰려드는 인파로 돈을 궤짝으로 퍼 담아야 했다고 한다.

이윤택은 〈사랑에 속고 돈에 울고〉를 30년대의 경성이 아닌, 21세기의 서울에서 살려냈다. 동양극장이 이 작품으로 위기를 타개했듯이, 그 역시 현 연극계의 위기를 타개할 묘책으로 상정한 듯 하다. 이 작품의 대중 친화적 요소를 자신의 연출 스타일에 결합하여, 한국 연극이 잃어버린 관객을 불러모을 심산(心算)인 것이다.

이윤택은 작품의 관념적인 요소를 철저하게 배제하는 연출가이다. 그는 희곡의 문학성이 아무리 높아도, 연극 무대에서 지루해지거나 관념적으로 표출될 수 밖에 없다면 삭제되어야 한다고 믿는다. 작가 위주의 연출이 아니라, 관객 위주의 연출을 지향하는 셈이다. 또 그가 연출한 작품들을 보면, 코믹한 부분과 에로틱한 부분이 잘 섞여 있는데, 이 또한 관객을 배려한 연출방식으로 판단된다. 때로는 지나쳐서 절제가 요구되기도 하지만, 그의 연출 스타일은 대중의 호기심과 집중력을 곧잘 충족시킨다. 속도감 있는 전개와 힘있는 움직임도 중요한 요인이다. 그의 연극은 정적인 면보다는 동적인 면에 강점이 있다. 그는 탄력적인 동선을 만들어 큰 무대를 좁게 쓰는 재주를 지니고 있다. 그의 배우들은 비트와 힘을 겸비한 춤과 노래로, 주어진 공간을 빠르고 강하게 장악하는 재주를 지니고 있다. 빠르고 역동적인 현대 매체에 익숙한 관객들에게, 그와 그의 배우들이 보여주는 움직임과 속도감은 상대적으로 큰 호소력을 갖는다.

이윤택은 원작의 대중 친화성을 자신의 연출 스타일로 극대화시킨, '대중을 위한 연극'에 도전했다. 관극의 즐거움을 최대한 보장하는 연극을 만들려고 했던 것이다. 그러면서 21세기 한국을 살아가는 연극인으로서의 고뇌를 담는 것을 잊지 않았다. 서양의 뮤지컬에 대항하고 우리 본래의 연극 양식을 되살리려는, '무대 위의 제안'인 셈이다. 그러나 지금으로서는 어느 것도 완전하지 않다. 더 많은 고증과 연구와 고뇌로 과거의 것을 바르게 살리면서도, 힘과 템포와 움직임과 속도감을 잊지 않는 이윤택만의 미학이 완성되기를 기대해본다. 그 완성은 미학적 품위와 함께 대중의 사랑도 함께 하는 완성을 뜻한다.◆
(『북새통』 2003. 4)

# 오태석 연극의 밑그림

## 1.

최근 오태석 연극을 보면, 큰 밑그림을 따라 그려지고 있다는 생각이 든다. 그 밑그림은 작품 밑에 가라앉아 있다가 공연이 거듭될수록 작품의 표면으로 떠오르곤 한다. 특히 시간적 격차를 두고 다시 공연되는 작품에서는 어김없이 그 밑그림이 표면으로 부상하여, 원래의 주제를 밀어낼 것처럼 위협하기도 한다. 그 그림은 역사이고, 역사 중에서도 전쟁이다.

6.25전쟁의 아픔은 11살의 오태석에게 평생의 트라우마를 남겼다. 어린 나이에 사람이 죽는 장면을 목도해야 했고, 집안의 어른인 아버지가 납치되면서 결락의 유년 생활을 보내야 했다. '집 어른'(오태석의 표현)이 없는 집안에서 어머니는 결락의 인생을 살아야 했고, 그 어머니를 따르는 가족들 역시 그 결락과 불안을 떠안지 않을 수 없었다.

작품 「운상각」은 남편의 귀환을 기다리던 어머니가 실종 신고를 내고 남편의 죽음을 인정하는 데에서 이야기가 시작된다. 결락감을 풍기면서도 고집스럽게 생존을 인정하던 어머니가 지아비의 죽음을 하루아침에 인정하자, 아들은 어머니의 뜻과 변화에 크게 놀란다. 그는 실종신고서를 아버지의 신위처럼 여기라는 말에 반발하고, 제사와 금혼식을 우기는 어머니의 말에 어깃장을 놓는다.

작품은 초지일관 유머러스하게 진행되지만, 그 유머 밑에는 감지하기 어려운 결락의 40여년 세월이 잠자고 있다. 그 세월은 전쟁으로부터 시작된 우리 역사의 고통이다. 그러니까 「운상각」의 저류는 전쟁과 그 전쟁에 대한 통찰에서 발원하고 있다고 범박하게 말해 둘 수 있다. 「운상각」은 「산수유」, 「자전거」의 후속작이며(그래서 서연호는 이 세 작품을 동란 3부작이라고 했다), 그 이후에 발표되는 「코소보 그리고 유랑」의 연계작이다. 여기에 작품 「사람」을 포함시키면, 전쟁의 문제를 파고든 동란 5부작이 완성된다.


2.

전쟁이라는 화두는 90년 「운상각」을 끝으로 일단락되는 것처럼 보였다. 70~80년대에 이르는 문제작들이 대부분 전쟁의 체험과 고통에 관련되었다면, 「운상각」은 가장 우회적인 형태로 이 작품군을 벗어난 작품으로 기억되는 것처럼 보였다.

「산수유」나 「자전거」에서 보이는 고백의 형식이 완화되어 구서방은 처음부터 자기가 밀고한 사실을 산지사방에 떠들고 다닌다. 「산수유」의 근배가 삼촌을 때려 죽이고 구씨가 아들임을 알고도 죽음을 묵인했다는 충격적인 고백과는 거리가 멀다. 또 「자전거」에서 친척 형을 죽이고 자기 혼자 살아남았다며 제삿날만 되면 사금파리로 얼굴을 긋는 끔찍한 예산 당숙도 없다. 「운상각」의 구서방은 약간 실성한 태도로 "자신이 청양군에 가서 면서기를 만난 것은 사실이지만 밀고는 한 적이 없다"며 묻지도 않는 말에 대답을 하고 다니는 모자란 인물이다. 그 인물의 모자람이 결국 전쟁의 충격과 자책감에서 왔음을 모르는 바는 아니지만, 그 느낌은 비극보다는 희극에 가깝다.

그렇다면 우리는 「운상각」을 전쟁의 고통에서 멀어지며 내면적 정리를 시도한 작품으로 보아도 좋을 듯 하다. 11살에 당한 전쟁의 충격을 평생의 노력을 통해 완화하고 치유해가는 오태석의 여유라고 보아도 좋을 듯 하다. 그리고 이러한 느낌은 그의 그 뒤 작품 연보를 보면 어느 정도 확인된다. 그는 역사에 대한 애착을 거두지는 않지만, 그 역사는 6.25 무렵에서 빗겨있는 역사이다. 그는 6.25 전쟁이 아닌 다른 시기의 역사에 근접하고 있었다.

1999년은 상징적인 해이다. 90년 「운상각」이 80년대를 마감하는 시점에서 정리의 의미를 갖춘 작품이라면 99년 「코소보 그리고 유랑」은 2000년대의 새로운 출발을 위해 마음을 가다듬는 의미의 작품이다. 오태석은 코소보 사태를 지켜보면서 잠시 보류했던 전쟁에 대한 책무를 떠올린다. 그는 필자와의 사적인 대화 중에 자신이 코소보 사태를 바라본 것은, 코소보 사태의 비극성에도 그 연유가 있지만 실제로는 6.25전쟁을 설명할 수 있는 좋은 사례를 얻었기 때문이라고 말했다. 어폐가 있을 수도 있는 말이므로 다시 한 번 정리하면, 그는 코소보 사태를 보면서 6.25 전쟁을 상기했고 6.25를 겪지 않은 세대에게 그 기억과 문제점을 들려주기 위한 예술적 비유로 인용했던 것이다.

실제 이 작품을 보면 코소보 사태를 들려주는 것인지 6.25 전쟁을 보여주는 것인지 모호한 대목이 있다. 오태석은 알바니아 내전으로 죽어간 사람들의 사진을 전시하는 장소에 6.25 전쟁의 참상을 담은 사진을 걸어놓는다. 등장인물들은 마치 6.25를 보여주듯이 알바니아 내전을 보여주고, 알바니아 내전을 이야기하다가 6.25 전쟁을 이야기한다. 이러한 혼성은 「자전거」의 이중화법과는 달리, 상당한 구조적 혹은 의미적 상동성을 가지고 있어 쉽게 이해할 수 있다. 오태석은 전쟁이 하나같이 끔찍하고 처참한 것임을 강조하고 있는 셈이다.

「코소보 그리고 유랑」이 전쟁에 대한 2000년대적 시작을 열었다는 전제는 다른 두 작품을 통해 검증되어야 한다. 하나는 「앞산아 당겨라 오금아 밀어라」이고, 다른 하나는 「내 사랑 DMZ」이다. 두 작품은 2002년에 발표되어 공연되었고, 2003년에 다시 공연될 예정이다.[1] 「앞산아 당겨라 오금아 밀어라」는 이미 2002년 겨울을 지나 2003년 4월까지 공연된 바 있으며, 2003년 가을에 재공연 계획을 수립한 상태이다.


## 3.

먼저 「앞산아 당겨라 오금아 밀어라」를 보자. 이 작품에 대한 간략한 평을 쓴 바 있는데, 중복되는 논의를 피하기 위해서 일단 인용하겠다. 본인의 글인 만큼 별다른 인용 형식 없이 그대로 서술하기로 한다.

> 오태석은 언어에 대한 섬세한 자각을 품고 있는 연극인이다. 특히 말에 대한 관심과 감각이 남다르다. 그의 희곡은 살아있는 '말들의 잔치상'이다. 그래서 말들의 싱싱한 숨결을 만끽하려는 이들에게, 황홀한 매력으로 다가온다. 그의 연극적 목표도 말과 관련이 깊다. 그는 상처받은 말들을 회복시키고, 그 안에 담긴 정감의 깊이와 온기를 보호하는 데에 각별히 신경을 쓴다. 최근 들어, 이러한 성향은 더욱 강조된다.

---

\* 내가 이 글을 쓰는 시점은 2003년 7월 11일이다. 「내 사랑 DMZ」는 2002년 7월에 공연되었고, 2003년 7월 12일 폴리미디어 시어터에서 재공연될 예정이다. 그러니까 이 글은 재공연 하루 전에 쓰여졌다. 이 글의 대상이 되는 공연은 7월 10일 목요일 드레스 리허설 공연이다. 나는 방학을 이용해서 오태석의 연습 광경을 보기로 결심하고 2003년 1학기 수업을 들었던 학생들과 함께 연습장을 찾았다. 그 때는 이미 드레스 리허설을 할 정도로 연극이 숙성된 상태였고, 우리의 방문을 계기로 대외적인 조언을 기다리는 상황이었다. 나는 이 공연을 통해 오태석 연극의 저류에서 꿈틀거리는 전쟁에 대한 기억을 다시 한 번 확인했고, 그러한 느낌을 논문의 틀 속에서 회석시킬 수 없다는 판단 하에 평론으로 재구성하기로 했다. 당시 나는 전쟁에 관한 오태석의 다섯 작품을 묶어 '전쟁 5부작'에 대한 논문을 쓰고 있는 시점이었는데, 이 논문의 틀 속에 미처 귀속시키지 못한 「내 사랑 DMZ」와 「앞산아 당겨라 오금아 밀어라」를 자유로운 형식으로 사유하고 싶어 이 글을 쓰게 되었다.

오태석은 그 이유를 세태 변화에서 찾는다. 영상 매체의 보급은, 욕설과 비속어의 무분별한 보급을 부추겼다. 감정을 직설적으로 표현한다는 명분 하에, 상스러운 말들이 버젓이 화면 위에서 유통되고 있다. 이것은 대중 매체의 힘을 빌어, 급속하게 현실 세계로 팔려나간다. 인터넷의 상용화도 말의 훼손에 한 몫 한다. 어느 새 우리는 <반갑습니다 반갑습니다>를 <방가방가>로 쓰고 있는 현실을 목도하고 있다. 아니, <반갑습니다>라고 쓰면 불편한 주목을 받는, 당혹스럽고 낯선 혼란에 직면해 있다. 이것은 편의 위주의 사고와 속도에 대한 숭배가 가져온 일종의 변화이며, 오태석 식으로 말하면 오염이다.

오태석은 자신의 연극이 오염된 말들의 묘지에서 항체로 살아남기를 희망한다. 그래서 피곤하고 지친 말들을 불러들여, 무대 공간에서 그 가치와 의미를 살려내는 작업에 착수한다. 방언에 대한 애정은, 그 작업의 일환이다. 그는 팔도의 말과, 연변과 오사카에 보존된 우리말을 찾아와, 한바탕 축제를 만들자고 제안한다. 그 축제의 장에서, 말들을 경쟁시키고, 소외된 것을 복원하고, 차이를 공감하고, 차이의 아름다움을 만개시켜야 한다고 말들의 차이를 활용하고, 그 차이 뒤에 숨은 감정의 폭과 깊이를 측량하여 어울림을 만들어낼 때, 연극의 언어가 한층 웅숭깊어지고 풍부해질 수 있을 것이라고 굳게 믿고 있다.

「앞산아 당겨라 오금아 밀어라」는 이러한 믿음을 위한 두 번째 도전이다. 첫 번째는, 지난 여름 발표된 제주도 방언판 「자전거」이다. 이 작품을 통해 방언 연극의 필요성과 문제점을 새삼 확인한 오태석은, 신작 「앞산아 당겨라 오금아 밀어라」를 통해 한 단계 성숙한 방언 연극을 내놓는다. 그는 소외된 제주도 말을 복원시키는 이유도 함께 제시한다. 제주도 말의 위상은, 제주도의 역사적 위상과 동궤를 이룬다. 4.3 사건이라는 역사적 상처는, 제주도 말이 받고 있는 인식적 차별과 흡사하다. 제주도 방언이 사라지고 있는 현실은, 슬그머니 묻혀있던 4.3의 실상과 어떤 의미에서는 같다. 오태석은 4.3의 억울함과 제주도민에 대한 차별을, 제주도 방언이 안고 있는 소멸 위기와 안타까움으로 대변한 셈이다. 이것은 의미 있는 결합이다.

이 작품에는 방언의 사용 이외에도, 언어에 대한 자각과 도전의식을 느낄 수 있는 대목이 더 있다. 발음이 불분명한 말의 배치, 만화적 커트로 도안된 말의 변환, 작품 전체를 조율하는 내레이션(導說)의 도입이 그것이다. 말의 다양성과 변화가능성을 점검하려는 일종의 실험인데, 방언의 활용과 비교해서 생각하면 흥미로울 것이다.

나는 오태석의 연극을 자주 본다. 신작은 빼놓지 않고 보는 편이며, 보통 한 작품을 서너 번씩 본다. 오태석의 연극이 끊임없이 변화 발전함을 알기 때문이다. 그는 '연극의 장인' 답게 자신의 작품을 늘 고치고 어루만진다. 「앞산아 당겨라 오금아 밀어라」에서 주로 손질할 대목은, 말일 것이다. 낯설고 부담스럽게 느껴지던 제주도 말을 어루만져 자신의 언어로 빚어내는 순간, 아마 그 말은 더 이상 이방의 언어가 아닐 것이다. 공감하는 자의 언어로 마음속에 자리잡을 것이며, 그 때 제주도는 역사적으로 소외되고 지역적으로 차별 받는 땅에서 벗어나, 우리의 진정한 이웃으로 자리잡을 것이다. 이것이 오태석의 우리말 수호가 가져올, 참된 성과이자 기쁜 미래이다.

이 글은 공연이 시작된 직후(2002년 12월)에 쓰여졌다. 그래서 공연이 끝나갈 때쯤(2003년 3월)과는 다소 거리가 있다. 특히 마지막 문단에서 나온 지적은 거의 그대로 연극 일정 속에서 실현되었다. 오태석은 4개월에 가까운 시간 동안 이 작품을 부단히 어루만졌다. 물론 어루만짐의 일차적 대상은 '말'이었다. 내가 그의 작품을 처음 볼 때만 해도 제주도식 공연 언어는 조금 위태로웠다. 그것은 관객이 그 내용을 파악하는 데에 장애가 있었다는 뜻이다. 물론 연극에서는 음성언어만이 언어의 전부가 아니기 때문에 다른 시각적, 부차적 소통 수단을 통해 그 장애는 보완 극복되어가는 형세였지만, 이방의 말이 주는 이질감이 적지 않게 남아있었던 것도 사실이다.

그러나 2개월이 지나면서 그 이질감은 줄어든다. 아니 느끼기에 적당한 이질감으로만 남는다. 제주도 말이 소외되어 있음을 알려줄 수 있을 정도로만 남고, 관객과의 소통은 별다른 문제 없이 이루어질 정도로 개선된다. 관객들이 처음 20분을 견디면 무대와의 연극적 대화에 동참할 수 있을 정도로 그 의미적 갈피를 찾을 수 있게 되는 것을, 나는 직접 확인한 바 있다. 이것은 '말'에 관한 측면에서 오태석이 보여준 변화이자 성과이다.

더불어 또 하나의 변화가 발생한다. 그것은 4.3사건에 대한 주제적 측면의 부각이다. 언어의 소멸과 우리의 무관심을 보여주려는 「앞산아 당겨라 오금아 밀어라」는 곧 제주도민의 억울함과 차별 대우를 상징적으로 드러내는 4.3사건과 맞물리면서 전개된다. 어느 것이 주(主)이고 어느 것이 종(從)이라는 식의 가름은 부박한 것이지만, 굳이 써본다며 처음에는 언어가 주(主)고 4.3이 종(從)이었다. 제주도 언어의 사라짐이 먼저 제기된 문제 의식이고, 그 언어와 비슷한 운명을 겪은 제주도 민의 삶이 보강된 재료인 셈이었다.

그런데 공연이 길어지면서 이러한 주종의 관계는 살짝 변화한다. 일단 4.3의 주제적 기능이 강화되고 언어의 이질감이 줄어들면서 언어에 대한 관심은 사실 후퇴한다. 내가 언어에 대한 문제 의식에 관한 글을 쓴 이후에 비슷한 논의들이 뒤를 이었고, 그러한 문제 의식은 현실적으로 용인된 관심의 초점이 되었다.

문제는 그 다음이다. 언어는 이 작품에서는 주제이자 형식으로 상정되어 있지만, 많은 작품에서 일반적인 관례를 살피면 형식적인 측면이 강한 요소이다. 형식적인 것으로 주제적인 것을 대체할 경우, 어떤 의미에서는 공허해질 가능성이 높아진다. 언어의 문제가 중요한 것은 인정하지만 그러한 문제 의식만으로 작품의 내용을 채우기에는 부족한 면이 있다.

언어가 편안하게 소통되면서 관객들이 요구하는 실질적인 관심사가 다소 달라질 수도 있다. 오태석은 관객의 반응에 철저하게 귀기울이는 연출가이다. 그의 소극장 <아롱구지>는 관객들이 공연을 보고 난 후의 감상문을 거두어들이는 제도를 상용화하고 있다. 관객들의 의견은 연출가인 오태석에게 중요한 참조사항이 된다. 그는 설문지를 읽고 공연을 수정하고 심지어는 새로운 아이디어를 얻기까지 한다. 4.3의 본질에 대해 묻는 질문이 많았고 오태석은 어떻게 해서든 그 질문에 대한 연극적 답변을 만들어야 한다고 믿었던 듯 하다.

오태석이 「코소보 그리고 유랑」을 쓴 목적은 6.25전쟁을 알리기 위해서였다. 마찬가지로 「앞산아 당겨라 오금아 밀어라」를 쓴 목적은 4.3 사건을 알리는 방향으로 선회한다. 4.3 사건은 6.25 전쟁과 마찬가지로 한 민족이 둘로 나뉘어 대립 반목한 일종의 전쟁이다. 내전에 비유될 만큼 충돌 양상이 심각했고 많은 양민들이 그 사이에서 죽었다. 서북청년단으로 대표되는 토벌군 측과, 제주도 양민들이 대부분을 이루었다는 저항군 측의 전투에서 많은 애매한 도민들이 희생당한 사건이었다.

「앞산아 당겨라 오금아 밀어라」는 춘배와 구자의 만남과 헤어짐, 화합과 충돌을 통해 그 양상을 추적하여 보여준다. 젊은 부부 춘배와 구자는 토벌군의 살벌한 행동을 피해 입산하기로 결심한다. 임신한 구자는 춘배가 주저하는 것을 알고 계교를 써서 산에 오르도록 한다. 산에서 난리를 피하기는 했지만, 하산하자 밀고를 강요당한다. 심문자들은 오라리 방화 사건의 용의자를 목격했다는 증언을 요구하지만, 춘배는 이를 거부한다. 그로 인해 춘배는 마포 형무소에 수감되고 오라리 방화 사건의 유격대원들은 춘배의 영웅적인 행동을 높이 평가하여 그를 존경받는 제주도의 영웅 강우재로 변신시키기로 한다.

6.25전쟁이 발발하자, 춘배는 탈옥에 성공한다. 그러나 전쟁 후 다시 수감되고, 이를 안타깝게 여긴 구자는 춘배를 대신해서 옥살이를 한다. 춘배는 제주도로 돌아와 해녀로 위장하고 해녀들의 지도자로 성장한다. 한편 구자는 춘배를 대신하여 강우재가 되고 4.3 문제의 본질이 사장되어 있음을 밝힌다. 그녀 역시 지도자 격인 인물로 성장하여, 제주도에 방목형 수형 생활을 제의하고 그 제의를 관철시킨다.

이로서 춘배와 구자는 제주도에서 만나게 된다. 그러나 두 사람의 입장은 첨예하게 대립한다. 해녀들의 지도자인 춘배는 외국인의 투자를 유치하여 발전을 꾀하려고 하는데, 방목형 수감 제도로 인해 그 계획은 차질을 빚는다. 당연히 춘배는 이러한 제도를 반대하고, 이 제도를 제안하고 기획한 구자와 대립하게 된다. 두 사람을 서로를 위해 희생했던 부부였다는 입장을 잊고 반목하고 싸운다. 심지어는 서로를 죽일 위험에 처하기도 한다. 이러한 대립은 '디딤불미'라는 화로에 의해 상징적으로 해소된다. 오태석은 거대한 풀무를 돌리는 디딤불미를 여러 사람이 움직임으로써 화합과 협력의 필요성을 인식시킨다. 그리고 그 결과물로 팔도의 불과 제주도의 쇠가 어우러진 물리적 도구가 만들어진다. 그 도구는 문명을 일구고 삶을 개간하는 정신의 도구이기도 하다.

이러한 이야기의 과정에서 4.3은 중요한 구실을 한다. 춘배의 억울한 옥살이 그러니까 재판도 받지 않고 수감된 판례가 4.3 문제의 핵심임을 알려준다. 당시 정부는 제주도민들에게 정당한 인격적 대우를 하지 않았고 민주 사회의 철칙인 개관적 재판을 보장하지 않았다. 그리고 지금도 그러한 잘못을 공식적으로 인정하지 않고 피해자에게 합당한 보상을 하지 않고 있다.

오태석은 어울한 죽음을 피해 달아나야 했던 구차한 삶, 협조를 거부한 대가로 부당하게 강요당한 옥살이, 정당한 문제 제기에 대한 정부의 궁색한 대처 방법에 대해 이야기한다. 그리고 억울한 이향을 보상받을 수 있는 방법으로 방목식 수감 생활을 제안한다. 그리고 제주도에 만연한 지역 이기주의와 아직도 계속되는 계층 간의 갈등도 부차적으로 비판한다.

이러한 지적과 비판 그리고 문제 제기와 대안 제시는 공연이 계속되면서 더욱 강조된다. 먼저 황당하게 여겨질 수 있는 이야기의 흐름을 신빙성있고 설득력있게 다듬는 작업부터 진행된다. 그 다음에는 4.3 사건이 왜 일어났고 어떠한 측면에서 부당한지를 구체적으로 알리는 데에 초점을 맞춘다. 또 대안 제시가 과연 대안으로서의 위력을 발휘할 수 있는지, 그리고 두 계층 그러니까 춘배로 대표되는 해녀들(기존 세력)과 구자로 대표되는 수감자(새로운 세력)의 화합이 과연 가능한지를 타진하는 데에 초점을 맞추어 간다.

이러한 변화로 인해 말의 의의와 위상을 점검한다는 당초의 목적은 다소 후퇴되고, 제주도의 역사적 고통과 나아가서는 한국 전쟁의 폐해와 이데올로기 대립의 문제를 다루는 주제가 강화된다. 이러한 변화는 오태석 연극의 밑그림인 전쟁과 역사의 화두가 표면으로 떠오르는 것으로 판단할 수 있다. 그의 연극 세계에서 전쟁은 그 밑바닥에서부터 떠오르는 일종의 긴장이다.


4.

「앞산아 당겨라 오금아 밀어라」가 말의 소외에서 제주도의 소외로 그리고 한국 전쟁의 문제로 주제 의식이 이전된 작품이라면, 「내 사랑 DMZ」는 생태 문제적 측면에서 전쟁 문제의 측면으로 주제 의식이 옮겨가고 있는 작품이다. 「내 사랑 DMZ」에 대한 나의 평론도 이미 발표된 바 있는데, 논의의 편의를 위해 일단 옮겨 보겠다.

(생태 희곡의 변화를 보여주는:인용자) 다음 작품이 2002년에 발표된 「내 사랑 DMZ」이다. 이 작품은 비무장 지대에 관한 오태석의 조바심을 담고 있다. 최근 남북간의 화해로 인해, 비무장 지대의 철거에 대한 의견이 교환되고 있다. 끊어진 시베리아 철도를 이어 경제적 이익을 도모한다거나, 동해선을 연결해 육로로 금강산을 갈 수 있도록 한다는 계획이 그것이다. 철도 연결은 단순한 편의나 경제적 이익을 넘어, 50년 간 단절된 남북간을 잇는다는 뜻에서 고무적으로 평가된다.

그러나 오태석은 화합의 무드에 찬물을 끼얹는다. 그는 웬만한 명분으로는 거부하기 힘들어 보이는, 철도 개통을 반대한다. 그것은 비무장 지대가 지닌 천혜의 요건 때문이다. 이 세상에서 거의 유일하게, 비무장지대는 인간의 발길이 닿지 않는 장소로 50년을 버텨왔다. 각종 동식물이 풍성해졌고, 자연 자체의 아름다움이 어느 곳보다 만개한 지역이다. 이러한 자연의 보고가 철도와 인간들의 틈입으로, 그만 사라질지도 모른다는 것이다.

오태석다운 통찰력이 아닐 수 없다. 이것은 동물과 자연을 오랫동안 보존하려 애써온 사람들만 얻을 수 있는 혜안(慧眼)이다. 우리가 인간의 편에서, 특히 자본주의의 논리와 평화통일의 명분에 침윤하여, 그만 다른 측면을 보지 못하고 있을 때, 그는 다른 맹점을 투시한 셈이다. 이러한 투시는 인간이 아닌 동물과 자연의 편에서 생각했을 때에나 가능할 것 같다.

연극의 세부를 보면, 무척 재미있다. 등장 인물들은 동물들이다. 동물들은 인간의 침입을 막기 위해 안간힘을 쓴다. 무당을 불러, 한국 전쟁에서 죽은 병사들을 불러내고, 그들로 하여금 철도 부설을 방해하게 한다. 이 과정은 현실적으로 전혀 불가능하다. 대책이라고 할만한 것도 아니다. 죽은 자가 살아나는 것도 그렇지만, 철도 부설을 힘과 계략만으로 멈출 수는 없다.

그러나 황당한 그 제안에는 사안의 심각성이 들어있다. 전 국민의 공감과 문제 의식의 확산을 위한 그의 고심이 들어있다. 그는 자신이 할 수 있는 노력을 연극으로 하려 한 것이다. 그는 무당과, 굿과, 동물들과, 영혼들을 뒤섞어 비현실적인 설정을 만들어내고, 현실적으로 납득시키기 어려운 문제 의식을 관객들에게 심어주기를 바랐던 것 같다. 진지한 제안이 없는 것은 아니다. 오태석은 철도를 놓되, 지하터널을 이용할 것을 건의한다. 현실적인 대안이라고 여겨지지는 않지만, 이 역시 깊게 고민한 자의 그것임에는 틀림없다. 결론적으로 말해서, 이러한 시도는 인상적이다. 우리들은 인간이 아닌, 동물의 입장에서, 아니, 개발론자가 아닌, 인간 본연의 모습으로 돌아가서, 자연과 동물의 문제를 생각해야 한다. 그들과 우리에게 진정 필요한 것이 무엇인가를 고민해야 한다.

갑자기 떠오르는 생각이 있다. 그의 연극이 잃어버린 세계에 대한 문자적 복원이 아닌가 라는. 그는 자신의 고향의 이름을 따서 극장이름을 지었다. 점점 소비와 향락의 이미지를 닮아가는 대학로 한가운데에, 그의 극장은 '아롱구지'라는 촌스러운 이름을 달고 위태하게 버티고 있다. 어쩌면 그의 극장은, 그의 연극처럼, 날로 황폐화되는 도시 속에, 그래서 파괴되는 우리 마음 속에, 자연의 이름을 불러보기 위한 발버둥이 아닌가 싶다. 그의 연극이 문제적일 수밖에 없는 것은, 끊임없이 그려지는 삶이, '지금 이곳'이 아닌 '어떤 곳에서의 삶'을 상기시키기 때문이 아닌가 싶다. 한 가지 분명한 것은 그 '어떤 곳에서의 삶'에 가장 가까운 이름은 자연이고, 자연은 외경심을 갖는 자에게만 그 아름다움을 가르쳐준다는 사실이다.

2003년의 「내 사랑 DMZ」의 변화는 일단 외형적인 부분에서 찾을 수 있다. 오태석은 오랫동안 자신의 연극을 담아내던 〈아롱구지〉를 떠나 〈폴리미디어 시어터>에서 새로운 무대를 열었다. <폴리미디어 시어터>는 음악 콘서트용 무대이다. 그곳은 좌우의 폭이 그다지 넓지 않은 전형적인 박스형 무대이다. 조명의 배치 역시 콘서트 무대에 가깝다.

이 극장의 가장 큰 단점은 좌석이 평탄한 면에 위치해 있다는 점이다. 좌석이 뒤로 갈수록 높아져야 관람에 적합한 시야선(sight line)을 확보할 수 있는데, 이 극장의 좌석 배치는 이러한 기본 설계를 무시하고 있다. 이것은 관람에 상당한 방해를 초래하여 이층 좌석을 더욱 선호하게 만드는 기현상을 산출하기도 한다. 이를 극복하는 것은 일종의 과제이다.

오태석은 이 문제를 무대에 상승감을 주면서 해결하려 했다. 무대를 뒤로 가면서 높이는 방식으로 관객의 시야선을 확보하고, 무대의 입체감을 살리기 위해서 요철(그러니까 25센티미터 정도의 무대 가림막)을 배치했다. 요철은 초연 때보다 약 10센티미터 낮아졌는데, 이것은 상승하는 형태의 무대에서 배우들의 이동에 방해를 주는 것을 최소로 억제하기 위해서였다. 그리고 좁은 좌우 폭을 넓히기 위해서 벽에 가깝게 간단한 이층 단을 마련하여 인물들의 움직임에 높낮이를 부여했다.

이러한 무대 변화는 <폴리미디어 시어터>라는 무대 조건에서 잉태된 것이지만, 이를 창안하고 효율적으로 이용하는 것까지 저절로 되는 것은 아니다. 그것은 오태석의 오랜 경험과 작품에 대한 독창적 표현력이 이끌어낸 창의적인 착안인 셈이다.

또 하나의 외형적 변화는 장르의 기본적 인식에서 비롯된다. 「내 사랑 DMZ」는 처음부터 동화적이고 아동극적인 요소가 많은 작품이었다. 그러나 내용은 그리 만만하지 않아, 단체관람을 같이 했던 학생들로부터 많은 질문을 받았던 것으로 기억된다. DMZ와 전쟁의 기억이 배치되어 있었고, 환경 문제와 인간성 위기에 관한 오태석의 의도가 섞여 있었으며, 우화적인 캐릭터 설정과 은유적인 시각이 기존의 연극과 상당히 다른 느낌을 전해주고 있었다.

그런데 이번 재공연에서는 가족뮤지컬이라는 다소 장르 지향적 명칭을 부여받고 있다. 이 말을 풀면, 가족들이 함께 볼 수 있는 뮤지컬이라는 뜻일게다. 그래서 문제가 되는 '아이들'이 보다 이 연극을 가깝게 느낄 수 있도록 여러 가지 배려한다. 가령 극의 도입부에서 등장 인물(여기서는 동물들)을 무대에 불러 그 이름과 특징을 소개하는 장면이 그것이다. 또 관객들과 함께 노래를 부르고 율동을 하는 장면도 준비된다. 관객의 참여 의식을 높이기 위한 수단이며 무엇보다 함께 즐기는 연극을 만들기 위한 형식적 모색이다.

노래의 비중이 커진 것도 무시못할 변화이다. 뮤지컬이라는 장르적 모델에 맞추어 많은 노래들이 삽입되고 있다. 가사가 쉽고 아이들이 따라 부를 수 있도록 경쾌한 리듬을 가진 곡들이 주류를 이루고 있다. 물론 음악 연주를 현장에서 시행함으로써 경직된 음악이 되지 않도록 유도하고 있다. 이것은 외부조건에 대한 적응이며 동시에 외형적인 변화이다.

내용적인 측면으로 들어가 보자. 이번 재공연에서는 과거의 이러한 혼재 양상이 뚜렷하게 정리되고 있다. 일단 경의선 철도가 지하로 개통되는 시점까지는 생태 문제를 보는 시각이 제기되고 있고, 그 이후에는 역사적 상황에 대한 오태석 특유의 목소리를 내고 있다. 편의상 전·후반부로 나눌 수 있겠다.

전반부를 보면 위의 평론에서 거론했던 사항이 거의 그대로 재현된다. 경의선 개통에 대한 남북의 입장이 조율되면서 DMZ 안의 동물들은 불안에 휩싸인다. 그들은 인간이 저지를 행패를 고발한다. 러브 호텔, 유원지, 철도, 주택 등이 들어서면 인간의 자취가 숲을 파괴하고 동물들을 학살하며 심지어는 물을 더렵혀 결국은 인간 본인들까지 위협할 것을 경고한다.

인간에 대한 성토는 시화호에서 온 손님들로 인해 증폭된다. 그들은 바다물에서 사는 생물임에도 불구하고(꼬막과 게) 시화호에서는 더 이상 살 수 없다고 하소연한다. 임진강의 동물들도 나름대로 고민에 휩싸인다. 시화호에서 오는 손님들을 수용했다가는 자신들의 거처마저 위협받기 때문이다.

생존이 위협받는 것에 당황한 DMZ 동물들은 무당을 불러 DMZ 밑에 묻혀 있는 병사들을 살려내는 의식을 치루고 살아난 병사들과 함께 철도 부설을 방해하는 공작을 시행한다. 그 과정은 비현실적이다. 연극은 우화적이고 은유적인 방식을 통해 인간이 철도를 DMZ 위에 설치해서는 안되는 이유를 보여주도록 일련의 사건들을 꾸민 것이지, 동물들의 노력이 현실적인 납득을 가져올 것으로 기대한 것은 아니다.

다만 경의선 철도의 지하 터널 개통에 대해서는 오태석도 의견을 굽히지 않는다. 나는 그것이 비현실적이라고 생각하며 환경 파괴의 심각성을 강조하는 방식으로만 받아들였지만, 그는 진실로 그 방법을 주장하고 있는 듯 하다. 초연과 달라진 점은 철도 개통 장면을 보다 설득력있게 보여준다는 점이다.

전반부에서 살아난 병사들로 인해 DMZ 내부의 환경 파괴를 막을 수 있었다면, 후반부에서는 살아난 병사들이 죽어가면서 그들의 내면적 고통을 털어놓고 있다. 인민군 병사는 어머니가 보고 싶어서 지하 복귀를 늦추고 싶어한다. 그 병사의 이야기는 듣는 이의 가슴을 뭉클하게 한다. 자신이 떠날 무렵 키우던 개 누렁이의 손자의 손자가 아직까지 자신의 냄새를 기억하고 있을 거라며, 그 이유는 누렁이가 죽으면서 병사의 체취를 아들에게 또 그 아들에게 기억시켰기 때문이라고 말한다.

누렁이의 기억은 오태석이 가진 기억에 해당한다. 오태석은 전쟁의 공포와 가족의 비극을 그린 작품을 통해, 자신이 겪은 6.25 전쟁과 고통을 남기려고 하는지도 모른다. 누렁이가 주인의 채취를 넘겨주듯, 그도 민족의 내상(內傷)을 후세에게 넘겨주려 한다.

뭉클한 고백을 지켜보던 장교는 그럼에도 불구하고 개인적인 욕망을 자제하지 못한 병사를 나무라며 그 책임이 면제되는 것이 아님을 분명히 한다. 그리고 그 책임을 스스로 지는 용단을 내린다. 그는 자살을 선택하는데, 부하를 옳게 다스리지 못한 상관으로서의 죄책감을 이유로 든다. 장교의 자살은

6.25 전쟁의 책임을 되새기게 한다. 6.25 전쟁은 누구로부터 왔고 우리 민족의 피해는 누가 보상해야 하는가.

오태석은 「천년의 수인」에서 발포한 자는 있고 명령한 자는 없는 두 개의 테러 사건(백범 김구 암살과 5.18광주 항쟁)을 지적하고 있다. 누군가가 명령을 내렸기에 그들이 발포를 했고 그 발포로 인해 막대한 피해가 초래되었는데, 정작 그 명령은 누구로부터 비롯된 것도 아니라는 현재의 상황을 꼬집고 있는 것이다. 이것은 책임지려고 하지 않는, 혹은 책임에 둔감한 우리에 대한 질책이다.

장교의 행위도 마찬가지이다. 6.25전쟁 발발의 책임도, 원대 복귀 책임도 지켜져야 할 사안이다. 그러나 막상 그 책임은 누구에게 지워야 할지 모르는 상태이다. 병사의 고백도 나름대로 일리가 있어 함부로 나무라기 어렵기 때문이다. 그것을 과감하게 책임지고 있다. 이것은 넓게 생각하면 6.25 전쟁에 대한 진정한 청산 방식을 암시했다고도 할 수 있다.

또 다른 DMZ 병사는 수리로 변신한다. 오태석은 이러한 변신을 비상으로 상정하고 있다. 50년 동안 묻혀 있어 지긋지긋하고 냄새가 난다는 병사의 푸념과 원망을 풀어주는 일종의 해원이다. 부생군(復生軍)은 멀고 높은 창공을 나르는 수리가 되어 50년의 한을 씻게 된다. 이러한 변화는 전쟁의 기억에 영속되어 있는 오태석의 발원이기도 하다.

관객들은 「내 사랑 DMZ」를 웃으면서 보았고, 배우들도 넉넉하게 웃었고, 스텝들도 따뜻하게 웃었고, 옆에서 앉은 오태석도 웃으면서 보았다. 그 웃음은 잠시라도 전쟁의 기억에서 풀려난 자들의 것이었고, 그러면서도 그 웃음을 통해 기억해야 할 것을 넘겨받은 자들의 것이기도 했다.

오태석은 어린 날의 트라우마를 극복하기 위해서 연극을 하는지도 모른다. 그러니 그 연극은 개인적으로는 내상에 대한 은밀한 치료이며, 다른 이들 특히 전쟁의 공포와 비참함을 모르는 이들에게 그 연극은 각성의 촉매제이기도 하다. 그러니 어떤 형식으로든 오태석이 전쟁의 공포에서 벗어나는 것은 「내 사랑 DMZ」의 숨겨진 욕망인 셈이다.


## 5.

「내 사랑 DMZ」에 대한 몇 가지 불만을 이야기할 필요가 있겠다. 이 작품을 만든 오태석의 의도와 공연의 의의에 대해서는 크게 탄복하는 바이며, 동물들의 형상화를 통한 놀라운 상상력의 발휘는 크게 기억해야 할 바이다. 이 연극을 기획한 장원재는 세계적인 히트를 기록하고 있는 뮤지컬 「라이언 킹」을 예로 들면서, 만분의 일에 해당하는 제작비로 비슷한 수준의 작품을 만들 수 있다는 강한 자신감을 피력한 바 있다. 대체적으로 동의하는 바이다.

그러나 그것은 완성도의 측면에서 고려해야 할 사항을 참고하고 난 이후의 일일 것이다. 지금의 장면 배열은 지나치게 이분법적이다. 전반부와 후반부의 초점이 다르다는 것이 확연하게 드러나고 있다. 바꾸어 말하면 이 작품은 두 초점을 아우를 만한 더 큰 밑그림을 그려내지 못한 상태로 10일 드레스 리허설까지 왔다. 언제나 그렇지만 오태석의 연극은 변화할 것이다. 그 변화를 믿기에 더 큰 밑그림을 그려야 한다고 말하고 싶은 것이다.

오태석 연극의 저류가 용솟음치는 전쟁의 기억으로 회귀하고 있다는 전제를 상기할 필요가 있다. 또 일각에서는 말과 환경에 대한 문제가 부상되고 있다. 전쟁의 기억, 말의 오염, 환경 파괴는 인간의 모듬살이에서 중요한 위치를 차지하는 문제들이다. 그러니 인간의 진정한 삶을 혹은 인간성 회복의 염원을 담고 있다는 점에서 공통적이다.

그러나 이러한 상대적 개념과 넓은 범주의 설정이 모든 문제를 해결할 수 있는 것은 아니다. 오태석은 어느 한 쪽의 문제 의식에 더 깊게 침윤하던가, 앞에서도 말한 것처럼 모든 문제를 한번 끌어 안을 수 있는 더 큰 문제 의식을 설득력 있게 제출해야 한다.

「내 사랑 DMZ」에서 그 단초는 보였다. 눈 앞의 이익을 위해 남의 귀한 생명(곰의 쓸개)을 함부로 사용하려는 동물들에 대한 무당의 꾸짖음은, 생명을 고려하지 않는 맹목적 믿음에 대한 질타에 해당한다. 이런 식으로 환경 문제와 전쟁 문제를 관조할 수 있을 것 같기는 하다. 그러나 이것은 형식적 유기성이 극대화되고 두 문제의 초점을 아우르는 더 큰 초점에 기댈 때에만 실현될 수 있을 듯 하다.

지금의 「내 사랑 DMZ」는 두 가지 이야기의 느슨한 결합에서 한계를 노출한다. 그 한계를 극복하기 위해서는 결합을 공고히 혹은 근원적으로 제거하는 방식을 선택해야 할 것이다. 작품은 한 가지 사안에 대해 말하는 방식이다. 그 사안이 지엽적일 수도 있고, 지엽적인 것을 여러 개 포함할 정도로 포괄적일 수도 있다. 그러나 그 크기와 범주에 상관없이 한 가지 주제에 대한 접근이어야 한다는 점에서는 다를 바가 없다. 잘못하면 「사람」처럼 공고하지 못한 결합이 될 가능성도 있다.

불필요한 장면의 삭제도 요청되고 있다. 전체적으로 이야기가 빠르게 진행되고 있고 어린이 관객을 고려해서 친절한 흐름을 보이고 있지만, 그럼에도 불구하고 전체적인 관점에서 이탈하고 있는 장면이 다수 있다.

첫째 극중극으로 삽입된 『심청전』을 들 수 있다. 오태석은 「심청이는 왜 인당수에 두 번 몸을 던졌는가」에서 두 번 인당수에 몸을 던지는 이유로 동시대인의 개안을 들었다. 고전소설의 심청이는 아버지의 눈을 뜨게 하기 위해서 바다에 투신했지만, 현대극의 심청이는 잘못된 사회를 외면하는 한국인들의 사회적 눈을 뜨게 하기 위해서 무대에 투신한다. 그 때의 『심청전』은 유효적절하고 의미있는 요소가 될 수 있다. 그러나 「내 사랑 DMZ」의 극중극 「심청전」은 별다른 의미적 유효성을 가지지 못한다. 그것은 극중극이 형식적 혹은 미학적으로 액자 바깥의 이야기와 동형성을 확보하지 못하기 때문이다. 그냥 재미있는 이야기에 불과하다면 삽입을 고려해야 할 것이다.

둘째 반복적 장면의 나열이다. 재공연된 「내 사랑 DMZ」에는 의미를 가늠하기 어려운 반복이 보인다. 솔개미 가족이 지나가는 장면이라든가, 곰에게 꿀을 두 번 주는 장면이라든가, 시화호 손님의 거듭되는 등장 장면이라든가, 장황하게 이어지는 굿 장면은 굳이 두 번 반복될 필요가 없어 보인다. 가령 곰의 탐욕성, 환경 문제의 삼투, 어쩔 수 없는 제련 절차 등의 이유로 장면이 반복된다고 해도, 그 장면을 다듬고 손질해서 겉치레 동작들을 제거해야 할 것이다. 한 연극에서 같은 장면을 두 번씩 볼 경우, 깊은 의미망이 생성되지 못하면 오히려 긴장감을 훼손시킬 가능성이 더욱 높다.

지금의 「내 사랑 DMZ」는 조금 길다는 생각이 든다. 그것은 공연이 거듭되면서 비만했던 간격들이 빠지면서 줄어들 것이다. 그리고 내면의 연기가 보다 강화되면 자연스럽게 그 공백들이 사라질 것이다. 그렇게 되기를 희망하며 또 그렇게 될 것이라고 믿어본다.

비판적 논점을 앞세우다 보니, 「내 사랑 DMZ」에 대한 불만만 늘어놓은 것 같아 당황스럽기도 하다. 그러나 분명한 것은 오태석의 관심과 그 가치가 대단히 크며, 그의 상상력과 문제 의식은 우리 연극이 되새길 부분이라는 점이다. 그리고 오태석 작품의 저 밑바닥에서 스믈스믈 올라와 우리의 의식을 흔드는 전쟁과 역사에 대한 그의 집착이 소중하다는 점이다.

역사에 대한 고전적인 정의처럼, 오태석에게 역사(전쟁)는 과거와 현재의 대화이다. 아니 과거의 기억을 뒤져 현재를 보고 미래를 암시받는 하나의 등불이다. 그 등불을 그는 무대에 걸고 배우들과 함께 앞을 헤쳐나가고 있다. 남들이 간 적이 거의 없는 길을 집요하게 간다는 점에서 그와 목화는 연극에서나 현실에서나 선구자처럼 느껴진다.◆(『리토피아』 2003. 가을)

# 네 개의 꿈, 그 얽힘과 풀림

최인훈의 희곡은 아름답다. 언어로 만들어진 시적 비유가 아름답고, 대사의 갈피에 스며있는 떨림이 아름답고, 만나고 헤어지는 아득한 인연이 아름답다. 그러나 그 아름다움은 무대 위에서 활짝 만개한 적이 없다. 지금까지는 공연보다 희곡에서 느껴지는 아름다움으로 만족해야 했다.

그래서 많은 사람들이 그의 희곡을 불신한다. 언어의 향기만 있는 관념의 희곡이 아니냐고 문자의 아름다운 향취는 무대적 재현을 근본적으로 무시한 데에서 나온 것이 아니냐고 그러나 반대 의견도 있다. 우리 연극 수준이 그의 희곡을 제대로 구사할 정도가 아니라는 옹호도 있고, 절치부심하여 그의 희곡을 연극적으로 승화시킬 연출 재능을 연마하겠다는 각오도 있다. 분명한 것은 어느 쪽이 옳든, 최인훈 희곡은 도전할만한 가치와 관심과 문제의식을 지니고 있다는 사실이다.

홍일표는 최인훈의 가작 「어디서 무엇이 되어 만나랴」에 도전했다. 그의 작품을 만나러 가는 길은, 자연스럽게 그의 성패를 점치는 자리와 통했다.

그것은 작품 속에 내재된 네 개의 꿈에 달려 있다. 한 사내가 있다. 그는 깊은 산 속에서 홀어머니를 모시고 사냥을 하며 먹고산다. 그러던 어느 날 그는 그토록 낯익던 길을 잃고 헤매다가 한 여인을 알게 된다. 여인은 사내의 실수로 천년의 세월을 다시 기다려야 하는 구렁이였다. 그녀는 사내의 억울함을 알기에 하룻밤의 운우지정을 허락하지만, 자신의 율법을 따르기 위해 사내를 죽여야 한다. 그러나 한 가닥 살길을 열어주는데, 마침 울린 세 번의 종소리로 사내는 그 길을 빠져 나온다. 꿈(하나)에서 깬 온달은 황망히 집으로 향한다.

온달의 집으로 평소 안면이 있던 대사와 낯선 동행인이 찾아든다. 그들은 대사의 암자로 가는 길이었다. 온달의 모친 온모는 대사에게 간밤의 꿈(둘)을 부탁한다. 온달이 관을 쓰고 해처럼 빛나다가 피를 흘리는 꿈이었다. 대사는 불길함을 느끼지만 혼인할 꿈이라고 둘러댄다. 그 해몽은 실현된다. 동행인은 온달의 처가 되기를 자청한다. 뒤늦게 돌아온 온달은, 그녀가 꿈속의 여인임을 알자 말없이 주어진 숙명을 받아들인다. 이렇게 평강은 꿈에서 헤어진 온달과, 현실에서, 다시 맺어진다.

10년이 지나 평강은 싸움터로 간 온달을 기다리고 있다. 밤이 되자 까닭 모를 불안이 엄습하고, 지쳐 잠든 꿈속으로 죽은 온달이 찾아든다. 그는 평강을 위해 산을 떠났고, 도시(평양성)의 각박한 인심을 견뎠고 싸움터에 나갔다고, 나직이 고백한다. 그녀가 원하는 굳건한 방패이자 울타리가 되기 위해서. 그녀는 그 순간 알게 된다. 온달이 그녀가 섬겨야 할 하늘이었고 고구려였음을, 그리고 그 하늘이 무너진 것은 자신의 욕심 때문이었음을. 그녀의 꿈(셋)은 엇갈린 그들의 운명을 일러주었다.

온달의 초가집으로 돌아온 평강을 따라 세 개의 죽음이 찾아든다. 하나는 온달이 죽었다는 소식이고, 다른 하나는 평강의 죽음이다. 마지막 하나는 온모의 한없는 잠이다. 온모는 아들 부부의 죽음을 보면서, 자신의 삶을 잠의 무저 갱으로 밀어 넣는다. 언젠가 온달이 늦게까지 돌아오지 않았던 날처럼, 돌아오지 않을 아들을 기다리기로 작정한다. 그녀의 바램 위로, 하얀 눈이 꿈처럼 내려앉는다(넷).

네 개의 꿈 중에서 홍일표가 살려낸 것은 첫 번째와 세 번째이다. 홍일표는 쇠사슬을 이용하여, 얽히고 설킨 인연의 사슬을 표현했다. 평강의 춤 사위 속으로 풀려나가는 띠는, 묶임과 풀림이라는 만남의 묘리를 보여주었다. 그러나 두 번째와 네 번째 꿈은 조금 미흡했다. 두 번째 꿈은 왜소한 온달이 따라야 했던 주체할 수 없는 숙명이 아니라, 모든 것을 알고 난 연후에도 당당하게 가야했던 단 하나의 길로 고쳐 표현되어야 했다. 네 번째 꿈은 더욱 어렵다. 이 꿈은 보이는 꿈이 아니다. 이것은 생의 한스러움을 묵묵히 받아들이기 위한 일종의 달관이어야 했다. 온모의 중얼거림이 큰 꿈으로 화하는 순간, 관객들은 더 큰 아득함을 맛볼 수 있을 것이다. 홍일표의 연출이 그 경지에 오르기를 바래본다.◆(『북새통』 2003. 3)

# 기억의 연극 사진첩에 기다림을 묻어두고

시간을 보내야 하고 누군가를 기다려야 하고
그 누군가가 절대 오지 않을 것 같아도 내일 온다고 믿어야 하고
크게 실망하지 말아야 하고 친구를 믿고 의지하면서
황량하고 의미 없고 죽어 가는 세계에서 살아남아야 하고
누군가의 방문을 기억해야 하거나 잊어야 하고.
그러면서도 절대 죽지 말아야 하고.

「고도를 기다리며」는 기다림에 대한 연극이다. 나는 이 연극을 학생들과 함께 보곤 한다. 그들이 이 연극을 어떻게 받아들일지 항상 궁금하기 때문이다. 그들은 그들의 눈 높이만큼 본다. 그 때마다 나는 두려워진다. 나는 얼마만큼 보는가. 나의 눈 높이는 과연 얼마인가.

이 작품을 학생들에게 설명할 때마다 엘리베이터의 비유를 들곤 한다. <엘리베이터에서 내릴 수 있는 이유가 무엇일까요? (…뜸을 들이고…) 혹시 내딛는 그곳이 허방이라고 믿지 않아서가 아닐까요. 발 딛는 그곳이 꺼지지 않으리

라는 희망 혹은 막연한 기대 같은 것이 있어서가 아닐까요. (…고개를 끄덕이는 학생이 보인다…)「고도를 기다리며」는 그러한 희망 혹은 막연한 약속을 좇는 사람들의 이야기입니다. 주인공은 블라디미르와 에스트라공이며 그들은 부랑자이고 소외자이며 할 일 없는 이 땅의 망나니이지요. 그래도 그들은 매일매일 기다립니다. 황량하고 의미 없고 죽어 가는 세상에서 고도라는 다소 모호한 이름을 가진 사람을. 기다리기 위해서 그들은 놀이를 합니다. 아니 어쩌면 그들은 진지하게 대화를 하는지도 모릅니다. 그러나 어떠한 대화도 제대로 기억되지 않습니다. 의미 없이 흘러가버리는 경우가 많지요. 이 작품을 읽어도 줄거리가 잘 기억이 나지 않는 것은 그것 때문입니다.>

그들은 기다린다. 고도(godot)를. 고도는 매일매일 소년을 보내 오지 않겠다는 전언을 남기는 데도, 그들은 그것 외에는 달리 할 것이 없는 것처럼 목도 메지 못하면서 하루하루를 견딘다.「고도를 기다리며」가 우리에게 소중해지는 지점이 여기이다. 우리도 매일매일 무언가를 기다린다. 젊은 날에는 멋진 여자와 스포츠 카와 부와 명예와 세상의 존경을 기다릴 수도 있다. 출세의 그 날을 기다리기도 하고 자신의 마음이 바라는 바가 실현되는 날을 기다리기도 한다. 무엇을 기다리든 기다린다는 점에서 일단 긍정적이다.

그런데 나이가 들면서 기다림의 빛깔은 바래기 일쑤이다. 기다리는 것이 무엇인지 잘 모르게 되기도 하고, 기다린다고 해서 반드시 오는 것이 아니라는 사실을 알기도 한다. 기다림 자체를 포기하게도 되고, 기다림에 매어있는 삶이 불편해지기도 한다. 하루하루가 똑같고 모든 일들이 시간을 버리기 위한 요식 행위처럼 느껴지기도 한다. 한 마디로 불편하고 암담한 기다림이 찾아온다.

그 때「고도를 기다리며」는 삶의 위안이 될 수 있다. 위기가 되어버린 삶의 웅덩이를 건너는 기억의 다리가 될 수 있다. 만일「고도를 기다리며」가 단번에 이해되지 않는다 해도 보아두어야 할 이유가 여기에 있다. 기억의 연극 사진첩에 넣어두었다가, 두고두고 꺼내 볼 수 있기 때문이다. 위기를 건너는 법으로 임영웅의 「고도를 기다리며」를 학생들과 함께 <첫>날 <첫> 공연으로 보았다. 무엇이든 <첫>이라는 단어는 마음을 설레게 하는 힘이 있다. 특히 산울림 소극장이 새롭게 단장하고 <첫> 입장이어서 <첫>의 의미 하나를 추가할 수 있었다. 공연장을 메운 학생들 중에서 이 작품을 처음 보는 사람들이 많았다는 점도 기억할만하다. 더 중요한 것은 나 역시 <처음> 보는 것처럼 새로운 것이 많이 눈에 띠었다는 점이다. 전에는 들리지 않던 대사들이 친근하게 다가왔다. 대표적인 것이 시간에 대한 대사들이었다. 에스트라공과 블라디미르는 시간을 보내기로 작정한 사람 같았다. 그들은 모든 사건을 시간을 보내기 좋으냐 안 좋으냐에 기준을 두고 판단했다.

두 사람은 인생이 연기이고 장난이라는 것을 이해하고 있었다. 그들은 견디기 위해서 모른 척하고, 남이 모른 척한다는 것을 알면서도 추궁하고 있었다. 그들은 의도적으로 장난을 치면서 시간을 보내고 있었다. 이러한 발견은 나에게 일종의 변화였다. 그 변화는 고도에 대한 연극 사진첩에서 왔다. 오래오래 두고두고 꺼내볼 수 있는 연극 사진첩에 누적된 시간을 가졌었기 때문이다. 이미 나의 마음 한 구석에는 「고도를 기다리며」가 있었다. 그 「고도를 기다리며」는 가끔 꺼내 보면 달라져 있는 어릴 적 사진처럼, 나의 앞날에서도 계속 달라질 것이다. 이것이 나에게 이 작품이 소중한 솔직한 이유이다.◆(『북새통』 2003. 7)

# 고요한 촛불 아래 일렁이는

영화 「매디슨 카운티의 다리」 가운데 기억에 남는 장면이 있다. 두 대의 차가 서 있고, 앞차에는 남자 한 명이, 뒷 차에는 중년 남녀가 타고 있다. 신호등이 들어오고 앞차가 떠나도 좋은 시점이 되었다. 그러나 앞차는 좌측 깜박이를 켜 놓은 채, 출발할 생각도 하지 않고 머물러 있다. 기다리다 못한 뒷차에서 경적을 울린다. 그래도 앞차는 그대로이다.

앞차에 탄 남자는 되뇌이고 있다. 프란체스카 내게로 와요, 자신의 느낌을 믿어요, 인생에 하나밖에 없는 확실함을 버리지 말아요. 프란체스카의 손이 올라온다. 도어를 열고 싶어하는 프란체스카의 얼굴이 보인다. 그러나 그녀는 들었던 손을 내린다. 아무 것도 모르는 남편이 가엾고, 손가락질 받을 아이들이 걱정되어 그녀는 자신의 확실함을, 느낌을, 그에게로 가고 싶은 마음을 억눌러야 했다.

임영웅 연출의 「매디슨 카운티의 추억」은 「매디슨 카운티의 다리」와 그 속편 격인 「매디슨 카운티의 추억」을 연극으로 바꾼 작품이다. 임영웅은 산울림 소극장을 운영하면서, 많은 소설을 극작품으로 탈바꿈시킨 경력이 있다. 특히 여인들의 심리와 삶의 지난함을 감동적인 공연언어로 바꾼 것으로 유명하다. 그가 이번에는 「매디슨 카운티의 추억」을 들고 나온 것이다.

연극배우 손숙은 이 시대가 자랑하는 최고의 여배우 중 하나이다. 부드럽고 활달한 그녀의 목소리가 무대를 휘감을 때는, 우리는 마술적인 언어의 여행에 동참하지 않을 수 없다. 특히 「담배 피우는 여자」에서 보여주었던, 한스럽고 지난한 삶이 배어 있는 연기는 일품이었다. 그런 그녀가 소설을 각색한 작품에, 그것도 한스러운 일생을 살아간 여자의 삶에 다시 도전한 것이다. 「매디슨 카운티의 추억」을 페미니즘 연극이라고 할 수는 없어도, 산울림이 그리고 손숙이 이어왔던 여성연극의 계보에 포함시킬 수 있는 것은 이 때문이다.

연극 「매디슨 카운티의 추억」은 이인극이다. 나는 개인적으로, 일인극보다 이인극이 어렵다고 생각해왔다. 일인극의 부담을 고스란히 가지고 있으면서도, 상대를 배려해서 연기해야 하기 때문이다. 그런 면에서 한명구는 이인극의 상대로 누구나 선호할 만한 배우이다. 그는 자신의 톤을 조절하여 앙상블을 만들어낼 줄 아는 배우이기 때문이다. 「고도를 기다리며」에서 그가 보여준 블라디미르 연기는, 상대인 에스트라공을 기가 막히게 살려준 것으로 유명하다.

일본의 저명한 연극비평가 센다 아키히코는 임영웅을 가리켜 <수비 범위가 넓은 연출가>라고 한 바 있다. 우리나라 최초의 뮤지컬 「살짜기 옵서예」를 연출하는가 하면, 이해랑의 뒤를 잇는 리얼리즘 연출의 후계자로 당당히 자리매김하고 있고, 20세기의 최고 명작인 「고도를 기다리며」를 30년 넘게 만들어온 경력도 가지고 있다. 센다 아키히코는 이러한 임영웅이 뮤지컬 「키스 미 게이트」를 만드는 것을 보고 그 연출 범위를 가늠할 수 없다고 감탄하며 위의 말을 했다고 한다. 그러나 내가 만나본 임영웅은 확고한 원칙을 지키고 있었다. 연출가는 작품이 원하는 것은 무엇이든 해야 한다고 카지노의 퇴폐적인 분위기를 원하면 퇴폐적일 수 있어야 하고, 고도의 지적 사색을 원하면 지적 사색을 줄 수 있어야 한다고 그는 믿는다.

연극 「매디슨 카운티의 추억」을 본다는 것은 세 사람을 보는 것이다. 이 연극에서 주제를 보고 사회적 파장을 가늠하고 생각의 깊이를 궁리하는 것은 무리이다. 원작이 주는 애틋함을 만끽하는 것도 한계가 있다. 대신 나는 이 연극을 세 사람의 역량과 앙상블을 구경하는 자리로 판단한다. 임영웅의 연극적 탈바꿈이 궁금했고, 손숙이 그토록 원하던 프란체스카가 궁금했고, 한명구가 어떻게 프란체스카의 억눌린 사랑을 튀어나오게 할지가 궁금했다. 잔잔한 촛불 뒤로 춤추던 남녀가 어떻게 그들의 내면 속에 웅크린 열정과 사랑을 피어나게 할지 궁금했다.

손숙은 프란체스카가 되어 고요한 촛불 아래에서 자신의 열정을 내뿜는다. 중년 여인이 가지고 있던 믿어지지 않는 일탈에의 욕구. 그 욕구는 조용하지만 힘있는 동반자 킨케이드가 있어, 촌스럽거나 천박해지지 않고 애틋하게 빛나게 된다. 이러한 그들의 모습은 임영웅이 꿈꾸는 하나의 목표, 즉 '연극은 인간을 그리는 예술'이라는 단순 명료한 모토의 밑그림을 따라 그려진 것이다. 믿어지지 않는 열정과 그 열정을 다스리는 일상의 힘겨움을 통해, 좌측깜박이를 켜고 삶의 곧바른 길에서 벗어나고 싶어하는 한 사람의 자기와, 그러한 자기를 억누르며 직진 신호를 따라야 하는 또 하나의 자기를 마주하게 하는 작업이었다. 그렇다면 고요한 촛불 아래 일렁이던 열정은, 인간이 지닌 모순 그 자체였던 것이다.◆(『북새통』 2003. 5)

# 2악장

입하의 충만*fullness*

# 문학의 바깥에 위치한 비평의 풍경
## ― 비평의 새로움 혹은 모험 ―

## 1. 문제제기

문학에서 비평의 몫은 과연 어디까지인가. 이러한 물음은, 비평가라면 한 번쯤 던져볼 법한 질문이되, 그 답변이 유보되곤 하는 영원한 화두가 아닐 수 없다. 범박하게 말해서, 창작이 작가의 상상력으로 빚은 문학의 일차적 산물이라면, 비평은 창작된 작품을 엄정한 시각으로 평가하는 문학의 이차적 산물이라고 말할 수 있다. 이 <이차적>이라는 수식어가 때로는 <부차적>이라거나 <열등한>이라는 수식어와 통하기도 한다는 점에서 비평은 필경 문학의 본령에서 간접적인 영역을 점유하는 것만은 분명하다. 문제는 이러한 <이차적>이라는 수식어가 가리키는 범위이다.

이러한 <이차적>에 대한 반응은 다양하다. 그 중에서도 주목할 만한 반응은, 비평의 독자성을 강조하는 입장들이다. 비평의 영역을 확보하기 위해서, 비평을 창작과 별개의 문학 행위로 치부해버리거나, 비평의 우위를 내세우기 위해서 창작을 인도하고 이끌어야 한다는 지도적 위치를 피력하는 입장이 그것이다. 그 자체만으로는 당위성에 대한 어떠한 평가도 곤란하다. 다만 비평을 문학의 당당한 주체로 자리매김한다는 점에서 고무적인 일이다. 하지만 이는 비평이 창작을 뒷받침하고 문학의 가치와 의의를 가늠한다는 본연의 임무를 망각하지 않는 한도 내에서 그러하다. 비평이 독자성만을 내세워 실제 작품을 경시하고 창작을 일방적으로 이끌려는 맹목과 고집을 앞세운다면, 비평이 설 자리는 그만큼 협소해질 것이다.

비평이 어떠한 입지점을 확보하든 본연의 임무를 잊지 말아야 한다는 전언은, 거꾸로 본연의 임무를 명심하는 한도 안에서 어떠한 방식을 선택해도 상관없다는 암시를 던진다. 비평이 문학적 가치를 되살리기 위해서 창작의 영역에 개입하는 경우에도, 이러한 암시는 유효하다. 하지만 여기서 우리는 비평의 영역 내에서 이러한 간섭이 과연 가능할까라는 의구심을 쉽게 떨쳐 버리지 못하는 게 사실이다. 가령 시나 소설에 대한 비평이 창작에 대한 간섭을 전개할 경우, 기존의 문학적 관습 하에서는 대단히 낯선 일이 아닐 수 없다. 그러나 희곡에서는 사정이 조금 다르다. 적어도 희곡비평은 창작의 영역을 부단히 노크하는 가능성을 타진해야 한다.

희곡은 공연을 염두에 둔 문학이므로, 타자의 개입 가능성을 고려하는 문학이어야 한다. 타자는 연출가가 될 수도 있고, 배우가 될 수도 있고 극단적인 경우에는 관객이나 독자가 될 수도 있다. 비평가도 예외일 수는 없다. 이런 맥락에서 볼 때, 희곡 비평가에게는 반드시 해야 할 작업이 있다. 공연과 문학이라는 이중적 영역에 걸쳐 있는 희곡을, 보다 문학적으로 읽어낼 수 있는 그래서 보다 예술적으로 공연할 수 있는 여건을 마련하는 작업이 그것이다. 창작에 대한 간섭은 틀림없이 희곡 비평의 몫이다. 연극 비평가가 공연을 읽어내는 역할을 한다면, 희곡 비평가는 문학과 공연이 조화롭게 공존하고 양자의 마찰을 조율할 수 있는 기능을 담당해야 한다는 점에서 차이점을 드러낸다. 따라서 시나 소설에서의 비평, 혹은 연극에서의 비평이 감당해야 할 몫과, 희곡에서 비평이 감당해야 할 몫은 다르다고 하지 않을 수 없다. 이

지점에서 희곡 비평이 필요한 이유가 도출된다.

그렇다면 희곡 비평이 담당해야 할 몫은 구체적으로 무엇인가. 희곡 비평은 고정된 문학 텍스트와 가변적인 공연 대본 사이를 연계하는 작업인 만큼, 문학 텍스트의 변형 작업과 공연 대본의 고정 작업에 관련된다. 문학을 실제에 맞게 변형시키고 변형된 대본이 공연으로서의 의의를 잃지 않도록 매개적 역할을 담당해야 한다. 이러한 측면에서 채만식의 「제향날」은 희곡 비평의 본질을 시험할 수 있는 좋은 전범이다.

채만식은 소설가로 널리 알려져 있지만, 정작 그에 못지 않은 뛰어난 극작가였다는 사실은 잘 알려져 있지 않다. 이러한 사정을 소설이 희곡보다 우수한 성과를 거두었다거나, 희곡이 주변적인 장르라는 선입견으로 받아들여서는 곤란하다. 그는 실제로 소설의 여기로 희곡을 썼다는 말을 남기고 있긴 하지만 이것은 창작의 관행에서 흔히 있을 법한 작가의 겸손에 불과하다. 더구나 그가 남긴 소설 분야에서 문학적 깊이가 넉넉하게 확보되었다는 일반적 평가에도 불구하고 다소 고전적인 형식미를 고수했다는 약점을 부인하기 힘들다. 그런데 희곡 분야에서는 이러한 약점이 선구적인 실험을 통해 어느 정도 해소되고 있다. 30년대라는 시대적 제약과 극양식에 대한 불모지적 인식 아래에서, 현재 내놓아도 별로 뒤지지 않을 형식미학을 선보일 수 있었다는 사실은 일종의 경이에 가깝다. 이러한 희곡을 당대적 의미를 충분히 유지하면서도 현실적 상황에 맞게 재편하는 작업은, 중대하고도 소중한 시도라 하지 않을 수 없다. 따라서 희곡 비평가는 이러한 작업에 눈을 열고 귀를 기울일 필요가 있다. 이러한 작업이 활발하게 이루어질 때 비평은 새로운 영역에서 그 진가를 발휘할 수 있을 것이다.

## 2. 「제향날」의 희곡사적 의의와 기존의 구성 방식

채만식의 「제향날」은 1937년 11월 『조광』에 발표되었다. 당시로서는 상상도 하기 힘든 <플래쉬 백>의 수법을 본격적으로 사용한 최초의 작품이지만, 연극계의 주변부조차 접근하지 못한 그의 활동 영역으로 인해 철저하게 외면당한 작품이기도 하다. 이는 우리 문학과 예술 전반에 걸쳐 커다란 아쉬움으로 남을 일이다. 또한 희곡과 소설의 체계적인 연관성을 고려하지 못한 왜곡된 문학비평과 연구를 낳은 걸림돌의 하나로 작용한다.

채만식의 다른 작품들에서 가족사 구도를 발견하기는 어렵지 않다. 대표적인 작품으로 소설에서 「태평천하」를, 희곡에서는 「당랑의 전설」을 꼽을 수 있다. 이러한 작품들은 한 집안의 가족사 구도를 빌어 현실의 모습을 축약적으로 형상화한다는 공통점을 갖는다. 바꾸어 말하면, 가족사 구도는 현실과의 대응 관계를 적극적으로 고려한 작가 의식의 산물인 셈이다. 이러한 현실 대응의 구도는 「제향날」에서도 역시 나타나고 있다. 특히 외부의 현실을 상징적으로 압축한 극의 내부 공간, 즉 무대 위에 표현되는 공간적 배경을 통해 가시적으로 나타난다. 서연호의 지적처럼 <소재 자체는 가족사를 중심으로 하는 이야기이나 심층적 의미는 할아버지, 아버지, 아들의 민족사적 과제를 취급한 것으로 해석>해야 하며, 궁극적으로는 <식민지 상황 속에서 역사적 과제와 긴밀한 관련을 맺고 있다>는 평가가 내려져야 한다.

막이 열리면, 과거에는 무척 부유했을 것으로 보이나 지금은 쇄락한 집을 배경으로 최씨 노인이 등장한다. 노인의 주름진 얼굴에는 지난 시대의 상흔이 세월의 험난함을 가장해 가득차 있고, 석양처럼 몰락해 가는 한 집안의 운명은 당시 현실을 암시적으로 반영한다. 때마침 그 날은 죽은 남편의 기일로, 외손자인 영오가 제사를 지내기 위해서 뛰어들어온다. 영오는 외할머니에게 이야기를 해달라고 조르고, 난처해진 할머니는 자신과 가족이 겪은, 그래서 영오에게도 남의 일이 될 수 없는 가족사를 들려주기 시작한다. 이 가족사의 내용이 플래쉬 백의 수법을 통해, 무대 위에서 구체적으로 형상화되는 것에 이 작품의 형식적 특색이 부각된다. 따라서 플래쉬 백의 방식을 통해 설정된 회상 장면을 〈독립 장면〉으로, 작품을 일관하는 흐름을 〈여백 장면〉으로 지칭할 수 있다. 이러한 이질적 장면을 흐르는 시간을 각각 〈극중 현재〉와 〈회상된 과거〉로 또한 지칭하기로 한다.

첫 번째 회상 장면은 최씨 노인의 남편인 김성배가 동학 운동에 실패하고, 자기 대신 관가에 억류된 아버지를 위해서 자수하러 가는 기억이다. 김성배는 자신의 선택이 옳았음을 확신하지만, 만회할 길이 없어 보이는 완강한 현실 앞에서 아버지를 살리는 길을 역시 선택해야 했다. 이러한 기억은 김성배의 등장과 체포로 이어지는 절박한 장면 묘사를 통해 간략하지만 짜임새 있게 펼쳐진다. 물론 전후 사정과 인과 관계는 구체적인 회상 장면이 일어나기 직전에, 작품 상의 현재에서 일어나는 최씨 노인의 주관적 진술로 보충된다. 두 번째 회상 장면은 붙잡혀간 김성배가 정기정(正己亭)에서 문초받는 기억이다. 여기서 최씨 노인은 직접적으로 목격하지는 않았지만, 자신이 들었을 것으로 추측되는 이야기를 과거 사실로 되살려내서 영오와 관객 앞에 하나의 장면으로 형상화해낸다. 세 번째 회상 장면은 김성배가 죽음을 당하는 기억이다. 이 기억은 회상된 과거에서 극적인 결말 처리를 통해, 비장미를 한껏 더하고 있다.

2막으로 들어서면, 회상된 과거와 시간이 1막 보다 훨씬 후로 나타난다. 1막이 1894년 동학 농민 항쟁의 시점을 재구성했다면, 2막은 1919년 3.1운동 무렵을 가리킨다. 김성배가 남긴 아들, 김영수는 어느새 어른이 되어 최씨 노인을 부양하고 있고, 아들과 아내를 거느리고 있다. 몰락했지만 제법 안정된 김씨 가를 이끌어가고 있는 것이다. 그러나 3.1운동에 관여하게 되면서 김씨

가는 다시 몰락의 징후를 맞이한다. 네 번째 회상 장면은 김영수가 3.1운동을 모의하는 기억을, 다섯 번째 회상 장면은 역시 3.1운동에 실패한 김영수가 도피하다가 중국으로 망명하기 위해서 집에 들르는 기억을 묘사한다. 이것은 최씨 노인의 삶을 또 한번 절망으로 물들게 하고, 그녀가 바라던 세상이 요원함을 상징적으로 보여준다.

3막은 할아버지 산소에 성묘를 하고 돌아온, 김영수의 아들인 상인의 등장과 함께 시작한다. 영오는 사촌형인 상인에게 김씨 가의 가족사를 들었음을 알리고, 다른 이야기를 부탁한다. 상인은 가족사적 수난이나 민족사적 아픔과는 별개로 해석되기 어려운 프로메테우스 신화를 들려준다. 여섯 번째 독립 장면인 신화 장면은, 프로메테우스가 인간들에게 불씨를 전달하는 과정을, 일곱 번째 독립 장면인 신화 장면은 인간을 도운 벌로 코카서스 산중에 억류당한 후일담을 보여주고 있다. 최씨 노인은 불씨를 간직하는 풍습이 있었다고 말하며, 민족사적 저항에 대한 암시를 전달한다. 그리고 상인은 사회주의와 관련있는 활동을 위해 외출한다.

이를 간략하게 표로 정리하면, 다음과 같다. 극중 현재는 작품에 나와있는 〈전경(前景)〉으로 통칭하고 각각을 구별하기 위해서 번호를 붙였다. 독립 장면은 회상 장면과 신화 장면으로 나누어 정리했다.

    ⓐ 前景 1　　　　　　　　: 최씨와 영오
    ⓑ 회상의 독립 장면 1　: 김성배의 자수 장면
    ⓒ 前景 2　　　　　　　　: 최씨와 영오
    ⓓ 회상의 독립 장면 2　: 김성배의 문초 장면
    ⓔ 前景 3　　　　　　　　: 최씨와 영오
    ⓕ 회상의 독립 장면 3　: 김영수의 처형 장면
    ⓖ 前景 4　　　　　　　　: 최씨와 영오
    ⓗ 회상의 독립 장면 4　: 김영수의 3.1운동 모의 장면

ⓘ 前景 5    : 최씨와 영오
ⓙ 회상의 독립 장면 5 : 김영수의 망명 장면
ⓚ 前景 6    : 최씨와 영오, 상인
ⓛ 회상의 독립 장면 6 : 프로메테우스의 불 전달 장면
ⓜ 前景 7    : 최씨와 영오, 상인
ⓝ 회상의 독립 장면 7 : 프로메테우스 억류 장면
ⓞ 前景 8    : 최씨와 영오, 상인

## 3. 「제향날」의 구조적 특징과 새로운 공연 가능성

「제향날」의 구조적 특성은 장면의 전개 방법/시간의 배열 형식/내재적 의미의 구성 원리로 나누어 고찰될 수 있다. 이는 회상의 장면화/과거·현재·미래의 병렬/인물들의 유기적 관계로 요약된다. 공연 가능성을 검토하는 작업은 「제향날」의 이러한 구조적 특성을 살피는 작업에서 시작한다. 또한 「제향날」의 특성을 더욱 발전시키고 한계를 보완하는 작업으로 가닥이 잡힐 것이다. 작품의 부분적인 각색이 불가피하다면, 「제향날」의 특성을 새롭게 해석하고 정확히 표현하며 세련되게 형상화할 수 있는 형식을 찾는 것에 초점이 맞추어져야 한다. 면밀한 검토를 통해 합리적 관점을 확보하지 않고서는, 공연 가능성에 대한 새로운 논의가 <주관적인 편견>이라는 비난을 면할 길이 없어 보인다.

따라서 공연의 새로운 가능성을 타진하는 작업은, 「제향날」의 구조적 특성을 면밀히 검토하고 정리한 이후에, 무대 위에 구체적으로 형상화할 수 있는 새로운 공연 방식을, 합리적 근거를 통해 제시하는 일련의 과정을 거쳐 마무리지어질 것이다.

## 3□1. 장면의 전개 방법

「제향날」의 장면 전개는 <회상의 장면화>를 통해 이루어진다. 회상의 장면화란, <회상된 과거의 장면>과 <극중 현재의 장면>을 교대로 무대 위에 형상화하는 기법을 말한다. 이는 역사와 현실을 동시에 파악하려는 <겹시각>의 구조적 반영이다. 과거와 현재의 교차 반복을 통해 과거와 현재가 역사의 맥락에서 불가분의 관계를 맺고 있다는 사실이 드러난다. 따라서 <회상의 장면화>로 이루어지는 「제향날」의 장면 전개 방법은, <역사의식>의 형식적 집약이라고 할 수 있겠다.

이러한 회상의 장면화 기법은 작품이 창작되던 당시에는 무척 이채롭고 파격적인 기법이 아닐 수 없었다. 과거의 사실을 현재의 시점으로만 표현하던 기존의 역사극 형식과 크게 변별되며, 직간접적으로 회의적인 비판에 직면하기도 했다. 물론 여기서의 비판은 주로 공연의 실제적인 측면을 고려하지 않았다는 지적이 주류를 이룬다. 하지만 이러한 회상기법이 갖는 의의는 지금도 유효하다. 사건의 평면적 진행을 막고 입체적인 시각을 확보할 수 있다는 장점을 지니고 있어, 이미 그 쓰임새가 보편화되어 있을 정도이다. 그러나 「제향날」에서 사용된 회상의 장면화 기법은 시대적 의의와는 별개로, 적지 않은 약점을 드러내고 있는 것도 사실이다.

먼저 회상의 장면화 기법이 쓰인 빈도를 문제삼을 수 있다. 「제향날」에서 회상의 장면화 기법이 쓰인 횟수는 총 일곱 번이다. 다시 말해서 <회상된 과거 장면>이 일곱 장면이고, <극중 현재 장면>이 여덟 장면이다. 현재 장면에서 과거 장면으로 전환은 필연적으로 과거 장면에서 현재 장면으로의 전환을 동반하기 마련임으로, 장면 전환이 일어난 횟수는 총 열 네 번이다. 열네 번의 장면 전환은, 아무리 그 의의를 고려한다할지라도, 의도했던 효과를 거둘 수 없을 만큼 빈번하다 할 것이다. 이처럼 빈번한 장면 전환은, 극적 긴장감을 해칠 가능성이 매우 크다.

회상 장면이 보여주는 단순한 반복과 순차적 나열도, 극적 긴장감을 떨어뜨리는 요인이다. 과거 다음에 현재, 현재 다음에 과거라는 단순한 반복은 규칙을 형성하기 마련이고, 형성된 규칙을 발견한 관객들은 현재와 과거의 교체를 순차적인 나열로만 받아들이기 십상이다. 이러한 인식은 형식적 특성에 대한 고려를 세심하게 이끌어내지 못한다. 형식에 대한 무관심은 동일한 무대에서 이질적인 시간을 묘사해서 역사와 현실의 상관성을 드러낸다는 작품의 형식적 의의를 무색하게 할 가능성이 농후하다. 따라서 장면 전개의 규칙은 폭로되고, 과거와 현재의 이질적인 시간대를 동일 공간에서 표현한다는 극적 형식은 의의를 잃는다.

「제향날」의 회상의 장면화 기법이 지닌 문제점을 보완하기 위해서는, 먼저 회상된 과거 장면 수를 줄여야 한다. 더 나아가서, 과거와 현재의 동시적 파악이 가능할 수 있도록 대담한 형식을 고안할 필요가 있다. 필자는 이를 위해, 다음과 같은 방식을 제시한다.

먼저, 1막에 나타나는 3개의 과거 장면을 2개로 줄인다. 축소의 대상이 되는 장면은 1막의 세 번째 과거 장면인 〈김성배의 처형 장면〉이다. 이 장면을 2막의 두 번째 과거 장면인 〈김영수의 망명 장면〉과 연결시킨다. 이는 두 인물의 말로를 드러내는 마지막 장면을 연계시킴으로써, 작품의 비장미를 높이려는 의도이다. 또 두 개의 과거 장면을 하나로 묶음으로써, 앞에서 문제삼은 과거 장면의 수를 줄일 수 있다는 이점도 있다. 과거 장면의 수가 문제가 되는 만큼, 이 두 장면의 연계는 극중 현재 장면을 거치지 않고 나타나도록 연속적으로 이어놓아야 한다. 여기서 연속적으로 이어놓는다는 의미는 김영수의 망명 장면과 김성배의 처형 장면을 한 무대 위에 차례로 공연함을 뜻한다. 더 자세히 보충한다면, 김영수의 망명 장면을 공연하고 난 후에, 바로 이어서 김성배의 처형 장면을 공연해야 한다는 뜻이다. 이러한 방식은 〈연속적 장면 제시>라 할 수 있다. 연속적 장면 제시에는, 의례 끼워들기 마련인 극중 현재는 제외된다. 이 두 장면의 결합이 용이한 까닭은, 두 세계사적 개인의 말로를 보여준다는 공통점에서도 원인을 찾을 수 있겠지만, 실제 공연적인 측면에서 볼 때, 최씨 노인이 두 장면에 모두 등장하지 않아도 된다는 점에서도 근거를 찾을 수 있다. 또한 <김성배의 처형 장면>이 생략되어도, 1막의 마무리에는 큰 장애가 없기 때문이다.

　　i) **최씨**　그래 그렇게 사정마당에서 앞뒤로 옹위해가지고 사정바루건너편 과녁있는데로 끌고가더니(한숨, 間) 도망가지 못하게하느라고 제각금 다리까지 친친동여서 과녁앞에다가 일ㅅ자로 세워놓고는 병정들은 열댓게름이나 이쪽으로 물러서더니마는, 아마 한이십명이나되지? 그런병정들이 죽 늘어서서는 총을 고누더구나, 그래 방금 총소리가 나는줄알고 내어다보다가 눈을 감았더니 이제나저제나 기달려도 총소리가 나지를않겠지! 그래 웬일가하고 눈을다시떠보니까(舞臺 急히 暗轉. 다시 急히 밝어지면 第三場)

　　ii) (전략) 다시 밝어지면 도루前景
　　　**최씨**　(한숨)
　　　**영오**　⋯⋯
　　　**최씨**　그래서 느이외할아버지는 그렇게 모진죽엄을지시고(후략)

　i)은 <김성배의 처형 장면> 직전의 상황이고, ii)는 그 직후의 상황이다. i)과 ii) 사이에는 이미 별도의 장면 제시가 필요없을 정도로, 충분한 설명이 이루어지고 있다. 오히려 이러한 설명은 과도한 대사로 인해 절제될 필요가 있을 정도이다. 따라서 <김성배의 처형 장면>을 일시적으로 생략하고, <김영수의 망명 장면>과 연계시키는 데에서 발생하는 장면 전환의 문제는 그리 심각하지 않다고 결론지을 수 있다.

한편으로 위의 인용문에서도 단적으로 나타나는 것처럼, 현재 장면에서 나타나는 최씨의 주관적 서술 중에 과거 장면과 겹치는 불필요한 부분을 가급적 생략하고, 사건의 개요 등은 짤막한 대사로 압축해 지루함을 주지 않도록 배치해야 한다.

## 3□2. 시간의 배열 형식

「제향날」은 이미 설정된 과거와 현재의 시간에, 신화의 시간을 도입한다. 신화의 시간은 미래의 시간이 되는데, 미래의 시간은 역사가 지향하는 시간이라는 점에서 의의를 갖는다. 따라서 작품의 내부에 설정된 신화의 시간은, 과거·현재·미래의 병렬로 요약되는 시간의 배열을 완결하게 된다. 이러한 세 시간대의 극중 병렬은, 궁극적으로 <영원한 역사의 쇠고랑>을 통해 역사의식을 강조하기 위한 장치가 된다. 신화가 내면의 가르침을 의미한다고 할 때, 역사와 현실이 지향하게 되는 신화의 영역은, <영원한 역사의 진리>를 암시하고 재현할 가능성의 영역을 뜻한다.

「제향날」에서 구체적으로 장면화된 신화는, 프로메테우스 신화이다. 프로메테우스의 신화가 보여주는 메타포는 <저항>이다. 이는 세계사적 개인의 대의적 선택을 통해 엿볼 수 있는, <저항>과 같은 맥락을 형성한다. 이처럼 「제향날」에 등장하는 김성배, 김영수, 그리고 프로메테우스의 삶은, 저항의 삶이라는 공통점을 지닌다. 여기서의 저항이란, 역사적 저항을 가리킨다. 역사적 저항은 역사의 흐름 속에서 자신의 행동이 정당하다는 믿음에서 비롯되며, 잘못된 역사를 바로잡으려는 실천으로 구체화된다. 이러한 역사적 실천을 통해, 역사적 진실이 드러난다. 그러므로 신화의 장면화는, 극 속에서 역사적 진실을 형상화한다는 의의를 지닌다.

하지만 극 안에서 표현되고 있는 신화 장면은 전체적인 균형을 무너뜨린다는 문제점을 보인다. 과거 장면과 신화의 장면을 동일한 방식으로 재현시킨

것은 미숙한 수법이라는 서연호 지적에서도 엿보이듯이, <재현된 신화의 장면>을 과거 장면의 연장선상에서, 동일한 회상 기법을 통해 전달하는 방식은, 아무래도 극대화된 극적 효과를 기대하기 어렵다. 따라서 신화의 장면화에 대한 재고가 필요하다. 과거 장면과 동일한 극적 위상을 갖는 기존의 방법으로는, 신화의 장면이 주는 불안정성을 만회하기 힘들기 때문이다.

따라서 <재현된 신화의 장면>과 <회상된 과거의 장면>의 융합을 생각할 수 있다. 지금처럼 5개의 과거 장면(앞에서 이미 두 과거 장면을 하나로 합쳤으니 4개가 되었다)이 끝나고 2개의 신화 장면이 이어지는 방식을, 각각의 과거 장면 안에 신화의 장면을 포함시켜 공연하는 방식으로 바꿀 것을 제안한다. 이러한 방식은 <융합적 장면 제시>라고 할 수 있다. 이는 무대의 분할 사용을 전제한 장면 제시의 방식이다. 이러한 융합적 장면 제시는, 일차적으로는 신화와 과거의 선조적(線條的) 연결에서 나타나는 어색한 나열을 피할 수 있게 한다. 또한 신화와 과거 사이의 상호보완적인 측면을 강조하여, 보다 긴밀하게 연계된 의미망의 구축을 가능하게 한다. 이렇게 구축된 의미망은, 신화와 과거의 융합 장면 내의 구조뿐만 아니라, 대비되는 현재 장면과의 전체적 구조에도 짜임새를 한결 더하게 한다. 또한 앞에서도 이미 지적했듯이, 독립 장면과 여백 장면의 단순한 반복과 순차적 나열을 피할 수 있다는 점에서, 극적 긴장감도 확보할 수 있다. 게다가 이렇게 줄어든 장면은, 전체적으로 느슨한 흐름을 밀도있게 압축시켜 빠른 전개를 가능하게 한다.

그런데 여기서 한가지 문제가 있다. 신화 장면은 두 개이고 과거 장면은 네 개이니, 어떤 방법으로 융합할 것인가의 문제가 남게 된다. 먼저 프로메테우스 신화를 참고하여 한 장면을 만들어내야 한다. 프로메테우스의 삶과 김성배·김영수의 삶이 갖는 공통성을 고려한다면, 인간(희생)과 하느님(형벌) 사이에서 고민하는 장면이 적당하겠다. 프로메테우스가 희생적 행위와 가혹한 형벌 사이에서 갈등하는 장면의 제시는, 역사적 삶을 살아가는 인물들의 의연함과 당위성이 지나치게 강조되어 대의적 결정에 뒤따르기 마련인 <개인>으로서의 내면 갈등이 약화되고 말았다는 「제약날」의 약점을 보완하는 구실을 담당할 것이다.

프로메테우스의 억류 장면은 첫 번째 과거 장면과 네 번째 과거 장면에, 동일하게 겹쳐서 제시하는 것이 효과적이다. 결과(프로메테우스의 억류 장면)를 먼저 제시하여 관객의 호기심을 유도하고, 과정(프로메테우스의 갈등 장면과 불 전달 장면)을 차례로 제시하여 이유를 납득시킨 이후에, 다시 처음(프로메테우스의 억류 장면)으로 돌아가 의미있는 마무리를 이끌어내는 장면 전개 방법은, 프로메테우스의 희생과 저항의 상관관계를 극대화시켜 전달한다. 특히 네 번째 과거 장면은 이미 김영수의 망명 장면과 김성배의 처형 장면이 연속되어 있는데, 프로메테우스의 억류 장면마저 연속되어 전개된다면, 희생적인 삶의 말로를 집중적으로 부각시킨다는 의의까지 확보하게 된다.

여기까지 「제향날」의 장면 구성을 정리하면, 다음과 같다.

ㄱ 前景 1
ㄴ 통합 장면 1 : 김성배의 자수 장면과 프로메테우스의 억류 장면의
          융합 제시
ㄷ 前景 2
ㄹ 통합 장면 2 : 正己亭 장면과 프로메테우스의 고뇌 장면의 융합 제시
ㅁ 前景 3
ㅂ 통합 장면 3 : 3.1 운동 모의 장면과 프로메테우스의 불 전달 장면의
          융합 제시
ㅅ 前景 4
ㅇ 통합 장면 4 : 김영수의 망명 장면, 김성배의 처형 장면, 프로메테우스
          의 억류 장면의 연속 제시
ㅈ 前景 5

전경과 통합 장면의 교체는 조명의 점멸을 통해 이루어진다. 그러나 8번이나 일어나는 장면 전환을 모두 동일한 조명 점멸 만으로 표현한다는 것은, 극적 효과를 감소시킬 위험이 적지 않다. 따라서 전경에 위치한 최씨가 연달아 등장하지 않는 통합 장면 2 와 통합 장면 3 은 조명의 부분적인 변화만을 동반하며, 무대 여백의 공간에 등장 인물들이 자연스럽게 등장해 공연하는 방식[1]을 채택할 수 있다. 이러한 자연스러운 장면 전환은, 현재와 과거가 자연스럽게 나타나는 효과도 아울러 거둘 수 있다.

독립된 장면의 결합인 통합 장면의 설정은, 전경의 장면 전개에 문제를 발생시킨다. 상인이 영오에게 들려주는 것으로 되어있는 프로메테우스의 불 전달 이야기가 이미 통합 장면으로 전달되었기 때문이다. 그러나 프로메테우스 불 전달 장면의 앞뒤를 세심하게 살펴보면, 약간의 손질만으로도 이러한 공백이 효과적으로 보완될 수 있음을 확인하게 된다.

---

1) 전경의 무대 배경을 보면, <최씨네집>을 무대 한편에 마련하고도 상당한 여백을 만들 수 있는 가능성을 발견할 수 있다. 게다가 <극중 현재 장면>은 영오나 상인의 등퇴장을 제외하고는, 배우들의 움직임이 거의 없다. 대부분의 동선은 <툇마루>를 중심으로 이루어지며, 앉아서 이야기하는 정도이지 특별한 공간을 필요로 하지 않는다. 여백 공간의 활용에 대한 제약이 거의 없다고 할 수 있다. 따라서 처음부터 의도만 한다면, 무대에 통합장면과 전경의 동시 재현이 가능하도록 여백을 남겨두는 것은 어렵지 않다. 이러한 여백의 설정은, 불가피하게 조명의 점멸이 필요한 경우가 아니면 -예를 들면, 전경 1에서 통합장면 1로 넘어가는 과정에서 최씨가 할머니에서 젊은 임산부로 바뀌는 경우라든가, 전경 3에서 통합장면 4로 넘어가는 과정에서 최씨의 외향변화라든가-조명을 점멸시키지 않고도, 자연스러운 장면 전환을 유도해낼 수 있다. 이러한 방법을 더 과감하게 적용하면, 최씨의 외형 변화를 무대 위에서 그대로 보여주는 방법을 통해, 불필요한 암전을 완전히 제거하는 획기적인 공연 방식으로 재편할 가능성도 생각해볼 수 있다. 이는 최씨의 <서사적 화자>의 입장을 한층 강화한 공연 방식이라 하겠다.

i) **상인** 불은 거룩한것이래서 버러지같이 땅우에기어 다니는 인간들한
테는 그런거룩한것을주어서는 안된다는거야 그런데 하누님신
하에 푸로메슈-스 응 푸로메슈-스라는 응-무어라고하꼬? … 중
략… 그래서 불을 그렇게 훔처가지굴랑 인간들이있는 땅위로
쓱-내려왔단말이지(舞臺 急히 暗轉. 다시밝어지면 第三幕第
一場)

ii) (舞臺 急히 暗轉.다시밝어지면 도구 前景)
   **상인** 그래서
   **영오** 멀 가짓부렁! 석냥이있는데 왜불이 없어

두 인용문은 「제향날」의 <프로메테우스의 불 전달 장면>의 앞뒤 상황이
다. 이는 특별하게 프로메테우스 신화가 연계되지 않더라도, 충분히 연결될
수 있는 상황임을 증명한다. 이어서 나타나는 두 번째 신화 장면인 <프로메테
우스 억류 장면> 또한 특별하게 전경 5에 필요한 부분이 아니기 때문에, 상인
의 외출(사회주의 운동과 관련이 있는 것으로 생각되는)과 이어지는 최씨와
영오의 대화(상인이 사회주의 운동을 하고 있다는 암시)를 통해 작품의 전체적
인 마무리를 상정해도 무리가 없어 보인다.

### 3□3. 내재적 의미의 구성 원리

「제향날」의 내재적 의미는 인물들이 형성하는 세 가지 관계를 통해 드러난
다. 저항의 삶을 따르며 역사적 실천을 이어가는 부/자 관계, 저항과 수난의
삶을 대비적으로 보여주는 남/여 관계, 과거에서 미래까지 연속적인 시간의
흐름을 상징하는 과거/현재/미래의 상징 관계가 그것이다. 이는 과거와 현재,
역사와 현실, 사회와 인간, 대의적 행위와 일상적 삶의 관계에서 나타나는
다양한 양상들을 총체적 시각으로 보여주고 있다.

「제향날」의 인물 관계는, 극양식의 가장 큰 특징인 갈등을 첨예하게 형상화하기에는 다소 부적절한 양상을 보인다. 복잡하게 얽혀있는 듯 하지만, 근본적으로는 동어반복에 불과하기 때문에 편중된 하나의 의미를 강조하는 역할밖에는 하지 못한다. 여기서 말하는 하나의 의미란, 역사적 삶의 당위성이다. 이러한 인물들의 관계는 <대상의 총체성>을 드러내기에 적합하다. 루카치에 따르면 대상의 총체성은 주로 소설을 위주로 한 대서사문학에서나 가능한 것이었는데, 채만식은 과감하게 극양식에서 이를 펼쳐보인다.

따라서 새로운 공연 가능성을 점검하는 입장에서는, 동어반복적 인물 관계를 보다 대립적인 관계로 형상화할 수 있는 방법을 찾아야 한다. 전체적인 구조를 인물 사이의 혹은 인물 내면의 갈등으로 집중시켜 형상화할 수 있는 방법만이, 「제향날」을 진정한 극양식의 문학으로서, 무대 위에서 공연되는 예술로서, 한층 정제된 가치를 지니게 한다. 하지만 이러한 방법은, 작품의 전체적인 개작을 염두에 두지 않고서는 불가능하다. 또한 「제향날」이 지니는 의의를 손상시킬 가능성이 매우 크기 때문에, 여기서는 몇 가지 단초만 언급하기로 한다.

먼저, 세계사적 개인의 내면 갈등을 지금보다 첨예하게 표출시킬 수 있는 상황을 제시해야 한다. 이별의 장면만으로는 깊이 있는 내면 풍경을 그려낼 수 없다. 이미 앞에서 제시한 <프로메테우스의 고뇌 장면>의 삽입은, 이에 대한 좋은 예가 될 수 있다.

다음으로, 최씨의 성격을 일관되고 평범하게 그릴 필요가 있다. 지금의 최씨 성격은 지나치게 대범하면서도 특별한 인물로 비쳐진다. 최씨가 역사의식을 지닌 인물로 그려지려면, 남편과 아들의 삶을 목격하고 난 이후가 되어야 할 것이다. 그런데 남편의 죽음을 의연하게 받아들이는 모습이나 아들의 거사를 용인하는 듯한 암시적 행동 등에서 보이는 그녀의 성격은, 이미 역사의식을 확보한 사람의 그것과 조금도 다르지 않다. 이는 일관성이 없는 성격구축으로 비난받을 소지가 충분하다. 따라서 최씨가 일관성있고 평범한 인물로 그려졌을 때, 역사적 삶을 수행하는 사람과의 갈등이 제기될 수 있는 것이다. 이는 상인과의 관계에서도 한번쯤 고려될만한 하다.

마지막으로, 영오와 상인의 극적 위상을 부각시켜야 한다. 「제향날」은 역사와 현실을 동시에 파악하는 겹시각의 형상화가 이루어진 작품이다. 하지만 현실의 구체적인 모습까지는 결여하고 있음을 부인할 수 없다. 이는 1937년 당시의 시대적 사정(일제의 검열)으로 인해, 현실의 모습을 그대로 담을 수 없었다는 한계 때문이기도 하지만, 그 주요 원인은 영오와 상인의 성격이 불분명하게 묘사되었기 때문이다. 영오와 상인의 구체적 성격 제시를 통해, 현실의 실체와 미래의 목적을 뚜렷하게 보여줄 필요가 있다고 하겠다.

## 4. 문학의 바깥에 위치한 희곡, 희곡의 바깥에 위치한 희곡 비평

문학 비평이 무엇을 해야 하는가라는 자문(自問)에, 문학이 어떠한 입지점을 확보하든 창작을 뒷받침하고 문학적 가치와 의의를 가늠한다는 본연의 입장만 잊지 않는다면, 비평은 거리낌 없이 자신이 원하는 길을 가야한다는 소신을 피력하며, 채만식의 「제향날」에 대한 적극적인 개입을 감행했다. 문학이 무엇을 할 수 있을까라는 질문은 고래로부터 지금까지 그리고 먼 훗날까지 지속될 것이다. 그리고 그 답은 항상 유보될 것이다. 여기서의 문학이 단순히 일차적 창작만을 가리키지 않는다면, 비평도 이러한 질문을 스스로 던져야 하며, 변화된 세계의 모습에 맞추어 변화와 변혁을 준비해야 할 것이다.

비평이 부차적이라거나 열등한 장르라는 인식이 사라지지 않았다면, 이는 이러한 변모의 과정을 제대로 수행하지 못한 데서 기인할 가능성이 매우 높다. 문학의 창작 영역을, 넘을 수 없는 울타리로 인정하고 언제나 추수적이고 수동적인 역할만을 맡으려 한다면, 문학이 지닌 근본 정신에 한 발 물러선 행위임을 스스로 자인하는 꼴밖에 되지 못한다. 문학이 무엇을 할 수 있느냐는 질책에 대답하는 길 또한 이러한 수동성과 의타성을 과감하게 넘어서는 작업에 있음을 상기하지 않을 수 없다.

나는 위에서 채만식의 「제향날」이 지니는 문학사적 의의를 간직하면서도, 현대적 의미를 되살릴 수 있는 방법을 제시했다. 이는 과학적이거나 논리적이어야 한다는, 혹은 적확하되 나름대로의 문학적 향기를 지녀야 한다는 평론의 일반적인 양식과는 대단히 이질적인 시도가 아닐 수 없다. 차라리 엉뚱한 모험이거나 무지의 소치라고 치부할 수도 있다. 그러나 우리가 반드시 명심해야 할 사항이 있다. 지난 시대의 문학을 탁상공론 식으로 평가하는 행위만으로는 자유롭고 평등해야 할 문학의 본래 입장을 대변할 수 없다는 사실이다. 문학은 대개 격식보다 파격을 선호했다. 정해진 고정체이기보다 유동하면서 변화하는 가변체이기를 희망해왔다. 만일 모험적인 비평의 시도가 비평이 지금까지 고수해온 정체적 입장을 벗어나 자칫 편협해질 수 있는 문학의 현재 영토를 보다 긍정적으로 확장시키는 데 기여할 수 있다면, 이러한 노력은 헛되지 않을 것이다. 그리고 이러한 문제에 대해, 궁극적으로 문학 바깥 혹은 비평의 바깥에 있는 것이라고 주장하고 싶은 사람에게, 나는 이렇게 되묻고 싶다. 그렇다면, 문학과 비평의 안쪽은 과연 어디냐고.◆(1998. 겨울)

# 마음으로 가는 옛 길과 되는대로 되어지는 아름다움

— 이만희 론 —

## 1. 낯섦과 설렘

이만희 희곡은 항상 낯설게 느껴진다. 서가에 꽂힌 그의 희곡집을 주시할 때마다, 가벼운 현기증에 빠지곤 한다. 저 희곡의 내용이 뭐였더라. 이러한 당혹감에 빠질 때면, 자연스럽게 그의 책을 펼치게 된다. 펼치고 제목만 낯익고 내용이 낯선 작품을 한 두 편 읽어본다. 대개 절반쯤 읽으면 뒤의 내용이 떠오르거나, 대강의 줄거리가 그려진다. 그러나 얼마간 시간이 지나면 다시 똑같은 혼란과 당황에 빠진다. 파블로브의 개처럼 그의 희곡집은 나에게 망각과 독서 그리고 상기의 과정을 주기적으로 반복하게 만든다.

왜 일까. 그의 희곡을 읽을 때, 나는 그의 희곡이 드러내는 너무나 일상적인 느낌에 흠찟 놀라곤 한다. 그의 희곡은 거창한 주제를 가지고 있지 않다. 좀처럼 거들떠보지 않는 일상 생활의 디테일을 주시하는 데에 전력한다. 일상 생활에서 우리가 놓치고 있는 것들을 알려주는 데에 익숙하다. 그러한 일상성과 친근함이 그의 희곡에 대한 특징을 거세하고 우리에게 유별난 기억을 안겨주지 않는 것은 아닐까. 독특하고 이채로운 것—세상의 말로 바꾸면 〈엽기적인 것>―에 탐닉하고 있는 풍조를 감안하면 이러한 평범함은 단점으로 지적될 수 있을 것 같다.

그러나 실제 이만희는 그 반대이다. 그는 평범함으로 우리 희곡이 도달하기 힘든 경지에 도달했다. 그리고 그 경지는 다른 여타의 것들과 차별화됨으로써, 일상적인 것의 독특함을 구현하고 있다. 나의 독서 체험에서 낯설다는 느낌은, 그의 작품이 항상 새롭다는 의미로 받아들여진다. 잘 쓰여졌다는 작품들이 두세 번 읽혀지면, 그 허점을 곧잘 드러내는 것과는 반대로, 그의 작품은 여러 번의 독법에도 허물어지지 않는 견고한 의미와 독서의 기쁨을 가지고 있다. 물론 이러한 작품을 제대로 형상화한 공연에서는, 아름다운 관극의 체험이 생겨나기도 한다.

## 2. 말 속의 깊은 상처

이만희의 작품 중에서 개인적으로 가장 선호하는 작품은 「아름다운 거리」이다. 처음 이 작품의 제목을 접했을 때, <거리(距離)>를 <거리(街)>로 여겼다. 그리고 독서보다 관극을 먼저 하면서 그 거리의 의미를 줄곧 찾았다. 그런데 어두침침한 사진관과 화창한 공원 이외에 무대적 공간은 없었고, 등장인물의 대사에서도 거리는 좀처럼 나타나지 않았다.

한심한 처지로 전락해 있는 두 친구의 일상 너머로 좀처럼 허물어지지 않을 것 같은 우정이 드러나면서, 이 작품은 두 친구가 취해야 했을 것으로 여겨지는 정(情)의 거리를 어렴풋하게 느낄 수 있게 할 뿐이다. 사실 지금도 이 작품이 왜 <아름다운 거리>로 명명되어야 하는지, 그 궁금증을 완전히 풀지는 못했다. 그러나 그 거리가 거리(距離)이든, 거리(街)이든, 그 속에 내재된 우리네 삶의 신산함과 믿음직스러움은 꽤나 큰 감동으로 남아 있곤 했다. 우리에게 삶이 아름다울 수 있다면, 그것은 아름다운 사람과 그 사람에 대한 신뢰가 있기 때문이 아닐까 하고 종종 생각해 볼 정도로 말이다.

이 작품이 감동적일 수 있는 것은 두 사람의 우정을 보여주는 방식에서 비롯된다. 이만희는 다변의 작가이다. 등장인물들은 긴 대사를 빠른 템포로 주고받으면서 일종의 말의 홍수를 만들어낸다. 「피고지고 피고지고」 같은 작품은 이러한 말의 홍수가 후반부로 갈수록 너무 커져 일종의 의미의 범람원을 만들어 버린 경우이다. 밀려드는 말의 홍수에 독자와 관객들은 선별의 기능을 잃어버리고 함께 표류하고 만다.

그러나 대개의 경우 재치와 흥미가 서로 삼투되면서, 고즈넉한 말의 저수지가 만들어 지고, 관객들은 그 저수지 안에서 과거의 사실들을 낚아 올릴 수 있게 된다. 「아름다운 거리」는 이러한 말의 낚시가 아름다운 작품이다. 우리는 두 친구의 과거 행적을 하나하나 알게 되면서, 그들이 서로를 믿고 의지하게 되는 이유를 공감하게 된다. 플롯의 정교한 흐름 속에서 과거의 사건이 우리 앞에 현현하는 것이 아니라, 등장인물이 툭툭 던지는 말속에 오래된 과거의 향기가 피어오른다. 무대 기술의 진보로 시간의 역전이나 장소의 전환쯤은 아무 것도 아닌 이 시대에, 이토록 말의 가치를 잘 쓰는 작가가 있다는 것은 깊이 기억해두어야 할 사항이다.

또 하나, 「아름다운 거리」에는 깊은 상처가 있다. 가족을 버렸기 때문에 손을 내밀어 그들을 보듬어 안을 수 없는 남자, 그럼에도 남자의 곁에 남기를 원하는 여자, 어린 아내로 인해 급전직하의 아찔함을 겪었지만 아직도 잊지 못하는 또 하나의 남자. 이들의 아픔은 표면적으로 보면, 상투적인 데가 있다. 텔레비전 아침드라마에도 이러한 신상명세는 즐겨 나온다.

그러나 이만희는 이러한 중년 남녀의 아픔을 소리 높혀 떠들지 않는다는 점에서 다르다. 이색적인 사건이나 기묘한 삼각관계와 같은 유별난 장치는 사절이다. 그들은 마주 앉아 이야기한다. 가끔은 남의 이야기를 섞고, 과거 이야기를 섞고, 그래서 그들이 마음속에 담아두었던 비밀의 편린을 섞어가면서 이야기를 한다. 그 이야기 안에서 우리는 일상인의 고통과 우리네 삶의 처지를 재확인한다. 그 과정이 너무 자연스럽기에 우리 마음속에 웅크린 상처가 되살아나서, 그들의 상처를 이해하게 해준다. 삶은 아름다운 말 속에 깊이 녹아있는 상처라고, 그런데 우리의 삶이 더욱 아름다울 수 있는 것은 그 상처를 말로 어루만질 수 있다는 데에 있다고.

## 3. 두 사람과 두 마음

이만희의 출세작은 「불 좀 꺼주세요」가 아닐까 한다. 이 작품은 대학로에서 꽤 오랫동안 공연되었고 많은 관객들의 입에 회자되었던 것으로 알고 있다. 그러나 나는 이 작품을 보지 않았다. 작품의 제목만 보고, 그저 그런 벗기기 연극 정도로 생각했기 때문이다.

이 작품에 대한 나의 선입견은 틀린 것이었다. 이 작품은 독특한 형식으로 인간 내면에 자리잡고 있는 또 하나의 나를 신선하게 표현한 작품이다. 남자와 여자, 그리고 각각의 분신들—남분(男子 分身)과 여분(女子 分身) 다른 인물들의 역을 떠맡게 되는 여러 몫의 분신들—남다(男子 多役)와 여다(女子 多役)—이 동시에 등장하여, 인물의 실제 모습과 마음 속 모습을 동시에 형상화한다.

> **여 인** 난리법석이었지요. 강창영씨가 도덕성 문제를 걸고 국회의원직을
> 사퇴했다고.
> **남 分** 심드렁한 표정이야. 이 여자가 왜 이러지?
> **여 分** 아 , 왜 이렇게 말이 헛나오지? 저 양반 속마음은 얼마나 아팠을까?
> **사 내** 그 자린 내 자리가 아니었나 보오.
> **여 分** 사과할까?
> **여 인** 마음을 완전히 굳혔나봐요?

사 내  예, 일순간 치기라고 생각하는 건 아니겠죠?

여 分  왜 마음에도 없는 말을 해? 치기라니? 내가 한번이라도 자기를 같잖고 되잖다고 비웃은 적이 있었어?

사 내  아아, 없었던 말로 칩시다. 내가 좀 예민해졌나보오.

남 分  난 사실 개판인 놈이야. 정견발표를 하는 그 엄숙한 자리에서도 입으로는 국민 운운하지만 어느덧 맨앞에 다릴 꼬고 앉아 있는 여기자 허벅지 사이를 감상하고 있다니까. 누군가 내 속을 훔쳐볼까봐 늘 홍뚱항뚱거리지. 그러다보니……

사 내  피해의식이 배어 실수한 거였소. 이해하시오.

여 인  괜찮아요.

여 分  오히려 보기 좋다. 친숙해뵈고.

사 내  (여인을 침대에 눕힌다)

사내와 여인이 대화를 주고받는다. 일상적인 대화이다. 남자는 의원직을 사퇴했고, 여자는 그 이유를 묻고 있다. 그러나 사퇴나 그 이유가 이들에게 중요한 것은 아니다. 이들은 과거의 관계를 복원할 이유를 찾기 위해서 만났고, 어쩌면 사퇴나 그 이유는 그 계기에 불과하다. 더욱 중요한 것은 이들의 마음 속 생각이다. 그들은 서로에게 보이고 싶지 않은 모습을 감추고 표면적인 대화로 자신의 이미지를 확인시키고 있다. 그러다가 사내는 진정 원하는 여자에게 다가간다. 그러니 이들의 대화는 서로를 육체적으로 받아들이기 위한 하나의 절차인 셈이다.

이만희는 말의 홍수를 통해, 극적 효과와 의미를 전달하는 데에 능숙한 작가라고 말한 바 있다. 이 작품에서는 그 말을 서로 다른 배역에게 맡긴다. 사내와 여인은 그들의 또 다른 모습을 숨기고 탐색전을 벌이고 있기 때문에, 직접적인 대화는 진실되지 못하다. 반면에 그들의 분신은 숨겨진 또 다른 모습을 옮겨와 관객에게 들려준다. 공개되지 않은 진실이 엿보이는 셈이다. 그러나 그 어느 쪽도 일방적으로 남녀의 관계를 알려주지는 못한다. 표면적 배역과 내면적 배역을 동시에 보면서—따라서 말도 두 배로 늘어난다—관객들은 중년 남녀의 상투성과 그 내면의 진실을 동시에 알게 된다.

이러한 연극적 기법은 뒤로 갈수록 세련되게 다듬어진다. 남녀는 상대 분신과 대화를 주고받기도 하고, 그 대화가 한 무대에서 엇갈려 나타나기도 하며, 여기에 남녀 다역이 중첩되어 매우 복잡한 상황을 연출하기도 한다. 그러면서 얽히고 설킨 사연이 밝혀진다. 이 남녀가 만나게 된 사연과 각자의 파트너를 만나 헤어지게 된 배경 그리고 굴곡 많은 인생을 통해 살아온 이유 등이 드문드문 알려지는 것이다.

이러한 사연과 이유를 낱낱이 거론할 필요는 없어 보인다. 첫눈에 반했으나 각자의 처지로 인해 서로를 떠나야 했고 그럼에도 불구하고 이제는 서로를 필요로 한다는 대강의 줄거리는 굳이 이 작품이 아니더라도, 손쉽게 발견할 수 있는 상투적 스토리 라인이다. 문제는 이러한 스토리 라인에 있지 않고 이러한 스토리 라인을 펼쳐내는 방식과 기법에 있다. 이만희는 스토리 라인을 차근차근 풀어내는 것에 반대하는 듯 하다. 그는 일상 속에 묻어 나오는 생활인의 반응 속에서, 이 작품에서는 대화를 통해 연상되는 기억의 한 장면에서, 그리고 그 장면을 구성하고 떠받치는 대화 속에서 찾아낸다. 억지스럽지 않은 것은 그 일상이 우리의 것과 너무나 닮았고, 그 일상에서 연상되는 생각의 단초가 우리의 그것과 차이가 없으며, 대화 역시 익숙한 것이기 때문이다.

일상인은 단정하게 생각하고 일관되게 행동하지 못한다. 위의 인용문에서처럼 중대한 정견을 발표하면서도 단상 밑의 여자의 각선미를 감상하는 것이 가능하고, 사랑하는 사람에게도 마음에 없는 말을 하여 새초롬해지기 일쑤이다. 이만희는 넉넉하게 이것을 포괄한다. 제거하여 단정하고 일관된 인물을 만드는 것에 무관심하다. 영웅이나 지사의 풍모는 물론이고 정당하고 침착한 인물도 좀처럼 구경하기 힘들다. 도굴꾼이나 사기꾼이나 살인자가 안고 있는 아픔이 문제였기 때문에, 인물의 신상명세는 그다지 중요하게 취급되지 못한다.


## 4. 기형아와 인생의 혹

이만희의 희곡에는 기형아에 대한 관심이 짙게 묻어나온다.

> 우리 몽짜도 제 손에 들어가면 죽으리란 것을 알았던 모양이에요. 그날 함박눈이 야나치게 내렸습니다. 크리스마스 전전날쯤 될 거예요. 지나는 길목마다 징글벨이 울리고 산타클로스가 나타났습니다. '제길헐 이 자식 좀 부활되었으면……' 집에 도착하니 아기가 다시 울기 시작하더군요. 되도록 그놈의 얼굴을 안봤습니다. 솜이불로 아기를 돌돌 말아 벽장에다 처박았습니다. 가방을 챙겨 가지고 나왔습니다. 장항선을 타고 대천에서 내렸지요. 겨울바다… 좋더군요. 삼일 예정으로 갔었지만 하루만에 올라와버리고 말았습니다.
> ― 「돼지와 오토바이」

사내가 <몽짜>라고 부르는 아들은 기형아이다. 그대로 성장할 경우, 정상적인 사회생활이 부적절할 정도로 심각한 상태이다. 그래서 사내는 자식을 죽이려고 한다. 결국 이 아이는 사내의 손에 죽게 되고, 사내는 친자 살해로 수감된다. 그리고 사내와 처의 관계는 멀어지고, 처는 자살을 한다. 이 작품은 기형아 자식을 죽인 남자의 과거를 들추어내면서, 그 남자가 젊은 여자와 새로운 출발을 할 수 있을 정도로 과거를 정리해 가는 이야기이다. 그 이야기 속에서 남자는 아픔 하나를 제거할 수 있게 된다.

기형아의 이야기는 「불 좀 꺼주세요」에서도 그 편린이 나타난다. 강창영은 현재의 아내와의 사이에 불구자인 아들을 두고 있다. 이 아들로 인해 부부는 감정적 불화를 겪는다. 그러나 이 아들이 강창영의 아들이 아니라 동생임이 밝혀지고, 강창영이 어머니가 남긴 사생아를 책임지는 입장임이 알려진다. 이러한 비밀은 강창영이 겪고 있는 가정 내의 불화가 강창영의 몫이 아닌 삶에서 비롯되었음을 또한 증명한다. 지금의 아내와의 관계 역시 강창영의 몫이 아닌 삶이며, 국회의원이라는 감투 역시 강창영의 몫이 아닌 삶이다.

그렇다면 강창영의 몫은 어떠한 삶인가. 그의 짐을 버린 곳에 그의 삶이 있는데, 이 작품의 결말에서 그 짐이 버려지는 곳은 정숙과의 합일이 제기되는 곳이라는 암시가 있다. 다시 말해서 「돼지와 오토바이」에서 사별한 남자가 새로운 삶을 찾기 위해서, 「불 좀 꺼주세요」에서 불화를 겪는 남자가 옛 사랑과 진정한 합일을 이루기 위해서, 덜어버려야 할 짐의 품목 중에 기형아 아들의 문제가 불거지는 것이다. 조금 비틀어서 해석하면, 우리 몫이 아닌 짐처럼, 기형처럼 우리의 삶 여기저기에 달라붙어 있는 혹처럼 그렇게 우리의 인생을 가로막는 것들의 대표명사가 아닌가 한다.

## 5. 마음의 정리

가만히 생각해보면, 이만희의 희곡은 짐스러운 인생을 정리하고 새롭게 시작하는 출발선을 결미에 제공하는 것이 많다. 그렇다면 그 결미까지 가는 과정은 인생의 정리에 해당한다. 그 정리에서 우리는 자신이 처한 상황과 너무나 유사한 상황을 만나고 그 정리법을 배우기 위해 몰입하는 지도 모른다. 대중들에게 대단히 큰 마음의 선율을 울리며 정리의 아름다움을 보여준 작품이 「돌아서서 떠나라」이다.

사실 이 작품은 희곡보다는 이를 각색한 영화로 더욱 유명하다. 박신양과 전도연이 깡패와 여의사로 등장하여 불균형한 사랑의 모순을 잘 보여준 『약속』이 영화의 제목이다. 이 영화는 희곡 속에서 지나는 말로 묘사한 대목을 시간의 순서대로 끌어내어 장면화함으로써, 회고적 수법을 사용하는 원작과 큰 변별력을 보인다. 가장 대표적인 대목이 작별 장면이다. 『약속』은 깡패 두목 공상두가 괴한의 피습을 받고 병원에 입원했다가 여의사 채희주를 만나는 장면으로 시작해서, 각종 이권에 개입하여 강대한 활약을 하다가 모종의 살인을 저지르고 도피하는 과정을 거쳐, 마지막에 자신을 대신해서 수감된 엄기탁을 살리기 위해 자수를 하는 장면으로 마무리된다. 그러나 희곡은 자수한 공상두가 수감된 교도소로 면회 가는 채희주의 모습을 보여주면서 시작한다. 희곡 속에서 이미 그들은 다시 만날 인연이 아닌 연인들로 결정되어 있으며, 그래서 그들의 만남과 이별의 과정은 역전된 장면 속에서 차례로 드러난다. 그들은 영화와 비슷한 과정으로 만났고 거의 유사한 일을 겪었다.

다만 다른 점이 있다면, 공상두가 사건이 일어난 직후에 피신하여 한 동안 잠적했다는 사실이다. 이 기간 동안 공상두는 자신의 삶을 정리한다. 얼마만큼의 기간이 필요했던 까닭은 그 정리가 쉽지 않았음을 의미한다. 그리고 어느 정도 정리가 끝나면 마지막 정리를 위해 채희주를 찾아온다. 며칠을 함께 지내면서 채희주 역시 공상두의 마지막 정리를 돕고, 자신의 마음도 정리한다.

> **채희주** 기다릴게. 불 켜놓고.
> **공상두** 내 생각이 짧았어. 누군가를 너무 쉽게 미워해서는 안 되는데, 힘내.
> **채희주** 알았어.
> **공상두** 가버리지 말까?
> **채희주** 돌아서서 떠나라.
> **공상두** 채희주를 물끄러미 바라보다가 / 돌아서서 떠난다. / 채희주 무너져 내린다.

그들은 마음의 정리를 하고 서로를 보내준다. 특히 죽을 곳을 알고도 제 발로 걸어 들어가는 공상두의 모습은 멋있다. 그러나 그 멋은 공상두가 나름대로 자신의 인생을 정리했기 때문이지, 그의 행동이 영웅적이기 때문은 아니다. 마찬가지로 그를 보내주는 채희주의 모습이 깔끔한 것도, 그녀가 정의로운 여인이어서가 아니라 그녀가 자신의 마음을 정리했기 때문이다. 조금 아쉬운 점이 있다면, 이러한 정리가 약간 허술한 감을 준다는 것이다. 영화에서는 순간적인 인상으로 그들의 낭만적인 이별을 창조했다. 이야기의 흐름을 순차적으로 따라가던 이들에게 그들의 이별은 급박한 반전으로 느껴졌다. 그러나 원작은 이러한 효과를 노리기 힘들다. 이들의 이별은 이미 서두에 정해져 있기 때문이다. 그렇다면 중요한 것은 그들의 이별이 불러올 낭만성이 아니라, 그 이별을 뒷받침할 보다 디테일한 정리라고 할 것이다.

반면 마음의 정리를 보다 전문적인 지식으로 형상화한 작품도 있다. 이름부터 철학적인 취향을 물씬 풍기는 「그것은 목탁구멍 속의 작은 어둠이었습니다」가 그것이다. 「목탁구멍」은 마음의 정리를 위해 작품의 공간을 숙연한 불전으로 이동시킨다.

이 작품의 일 장은 다른 거의 모든 작품이 그렇듯이, 궁금증을 유발시키는 대화로 시작되고 또 짧게 끝난다. 탄성과 죽은 도법의 대화는 알 듯 모를 듯한 사실을 이리저리 우회해서 알려준다. 말의 홍수가 여울을 이루지만, 그 여울이 깊고 세차서 그 안을 들여다보기 힘들다고 할까. 그런데 이러한 말의 여울 속에 눈에 뜨이는 문장이 간혹 있다. <아무튼 이제 자네의 죽음을 내 머리에서 말끔히 씻어내야 할 때가 왔어. 어떻게 정리해야 되지?>.

이만희의 희곡은 하나의 정리이다. 그것은 두 가지 층위에서 나누어 살펴질 수 있다. 하나는 등장인물이 좇는 화두에 대한 정리이다. 이 작품에서는 <동료의 죽음>이다. 이미 살펴본 「불 좀 꺼주세요」는 옛 연인과의 재결합이다. 「돼지와 오토바이」는 죽은 아내와 아들에 대한 기억의 정리이고, 「돌아서서 떠나라」는 이승에서 다시 못 만날 아내와의 이별이다. 이처럼 등장인물 특히 남자 주인공은 결혼이나 죽음을 눈앞에 두고 지난 세월과 어떻게든 정리를 마치려고 한다.

다른 하나는 이러한 인물을 들여다보고 있는 작가의 정리이다. 작가의 마음은 등장인물의 마음속에 투영되어 있다. 강창영은 옛 여인과의 하룻밤을 결심하고 「돼지와 오토바이」는 젊은 연인에게 전화를 건다. 그 절차는 작품의 구조로 나타난다. 과거를 떠올리는 방식이나 순서에 따라 결정된다. 이 두 가지가 적절하게 연결되고 혼용되면, 작품은 내적으로나 외적으로 하나의 정리를 완성해낸다.

「목탁구멍」의 2장은 1장의 자문으로부터 해답을 구하러 가는 여정의 시작이다. 그 여정의 시작에서 도법은 절로 돌아와 불상을 조각하기 시작한다. 탄성이 주지로 있는 절은 도법에게 큰 불상을 맡기게 되었고, 도법은 <마지막 작업으로 삼고 싶>다는 포부로 불상 작업에 임한다. 도법이 만들기 시작한 불상은 <되어가는 대로 되어지는> 아름다움을 선보이며 차츰 완성되어 간다.

그러나 도법은 불상의 완성을 앞두고 정신 이상 증세를 일으킨다. 그 발단은 탄성과 함께 떠난 <시달림>이다. 불상 조각을 하던 도법은, 죽은 망자를 위로하기 위해 떠나는 탄성과 동행한다. 그러나 시달림 중에 망자의 시신이 일어나는 환각을 경험한다. 이후 연극은 불에 타 죽은 망자가 도법의 눈에만 보이도록 설정한다. 망령은 도법의 주위를 돌며 괴롭히고, 이에 대꾸하는 도법은 정신 이상 증세자로 취급된다. 망령은 도법의 <묵은 자아>라고 할 수 있다. 그는 자신을 도법과 같은 이름인 김명석이라고 소개하고 있으며, 김명석이었던 속세의 삶을 투시하고 있다. 도법이 김명석으로 살던 시절은 아픔이 내재하는 기간이다. 가장 대표적인 사건이 아내가 당한 강간이었고, 이 강간으로 인해 화가 김명석은 승려 도법으로 변모한 것이다. 따라서 도법이 행한 기적같은 수행이나 불상제작은 마음의 괴로움을 잊기 위한 일종의 수양이다. 다른 작품의 등장 인물에 해당되는 용어로 바꾼다면 <마음의 정리>인 셈이다.

그런데 그 수양은 제대로 이루어지지 않는다. 도법이 만들던 불상은 갑자기 파괴되고, 도법은 그 주범이 망령이라고 주장한다. 주위의 사람은 그것을 믿지 않는다. 탄성 역시 도법의 술책이라고 힐책한다. 그것은 아무래도 사실일 것이다. 마음을 정리할 준비가 되어 있지 않은 도법의 묵은 자아, 망령의 짓일 게다. 이 절의 방장은 그 망령 역시 도법의 일부라고 일러준다. 진주목걸이를 목에 차고 동냥을 하던 거지가 진주의 가치를 알고는 뛸 듯이 기뻐했던 것처럼, 사람은 자신의 해결책을 몸에 가두고 번뇌를 풀어놓는다고 일러준다. 그래서 모든 어둠은 목탁구멍 속의 작은 어둠이며, 바깥의 화창한 햇살을 거부하는 자신만의 고뇌인 것이다.

## 6. 마음으로 가는 옛 길

탄성은 도법의 망령을 접하는 첫 장면에서 이제는 도법의 인생과 죽음과 악몽을 정리하겠다고 했다. 그런데 이 작품의 마지막에는 정리를 마친 탄성이 등장하지 않는다. 마지막을 장식하는 10장은 도법과 망령의 일장결투이다. 이 결투는 김명석이 감춘 아픈 상처가 폭발되면서 시작된다. 김명석의 아내를 불러내어 다시 강간하려는 망령은, 도법의 마음을 어지럽힌다. 도법이 피폐해진 아내를 용인하지 못하고 속세를 떠나온 것을 나무라고, 이러한 죄책감을 보상받기 위해서 불상을 거짓으로 만들려고 했던 것을 나무란다. 도피와 가식과 집착과 증오와 망설임을 들추어내고, 비겁함과 우매함과 책임회피와 자가당착의 논리를 들추어낸다. 도법은 힐책과 비난을 이기지 못하고 망령에게 달려들고, 망령에게 상해를 입힘으로써 자신을 다치게 한다. 망령과 도법은 하나였으며, 일장결투는 결국 마음의 번뇌의 형상화에 불과했던 것이다. 탄성이 말한 정리는, 도법의 마음에서 일고 있었던 번뇌의 종결을 의미한다. 그 종결이 이루어지는 데에서, 망령은 의미심장한 한 설화를 이야기해준다.

**망 령** 도법당, 어떤 사람이 인적 끊어진 숲속을 헤매다가 아득한 옛날 자신이 살았던 낡은 집을 발견하였네. 그 집에는 연꽃과 보리수가 있었지. 도법당, 나도 이와 같이 먼저 깨우친 분들이 걸어갔던 (손가락으로 허공을 가리키며)옛 길을 발견했을 뿐이야.

우리는 인생의 어떤 시점에서 솔직한 마음의 소리를 듣기도 한다고 한다. 그 마음의 소리는 우리가 이미 알고 있는 것이되, 이러저러한 이유로 우리에게 길이 되지 못한 소리이다. 망령은 그 길을 우리에게 일러준다. 물론 그 길은 작품 하나를 읽는다고 해서 당장 발견되는 것은 아닐 것이다. 어쩌면 이 작품을 쓴 이만희 역시 그 길을 누군가에게서 듣기만 했을 뿐, 진실로 본 적이 없을 지도 모른다. 그러나 이 길을 알려주는 이 작품의 가치는 소중하다. 이 작품을 읽고, 나처럼 그 인상을 잃어버리는 많은 사람에게, 가끔 이 작품은 그 길의 존재 가능성을 일러주기 때문이다.

<일체유심조>니, <색즉시공 공즉시색>이니, <진공묘유>니, <돼지 엉덩이에 목련>이니, <목탁구멍속의 어둠>이니, <목에 걸린 진주의 가치를 알게된 거지>의 이야기니, <자신의 의지처는 항상 자신>이라는 설교는 모두 하나의 길을 가기 위한 방법이거나 암시이다. 자신의 마음을 정리하는 법에 대한 전문화된 개념이며 세련된 사용설명서라고나 할까. 「목탁구멍 속의 작은 어둠이었습니다」는 우리의 마음을 정리하는 옛길을 불전에서 찾아본 작품인 셈이다. 이것이 일상인의 생활에서 마음을 다스리는 법을 찾았던 다른 작품과 이 작품을 변별하는 핵심적인 요인이며, 다른 작품의 요체에 접근하기 위해 이 작품을 숙독해야 하는 이유이다.


## 7. 되어가는 대로 되어지는 아름다움

<되어가는 대로 되어지는 게 아름다움이라>고 말한 사람은 탄성이다. 탄성은 도법이 만들고 있는 불상을 보면서 이 말을 한다. 그러나 이 말은 도법이

만들고 있는 불상을 완전히 긍정하거나 그 가치를 고평하면서 한 말은 아니다. 탄성은 도법의 솜씨는 괜찮지만 명작은 될 수 없다고 말한다. 그 이유가 무엇일까.

「목탁구멍」의 서두부터 탄성은 도법과 반대되는 인물로 그려진다. 탄성은 살아서 속세와 같은 절을 지킨다. 도법은, 죽어서야 마음의 안식을 찾는다. 탄성은 어려서부터 중이었기에 속세의 어지러움에서 멀고 절을 지키는 중의 도리에 가깝다. 도법은 아내와 직업을 둔 속세인으로 오래 살았기에 세상의 사정에 더욱 가깝고 중으로서의 자질이 약하다. 그러나 도법은 다른 행자들과는 다른 범상치 않은 기질을 지니고 있었고 깨달음에 이를 수 있는 절대적인 화두를 지니고 있었다. 반면 탄성은 거침없는 행실과 허름한 말 재주 그리고 경직된 태도로 인해 고집스러운 면모를 지니고 있었다. 이들은 예술을 보는 눈도 달랐고 부처를 보는 눈도 달랐고 관심을 두는 분야도 달랐다. 그들이 달랐기 때문에 친구였고, 또 라이벌이었다.

탄성의 눈에 도법의 불상 제작은 허황된 마음으로 읽혀진다. 석가탑의 석수장이를 흉내내는 듯한 태도이며, 중으로서의 수련을 제쳐두고 불상 제작에만 매달리는 마음가짐이며, 망자를 위로하러 갔다가 혼령에 쓰러진 행동이며, 모든 것이 어리석은 집착으로 비쳐진다. 파괴된 불상을 포기하고 떠나려는 대목에서 그의 분노는 절정에 달하고, 그의 가식을 꾸짖는다. 그러니 이러한 도법이 설령 미적으로 완벽한 불상을 제작한들—탄성에게는 그 완벽한 아름다움을 알아낼 눈도 부족하지만—탄성에게는 형편없는 것으로 여겨질 수밖에 없다. 그 안에는 탄성이 믿는 수련과 수양이 부재하기 때문이다.

그렇다면 탄성은 어떠한 불상을 지고의 가치로 여기는가. 이 대답을 위해서는 다시 첫째 장면을 읽어야 한다. 어쩌면 첫째 장면은 열 한 번째 장면의 역할까지 겸하도록 배치되었는지도 모른다. 여기에는 평생을 되짚었다는 화두가 잠자고 있다. <어떤 사람이 잠자다 일어나 거울을 들여다보니 얼굴이 없어

졌다. 왜 없어진 것일까? 얼굴이 어디로 간 것일까?〉

　탄성은 슬쩍 눙치면서 자신의 답변을 달아놓는다. 〈그 때마다 난 이렇게 결론을 내렸지. 거울을 뒤집어 뒷면으로 본 거라고〉. 탄성은 부연한다. 자신은 〈항상 단순한 것을 좋아했〉다고, 그래서 의심에 의심이 끊이질 않는 화두에 집착하고 싶지 않았다고 이 작품에서 화두에 골몰한 사람은 도법이다. 탄성은 그 성격상 도법의 반대편에 서 있었고, 그렇다면 화두는 그의 몫이 아니다. 그는 화두를 좇기보다는 죽은 망자와 그의 가족을 돕는 쪽에 집중했다. 근엄한 표정으로 자신만의 일에 몰두한 것이 아니라, 불당내의 대소사에 관계하고 여러 중들을 관할하고 채소밭을 돌보는 일에 더 열심이었다. 동료의 죽음도 금방 잊으려 하지 않고 오래 기억해주었다. 절의 계율과 자신의 직분을 가급적 충실히 이행했다. 그래서 중이라기보다는 삶을 정직하게 살아가는 생활인에 가까웠다. 이런 생활인의 철학이 화두에 대한 거부라니.

　그에게는 자신의 삶에 도전해오는 많은 문제에 대한 도전은 있을지언정, 그 대답을 찾기 힘든 화두에 대한 관심은 없었다. 그 화두는 사실 전문적이고 개인적인 것이다. 왜냐하면 불교의 진리는 그것을 공부하는 사람에게나 흥미로운 것이지 이를 통해 삶의 진의를 엿보려는 자에게는 부담스러운 것일 수 있기 때문이다. 이 작품의 무게는 후반부로 가면 갈수록 무거워진다. 전문적이고 개인적으로 변해가는 것이다. 도법의 고민도 그 무게에 짓눌려 희석되는 측면이 있다. 그런데 그의 곁에 남아있는 또하나의 인물인 탄성은 이러한 우리의 부담을 덜어준다. 우리가 도법을 보듯, 탄성도 도법을 보고 있고, 우리가 탄성을 어려워하듯, 도법도 탄성을 어려워하기 때문이다. 우리가 도법을 이해하지 못하면, 탄성을 보고 그를 이해하면 위안이 될 듯 하다.

　탄성이 내세운 철학이자 깨달음이 〈되어가는 대로 되어지는 아름다움〉이다. 탄성은 우리네 인생이 〈되어가는 대로 되어지는〉 것이라고 말하고 싶은 듯하다. 채소밭에서 채소를 기르는 것을 소중히 여기고, 불쌍한 망자를 궁휼히 여기며, 잊혀지지 않는 친구를 기억하는 것이 어렵고 현학적인 문제에 기대어 살아가는 것보다 가치 있다고 믿는 듯하다. 삶을 억지로 규정하지 않고 진리를 억지로 찾지 않고, 참선하다가 졸기도 하는 자연스러운 삶이 아름답다고 말하는 듯하다.

　나는 왠지 탄성의 말에 더 공명할 수 있을 듯하다. 도법의 말은 그 상처가 있어 깨달음의 여러 골목에서 겪은 고뇌가 있어 그것대로 가치가 있다고 느껴지지만, 탄성의 자연스러운 삶처럼 체감되지 않는다. 되어가는 대로 되어지는 삶이 무엇일지 모르지만, 그것이 아름다울 수 있다면, 그 삶은 한번쯤 가볼 만한 또 하나의 길이라고 믿어지는 것이다. 그 길로 접어드는 것은 독서만으로는 역부족일 터이지만 독서가 그 길의 출발점을 안내한다는 점에서, 이만희는 언제나 낯설고도 설레는 마음과 삶의 이정표이다.◆(2001. 여름)

# 희곡교육의 새로운 지평
### - 「동승」을 중심으로 -

## 1. 희곡교육의 당면 과제

문학의 본질은 인간에 대한 탐구이다. 더 자세하게 말해보면 문학은 인간의 심층적 욕망이나 삶의 다양한 양태 혹은 타자와 집단의 관계에 대한, 섬세한 자각이나 심원한 통찰에 근원적 본령을 둔다. 따라서 문학교육은 문학의 의미와 기능과 가치를 학생들에게 올바로 납득시키고 이를 효율적으로 향유할 수 있는 능력을 길러주는 것에 있다. 그래서 노드럽 프라이나 제임스 그리블 같은 학자들은, 문학교육은 실제로 문학비평에 대한 교육이라고 주장한다. 여기서 말하는 문학비평을 작품에 대한 정합한 감상법이라고 이해한다면, 문학교과서는 이러한 감상법을 효과적으로 학습시킬 수 있는 교재가 되어야 할 것이다. 이를 위해 문학교과서가 우선적으로 고려해야 할 사항은, 좋은 작품을 선별하여 가급적이면 많이 수록하는 것이다. 그런데 우리의 문학교과서는 <좋은> 작품을 선별하는 것에도 <많이> 수록하는 것에도 그다지 충실하지 못하다고 판단된다. 적어도 희곡교육의 경우에는 문제가 대단히 심각하다고 할 수 있다.

현재, 중고등학교 교과서에 실린 희곡작품은, 5편에 불과하다. 이 중에서 한 편은 방송대본이고, 다른 한 편은 봉산탈춤대본이며, 또 다른 한 편은 외국 희곡 번역본이다. 외국희곡은 외국의 사례를 살핀다는 점에서 일정한 의의를 지닐지는 모르겠으나, 국어교육과 밀접한 상관관계를 맺고 있는 문학교육의 교재로는 적합하지 않을 듯하다. 더구나 이로 인해, 국문 희곡작품이 제외되거나 편수가 축소되는 사태가 야기된다면, 과감하게 삭제하고 적당한 희곡작품으로 대체는 편이 바람직할 듯하다. 방송대본과 봉산탈춤대본 역시 희곡의 영역과는 별개로 다루어져야 할 것이다. 즉 방송대본과 가면극에 대한 교육이 나름대로 필요하다고 해서, 근현대 희곡에 대한 교육을 대체할 수 있다고 생각해서는 곤란하다.

이처럼 희곡의 영역으로 버젓이 분류되는 세 작품은, 실제로 희곡교육과는 그다지 관련이 없는 작품이다. 이렇게 다섯 편중에서 세 편을 제외하고 나면, 중고등학교 6년 과정에서 희곡교육에 그나마 적합한 희곡작품은 2편에 불과하다. 이는 상대적으로 압도적인 수록 편수를 보이는 시나 소설 장르에 비하면 대단히 불균형한 체계가 아닐 수 없다.

그나마 일정한 요건을 갖춘 두 작품의 경우에도, 심각한 결함을 내포하고 있다. 두 편 중에 한 편은, 교과서용으로 집필된 작품이다. 이 경우에, 작품의 수준은 별다른 하자가 없어 보이나 희곡의 보편적 특성을 고루 학습하기에는 여러모로 미흡하다. 작가의 예외적 개성이 지나치게 강조된 작품이기 때문이다. 남은 한 편은 전체적 개요를 파악하기 힘들 정도로 일부만 수록된 경우이다. 이럴 경우, 정합한 감상법을 교육한다는 문학교육의 목표가 제대로 이루어질 수 없다. 결론적으로 교과서에 실린 희곡작품 중에서, 희곡교육에 적합한 교재는 단 한 작품도 없는 셈이다.

희곡작품의 교과서 수록에는, 여러 가지 문제가 동반될 수 있다. 제한된 지면이나 교과 내용에 적합한 희곡의 부재 혹은 타 장르에 비해 열등하게 인식되는 문학적 편견 등이 거론될 수 있겠다. 그러나 이러한 문제점을 해결하고 바람직한 교과 교육을 수행할 희곡작품이 전무한 것은 아니다. 일부로 촉탁하여 집필하지 않아도 기존의 희곡 중에서 찾을 수 있다는 것이 필자의 견해이다. 따라서 가장 시급한 문제는 희곡작품을 고르는 안목과 고민의 부족이다. 필자는 이에 대한 대안으로 함세덕의 「동승」을 천거하려 한다. 본고는 「동승」의 적합성을, 분량과 수록방식·주인공의 연령과 성장체험·정서적 반응과 인지 발달 상황·플롯과 대사·우리말 표현·주제의식의 여섯 가지 측면에서 고찰해 나갈 것이다. 「동승」의 텍스트는 가장 권위 있는 전집판(노제운, 『함세덕 문학전집』1, 지식산업사, 1996)을 사용했고, 인용 면만을 기입하여 인용했다.

## 2. 분량과 수록 방식의 적절함

현재까지(2001년) 중학교 1학년 교과서에는 「육체미 소동」, 중학교 2학년 교과서에는 「빌헬름 텔」, 중학교 3학년 교과서에는 「들판에서」가 실려있고, 고등학교 교과서에는 「살아있는 이중생 각하」와 「봉산탈춤」이 실려있다. 이 중에서 「빌헬름 텔」과 「살아있는 이중생 각하」 그리고 「봉산탈춤」은 장막극 체제를 갖추고 있고, 그 분량 또한 상당하다. 따라서 작품 전체가 수록되지 못하고, 일부만 발췌 수록되어 있는 형편이다.

작품의 부분적 수록 방식은, 희곡을 이해시키고 교육시키는 데에 상당한 애로 사항을 양산한다. 작품의 서두에서 제기되는 극적 상황을 제대로 납득하기 어렵게 만들고, 인물들의 성격과 전반적인 분위기를 대충 짐작해야 하는 곤란함을 초래하며, 전체 줄거리를 파악하기 위해서 별도의 참고자료에 의존해야 하는 수고로움을 끼친다. 이는 <작품을 다루는 데에는 작품의 한 부분이 인용되지 않아야 하며, 작품 전체가 제시되는 것이 바람직하다>는 교과서

편찬 지침에도 썩 부합되지 못한다.

　독서자는 문학작품을 전체적으로 탐독한 연후에야, 그 형식과 언어 미학과 주제 의식을 온전하게 파악할 수 있다. 부분적인 독서는 오독과 몰이해와 따분함을 가중시킬 위험이 상대적으로 크다. 따라서 부분 수록은, 문학을 교육하기 위해서 만들어진 교과서의 수록 방식으로는 적합하지 않다. 잘못하면 발췌 수록에서 파생된 위의 문제점을, 문학작품을 읽고 해석하는 과정에서 발생하는 본질적 어려움으로 착각하도록 만들기 때문이다.

　「육체미 소동」과 「들판에서」는 작품 전체가 수록된 경우이다. 「육체미 소동」은 <청소년 드라마의 대본>인데, 방송 한 회분이 실려있다. 원고지로 환산하면, 110매 안팎의 분량이다. 「들판에서」는 교육당국의 요청에 의하여, 이강백이 교과서용 희곡으로 집필한 작품이다. 따라서 처음부터 교과서에 실릴 수 있는 분량(원고지 100매 안팎)과 형식(단막극)을 고수하고 있다. 수록 방식의 측면에서만 본다면, 두 작품의 경우는 바람직한 사례로 판단된다. 일단 작품의 통독이 가능해서 갈등의 심화 과정·전반적 분위기·대강의 줄거리를 파악하기에 용이하다. 작품의 전개 과정을 충분히 음미할 수 있기 때문에, 자발적인 해석 능력을 발휘할 기회도 제공받는다.

　「동승」은 원고지 140매 정도의 단막극이다. 이것은 「육체미 소동」과 「들판에서」를 조금 상회하는 분량이지만, 교과서 전재(全載)에는 크게 무리가 없다. 「동승」은 특별히 촉탁 받고 교과서를 위한 작품으로 쓰여지지 않았음에도 불구하고, 분량 면에서는 수록에 적합한 작품이라고 할 수 있다. 「동승」을 전재할 경우, 위에서 지적된 줄거리 파악의 난처함이나 참고자료를 이용해야 하는 번거로움 그리고 기존의 해석 방식에 대한 강제적 의존성과 같은 문제점들을 미연에 방지할 수 있다는 상대적 유리함을 확보하게 된다.

## 3. 주인공의 연령과 성장 체험의 동일함

일반적으로 문학작품은 특정 연령의 독자만을 겨냥하여 쓰여지지는 않는다. 특히 위대한 고전작품이나 문학적 성취가 높은 작품의 경우, 연령에 상관없이 애독되고 그 영향력을 넓게 미친다. 그러나 어떤 장르의 경우에는, 특정한 연령이나 특수한 계층의 독자들을 위해 더욱 큰 효용 가치를 발휘하는 문학작품이 존재하는 듯 하다. 취학 전 연령의 아이들에게 전래동화가 그러하다면, 사춘기에 접어드는 청소년의 경우에는 성장소설류의 문학작품이 그러하다고 할 수 있다. 물론 전래동화나 성장소설이, 어른들이나 해당 연령을 벗어난 독자층에게 전혀 무익하다는 것은 아니다. 다만 해당 연령층과 그 연령을 넘어선 독자층에서, 각기 다른 효과와 필요성을 보일 수 있다는 뜻이다. 베텔하임의 연구는 문학의 특수한 효과와 필요성에 대한 소중한 통찰을 제공한다.

> 전래동화에 대한 베텔하임의 관심은 전래동화가 어린이들의 정신발달 과정에 어떤 영향을 미치는가 하는 점에서 출발한다. 정신장애 아동들의 치료를 맡은 그는 어린이가 성장과정에서 직면하는 여러 가지 문제들을 극복하는 데 전래동화가 크게 기여한다는 것을 알게 되었다. 어린이는 성장의 여러 단계에 따라 분리불안, 구순욕구, 오이디푸스 콤플렉스, 형제간의 경쟁심, 자신에 대한 불만 등 다양한 심리적 갈등들을 체험한다. 부모에 대한 의타심을 극복하고 자아를 확립하고 올바른 가치관을 내면화하는 힘겨운 과정에서 어린이는 내적인 혼란과 좌절감을 겪게 된다. 이러한 문제들은 바로 전래동화가 담고 있는 주요 모티프들이다.
>
> (오탁번·이남호, 『서사문학의 이해』, 101~102면)

베텔하임은 정신적으로 미성숙한 어린이들에게 전래동화가 탁월한 도움을 준다고 주장한다. 이와 같은 주장은, 특수 장르의 문학이 특정 계층에 특별히 필요한 이유를 보여준다고 하겠다. 취학 전 아동보다는 한 걸음 더 성장한 경우라 할 수 있지만, 중고등학생들 역시 아직은 미성숙한 특수 계층으로 분류될 수 있다. 따라서 이들에게 더욱 적합한 문학이 별도로 존재해야 할 필요성이 제기된다. 가장 일반적인 대안으로 생각할 수 있는 것은, 성장소설류의 문학작품이다. 남미영(『한국현대 성장소설 연구』)은 <성에 눈뜸>, <죽음의 인식>, <환멸과의 만남>, <악의 체험>, <아버지 찾기>, <길의 발견>이라는 여섯 가지 주요 모티프를 성장소설로부터 추려낸다. 이러한 모티프들은 사춘기를 전후한 청소년들에게 고민과 호기심의 대상이 되는 정신적 요목이다. 정리하면, 성장소설은 이러한 관심사를 문학적 모티프로 활용하여 <미성숙한 개체가 외부세계와 접촉하면서 내면의 갈등과 좌절을 경험하고 이를 극복하여 성숙한 개인 혹은 사회의 일원이 되는 과정을 보여주는 소설>이라고 할 수 있다. 성장소설의 정의를 희곡과 연극에 환치하여 적용하면, <청소년극> 정도가 될 듯하다.

성장소설류의 작품일 경우, 10대 후반이나 20대 초반의 연령층에 더욱 호소하는 바가 클 것으로 생각된다. 이 연령층은, 중고등학교 교과교육 대상자와 일치한다. 중고등학생은 대개 14세부터 19세 무렵의 청소년들이다. 「육체미 소동」의 경우, 중학생인 동민을 주인공으로 내세워 동일한 연령대의 중학생들로부터 구체적 실감과 폭넓은 동조를 얻은 청소년 드라마이다.

「동승」의 주인공 도념은 14세인데, 이는 중학교 1학년에 해당하는 나이이다. 그는 성장기 소년에 걸맞는 심리 상태를 드러내는데, 특히 이 시기에 보편적으로 나타나는 불안감과 고민사항을 보여주고 있다. 그 내역은 대략 네 가지로 간추려진다.

첫째, 어머니에 대한 그리움이다. 이 작품에서 도념은 자신을 버려 두고 찾아오지 않는 어머니를 간절히 기다리고 있다. 생모(生母)에 대한 그리움은 안대갓집 미망인에게 옮겨져서, 양모(養母)의 보호 아래에서 살아가고 싶은 욕구로 발전한다. 이러한 도념의 감정은, <분리불안>을 완전히 극복하지 못한 소년의 그것에 해당한다.

둘째, 친구 인수와의 경쟁심이다. 이것은 베텔하임이 지적한 <형제간의 경쟁심>에 해당된다. 도념은 인수의 입사(入寺)를 저지하여 인수로부터 앙심을 사게 된다. 또한 인수의 아버지는 도념을 위해 누명을 자청하는데, 이로 인해 인수는 도념에 대해 상당한 불만을 갖게 된다. 인수는 앙심과 불만을 품고 도념의 잘못을 고자질하여 그의 오랜 바램을 무산시키는 방해자가 된다. 상대에 대한 견제와 훼방 심리는 비슷한 또래 사이에서 혹은 형제 사이에서 발생하는 성장기의 경쟁 심리로 이해될 수 있다.

셋째, 주지승에 대한 저항이다. 주지승은 도념을 육체적으로 돌보고 정신적으로 성숙시키는 아버지의 역할을 담당한다. 도념은 이러한 아버지에 맞서, 자신의 생모에 대한 미련과 집착을 키워나간다. 그리고 끝내 주지승의 가르침을 거부하고 어머니를 비호한다. 도념의 저항은 유아기에 겪게 마련인 오이디푸스 콤플렉스의 반영으로 이해된다. 따라서 도념의 성장 위치는, 유아기의 심리적 갈등에서 완전히 벗어나지 못한 청소년의 그것과 동일하다고 할 수 있다.

넷째, 규칙에 대한 위반 욕구이다. 이를 남미영 식으로 바꾸면, <악의 자행>이다. 이 작품에서는 불살생(不殺生)의 계율에 대한 파괴로 나타난다. 도념은 토끼를 죽이는 행위에 대해, 일말의 거리낌도 없어 보인다. 그는 불살생의 계율이 불가의 으뜸 교리임을 버젓이 알면서도, 어머니를 위한다는 개인적 명분을 앞세워 이를 위반한다. 도념이 계율을 무시하고 자신의 욕망을 앞세우기 시작한 증거는 곳곳에서 포착된다. 경전 읽기를 기피하고 엄격히 금지하는 속세의 삶을 열망하며 주지승이 강요하는 교리에 대항한다. 그리고 절에서 탈출하려는 시도마저 불사한다. 도념의 계율 위반은, 악을 체험하고 일탈욕구를 느끼게 마련인 성장기의 통과의례적 절차에 해당한다.

어머니에 대한 애착심·형제간의 경쟁심·아버지에 대한 반항심·금기
위반의 욕구와 같은 심리적 양태들은, 10대 청소년에게서 널리 발견되는 특징
으로 성장기의 보편적 체험에 해당한다. 따라서 「동승」에 대한 학습은, 교과
교육 대상자인 청소년들에게 호소하는 바가 남다르다고 할 것이며 아울러
자신의 문제를 문학 속에서 객관화시켜 돌아보는 계기를 자연스럽게 마련하는
효과를 거둘 것으로 판단된다.

## 4. 정서적 반응과 인지 발달 단계의 유사성

문학교육 내용 선정을 위한 요구사정의 준거 중에는 심리적 요구 사항이
포함된다. 심리적 요구 사항의 개요는, 학습자의 인지·정의적 특성과 발달
정도에 비추어 내용의 적합성을 따져야 한다는 것이다. 「동승」은 학습자의
인지적·정서적 요구 사항을 충족시킬 만한 작품이다. 먼저 「동승」에 나타난
정서적 반응의 사례를 살펴보자. 도념은 14세 무렵의 소년만이 감지하고 표현
해낼 수 있는 정서적 반응을 여러 군데에서 드러내고 있다. 가령,

> 동리 어린애들 한 패가 산문에서 나와 인수의 노래를 따라 부르며 비탈길
> 로 나란히 내려간다. 도념, 나무에 가 기대서서 동리 아이들을 멀거-니 바라본
> 다. 무슨 설움이 복바치는지 나무에 얼굴을 묻고 허희(獻欷)한다.(67~68면)

이와 같은 대목은 또래 집단에 끼어 들지 못하는 도념의 처지를 부각시킨다.
도념은 동리 아이들과 같이 모여 놀 수 없는 자신의 처지에 안타까워한다.
이러한 정서적 반응은 성인들이 느끼는 그것과는 조금 다르다. 도념은 한
패가 되어 노래를 부르지 못한다는 단순한 사실만으로도, 정서적 외로움을
심각하게 느끼는 것이다. 이는 청소년기에 요구되는 <또래집단>과의 교류가
근원적으로 차단되었기 때문으로 풀이된다.

도념의 감정 변화도 불규칙하고 돌발적이다.

> 도념, 더 이상 참을 수 없다는 듯이 달려들어 난타(亂打)한다. 양인(兩人),
> 먹살을 붙들고 딩굴며 싸운다. 안대갓집 딸, 산문에서 나오다 달려가 뜯어말
> 린다. 초부도 말린다.
> **미망인** 놔라, 놔, 도념아 이 손 놔, 어서.
> 도념, 인수의 먹살 잡었든 손을 놓고 제 분에 못 이기어 울어 버린다.
> **인 수** 중, 중, 깍까중, 덤불 밑에 할타중, 물 건너 팽가중.(놀리며 내려간다)
> **미망인** (옷에 흙을 털어주며) 고만 울어라. 눈물 닦구, 쌈은 웨 하니?
> **도 념** ……. (운다)
> **미망인** 내일 모래 우리 집에 가면, 저런 녀석 꼴 안 볼 텐데 뭘 그러니?
> 어서 울지 말어. 뚝 그치구.
> **도 념** 댁에 가두…… 모두들 애비 없는 후레자식이라구 놀려 먹으면 어떡
> 해요?
> **미망인** 어따가 감히 그런 소리를 해? 내가 가만두나? 아까처럼 한번 웃어봐.
> 응 어서.
> **도 념** (금시에 풀리며 벙끗 웃는다)(85~86면)

도념은 인수의 고자질과 방해에 자극을 받아 물리적 충돌마저 불사한다.
그러다가 발끈했던 성미가 가라앉자, 스스로의 분함을 이기지 못하고 그만
울음을 터뜨린다. 하지만 서글픈 감정 역시 오래 지속되지 않는다. 미망인의
따뜻한 말 한마디에 감정이 일시에 풀어진 도념은, 무슨 일이 있었냐는 듯
해맑게 웃는다. 이처럼 감정 변화는 단시간에 그리고 급작스럽게 일어난다.
더구나 도념은 법당으로 간 주지에 의해 자신의 잘못이 곧 폭로될 처지에
처해있다. 그럼에도 순간적인 외부 자극에 진중하게 대응하지 못한다. 일반적
으로 청소년기는 다른 어떤 시기보다 감정적 기복이 심하고 성격적으로 불안
정한 것으로 이해된다. 도념의 변화무쌍한 성격은 일반적인 청소년의 특징에
거의 그대로 일치된다.

한편 도념의 인지 발달 상태는 피아제의 인지 발달 단계로 환산하면, <형식적 조작기>에 해당한다. 형식적 조작기는 대체로 11·12경부터 성인 초기까지의 시기를 가리키는데, 이 단계에서는 조합적 사고(Combination thinking)가 가능해진다. 조합적 사고란, 하나의 문제에 직면했을 때 여러 가능한 문제 해결책을 논리적으로 궁리해 봄으로써 결국은 바람직한 문제 해결에 이르게 되는 사고를 가리킨다.

도념이 산사에서 도망치려는 욕망을 누르고 지낼 수 있었던 가장 중요한 이유는, 생모에 대한 소식을 탐문하거나 혹시나 있을지 모르는 그녀의 연락을 기다리기 위해서라고 짐작된다. 그러면서 도념은 어른들이 철저히 비밀로 했을 사실들을 상당 부분 알아낸다. 이는 도념이 단편적인 정보를 수합해서 논리적인 추론을 할 수 있는 능력을 갖추었음을 뜻한다. 실제로 도념은 주변 사람들의 반응을 살펴, 자신이 없는 사이에 주고받았을 것으로 보이는 대화 내용을 추측하는 영특함을 보이기도 한다.

도념은 산사에서 참고 지내는 것이 더 이상 무의미한 것이 되었다는 것을 알았을 때에야, 자신의 평소 생각을 피력한다. 또한 안대갓집 양자로 갈 수 있는 기회를 잡기 위해서 거짓말을 하는 융통성을 발휘하기도 한다. 이는 도념이 주변 상황을 판단하고 적절하게 처신하는 법을 터득하고 있음을 말해 준다. 게다가 도념은 자신의 잘못을 추궁하는 주지에게, 제법 논리적으로 맞설 줄도 안다. 유식론을 바탕으로 편협한 신념을 주입하려는 주지에게 마을 사람들의 견해를 인용해 반박하고, 어머니의 소재를 알고 있으면서도 가르쳐 주지 않는 어른들의 태도가 오히려 잘못된 것임을 힐책한다. 그러면서도 한편으로는 주지에 대한 고마움을 잊지 않고 있으며, 주지의 은덕을 함부로 배신하는 일이 옳지 못하다는 소견도 아울러 간직하고 있다. 이것은 그가 상황과 타인과 세상 이치에 대한 나름대로의 판단 기준과 논리성과 소신을 가지고 있음을 증거한다.

이처럼 도념은 파편적 정보를 수합해 추론할 수 있는 능력, 주변 상황을 정확하게 인지하고 처신하는 능력, 자신의 판단과 신념을 세울 수 있는 능력을 어느 정도 갖추고 있다. 이것은 논리적인 인지 발달 단계에 들어선 인물에게 가능한 일이다. 따라서 도념은 조합적 사고가 가능한 단계에 들어서 있다고 말할 수 있다.

「동승」은 청소년의 정서적 반응 방식과 해당 연령의 인지 발달 상태를 적실하게 반영하고 있다는 점에서, 학습자인 청소년들에게 폭넓은 공감대를 얻어낼 수 있을 것으로 기대된다. 더구나 학습자의 인지·정의적 발달 정도를 따지는 교과서 내용 선정의 기준을 만족시키고 있다. 따라서 독서에 대한 흥미와 수업에 대한 참여도 역시 배가될 것으로 기대된다.

## 5. 플롯의 정교함과 대사의 효율성

「동승」은 정교한 플롯을 자랑하는 희곡이다. 플롯은 사건의 배열인데, 그 배열이 상호 관련성이 높고 유기적으로 맞물려 있을 때 정교하다는 평가가 가능해진다. 「동승」은 단막극임에도 불구하고 사건이 대단히 유기적이어서 불필요한 군더더기나 전개상의 무리한 비약이 거의 나타나지 않는다는 장점을 갖추고 있다.

이 작품에서 사건은 대개 도념과 다른 인물의 만남을 중심으로 빚어진다. 각 사건들이 점차 누적되어 갈등을 생성시키고 결국에는 파국적 결말로 마무리된다. 중요한 사건을 정리하면 다음과 같다. 도념과 인수아버지가 만나 정겨운 대화를 나누며 서로의 친밀감을 확인하는 사건, 도념이 인수의 산사출입을 제한하여 앙심을 사게 되고 인수의 우회진입으로 인해 도념이 설치한 덫이 발각되는 사건, 정심과의 대화를 통해 도념이 품고 있는 불가(佛家)에 대한 회의감이 드러나고 지난밤의 수상쩍은 행동이 암시되는 사건, 도념이 쳐놓은 덫이 주지에게 발각되지만 인수 아버지(초부)의 순간적인 기지로 위기가 무마되는 사건, 불만을 품은 인수가 되돌아와서 도념의 잘못을 폭로하는 사건, 그리고 안대갓집 양자를 포기하고 산사를 떠나려는 도념의 결심이 부각되는 사건이 그것이다. 일련의 사건들에는 인수가 도념의 잘못을 미리 알게 된 계기, 인수가 도념의 비밀을 폭로하게 된 동기, 인수아버지가 도념을 보호하려고 애쓰는 심리적 근거, 도념의 수상한 행동에 사전 암시, 도념의 가출을 예비하는 복선 등이 유기적으로 얽혀있다. 다시 말하면 인물의 성격 제시, 갈등의 발단, 위기감의 점증적인 심화와 일시적인 해결 그리고 더 큰 파국의 도래 과정이 정밀하게 계산되어 있다. 「동승」의 정교한 플롯은, 희곡의 핵심적 특질을 이해시키는 데에 모범적인 사례를 제공할 것이다.

한편, 「동승」은 대사의 효율적인 사용이 크게 주목되는 작품이다.

1) **초부** 내년 봄보리 비구 나면 오신다드라.
   **도념** 또 거짓말?(61면)

2) **총각** 그렇지요 즈 어머니가 쟤가 아홉 살 때 한 번 단겨갔다는군요. 허지만 쟤는 보지도 못 했지요 스님한테만 갈 쩍에, 내년 봄보리 비구 나서 꼭 데리러 온다구 하드니 이내 깡감소식이라는군요.(66면)

3) **도념** 몰르시는 게 뭐에요? 5년 전에 여기 단겨까지 가셨다는데? 어쩌면 나만 살짝 빼놓구 못 보게 하셔? 좌상은 얼굴은 아시겠지요? 어떻게 생기셨는지요?(69면)

1)은 도념이 초부와 대화를 나누는 도입부이다. 초부는 <봄보리 비구 나면>온다고 한 어머니의 말을 도념에게 전하지만, 도념은 초부의 말을 좀처럼 믿으려 하지 않는다. 왜냐하면 관객들에게조차 초부의 말은, 어린 도념을 달래기 위한 임시방편의 <거짓말>처럼 들리기 때문이다. 그런데 2)는 초부의

말이 일정한 근거가 있었음을 시사한다. 이것은 <봄보리 비고 나서>가 도념 어머니 육성이었음을 넌지시 확인시켜 주기 때문이다. 이처럼 함세덕은 인물들의 간접 화법 속에서, 도념 어머니의 인상을 투영시킨다. 이러한 대사 처리법은 대단히 고급한 수법이다. 직접 등장하지 않는 도념 어머니의 영상을, 문학적 언어를 통해서 관객의 인식 속에 각인시키는 효과를 거두기 때문이다. 이처럼 1)과 2)는 간결한 대사를 활용하여 이채로운 효과를 일으키는 모범적 사례에 해당한다.

3)은 2)에서 제기된 믿음을 반전시키는 효과를 거둔다. 2)에서 청년의 대사만을 들었을 때, 관객들은 도념이 어머니의 방문 사실을 전혀 모르고 있다는 사실을 당연하게 받아들인다. 극적 상황으로 따져 보아도, 도념이 퇴장했을 때를 기다려 청년이 은밀하게 이야기를 건네기 때문이다. 그런데 3)은 이러한 주변인과 관객들의 의표를 찔러, 도념이 이미 그 비밀을 알고 있음을 알려준다. 이처럼 함세덕은 3)과 2)에서 동일인의 행방을 다른 입장의 두 사람으로 하여금 발화하게 하여, 관객의 인식을 반전시키는 대사 미학을 구현한다.

결과적으로 1)과 2)는 봄보리 추수에 관한 대사를 동일하게 이용하여 이채로운 느낌을 전달하고, 2)와 3)은 5년 전 어머니의 방문 사건을 기화로 관객의 인식을 전환시키는 효과를 일구어낸다. 일견 평범해 보이는 대사를 활용하여 많은 정보와 인물의 숨겨진 영상과 주인공의 심적 상태 그리고 관객의 인식적 반전을 담아내는 기법은, 희곡 속 대사가 드러낼 수 있는 묘미에 해당한다. 이러한 대사를 읽고 이해하는 과정을 통해, 중고등학생들은 문학을 읽고 이해하는 즐거움에 한 걸음 근접할 수 있을 것으로 판단된다.

## 6. 주제의식의 직접성

프로이트는 인간의 정신적 행로는 쾌락 원칙에 의해 자동적으로 제어된다고 전제한다. 인간은 누구나 <쾌락>과 <불쾌>의 감정 사이에서, 당연히 <불쾌>를 피하고 <쾌락>을 선택하기 마련이라고 믿는 듯하다. 그러나 인간의 보편적인 체험에 비추어 보았을 때, 믿음은 완전히 들어맞지는 않는다고 부언한다. 즉, <쾌락>을 추구해야 하는 데에도 불구하고 실제로는 <불쾌>에 도달하는 경우가 많다고 주장하는 것이다.

많은 연구자들은 인간의 두 가지 정신적 성향을, 쾌락원칙과 현실원칙으로 요약하곤 한다. 인간이 쾌락을 추구하려는 본능적 성향을 지니고 있다는 점에서, 쾌락원칙은 억눌러진 욕망의 저장소로 인식되는 이드의 산물이다. 반면 본능적 성향을 거부한다는 점에서, 현실원칙은 자아를 감독하고 조율하는 슈퍼에고의 영향력으로 이해된다. 감추어진 본능적 충동과 내밀한 욕망이 쾌락원칙으로 요약된다면, 윤리나 도덕 혹은 규칙이나 양심과 같은 덕목은 현실원칙으로 이해되는 셈이다.

「동승」의 도념은 쾌락원칙이 우세한 인물이다. 그는 물긷기나 경읽기 혹은 계율준수와 같은 외부적 통제에 저항하고, 동네 아이들과 함께 놀거나 마을에서 일상적인 삶을 살아가는 것에 더 큰 관심을 드러낸다. 게다가 불가에서 가장 엄중하게 여기는 살생에 대한 계율마저 존중하지 않는다. 잡은 토끼를 법당에 숨기고 그 가죽을 벗겨 불상에 둘러보는 등, 중대한 규칙 위반마저 과감하게 자행한다. 그 결과 도념은 좌절을 경험하게 된다. 그토록 열망하던 안대갓집의 양자로 갈 수 있는 기회가 마련되었으나, 자신의 분별없는 행동으로 말미암아 무산되고 만 것이다.

작품 속에서 도념의 처지는, 일단 현실원칙을 제대로 내면화하지 못한 미성숙한 개체에 불과하다. 정신적 아버지에 해당하는 주지는, 이를 기회로 현실원칙을 더욱 강화할 기세이다. 도념은 자신에게 주어진 삶이, 이전보다 더욱 혹독한 계율과 완강한 통제력에 의해 구속받는 생활이 될 것임을 직감하게 되는 것이다. 강화된 현실원칙에 대한 내면적 저항은, 쾌락원칙과의 적절한 조화를 찾을 수 있는 방법을 궁리하게 만든다. 그 궁리가 <길떠남>이고, 이 <길떠남>은 작품 밖에서의 도념의 모습을 상상하게 만든다.

「동승」에서 도념의 출가(出家)는, 내면적 성숙을 위한 길찾기의 문학적 해결책으로 생각된다. 여기서 내면적 성숙을 위한 길찾기라 함은, 성인으로서의 완전한 자질을 획득하기 위한 인생의 여정을 의미한다. 현실의 인간은 쾌락원칙이 현실원칙에 의해 적정하게 조율되는 상태에 이르러야만, 성숙한 어른이나 당당한 사회 구성원이 될 수 있다. 이러한 측면에서 도념은 아직은 어른이나 사회의 일원이 될 수 없는 상태이지만, 언젠가는 그 단계에 도달할 것으로 여겨진다. 따라서 도념이 산사를 나와 찾아가는 어머니는, 자신의 내적 성장을 조화롭게 도모할 수 있도록 설정된 정신적 좌표인 셈이다.

청소년기는 보통 쾌락원칙의 우세 속에서 현실원칙을 받아들이기 위해 안간힘을 쓰는 시기이다. 따라서 도념의 고민은 청소년의 고민과 일치한다. 그렇다면 도념의 길찾기는, 삶의 좌표 설정에 고민하고 있는 청소년들에게 묵시적 해결책을 줄 것으로 기대해도 좋을 것이다. 더구나 도념의 길찾기가 가출이라는 청소년들의 심각한 당면 문제를 직접적으로 형상화하고 있다고 할 때, 위안과 대리체험의 기능마저 폭넓게 거둘 것으로 판단된다. 이는 「동승」이 청소년들에게 실질적이고 직접적으로 도움이 될 수 있는 작품임을 증명한다고 하겠다.

## 7. 교과서 수록에 적합한 희곡으로서의 「동승」

「동승」은 여러 가지 측면에서, 교과서 수록에 적합한 요건을 갖추고 있다. 먼저 분량이 적당해서 교과서 전재가 가능하다. 이는 학습자의 완전한 통독을 돕고, 자발적인 해석을 유도하는 긍정적 효과를 거둘 것으로 판단된다. 또한 학습자의 연령과 일치하는 주인공이 등장하여, 동일한 성장체험을 보여준다.

분리불안·형제간의 경쟁심·상징적 아버지와의 대립·금기의 위반 등 14세 청소년이 당면한 정신적 문제를 주요 모티프로 차용하고 있는 것이다. 이러한 연령과 성장체험의 동일함은, 학습자의 이해력을 재고시키고 흥미를 고양시킬 것으로 기대된다. 도념의 정서적 반응 방식과 인지 발달 단계도, 14세 소년의 그것과 유사하다. 또래집단에서 제외된 외로움이 나타나고 급격한 감정 변화가 나타난다. 아울러 세계와 타인에 대한 보다 논리적 판단이 가능해지는 조합적 사고의 단계가 나타난다. 이것은 학습자에게 폭넓은 공감대를 형성할 것으로 예상된다. 극작술의 측면에서 살펴보았을 때, 「동승」은 플롯의 정교함과 대사의 효율성이 극대화된 작품이다. 이러한 우수성은, 자칫하면 낯설게 느껴질 수 있는 희곡작품을 친숙하게 읽고 이해할 수 있는 계기를 마련할 것이다. 마지막으로 「동승」은 주제의식의 실효성이 발현된 작품이다. 도념의 가출은, 내면적 성숙을 위한 길찾기의 문학적 해결책이라고 할 수 있다. 이것은 현실원칙과 쾌락원칙의 조화로운 통합과 일탈이라는 심각한 당면 문제로 고민하는 청소년들에게 위안과 대리체험과 인식적 해결 방안을 한꺼번에 제공할 것으로 판단된다.

결론적으로 「동승」을 분량과 수록방식이라는 외형적 측면, 14세 소년의 성장 단계와 관심사라는 소재적 측면, 플롯과 대사라는 극작술의 측면, 그리고 성장기의 고민이라는 주제적 측면에서 살펴보았을 때, 한국 근현대 희곡 중의 어느 작품과 견주어도 손색이 없는 작품이며 또한 교과교육의 대상이 될 청소년에게도 여러모로 유익한 효과를 거둘 수 있는 작품으로 판단된다. 따라서 「동승」의 교과서 수록은, 희곡작품을 고르는 안목 부재에 시달리는 현재의 교과서 실정에 대한 하나의 대안이 될 수 있을 전망이다. ◆(『문학과 교육』 2002. 봄)

# 3악장

여름의 열기*heat*

# 문학교육으로 다리 놓기
- 이남호의 『교과서에 실린 문학작품을 어떻게 가르칠 것인가』에 대한 비평 -

Ⅰ.

옛날에 한 수도승이 살았다. 그는 물 위를 걸어다닐 수 있는 능력을 얻기 위해서 오랜 세월 동안 힘든 수행을 마다하지 않았다. 마침내 십여 년의 수행 끝에 물 위를 걸을 수 있게 되었다. 그는 많은 사람들을 모아 놓고 걸어서 강을 건너는 신통력을 보여 주었다. 수많은 사람들이 열광했다. 그러나 한 사람이 나와서 그 수도승에게 물었다. "대단한 공부를 하셨군요. 그렇지만 한 푼만 주면 뱃사공이 편하게 강을 건너 줄 텐데, 굳이 걸어서 강을 건너기 위해 그토록 고생을 했다니 알 수가 없군요. 도대체 당신은 왜 걸어서 강을 건너려고 하죠?"

위의 인용문은 이남호가 쓴 한 서평의 서두에서 다시 인용한 것이다. 이남호는 닐 포스트만의 『Building a bridge to the 18th century(18세기로의 다리 잇기)』를 소개하면서, 위의 질문자와 같은 역할을 닐 포스트만이 하고 있다고 전제한다. 물 위를 건너는 신기를 연습한 인물이 포스트모더니스트로 상징되는 현대인이라면, 그 한편에서 이죽거리며 너무나 당연한 질문을 던지는 인물이 닐 포스트만이라는 것이다.

이러한 비유는 이남호에게도 꼭 들어맞는다. 이남호는 강을 왜 건너느냐고 물었던 그 사람처럼, 그리고 21세기에 다가온 엄청난 발전과 변화의 궁극적인 목적이 무엇이냐고 묻고 있는 닐 포스트만처럼, 우리 사회와 문화와 문학에 대해 주목할 만한 질문을 던지는 비평가이다. 그래서 그의 비평은 훈장선생의 회초리처럼 우리의 종아리를 아프게 내리치곤 한다.

그의 비평이 우리에게 따끔한 맛을 전해주는 가장 커다란 이유는 논리적 정합성에 있는 듯하다. 그의 비평을 보면, 대개 논리적인 성향이 우세함을 알 수 있다. 일반적으로 수긍하고 넘어갈 만한 논리도, 그의 논리 앞에는 대개 허약한 것으로 판명난다. 왜냐하면 비평가나 연구가가 지닌 지식의 방대함에 좀처럼 경애심을 갖거나 함부로 동조하지 않기 때문이다. 그는 마치 우상을 타파하기로 나선 사람처럼, 권위나 학식이나 이론에 대해 시비를 걸고 이를 무분별하게 이용하거나 제대로 알지 못하면서 기대는 행위에 대해 깊은 반감을 드러낸다. 이는 일단 그의 글을 논리의 결집체로 간주하게 만든다.


II.

이남호는 최근에 교육 분야에 뛰어들어, 강을 왜 건너느냐고 묻던 사람처럼 질문을 퍼붓기 시작했다. 중고등학교 교과서에 실린 문학작품의 정당성을 따지고, 그 교육효과에 대한 날카로운 비판을 가하기 시작했다. 『현대문학』에 연재된 그의 일련의 교육론은 문학연구와 문학교육을 막연하게 구분하고 있던 많은 사람들에게, 별도의 시각을 전해준 성과가 있었다. 그리고 이러한 작업을 모아, 하나의 책으로 출판했다. 『교과서에 실린 문학작품을 어떻게 가르칠 것인가』는 보다 확대된 문제의식을 유도하려는 노력으로 생각된다.

이 책에 대해 살펴보기 전에, 두 가지 고백할 사항이 있다. 나는 이 책을 처음에는 교과서에 실린 문학작품의 적절성과 교육 방법을 탐색한 글로 읽지 않았다. 나는 그가 보여주는 작품해석의 정당성을 검토하고 한 문학연구자의 논리를 주목하는 관점에서 읽어나갔다. 그것은 이남호 비평의 논리가 일관되게 한국의 주목할 만한 작품을 관통하고 있음을 눈치챘기 때문이었다. 다른 하나는 나 자신이 중고등학교 문학교사의 경험이 거의 없다는 점 때문이었다. 나는 몇 번의 기회를 통해, 중고등학생을 임시로 가르쳐본 경험이 있지만, 정규 수업 시간에 그들을 만나본 적은 없다. 이 책이 일차적으로 우리의 교육적 여건과 양태를 점검하는 목적을 지녔다고 했을 때, 이러한 목표를 충실하게 따져보는 데에 일정한 약점을 지고 있음을 시인해야겠다.

이 책은 중고등학교 교과서와 문학교과서에 실려 있는 17편의 시와 9편의 소설을 검토 대상을 설정하고 있다. 각 편을 독립적으로 고찰하는 방식으로 쓰여져 있으며, 시와 소설은 별도로 나누고 있다. 각 편은 네 부분으로 분할되어 서술되고 있다. <작품인용(소설의 경우에는 줄거리 인용)/ 배우기에 적절한 작품인가/ 어떻게 가르치고 있는가/ 어떻게 가르칠 것인가>가 그것이다. 이것은 비판적 검토와 대안 제시라는 커다란 체계로 각 편이 꾸려지고 있음을 시사한다. 비판적 검토는 주로 2단계와 3단계에, 대안 제시는 4단계에 속한다.

<배우기에 적절한 작품인가>에서는 주로 완성도가 높고(이남호는 교과서에 수록되는 작품은 우수한 작품이어야 한다고 여러 번 강조한 바 있다) 학습자의 이해가 가능할 정도의 난이도를 갖추었으며 학습 과정에서 흥미를 유발할 수 있는 작품이 교과서에 실려야 한다고 주장한다. 이러한 주장은 각 편에서 골고루 나타나는데, 자연스럽게 <어떻게 가르치고 있는가>에 대한 비판적 거점으로 작용한다.

<단원 학습목표>는 문학의 이해를 제대로 유도해 내지도 못하고 또 지나치게 추상적이고 어려운 요구를 담고 있다. 문학을 어떻게 가르칠 것인가에 대한 생각도 부족하고 또 문학 교실의 실제 분위기와 수준도 고려하지 못한

목표인 것이다. 이런 식의 목표는 비단 여기서 언급한 문학교과서뿐만 아니라 거의 모든 국어교과서와 문학교과서에서 발견된다. 문학교육의 목표를 좀더 실제 수업에 맞도록 쉽게 단순화시키고 구체화시켜야 할 것 같다.

그리고 대부분의 교과서에는 각 단원마다 <단원 학습목표>가 있고, 단원 속의 각 작품마다 <소단원 학습목표>가 또 있다. 더 크게는 <문학교육 학습목표>도 있고, 또 <국어과 학습목표>도 있다. 이러한 목표들이 위계적으로 질서 있게 짜여져 있는가 하는 점도 문제지만, 목표가 너무 많다는 점도 문제이다. 적절하게 제시된 목표라 할지라도 목표가 너무 많다는 것은 그 목표의 달성 가능성이 희박함을 의미한다. 즉, 너무 많은 목표는 저절로 무의미한 목표가 된다. 문학교육 현장에서 학습목표를 줄이는 것도 문학교육의 실질적 개선에 필요한 일이다. (361면)

이남호의 이러한 지적은 각 편마다 공통적으로 나타나는 사항이다. 압축해 보면, 이남호가 비판하는 문학교육은 장황한 학습목표로 인해 엉뚱한 해석을 강요하게 되는 불합리한 상황에 처해있다. 이에 여러 가지 원인이 있지만, 교과서에 실을 수 있는 작품에 대한 합의가 부족하고 이러한 합의가 일어나지 않은 상태에서 기존 연구자의 견해를 무분별하게 교과서와 참고서에 삽입하는 현상을 주요 원인으로 꼽을 수 있다. 또한 교사의 역할이 작품 해석에 도움을 주고 자발적 참여를 유도하는 조력자의 역할이 아닌, 작품에 대한 해석적 전권을 틀어쥔 전수자의 역할을 담당하기 때문이기도 하다. 이러한 일방적 교수 방식을 위해, 교사는 합의되지도 검증되지도 않은 기존 연구자들의 견해를 모아 놓은 참고서에 의존하게 된다. 그래서 이남호는 참고서의 추방을 올바른 문학교육을 위한 중요한 전제 조건으로 주장하기까지 한다.

이러한 폐해에 대한 이남호의 주장은 단호하다. <학습목표>뿐만 아니라 <감상의 길잡이>, <심층이해>, <학습의 길잡이>등을 일일이 검토하면서, 오류를 적발해낸다. 그 오류의 목록은, 대체로 다음과 같다. 엉뚱한 해석의 강요, 불필요한 문학사적 지식의 주입, 불명료한 이론의 적용, 통사적 혹은 의미론적 비문의 사용, 쓸데없이 어려운 표현, 동어반복적 논리와 장황한 설명들이 그것이다. 이러한 문제점들을 짚어내면서, 이것은 중고등학생의 문학적 흥미를 격감시키는 가장 중요한 요인이라고 비난한다. 즉, 가르치는 방식의 잘못으로 인해, 중고등학생들은 문학을 이해하기 어려운 지식을 공연히 돌려 말하는 것 혹은 재미없고 따분한 것으로 이해하게 된다는 것이다. 이러한 인식으로 보면 기존의 교육방법 중 상당수는, 논리적 강점을 지니는 이남호의 비평적 시각에서는 상당부분 추방되어야 할 것들이다.

이러한 인식적 추방을 이루어내 연후에, 이남호는 문학교육의 대안을 내놓는다.

> 여러 차례 강조한 바 있지만, 시의 이해는 우선 그 작품의 극적 상황을 잘 파악하는 것으로부터 시작된다. 교과서나 참고서들은 한결같이 이 작품의 극적 상황을 제삿날 큰집이 있는 고향으로 가면서 언덕 위에서 가을강의 노을을 쳐다보는 것으로 잘못 파악한다. 화자는 지금 제삿날을 맞이한 것도 아니고 또 고향으로 가고 있는 것도 아니다. 아마도 화자는 지금 고향 마을에 살고 있을 것이다. 이 시의 극적 상황은 이러하다. 화자는 마음이 서럽다. 그래서 가을 햇볕을 받으며 뒷산으로 산보를 나선다. 산보를 가면서 친구의 서러운 사랑 이야기를 생각하고는 눈물을 흘리기도 한다. 산등성이에 도착했을 때는 저녁 무렵이 되었다. 거기서 보니 가을강 위의 저녁 노을이 아주 아름답다. 그 아름다운 노을을 보고 화자는 감탄을 하고 어떤 위안을 얻는다.
> 극적 상황을 이처럼 파악할 수 있다면 이 작품의 이해는 절반 이상 된 것이나 다름없다. 이제 남은 것은 화자가 가을강의 아름다운 노을을 보고 어떤 위안을 얻었는가를 알아보는 일이다.(177면)

이남호가 내놓은 대안은 일종의 꼼꼼히 읽기이다. 일종의 내재적 비평 방식이다. 텍스트로 주어진 작품을 읽고 시의 배경에 대한 정교한 추론을 바탕으로 시를 이해해야 한다는 것이다. 당시 화자는 어디에 있는가, 어떤 심정인가, 각종 비유들은 어떠한 의미를 내포하고 있는가 등은 이러한 추론을 위해 필요한 질문이다. 학생들은 이러한 추론을 펼쳐 시의 상황(사실 극적 상황이라는 표현은 대단히 어색하다)을 이해하고, 나아가서는 화자의 정서적 상태를 이해하고 그 감정을 받아들이는 것이다. 이 과정에서 교사의 역할은 시를 이해하는 데에 필요한 최소한의 주변 지식을 제공하고, 가급적이면 문학을 읽고 해석하는 <문학의 즐거움>을 상실하지 않도록 도와주는 것이다. 과도한 참견과 일방적 강요는 오히려 <문학의 따분함>을 가중시킬 염려가 크다.

이러한 일련의 방식은 학습자에게 학습 부담을 줄이고 문학의 본연적 기능을 만끽하도록 돕는다. 즉, 문학은 일차적으로 학문과 연구의 대상이 아니라, 향유와 감상의 대상이 되어야 한다. 이는 교과서에 실린 문학작품을 다루는 중고등학생의 경우도 마찬가지라고 주장하는 셈이다. 제임스 그리블이나 노드럽 프라이와 같은 학자들은 문학 교육은 향유법에 대한 교육이 될 수밖에 없고, 그러기 위해서는 문학비평에 대한 학습이 주를 이룰 수밖에 없다고 주장했다. 이러한 주장에 논리적인 결함은 없어 보이지만, 문학비평을 위주로 한 교육은 자칫하면 문학 자체에 대한 흥미감소를 부축일 확률이 대단히 높다는 점에서 위험하다 하겠다. 반면 이남호의 경우는, 문학비평에 대한 지식을 최도한도로 줄이고 상식적인 선에서 이해할 수 있도록 돕자는 주장을 펴는 측이다. 따라서 이남호의 <어떻게 가르칠 것인가>는 정합하지만 소박하게, 날카롭지만 이성적으로 용인되는 경우이다.

III.

이제 이 책에 대한 나의 소박한 비판을 펼쳐보고자 한다. 나는 기본적으로 이 책의 의미와 가치에 대해 긍정적인 입장에 서 있다. 그러나 그 의미와 가치와는 별도로, 이 책이 많은 결점과 보완점을 지니고 있다는 생각도 아울러 지니고 있다. 그리고 이러한 결점과 보완점을 차츰 수정해 나갈 때만이 진정한 문학교육의 대안이 생성될 수 있다고 굳게 믿는다.

 이 책의 한계는 다섯 가지로 요약된다. 첫째는, 교육현장의 적용 문제이다. 이 점에 대해서 이남호는 서문에서 자신의 입장을 밝히고 있다. 육성으로 들어보자.

> 그분들(중등학교 국어교사들:필자)은 나에게 현장에서의 어려움을 토로했다. 동료 국어교사들과의 공조도 문제가 되지만 그보다 시험과 진학준비 때문에 내가 제시한 방법을 현장에서 적용하기가 어렵다는 것이다. 역시 문학교육에서도 입시가 결정적인 장애물인 것이다. 입시가 없어지지 않는 한, 어떤 식의 문학교육 개선 노력도 한계가 있는 것 같다.
> 그러나 문학이나 교육은 제도의 문제라기보다 사람의 문제이다. 문학을 좋아하고 잘 아는 사람이 많아질 때, 문학도 문학교육도 저절로 될 것이다. (7면)

 이러한 발언은 자못 실망스럽다. 다른 사람이 아닌 이남호가 한 발언이기에 더욱 그렇다. 그는 고된 수련으로 물 건너는 법을 배운 사람에게 왜 힘들게 그런 쓸데없는 일을 하느냐고 묻는 사람이 아니었던가. 원칙적으로 말해서, 시험과 진학준비가 문학교육의 큰 적이 되고 있다는 식의 논리는 통용될 수 있다. 그러나 실용적인 문제의식에 민감하게 반응하는 이남호는 조금 달라야 한다고 생각한다. 물을 건너는 법을 배우는 것은 자족적인 만족감을 안겨 줄 수 있는 일에 가깝고, 실용적인 쓸모에서는 멀다. 만일 이남호가 교육적인 실용성을 도외시하거나 애써 무시하면서 문학교육의 문제를 단순히 사람의 문제로 몰고 가버린다면(원칙적으로 이것 역시 틀리지는 않을 것이다), 이는 자족적인 만족감만을 앞세우는 처사가 될지도 모른다. 그렇다면 이남호가 주장한 교과서 문학 작품에 대한 해석과 가르침의 방식은, 물 건너는 사람의 수년 동안의 고행과 다를 바가 없어진다. 다시 말해서 이남호의 해석과 가르침의 방식이 또 하나의 참고서를 더한 꼴이 될 수도 있다는 것이다.

나는 문학교육의 적은 입시가 아니라고 생각한다. 그나마 입시 때문에 학생들이 문학작품을 읽고 있는 듯한 인상이다. 입시라는 강제적인 수단이 그나마 독서를 지속시키고 있다는 느낌이다. 그것은 나쁜 것이 아니다. 인간은 상황 속에서 살아가는 동물이기에, 외부적인 규율이 반드시 나쁘다고 볼 수는 없다. 내가 보기에 문학 교육의 가장 커다란 적은 평가의 모호성이다. 문학적 수준을 평가하는 지침은 대단히 약하고 혼란스럽다. 영화「파인딩 포레스트」를 보면, 높은 문학적 수준이 대단한 학습적 능력으로 인정받고 고급수준 학교의 입학 자격으로 연결되고 있다. 이는 문학을 측정하는 제도적 장치가 어느 정도 완비되어 있다는 증거이다. 우리 나라 교육에서도 이러한 문학적 수준의 측정 장치가 있어야 한다고 생각한다. 이남호의『교과서에 실린 문학작품을 어떻게 가르칠 것인가』에 결여되어 있는 것은, 평가의 방식이다. 이는 우리나라 문학 교육의 한계이면서, 이를 개선하고자 나선 이남호의 한계이기도 하다.

둘째는 문학의 좁은 인식이다. 이남호는 이 책에서 시와 소설만을 대상작품으로 다루고 있다. 이 자체는 비난받을 만한 소지가 없다. 연구자는 자신의 연구 분야를 스스로 선택할 권리가 있고, 이 책 어디에도 자신이 모든 문학작품을 대상으로 했다는 언술은 나오지 않는다. 그러나 인상적인 측면과 일반적인 인식을 바탕으로 따져보면, 문학의 중요한 영역으로 시나 소설을 우선적으로 꼽고 있는 듯한 느낌은 지우기 힘들다.

문학은 그 범위가 넓어서 상대적 중요성이 어느 한 쪽으로 쏠려서는 곤란하다. 그런데 희곡이나 수필에 대한 언급은 보이지 않는다. 이남호의 애초 의도가 시나 소설에 한정시키겠다는 것이었다 해도, 그러한 의도가 작금의 문단과 교육계에 퍼져있는 문학적 편견을 반영하는 것 같아 상당히 씁쓸하다. 필자가 대학에서 고등학교를 막 졸업한 학생들에게 희곡과 연극을 가르쳐보면, 그들은 상당히 기뻐하면서도 의아해한다. 자신이 고등학교에서 왜 이러한 장르와 작품에 대해 배우지 못했는 지에 대해 의아스러워하면서 지금이라도 이러한 장르와 작품에 접해볼 수 있다는 사실에 기뻐하는 것이다. 이는 여러 가지로 분석해 볼 수 있지만, 학교교육이 문학작품을 시와 소설 위주로 가르치기 때문이 아닐까 싶다. 가르치는 교사의 입장에서도 대학시절 상대적으로 냉대를 당하던 희곡을 접하기 어려웠을 것이고 잘 모르는 상태에서 교육에 임하기 또한 어려웠을 것이다. 이는 계속되는 악순환을 부른다. 교과서에 실린 희곡작품은 책의 끝자리에 위치한다. 이는 경험적으로 거의 수업대상이 되지 못한다. 왜냐하면 진도를 끝까지 나아가지 못하는 경우, 그냥 넘어가는 일차적 대상이 되기 때문이다.

나는 이남호에게 이러한 억울한 호소에 귀 기울일 것을 제안한다. 이 책의 중요성을 알고 있는 사람들은, 다른 사람들에 비해 중고등학교 혹은 대학 이상의 교과과정에서 문학을 얼마나 잘못 가르치고 있는지 아는 사람이라고 생각된다. 그러한 사람들에게 희곡은 중요한 문학이 아니라고 간접적으로 암시하는 듯한 이 책의 편제는 적지 않은 파장을 불러 일으킬 수 있기 때문이다.

셋째, 이남호가 바라보는 문학 해석 방식에 대한 약간의 이견이다. 이 책에서 이남호는 작품 자체에 충실한 해석 방식을 권유하고 있다. 내재적 비평 방식은 독자인 중고등학생들에게 적지않은 이익을 줄 수 있지만, 한편 생각하면 획일적인 해석을 강요할 위험이 있다고 생각한다. 불필요한 오해를 줄이기 위해 이남호의 글 두 부분을 인용해 보자.

1) 문학작품에서 하나의 고정된 해석이나 답을 추구하기보다는 여러 가지 가능성 속에서 <창조적 오독>이 오히려 문학의 이해를 풍요롭게 하기 때문이다. 그러나 실제 문학교육의 현장에서는 이러한 시도가 오히려 역효과를 내는 경우가 많아 보인다. <여러 가지 가능성>,<열린 의미>라는 것이 자의적인 이해나 해석을 무조건 인정하는 것을 뜻하지는 않는다. 어떤 새로운 이해나 해석이라고 하더라도 그것은 작품 자체의 근거하여 타당성을 지니고 또 설득력을 지니는 것이어야만 가치가 있다. (209면)

2) 고등학생들에게는, 우연히 맺게 된 인연의 신비한 아름다움과 그 추억을 평생 간직하고 살아가는 떠돌이 삶 그리고 아름다운 자연 배경 등으로 이 작품(이효석 「메밀꽃 필 무렵」:필자)을 감상하는 정도면 충분할 수도 있다.(292면)

1) 의 관점은 그 자체로 나무랄 데가 없다. 문학적 입장도 분명하고 이를 교육 현장에 적용하는 자세에도 융통성이 있다. 1)을 참고하면 <여러 가지 가능성>을 제시하는 것에 실제적인 문제가 있을 수 있음을 충분히 인정하게 되고, 그래서 2)의 단일한 해석법은 그 자체로 논리적 접점을 이루는 듯 하다. 그러나 2)와 같은 진술을 접하면, 약간 혼란스럽다. 과연 우리가 「메밀꽃 필 무렵」에서 배우고 또 가르쳐야 할 사항이 위의 수준 정도면 만족스러울까. 그리고 「메밀꽃 필 무렵」을 가르치는 <가장 타당성 높고 섬세한 이해>라고 해서 한 가지 방식만 고집할 수 있을까. 이것이 과연 가능하며 또 효과적인가.

나는 「메밀꽃 필 무렵」이 교과서에 반드시 실려야 할 정도로 좋은 작품이라고는 생각하지 않는다. 그럼에도 불구하고 이 작품을 수록하고 가르쳐야 한다면, 보다 폭넓은 해석가능성을 열어두어야 하지 않을까 한다. 해석적 중층성이 가져올 수 있는 역효과를 의식해서 단일한 해석 방식만을 고집하는 것은 득보다 실이 많을 것 같다. 또한 하나의 단편적인 지식을 양산할 수 있음을 회의해 보아야 한다. 때로는 <전체와 부분의 의미가 서로 견제하면서 일관성을 확보해야>(165면) 할 해석 방식이 무너지는 한이 있더라도, 다종다기한 해석 방식의 가능성을 열어두어야 할 것으로 판단된다. 왜냐하면 가장 타당성 있고 섬세한 이해를 가르치는 것도, 이것이 많은 해석 방식 가운데 하나임을, 그래서 얼마든지 다른 방식으로 생각할 여지를 충분히 열어둔 다음에서야 그 정당성이 있다고 생각되기 때문이다. 이남호는 그 누구보다도 「메밀꽃 필 무렵」을 잘 읽어냈고, 또 다른 해석 방식의 가능성을 표면적으로 인정했지만(292면),

실제로는 하나의 해석 방식만을 강요한 듯한 형국을 이루고 말았다. 이는 옳고 그름를 떠나 교사나 학생들에게 받아들여지기 어려운 측면을 남길 수 있다. 적어도 나로서는 상당히 위험하게 생각된다.

넷째는 이남호가 저지른 해석 방식의 모순적 적용이다. 사실 이것은 사소한 실수나 어쩔 수 없는 상황 때문인 것으로 생각된다. 그래도 찾아보면 다음과 같다.

이남호는 중고등학교 학생들이 작품을 읽어내는 방식으로 내재적 비평 방식을 선택한다. 그런데 윤동주의 「참회록」에 접어들면, 예외를 만들어낸다. 물론 윤동주의 「참회록」이 중고등학생의 문학 교과서 수록 작품으로 적합하지 않다는 의견을 충분히 들었고, 이를 가르치기 위해서 궁여지책으로 내놓은 해석방식임을 이해하면서도, 이 작품에서만 <시인의 생애와 시대 상황을 참고로 해서 그런 전체 문맥 속에서 개별 작품을 이해해야 한다>는 관점을 적용시키는 것은 삼가야 할 일로 생각된다. 가령 한용운의 「님의 침묵」이나 「알 수 없어요」와 같은 작품을 분석할 경우에는, <역사주의적 해석>방식에 격하게 저항하면서, 윤동주의 경우에 예외를 만드는 처사는 잘 이해가 되지 않는다. 이는 마땅히 수정되어야 한다고 생각된다.

또한 「목넘이 마을의 개」를 분석하는 자리에서는 <개 이야기는 개 이야기로 읽어 주어야 마땅하다. 그런 다음에 우리 민족이 처한 상황을 고려하여, 우리 민족도 신둥이라는 개처럼 그렇게 끈질긴 생명력으로 역경을 이겨 낼 것이라는 의미를 생각해 볼 수 있다. 개 이야기를 민족의 이야기로 읽는 것은 우의적 해석이다. 문학의 해석에서 우의적 해석은 때때로 필요한 것이다. 그러나 작품의 충실한 이해를 거치지 않고 우의적 해석을 너무 앞세우면 그 작품으로부터 상투적이고 추상적인 의미만을 얻게 되기 쉽다>고 말하며 작품의 일차적인 분석에서 얻은 해석의 중요성을 강조한다.

그런데 박재삼의 「울음이 타는 강」에서는 처음부터 <단순히 노을에 물든

강의 아름다움을 노래한 것이 아니라, 그것을 매개로 어떤 삶의 이치를 말하고 있>다고 전제한다. 물론 이러한 전제는 작품의 해석을 제약한다. 그 부분이 3연인 것 같다. 이남호는 강물의 흐름을 인생의 흐름에 비유하고, 강물이 형성되는 과정을 인생의 각 시기와 적절하게 대응시키고 있다. 예를 들면 계곡물은 젊은 시절, 작은 강은 중년 시절, 바다에 가까운 큰 강은 노년 시절로 간주하고 각 단계에서 느끼는 정서와 삶을 대하는 태도를 깊이 있게 설명하고 있다. 그런데 나는 이러한 설명이 이남호가 비판해 온 <우의적 해석>을 지나치게 적용한 결과가 아닌가 싶다. 나는 개인적으로 이러한 해석 방식에 깊이 감탄했으며 깊이 공감했다. 그러나 이러한 해석 방식이 고등학생들에게 어울리지 않을 것 같으며, 우의적 해석을 앞세우지 않는다는 일관성을 파괴하면서까지 가르쳐야 할 것으로 생각되지 않는다.

나는 박재삼의 「울음이 타는 강」에서 사랑의 성립과 아픔을 읽어내는 독법이 더욱 타당하다고 생각한다. 왜냐하면 이 작품의 화자가 혼자서 산보를 가고 있을 때에는 인생에 대한 사색이 가능할지 모르지만, 만일 친구와 함께 산보를 가고 있다고 가정하면 독자적인 인생에 대한 사색이 그만큼 방해받기 십상이기 때문이다. 즉, 나는 이 시를 <친구의 서러운 사랑 이야기>를 들으면서 산책을 떠난 화자가, 그 이야기에 자극을 받아 눈물을 흘리고, 나중에는 노을이 지는 가을강을 바라보면서 약간 흥분된 어조로 외치는 상황으로 받아들인다. 그래서 <네보담도>, 즉 친구인 너의 아픔보다도, <내보담도>, 즉 화자인 나의 아픔보다도, 더 큰 아픔을 저 강은 가지고 있는 것 같다는 정도의 해석이 적당할 것 같다. 더구나 이것이 이남호의 비평적 논리에 더 잘 들어맞을 것 같다.

IV.

　교과서에 어떤 작품을 싣고 어떻게 가르쳐야 하는가 라는 문제가, 우리 시대의 민감한 사안인 것은 분명하다. 현재까지도 교육은 우리 나라의 필수 관심사 중에 하나인데, 이의로 그 관심에 대한 학문적, 문학적 접근은 미흡했다. 이러한 문제의식을 절감하고 그 해결책을 내놓은 이남호의 노력은 높이 칭찬 받아 마땅하다. 비록 그 문제제기와 대안제시에 단점이 산견된다 해도, 틀림없이 귀담아 들어야 할 많은 고언들을 지니고 있다.

　이 고언 중에 가장 중요한 것은 문학의 재미이다. 교육은, 특히 문학교육은 즐거워야 한다고 생각한다. 가르치는 사람도 배우는 사람도 즐겁지 않으면 문학과 예술은 근본적으로 생존 토대를 잃는다. 그런데 우리의 교육 현실에서, 문학은 딱딱하고 어려운 것으로 그래서 우리의 삶이나 오락과는 무관한 것으로 잘못 인식되고 있다. 대학에서 학생들에게 문학과 연극을 가르치면서 느낀 것은, 받아들이려는 자세는 그리 나쁘지 않았다는 점이다. 그렇다면 문제는 <어떻게 가르칠 것인가>로 모아진다.

　지금 나에게 확정된 대안은 없다. 그러나 대안은 반드시 고정된 하나로 생각되지 않는다. 배우는 사람과 가르치는 사람은 문학을 통해 세상과 그리고 자신의 삶과 다리를 놓으려는 노력을 해야 하며, 그 노력이 의외로 재미있을 수 있다는 사실을 깨달아야 한다. 문학을 통해 살아가는 이야기를 하고 알고 있던 지식을 확인하고 사물과 세계를 다르게 보는 방법을 터득해야 한다. 다른 방식으로도 할 수 있지만, 문학으로 할 때 조금 더 재미있어진다는 것을 가르쳐야 한다. 이것이 내가 내놓을 수 있는 허술한 미봉책이다.

　아울러 가르치는 방식에는 정도가 없으며, 어떤 고정된 논리도 없는 듯하다. 만약 문학이 한 가지 방식으로 가르쳐지고 어떤 제한된 수준으로 배움의 길이 정해진다면, 그것은 문학의 중요한 존립근거를 스스로 훼손하게 될 것이다. 문학은 그 어떤 것도 강제하지 않으며, 그 어떤 것으로부터도 강제받지 않으려 한다. 이러한 자유와 해방의 논리로 문학을 친근하게 느낄 수 있도록 공감시켜야 한다.

문학과 예술은 삶의 중요한 요건일 수 있다. 그것을 모르는 이나 그것에 반대하는 이가 문학과 예술을 가르쳐서는 안 된다. 내가 생각할 때, 우리 문학 교육의 가장 커다란 문제는 가르치는 사람들이 이러한 특성을 제대로 이해하지 못한다는 점이다. 그것은 다시 말하면 삶을 제대로 영위하려는 노력이 부족하다는 뜻일 게다. 이러한 점에서 우리 문학 교육의 가장 큰 적은 삶에 대한 섬세한 관찰이 부족한 사람이 문학 교육을 담당한다는 점에 있을 것이다. 따라서 이러한 교사들을 제대로 양성하기 위한 방법을 강구하는 것이 시급히 요청된다.◆(2001. 봄)

# 세상을 향한 우리 시대의 상소문
### – 고명철의 『'쓰다'의 정치학』에 대한 비판 –

## 0. 문우에게

고명철은 나의 문우(文友)이다. 부연하면, 내가 문단에 나와 처음 인연을 맺은 동료이자, 충실한 후원자이자, 소중한 경쟁자이며, 동시에 형이다. 그래서 그를 만나면, 서슴없이 "내 글 어땠어?"라고 물을 수 있다. 우리는 따끈한 청주에 문학과 삶에 대한 이야기를 즐겨 나누곤 하는데, 그때마다 상대에 대한 비판과 조언도 아낌없이 곁들이곤 한다. 그는 나와 그렇게 대화하는 것을 싫어하지 않으며, 나도 마찬가지이다. 그래서 그의 평론집에 대해 조목조목 찬사를 늘어놓을 필요는 없어 보인다. 아까운 지면은 그와의 허심탄회한 대화를 위해 사용하기로 결정한다. 단, 불필요한 오해를 줄이기 위해, 그의 평론집에 대한 나의 생각을 간략하게 정리해 둘 생각이다.

띄엄띄엄 읽었던 글들을 『'쓰다'의 정치학』이라는 명패를 염두에 두고 다시 읽어 나갔다. 그의 평론은 문학 안의 이야기를 밖으로 투사시키고 접목시키는 데에 특장(特長)과 매력이 있다. 현실의 이야기에서 출발한 그의 글은 어느새 문학 안쪽으로 진입해 들어가고 종국에는 삶의 지평으로 흡수된다. 뫼비우스 띠의 곡면을 걷는 듯한 느낌이다. 한 편의 글도 그렇지만 한 권의 책도 그러하다. 이러한 편제는 바깥의 현실과 안쪽의 문학이 자연스럽게 조응하고 그러면서도 긴장을 늦추지 않으며 서로 길항하는 자리에, 그의 비평이 자리잡고 있음을 알려준다. 이것은 그의 문학관이 건강하고, 세상과 자아를 보는 눈이 지혜로우며, 삶에 대해 성실한 의식을 갖추고 있음을 증거한다. 이것은 대단한 미덕이고, 그가 잘 쓰는 표현을 빌리면 <같은 세대 비평가> 중에서 특이한 현상이다.

## 1. 난세 속의 자아

난세는 세상을 살아가는 지혜가 절실히 요구되는 시절을 가리키는 것 같다. 세상을 크게 구획짓는 큰 질서가 무너지고, 이 질서에 회의와 반성과 성찰과 생명력과 자정 작용과 자기 갱생 의지를 공급하던 큰 지식이 고갈되어, 우리가 믿고 따를 수 있는 큰 지혜가 사라져 버린 시대, 그러한 시대를 우리는 난세라고 부르는 것 같다.

최근 이윤택은 남명 조식을 연극으로 형상화하여, 난세를 보는 시각과 지식인의 처신을 제기하고 있다. 조식은 실천 유학과 몸의 철학으로 당대의 라이벌이었던 퇴계 이황에 뒤지지 않는 독자적 학문 세계를 개척했으며, 생활의 측면에서 우람한 지성의 봉우리를 형성했던 인물이다. 더구나 그는 일생을 청렴하고 지조있게 살았으며, 제자들까지 나라의 튼실한 동량으로 길러내었다. 겉으로 보기에도 완벽한 거유(巨儒)의 인상인데, 이로 인해 드라마적 형상화는 불가능해 보이기까지 했다. 강직한 성품과 냉철한 이성에 갈등과 번민과 같은 속인의 결함이 끼여들 여지가 없어 보였기 때문이다. 그런데 그런 그에게도—연극을 참조했을 때—숨은 욕망과 그 욕망으로 인한 절망이 있었다. 당시 출세의 메카인 한양을 향한 입신양명의 욕망, 이러한 욕망이 허물어지는 자리에서 대신 보상받으려 했던 지적 허영, 그리고 조그마하지만 치명적인 현실적 영욕들. 이러한 욕망과 허영과 영욕의 그림자는 마음 한 구석에 마녀 싸이렌의 모습으로 변질되어 그를 끊임없이 미혹시켰다.

그러나 조남명은 이러한 미혹을 딛고, 속세의 달콤함을 벗어 던지고, 잘못된 세상을 향해, 정치적 모리배와 이에 기생하는 위정자들에게, 매서운 준책을 담은 상소문을 쓴다. 그의 상소가 시의적절한 것인지 아닌지는 섣불리 판단하지 않겠다. 다만 속세의 영달을 만끽할 수도 있는 시점에서 소신을 굽히지 않았다는 사실을 기억해 두기로 하자. 그는 세상과 불화하는 자신을 쉽게 포기하지 않았고, 성실하게 그 이유를 따져 묻고 마음을 가다듬어 쉽게 타협하려 하지 않았다. 세상에 대한 상소란, 결국 자신의 마음에 대한 상소이기도 했던 것이다.

## 2. 대화와 질문

고명철의 글은, 일면 조남명의 상소문과 닮아 있다. 그의 비평은 항상 벼린 칼처럼 추상같은 꾸지람을 내장하고 있다. 그것은 아마도 세상과 쉽게 타협할 수 없다는 고명철의 문학관이 올곧게 반영된 결과일 것이다. 그래서 그의 글을 읽다보면, 꾸지람을 듣고 있는 듯한 착각에 빠질 때가 있다. 가령 <텍스트의 정치성을 몰각한 심미적 비평의 귀결처가 어딘지는 명약관화하다. 텍스트의 자족적 세계에 갇혀 있게 되며, 텍스트의 오밀조밀한 미로에서 정처 없이 헤맬 뿐이다. 그러한 비평이 비평만의 독립적 영역을 확보할 수 있을는지 모르겠으나, 문학의 공기(公器)로서의 역할은 찾을 수 없다. 게다가 그러한 비평은 아기자기한 매혹은 있을지 모르나, 비평의 끝자락에 남고 마는 것은 고급스럽고 현란한 언어 유희에 농락당한 채 텅 비어 있는 실존적 허무감만이 엄습해올 뿐이다. 다소 거칠고 투박하지만, 작품에 대한 애정어린 비판적 성찰

을 보이는 비평은 삶과 현실에 대한 맹목적 지성이 아니라 반성적 지성의 길로 우리를 인도한다>(137면)와 같은 경우가 대표적이다.

그의 비평적 입지는 텍스트와 세상—삶과 현실—이 마찰하는 지점에 마련된다고, 말한 바 있다. 그는 그 지점에서 비평은 한쪽의 텍스트를 통해 다른 한쪽의 세상을 고찰하는 통로로, 마치 양자를 아우르는 공통분모처럼 존재해야 한다고 믿는 듯 하다. 원칙적으로 수긍한다. 그리고 고명철이 말한 대로, 텍스트의 미로에서 정처없이 헤맬 뿐이라면 그러한 독서와 비평은 잘못된 것으로 매도당해 마땅하다. 세상과 단절된, 비평의 수음적 쾌락만으로는, 문학과 비평의 존립이유가 아무래도 옹색해질 것이기 때문이다.

그러나 몇 가지 의문이 생긴다. <텍스트의 정치성>을 염두에 두는 일만이 반드시, 우리가 그토록 헤매서는 안 되는 미로에서 우리를 구출하는 길일까. 텍스트가 단순한 자족적 세계가 아니라, 그것을 쓰고 읽고 비평하는 세계와 통로를 가졌다는 사실을 비단 <정치성>이라는 해독의 코드로만 설명해야 할까. 이 지점에서 그와 나는 갈라지는 것 같다. 정치학이라는 말은 대단히 크고 위험한 말일 수 있다. 더구나 현실과 문학이 관계 맺는 방식은 반드시 정치적이 아닐 수도 있다(그러니까 현실로 접근하는 통로가 정치만은 아니라는 말이다). 우리가 문학을 하는 이유는 현실의 난마와 같이 얼크러진 질서를 나름대로 다시 구획짓고 재편하려는 의도에만 있는 것은 아니다. 문학을 통해 자신을 수양하고, 그 수양된 힘을 실천으로 옮겨 세상의 어지러움으로부터 벗어날 수 있는 방도를 찾는 것에 있을 수도 있다. 다시 말해서, 문학을 통해 세상(현실)을 바라보는 것은 동일하되, 반드시 그 참여여부를 일방적으로 결정지을 수 없다는 것이다. 문학은 공기(公器)이지만 그 공기는 결코 단일한 의미가 아니다. 문학 자체가 지니는 힘을 온전히 갈무리하고 미세한 삶의 결을 더듬어 우리의 삶과 정신을 맑고 깨끗하게 조성하는 투명한 공기(空氣)도 공기(公器)가 될 수 있다. 불교에도 대승과 소승의 길이 따로 있듯이, 문학에도 단일한 길만 있는 것은 아니다. 또한 사회와 현실에 대한 참여가 반드시 정치적인 개입으로만 귀결될 수 있는 것도 아니다(이러한 측면에서 신화(비평)의 탈현실적 위험을 경고하는 대목(266면)은 보다 정치한 분석과 사유를 동반해야 할 것이다). 만일 문학과 비평에 하나의 길만 있다면, 문학은 이미 공기(公器)가 아니며, 비평은 도그마와 우상을 섬기고 있는 사이비 종교에 불과하다는 혐의에서 벗어나기 어렵다.

이런 의문도 품을 수 있다. 텍스트의 미로를 충분히 헤매지 않고 어떻게 그 출구를 찾았다고 할 수 있는가. 텍스트의 미로는 굴곡과 함정을 거느리게 마련이고 그로 인해 아름다움이 생성된다. 미로를 헤매며 길을 찾는 과정에서 아름다움이 체득되고 그 흥취가 느껴진다. 아름다움과 흥취를 모르면 비록 나름대로의 길을 열었다고 해도 진정한 출구가 될 수 없다. 고명철의 글에서 가장 아쉬운 대목은, 출구를 찾는 고행이다. 그는 텍스트의 내부를 여행하는 과정을 꼼꼼하게 되새기지 않는다. 그래서 텍스트를 읽는 기쁨이 줄어들고, 비평의 매력이 시들해진다(자칫하면 엉뚱한 길을 출구로 내정할 수도 있다).

비평의 매력은 다양하다고 생각한다. 텍스트를 뒤져 영롱한 보석과 같은 숨은 뜻을 어루만지고 그 뜻을 감싸는 세심한 문자의 결을 음미하는 것도 그 매력의 일부이다. 조남명의 비유를 다시 끌어들이자면, 추상같은 상소문도 매력적이지만, 상소문을 쓰면서도 끝내 포기하지 않았던 그의 청빈한 삶과 자연을 유유자적하며 완상하는 마음가짐 역시 매력적이라고 하지 않을 수 없다. 청빈과 유유자적은 상소문과 다른 층위의 감동을 전하며 그래서 더욱 매력적으로 느껴지는 것이 아닐까.

## 3. 논쟁과 조언

고명철 평론은 <포월(匍越)적 자세>를 견지한다. 글쓰기의 자세뿐만 아니라, 그는 비평적 교두보와 핵심 용어로 포월성(匍越性)을 의미심장하게 활용한다. 그는 포월성을 <대상을 감싸안으며 넘는>(315면) 성향으로 파악하고 있다. 그러다 보니 그의 비평에는 대상이 된 작가나 작품을 포용하려는 태도와 그 한계를 공격하려는 태도가 공존하게 된다. 이것을 다른 말로 하면, 비평의 균형감각이 될 터이다. 이러한 태도와 감각은 눈여겨볼 만하다. 적어도 그의 비평이 남을 일방적으로 매도하거나 무조건 편드는, 불균형하고 편벽된 정신의 소산이 아니라는 점을 증거하기 때문이다. 그리고 대상에 대한 진정한 애정이 그의 글을 밑받침한다는 징표로도 해석될 여지가 있기 때문이다. 이른바 <주례비평> 혹은 <들러리비평>이 만연한 한국 비평계에 유용한 참조사항이 될 수 있을 것이다. 그러나 불만이 일소된 것은 아니다. 균형의식이 지나치면 좀처럼 이해하기 힘든 논점이 만들어지기도 하기 때문이다.

> 1) 『문학동네』는 일년에 두 차례(하계문예와 동계문예의 공모)에 걸쳐 신인 작가를 발굴함으로써 기존의 문예지보다 적극적으로 신인들에게 발표할 자리를 마련한다. 한 문예지가 다양한 길을 통해 문학적 역량이 있는 신인을 발굴해내는 데 아낌없는 노력을 쏟는 것은 미덥다. 하지만 이러한 신인 발굴의 열정, 그 순수한 의도의 이면에는 90년대의 문학지평에서 주도권을 장악하려는 문학권력의 음험한 욕망이 작동하고 있다.

> 2) 내가(고명철:인용자) 주목하고자 하는 것은 『아랑은 왜』와 같은 소설을 쓰게 된 작가의 숨은 전략이다. 사실 이 소설은 앞서 언급한 긍정적 가치만을 지니고 있지는 않다. 허구화의 과정을 다시 허구화한다는 소설적 발상은 신선하다. 하지만 이것은 또 다른 측면에서 보자면, 지금까지 자신의 소설쓰기에 쏟아진 비판을 우회함으로써 자신의 소설쓰기를 정당화하고자 하는 인정투쟁의 맥락으로 읽힐 수 있는 혐의를 갖고 있다.

흥미로운 지적이다. 그러나 논지가 선명하게 드러난 것 같지는 않다. 이것은 고명철이 추구하는 포월적 글쓰기가 가져온 일종의 혼란이다. 『문학동네』

의 90년대 업적은 존중할 만하다고 생각한다. 그리고 고명철의 견해는 부분적으로 타당하다. 『문학동네』의 성과는 날카로운 문학적 이슈의 제기나 위엄있는 영도력이 아니다. 양질의 신인을 발굴하고 지속적으로 지원했으며, 다양한 출판을 통해 대중들의 독서욕을 일깨웠다는 점에 있다. 이러한 작업은 분명 우리 문단을 살찌우고 독서체험을 확대시켰다.

그런데 이러한 탁견을 내놓고 난 다음, 고명철은 『문학동네』의 음험함을 들어 자신의 견해를 반감시킨다. 그는 『문학동네』의 한계를 지적하고 싶었던 것 같다. 그러나 그가 지적한 지점은, 신인발굴이 지니는 어쩔 수 없는 약점일 수 있다. 동전의 양면처럼 한 부분씩 따로 떼어서 말하기 곤란한 점이다. 적어도 어떤 출판사가 발굴해낸 신인의 수효가 상당하고 당대의 문학계에 강력한 영향을 끼친다는 점은, 결과가 설령 부정적이라고 해도 섣불리 그 의도만을 나무라기 힘든 일이라고 생각된다.

두 번째 인용문 역시 동일한 맥락이다. 일단 나는 고명철이 『아랑은 왜』에 부분승소 판결을 내리는 것을 이해하지 못하겠다. 이 작품은 그저 그런 작품에 불과하며 별다른 의미를 지니지 못하는 작품이라고 판단되기 때문이다. 중요한 것은 고명철의 판단이니 내 판단은 일단 거두기로 하자. 일단 그는 긍정적인 측면을 부각해서 읽었다. 그리고나서 그 이면에 숨은 욕망을 탐사해서 그 단점을 지적했다. 김영하가 자신의 소설에 가해진 비판에 대항하고 자신의 소설쓰기를 정당화하려는 작업의 일환으로 『아랑은 왜』를 창작했다는 것이다. 두 가지 방향에서 검토가 가능하다. 소설가가 자신에게 쏟아진 비판을 염두에 두고 반응했다는 점은, <생산적 담론>의 차원에서 바람직한 일이라는 것이 하나이다. 다른 하나는 설령 비판을 적정하지 못한 방식으로 수용했다 해도, 소설가라면 자신의 소설쓰기를 변호할 창작의 고유 권한을 생래적으로 지닌다는 점이다. 소설가라면 비평가의 지적을 수용할 줄도 알아야하지만, 때로는 신념을 앞세워 자신의 길을 걸을 줄도 알아야 한다. 이러한 논점을 대입해보면,

김영하에게 어떠한 목적이 숨어 있었든 그것은 소설가의 창조적 권한에 해당하는 것이며, 설령 외부적인 어떤 것을 염두에 두었다 해도 그 자체로는 비난받을 수 없는 것이라고 할 수 있다.

고명철의 글이 좀 더 강하고 설득력 있는 글이 되기 위해서는 포월적 글쓰기의 경계가 보다 명확해질 필요가 있다는 것이 나의 판단이다. 논리는 비교적 선명해야 하며, 억지로 균형을 맞출 필요는 없어 보인다. 이러한 충고가 그의 넓은 시야와 너그러운 아량과 타인에 대한 배려를 축소하라는 주문 같기에, 솔직히 선뜻 말하기가 조심스럽다. 그러나 그의 글을 오랫동안 지켜보았던 나로서는, 옥의 티와 같은 결점이 사라지기를 바라는 마음에서 꼭 던지고 싶었던 조언이다.

## 4. 당부와 믿음

고명철은 열정적인 비평가이다. 관심분야를 부단히 넓히고 미지의 분야에 대한 도전을 사양하지 않는다. 그의 관심과 도전은, 문단과 문학계의 당면 과제를 겨냥하는 경우가 많다. 『'쓰다'의 정치학』의 1부는 이러한 특성이 잘 살아있어, 그의 비평적 본령으로 꼽힐 만하다. 그는 『리토피아』와 『비평과 전망』의 편집위원으로 활동하고 있는데, 1부의 글들은 이러한 지면을 통해 주로 발표된 글들이다. 스스로도 말한 바 있지만, 하나의 잡지를 편집한다는 것은 출판자본과 독서시장의 상황과 구조를 피부로 체감한다는 것을 뜻한다. 또 비평가 개인의 목소리뿐만 아니라, 어떠한 비평적 에콜을 더하여 책임진다는 것을 의미하기도 한다. 1부에는 개성적 주체이면서 동시에 공적 책임을 더하여 가지게 된 문인으로서의 표정이 인상적으로 떠올라 있다. 특히 문학권력과 관련되어 그가 관여되거나 관심을 표방한 논쟁의 윤곽이 뚜렷하게 나타나 있다. 「언론개혁, 문학권력, 문인—지식인」에서는 자신이 생각하는 진보적 지식인의 상을 그려내고 있으며, 「'똘레랑스'의 밀알을 심은 비판적 지식인」에서는 토론 문화가 부재하는 사회에 대해 <쓴소리>를 던지고 있다. 동료 문인들을 향한 과감한 실명 비판과 비평적 말걸기가 돋보이는 「비평의 자기갱신을 향한 생산적 권력」도 새겨둘 만한 글이다.

2부와 3부는 작품과 문학적 경향에 대한 실제적 탐색이다. 2부가 일정한 범주로 묶일 수 있는 작품군을 대상으로 쓰여진 테마론의 집합처라면, 3부는 특정 작가의 작품을 집중적으로 살피는 작가론의 성격이 짙은 글들의 모음집이다. 그는 작품이나 작가에 대해 거론할 때, 창작자의 목소리와 음영을 상세하게 스케치하는 편이 아니다. 그의 글을 읽고 있으면, 작가나 시인을 엄하게 채근하는 비평가의 환영을 보는 듯한 착각이 든다. 상대적으로 텍스트에 대한 장악력은 커 보인다. 또 비평적 잣대로 쓸데없이 어려운 이론이나 모호한 방법론을 끌어들이지 않는다는 점도 특징이다. 그는 대학원에서 공부한 지식으로 소설을 읽기보다는, 삶에 대한 관찰과 체험으로 소설을 읽는다. 이러한 독법은 칭찬받아 마땅하다. 2부에서 생태학적 상상력으로 소설에 접근한 글과, 3부에서 윤대녕과 신경숙의 소설을 중심으로 우리 시대의 문학적 지성의 빈곤을 논의한 글은 매우 유효적절했다고 판단된다.

4부는 시에 대한 글이다. 특이한 것은 그가 식물성 이미지에 집착하고 있다는 점이다. 그는 <빠름>과 <거침>과 <현란함>으로 요약되는 90년대와 그 이후를 비판적으로 진단한다. 동감한다. 우리 사회는 지금 <엽기>를 핑계로, 야만적이고 폭력적인 것을 지나치게 옹호하고 있다. 이에 대한 대안으로 고명철은 식물성의 시를 주시한다. 문학을 통해 현실과 삶의 문제를 진단하고 그 대안을 모색하려는 태도가 확인되는 대목이다.

그러나 넓어지고 다양해지는 것에는 한계가 따르기 마련이다. 그 한계가 비평적 깊이이다. 분야를 확장하고 변화무쌍한 현실의 대류에 민감하게 반응하다보면, 세상과 사물과 문학을 보는 눈이 미혹될 수 있다. 한 자리에 앉아

한 곳을 주시할 때 얻게 되는 투시력을 잃어버릴 위험성이 높아지는 것이다. 내가 끝으로 하고 싶은 당부는 넓이와 다양함 못지 않게 중심과 깊이를 지키는 비평을 써달라는 것이다. 이것은 품이 많이 드는 작업이지만, 열정적인 그라면 불가능하지 않을 것이다.

## 5. 난세와 지혜

나는 이 글의 서두에서 난세에 대해 말한 바 있다. 난세는 영웅을 부르는 법이어서 그런지, 영웅이 되려는 자들은 자신이 사는 시대를 즐겨 난세로 규정짓는다. 난세가 되어야만 기존의 질서를 해체하고 자신이 입지를 굳건히 할 수 있는 명분이 생기기 때문이다. 어떠한 측면에서 난세는 영웅이 되기를 꿈꾸는 자들이 많아져서 생성되는 것인지도 모르겠다. 따라서 세상을 난세로 파악하는 이들은, 늘 경계해야 할 것이 있다. 난세의 주역이 자신일 수도 있다는 사실을. 그리고 정작 난세라면 그 난세를 평정하기 위해서 세상에 나서는 것만이 능사가 아님을.

내가 판단하기에 최근 문학계와 비평계에는 난세를 빙자해서 세상을 어지럽히는 이들이 더러 있는 것 같다. 그들은 저마다의 목소리로 세상이 난세인 이유를 설명하고 있다. 귀가 솔깃할 정도로 타당한 문제제기도 있다. 그러나 세상을 어지럽히는 데에 그들의 목소리도 한 몫 단단히 하고 있다. 여기서 한 번쯤 생각해야 한다. 조남명이 어지러운 세상에 큰 소리로 상소를 올릴 수 있는 이유가 무엇이었는가를. 조남명은 일신의 영달을 꿈꾸기보다는 실천적 지성을 조용히 닦아온 사람이었다. 목소리를 늘 높였던 인물이 아니며 끊임없이 자신을 낮추기 위해서 노력했던 인물이었다. 그래서 결정적인 순간에 행해진 그의 상소가 가치있고 의미있었음을 기억해야 한다.

나는 고명철이 이러한 조남명의 상소문과 같은 글을 쓰기를 바란다. 삶과 현실을 깊게 체감하고 사회와 시대에 대해 더욱 민감하되, 그의 글과 안목과 처신이 한층 웅숭깊어지기를. 그래서 난세를 조장하는 자가 아니라, 진정으로 난세를 염려하고 이를 예지하는 지혜를 갖춘 자가 되기를. 그의 문학이 진정한 난세의 항체가 되기를 충심으로 바라마지 않는다.◆(『제주작가』2002. 상반기)

# 이제, 비평적 주체로 일어서려는 젊은 비평가에게
### - 이명원의 『타는혀』에 대한 비판 -

## 1. 비평가로 홀로서기

이명원의 『타는혀』를 관통하는 시각은 <비평가로서의 자기정립 과정>에 맞추어져 있다. 이명원은 네 사람의 비평가에게서 <비평적 주체 정립의 계기>를 엿보고, 이에 대한 정당성을 면밀하게 따지고 있다. 그 따짐의 태도가 논리적 정합성을 갖추고 있기에, 일단은 그의 논리는 신뢰할 만하다. 또한 논리적 정합성을 갖춘 개별적 비평가론이 상호 보완 관계와 연속 관계를 형성하고 있어, 그 체계적 일관성 역시 칭찬할 만하다. 이는 이명원이 서문에서 피력한 저술 의도가 헛된 야심이나 도발적 망발이 아님을 충분히 증명한다고 할 수 있으며, 나이에 어울리지 않는 문학적 식견과 예사롭지 않은 비평적 포부를 미리 시사한다고 하겠다.

이러한 성과에 동의하면서도, 내가 그의 글 속에서 발견되는 약점을 지적하고자 하는 것은, 그의 글쓰기 실력에 대한 상투적인 칭찬이 이미 불필요한 상태이고 왜곡되고 어긋난 작금의 상황에 대한 어설픈 개입이 그에게는 결국 아무런 도움도 주지 못하리라는 개인적 판단 때문이다. 나는, 이명원이 『타는혀』를 기화로 학문적으로 의미있는 담론의 장을 만들고자 했다고 믿는다. 그가 <풍문의 수사학>을 배척하고 <비판의 해석학>을 부단히 옮겨오려 했던 평소의 열정을 믿기 때문이다. 그래서 나는 짧은 지면과 부족한 능력을 무릅쓰고, 그의 글에 대해 나의 소신과 판단 그리고 솔직한 충고를 보태려고 한다.

## 2. 비평적 주체성을 위한 노력

나는 앞에서 그의 비평집의 요체가 비평가의 주체 정립 계기 내지는 그 과정에서 잉태된 비평적 실천 양상에 있음을 지적했다. 이명원의 육성으로 다시 들어보자. <한 사람의 비평가가 비평적 주체로 정립되기 위해서는 이러한 비평의식을 타자와의 대결을 통해서 검증하는 과정이 필연적으로 요청된다. 그것은 비단 비평이라는 개별 부분에만 해당되는 사항이 아니라 그것을 포함하고 있는 역사 전체에도 해당되는 사항이다. 즉 특정한 개인 혹은 특정한 세계관이 역사 속에서 일정한 의미를 가지려면, 그것은 전대의 역사적 사실에 대한 <부정성> 혹은 <차이>로서 존재해야만 하는 것이다>(149면). 이명원은, 이러한 <부정성> 내지 <차이>를 위한 노력을 네 명의 비평가에게서 읽어낸다. 임화의 경우에는 카프 해산 직후의 혼란한 현실에서 주체의 재건 의지로, 김윤식의 경우에는 자기 정립으로서의 대결 의식을 임화에게 투영하고 임화가 사로잡혔던 <현해탄 콤플렉스>를 극복하겠다는 시도로, 백낙청의 경우에는 <서구적 근대성>을 일방적인 중심에 놓고 후진국 지식인의 콤플렉스를 강화하는 방식으로, 가시화되었다고 진단한다. 물론 김현의 경우에도 좁게는 50년대 문학과의 대결로, 확대하면 근대문학 전체에 대한 문제제기로, 주체적 재구성의 과정을 밟아간다고 말한다.

이러한 노력을 다른 말로 바꾸면, 개성화(차별화) 의지 혹은 타자의식의 설정 내지는 비평적 전략이 될 것이다. 이러한 조어들은 이명원의 관점이 집중적으로 투사된 핵심어인 동시에, 그의 다른 평론에서도 모습을 바꾸어 되풀이되는 관용어들이다. 따라서 위에 나타난 네 비평가의 입론 방법에 대한 추적과 그후 활동에 대한 진단 그리고 그 성과에 대한 판단은, 이명원 비평의 존립 근거인 동시에 자신의 비평적 거점을 마련한다는 이중의 목적을 수행하고 있는 셈이다. 다시 말해서 이명원은 선배 비평가들을 통해 자신의 비평적 주체성을 확보해 가고 있는 것이다.

## 3. 모순과 한계

　이 지점에서 이명원의 『타는혀』가 지닌 한계가 노출되기도 한다. 내가 가장 흥미롭게 본 글은 「김윤식 비평에 나타난 〈현해탄 콤플렉스〉」였는데, 그 중에 한 대목은 이명원의 비평관이 안고 있는 약점을 고스란히 보여준다. 편의상 인용해보자. 〈당시의 김윤식에게 임화라든가 〈현해탄 콤플렉스〉라든가 하는 사항은 김윤식 자신의 비평적 자기 정립을 위한 유익한 타자가 아니었을까. 임화적 의식을 〈현해탄 콤플렉스〉로 타자화시킴으로써, 김윤식은 자신을 비평적 주체로 정립할 수 있는 가능성을 찾을 수 있었던 것이다〉(260～261면). 인용문에서 이명원은 스스로 묻고 그 답을 찾고 있으며, 그 답변의 끝에서 김윤식의 타자의식은 〈당위〉에 머물고 말았다고 일단락짓고 있다. 그 뒤 현재의 이슈가 되고 있는 가라타니 고진의 『일본 근대 문학의 기원』 표절 문제를 언급하고 있다. 이러한 논리는 외형상으로는 아무런 결함이 없어 보인다. 이명원의 논조대로 하면, 고진이 김윤식에게 강력한 영향력을 미쳤다는 주장에는 전혀 논리적 손색이 없다.

　하지만 앞에서 스스로 던진 자문을 거듭 음미하면 상황이 조금 달라진다. 임화 같은 훌륭한 타자를 지니고 있으면서도, 김윤식은 비평적 자기 정립의 기회를, 왜, 잃어버린 것일까. 나는 이 점을 묻고 싶다. 아니 이명원이 이 점을 보다 꼼꼼하게 탐색했어야 한다고 생각한다. 사실 이명원의 답변은 성급하고 비약된 측면이 없지 않다. 현해탄 콤플렉스에 의한 침몰과 같은 모호한 논리는 설득력이 없다. 두 문제는 엄연히 논리적 층위를 달리 하는 문제이다. 우리는 여기서 엉킨 논리의 혼선을 풀어, 김윤식의 실책으로부터 근대비평의 포괄적 문제를 푸는 열쇠를 얻어내었어야 하지 않을까.

아울러 관점을 달리하여, 타자의식에 의한 비평적 주체의 성립이라는 확고한 소신에 대해 회의할 필요가 있지 않았나 하는 문제제기를 하고 싶다. 적어도 나에게 비평 행위는 상대화된 타자와의 전략적 마주침이 아니다. 그러한 의견에는 아주 원칙적으로만 동의할 수 있을 뿐, 실제적으로는 그 타당성을 절감하지 못하겠다. 비평에 타자가 있다면, 선배 비평가나 역사적 사실 혹은 기존의 비평관이 아니라, 텍스트와 작가가 먼저가 아닐까 싶다. 이는 단순하고 상식적인 결론이지만, 그래서 더욱 정합하고 일관된 논리가 될 수도 있다. 나는 이명원에게 이 사실을 알려주고 싶다. 그가 다른 측면에서 일정한 성취를 보이지만, 정작 이 기본적인 명제를 잃어버리는 것이 아닐까 싶을 때마다 말이다. 이명원의 두 문장(238~239면)을 소신껏 비틀어서, 소박한 내 견해를 마무리짓고자 한다. 언제나 그렇지만, 그의 글이 문제적이고 치열하다면, 나는 그의 지지자일 수밖에 없다는 사실을 덧붙이면서.

## 5. 사족

그러나 문제는 이러한 <비평적 타자에 대한 차별화 전략>이 극단화될 경우 비평은 다만 <비평가의 주체 정립 열망>을 지나치게 강조하는 차원으로 떨어질 위험성 또한 존재한다는 것을 부정할 수 없다는 데 있다. 이러한 태도가 극단화될 경우 <비평 자체의 고유한 존립 근거>가 아니라 비평가의 <자

기룀의 근거>를 밝히려는 <수단으로 비평>이 전락할 수도 있다.◆(『연세춘
추』 2000. 11)

# 4악장

## 가을의 우울 *cool fire*

# 극장의 아우라가 변하고 있다

## 1. 옛날 극장의 냄새

나는 가끔 혼자서 영화관에 간다. 혼자 갈 때는 가급적 강북의 오래 된 영화관을 찾아간다. 단성사, 중앙극장, 스카라극장, 대한극장, 그런 영화관들이 있는 사대문 안이 내겐 진짜 서울이다. 주변에 나직한 집들이 늘어서 있는 그런 동네의 뒷골목에서는 항상 생선 굽는 냄새가 난다. 톰 행크스 주연의 영화 〈포레스트 검프〉를 보기 위하여 명보극장에 혼자 갔다. 너무나 오랜만에 찾아간 탓으로 영화관이 매우 현대적인 신축 건물인 데에 놀랐다. 너무나 빠르게 변하는 서울이 마음속에서 점점 낯설어져간다. 표를 사고 나니 영화 상영시간까지 한 시간 넘어 시간이 남았다. 옛 친구 같은 진짜 서울의 한복판에서 이렇게 남아도는 시간을 나는 좋아한다. 혼자서 영화구경을 가는 재미의 중요한 부분이 이 창자 속 같은 옛날 거리를 하릴없이 돌아다니는 한가함에 있다. 초겨울 볕이 가득히 고인 가게도 기웃거리고 전지, 싸구려 시계, 공구, 가위, 테이프 등을 늘어놓고 파는 노점 앞에 서서 들여다보기도 하며 이런 동네의 뒷골목을 어슬렁거리면 마음이 느긋해진다. 문방구, 지물포, 짜장면집, 도장방, 구멍가게, 옛날의 모습과 많이 달라진 것 같지 않다.

—김화영, 「냄새와 기억」, 『바람을 담는 집』

김화영의 글은 현실보다 아름답다. 그의 글은 좀처럼 느끼지 못하는 현실의 아름다움을 일깨워준다. 낡은 것에 향기를 입히고 빛을 잃은 것에 광택을 입힌다. 그리고 그런 것들이 사라져 가는 세상을 안타깝게 바라보도록 만든다. 그것은 현실을 무심히 지나치는 사람들이 담아내지 못하는 기억을 소담하게 옮겨오기 때문이 아닐까 한다. 그래서 그의 글을 읽고 나면 그러한 기억을, 그러한 감식안을 갖지 못하는 내가 부끄러워진다.

그러나 아름다운 김화영의 글도, 과거의 영화관을 과거의 모습 그대로 붙잡아두지 못한다. 김화영은 명보극장의 변한 모습에 놀랐다고 했지만, 그를 놀라게 했던 명보극장보다 더욱 놀라운 극장들이 서울 곳곳을 점령하고 있다. 기억과 냄새를 잃고 허물어지는 옛 극장의 폐허에, 더 거대하고 더 복잡하고 더 화려해진, 그래서 과거의 향수조차 좀처럼 떠올리기 힘든 현대식 건물들이 휘황한 외관을 드러내기 시작한다.

새로이 신축된 명보프라자는 지상 7층, 지하 4층 규모의 5개관으로 완공되었으며 1관 494석, 2관 378석, 3관 432석, 4관 432석, 5관 304석 등 총 좌석수 2040석 규모의 국내 최대의 상영관을 자랑하였다.

한편 극장설계는 1992년 대한민국 건축대상을 수상하고 <예술의 전당> 설계를 담당했던 김석철씨가 직접 맡았었는데, 김석철씨는 1994년 건축대상출품 작으로 <명보프라자>를 선정하여 출품했으며 그해 최고로 아름다운 건축대상을 수상하여 명실공히 실용성과 작품성을 두루 갖춘 극장으로 그 위용을 자랑하게 되었다.

1994년 새로이 개관한 명보프라자는 각종 최첨단 시설을 구비하여 대고객 서비스에 만전을 기하였는데, 먼저 영상 시설의 영사기 부분에 있어서는 무인 자동 영사 시스템을 도입함으로써 영사사고 예방을 가능하게 하였고, 대한민국 최초로 최첨단 음향 시설인 THX(루카스 사운드 시스템)와 DTS(돌비 디지털 사운드 시스템)를 설치, 고음에서도 깨끗한 음질을 즐길 수 있게 하였다. 이때부터 음향면에서는 국내에서 명보프라자를 따라올 곳이 없었으며 음향 = 명보프라자 라는 등식이 성립하였고, 국내에 디지털 사운드 음향시대를 열 수 있는 초석을 마련해 주었다.

1994년 국내최초 5개관으로 멀티플렉스 극장의 시대를 선두해 오며 새롭게 오픈한 명보프라자는 그후 다수의 멀티플렉스 극장이 국내에 설립할 수 있는 여건을 만들어 오다가 보다 편리한 고객편의를 위해 또다시 2001년 9월부터 약 3개월에 걸쳐 극장내부의 인테리어 및 좌석간의 간격을 기존 극장보다 넓은 105㎝~120㎝로 넓히는 공사를 했으며 그간 사용해 오던 명보프라자란 명칭을 <명보극장>으로 정식 변경하여 또다시 새롭게 태어났다.

— 「영화관 소개—명보극장의 어제와 오늘, 그리고 내일…」,<br>http://www.myungbo.com/theater/cinema00.asp

위의 인용문은 명보극장(현재 정식 명칭은 명보프라자이다) 홈페이지에서 빌려왔다. 자신의 영화관을 소개하는 글이라서 과장된 측면이 다소 있지만, 가감하고 살펴보면 중요한 사실 몇 가지를 발견할 수 있다. 첫째, 상영관이 많다는 것이다. 지금은 14개의 상영관을 가진 멀티플렉스 극장이 출현했지만 그 당시만 해도 5개는 대단한 수준이었다. 이것은 다양한 영화를 동시에 상영할 수 있는 요건을 갖추기 위함이다.

둘째, 극장에서는 영화만 보면 그만이라는 생각을 거두고, 영화관 자체를 하나의 아름다운 볼거리로 만들려고 했다는 것이다. 그에 따라 명보극장은 뛰어난 건축물에 수여되는 상을 받게 된다. 이것은 영화를 보는 여건이 보다 중요해졌음을 뜻한다.

셋째, 극장의 내부 시설이 고려되기 시작했다. 일방적으로 지어져서 관객들이 그 설계에 온몸과 시청각 감각을 맞추어야 했던 시대는 지났다. 영화관은 보다 편안하고 쾌적하게 영화 관람을 할 수 있도록 부대 시설을 배려해야 한다. 음향 시설과 좌석 시설은 선전문에서 나타나는 것처럼, 중요한 점검 사항이다.

마지막으로, 극장의 개선 주기가 짧아졌다. 명보극장은 1957년 8월 25일

그레이스 켈리, 빙 크로스비 주연의 <상류사회>를 시작으로 1234석 규모의 단관으로 개관하였다. 그러던 것이 1993년에 와서야 대대적인 개축을 시도한다. 그런데 개축한지 10년이 채 되지 않아 다시 개축을 시도한 것이다. 이는 극장의 변화가 발빠르게 진행되고 있으며, 이에 따라 증개축의 간격이 짧아지고 있음을 보여준다.

사실 이것은 김화영이 열거한 강북극장이 이미 맞고 있거나 조만간 맞게 될 운명이다. 대한극장과 중앙극장은 발빠르게 변신했고, 단성사는 지금 변신 중이다. 스카라극장은 비교적 10년 전의 모습을 지키고 있지만, 그것도 중간에 작은 변신을 했기 때문에 지금까지 버틸 수 있는 것 같다. 과거의 극장은 꿈의 자리로 남고, 그 자리에 건물이 높게 오르고 상영관이 여러 개로 분할되고 영화관에 기생하는 패스트푸드점과 문화 공간이 선물세트처럼 오밀조밀 모여든다. 지금은 이른바 멀티플렉스 극장의 번성기인 셈이다.

## 2. 현실이라는 기차의, 영화라는 객실 창문

요하임 패히는 영화의 전사(前史)를 살피기 위해서는, 먼저 영화관의 전사(前史)를 살펴야 한다고 주장한다. 여기서 말하는 영화관은, '영화적 지각 방식'이 응축된 물상을 가리킨다. 19세기 말에야 등장하는 영화에서부터 영화적 지각 방식이 출현한 것이 아니라, 그 이전의 문물을 통해 이미 영화적 패러다임은 형성되기 시작했다는 주장이다. 그 문물로, 기차·파노라마·백화점·콘베이어 벨트 등을 예로 든다. 이 중에서 기차에 대한 관찰은 무척 신선하고 그럴 듯 하다. 그의 주장을 옮겨 보겠다.

1820~30년대 사이에 기차는 현실의 예술적 재현에 변화를 가져왔다. 기차는 마차와 달리, 지속적이고 안정적이고 차단된 움직임의 상을 제공했다. 마차였다면 흔들림이 있고 가끔 내려야 하고 말들의 근육적 움직임을 염두에 두고

바라보았어야 할 풍경이, 차창 너머로 흘러가 듯 스쳐 지나가는 경험으로 대체되었다. 속도는 점차 증가되고, 차창 밖 풍경은 하나의 그림으로 이루어지는 듯 하다가 지나가는 영상으로 변화된다. 이러한 변화는 시공간의 기본 개념을 흔든다. 기차를 통해서 바라보여진 세상은 공간이 죽고 시간이 산 어떤 것이다.

> 공간의 상실은 너무 많은 시간을 남겨 놓았다. 기차 객실로부터의 시선은 이제 움직임 외에는 다른 어떤 것도 보지 않기 때문에 자연히 내면으로 향하게 된다. 여행객은 자신의 생각과 꿈에 몰두하거나 새로 등장한 기차 도서관이 제공하는 책을 읽기 시작한다. 이제 문학적 상상이 출발과 도착이라는 두 지점 사이의 빈 공간을 채우게 된다. 나중에 객실 창문의 자리에, 기차 여행과 더불어 시아에서 사라져 버린 내용을 움직임의 단순한 상에 되돌려주는 영화관 화면이 들어선다면 그것은 당연한 논리적 귀결이라고 할 수 있을까.
> —Peach, 「Unbewegt bewegt」

영화적 지각 방식의 출현을 센스 있게 설명한 글이다. 패히는 이 글에서 기차라는 신문물의 탄생이 어떻게 하여, 영화적 표현의 패러다임과 관련되는지를 설명하고 있다. 여행객은 스쳐 지나가는 그래서 파악하기 힘든 외부의 풍경을 보는 것에서 내면의 풍경을 관찰하는 것으로 자신의 작업을 바꾼다. 패히는 그것을 '기차 도서관이 제공하는 책을 읽는' 행위로 표현했다. 지나가는 영상은 바라보는 자의 의식적 혹은 무의식적 움직임으로 채워지고, 그것은 표현이라는 이름으로 마음속 영상을 동작하게 만든다. 그것이 영화라는 것이다.

이러한 논리를 조금 확대하면 영화관은 마음속의 열망—사실 그것은 누구의 것도 아닌 바라보는 자의 것이었다—을 차창 면에 투영시킨 하나의 기차이다. 아니 기차의 이미지가 집으로 변한 마음의 공간이다. 그래서 패히는 그 마음의 공간을 꿈의 공장이라고 부르기도 한다. 여기서 꿈은 조금 넓은 의미로,

세상을 읽고 이해하고 표현하는 행위 전체를 포괄적으로 가리키는 용어인 것 같다. 기차에서 움직이던 승객은 "이제 더 이상 통과한 풍경만을 단지 기록하는 것이 아니라 그것을 넘어서 외부 세계, 꿈, 공포, 희망, 간단히 말해서 상상적인 것을 기록한 움직이는 상의 관찰자"가 됨으로써, 영화관 속의 관객이 된다. 그러니 영화관은 "상상의 여행을 떠나 마음의 차창을 구경하고자 하는 꿈이라는 기차"가 된다.

영화관은 삶의 외곽에 둥지를 틀기 시작했다. 처음에는 시련도 많았다. 보드빌 극장에 기생하기도 했고, 영화관에 영화가 아닌 것들의 군거생활을 용인해야 하기도 했다. 그러다 대중의 사랑을 얻으면서, 영화관은 점차 예술의 중심으로 편입하기 시작한다. 무엇보다 현실 너머 꿈을 보려는 사람들로 점차 붐비기 시작한다. 그러면서 영화관은 도시의 중심으로 옮겨 자리잡고, 도시인의 욕망과 형식을 세밀하게 모방한다.

도시가 복잡해지고 욕망이 복잡해지고 그것을 표현하는 방식이 복잡해지면서 영화관은 그 복잡함에 물들어간다. 영화관은 혼란과 욕망이 뒤범벅되고, 꿈과 형식이 길항하며 대립하는 공간으로 변한다. 이것은 도시의 인상 그 자체이다. 패히는 "현대적 매체인 영화관이 현대 도시와 명백한 유사성을 가지고 있다"고 단언한다.

서울의 영화관도 이러한 영화관의 운명을 따른다. 앞에서 말한 김화영의 영화관은 그 당시 현실을 살아가던 도시인들의 혼란과 욕망과 형식과 꿈을 말해준다. 가난하고 지저분하고 혼란한 도시의 외관을 축소한 것 같은 허름한 극장들. 그러나 그 극장들은 당시 사람들의 욕망과 삶의 형식이 응축된 '꿈의 공장'이었다.

멀티플렉스는, 세련되게 치장된 또 다른 형식의 '꿈의 공장'이다. 세련된 치장은 도시의 치장에서 비롯된다. 서울은 급속하게 변화했고, 더 중요한 것은 그 변화가 도시인의 마음속에서 야기되었다는 점이다. 욕망의 질감이나 표현의 방식이 변화했다. 당연히 꿈의 공장이 찍어내는 꿈의 내용도 변화했다. 멀티플렉스는 변화된 꿈의 내용을 담는 새 용기이다.

영화는 이제 문화의 핵심이다. 문화적 공간이 영화관을 감싸고 있어야 하는 이유는 거기에 있다. 문화는 생활의 중요한 일부이다. 그래서 생활 공간이 문화 공간처럼 치장되는 것이다. 인간의 욕망은 다양하다. 획일화되고 강요받는 식으로는 욕망의, 제대로 된 실현이 어렵다. 그래서 영화관은 하나가 아니라 여러 개다. 내용 못지 않게 형식도 중요하다. 아무리 영화 내용이 좋더라도, 이를 받아들이는 관람객의 형식적 인프라가 충분해야 한다. 영화관의 세부 시설이 바뀌고 관람객의 편의가 고려되는 것은 이러한 형식적 인프라를 확충하기 위해서이다.

꿈은 잠시지만 삶의 활력소가 된다. 하여, 그 꿈을 넓히려는 시도가 자주 있어 왔다. 이것이 영화관을 현실의 변두리에서 삶의 중심으로 불러들인다. 도시의 중심뿐 아니라, 생활의 중심으로 그래서 영화관은 집과 가까운 곳으로 자꾸 이사를 오고 있다. 이것은 우리에게 꿈이, 현실이라는 기차를 타고 지나가면서 보고 싶어하는 내면의 풍경이, 소중해지고 있다는 증거이다.


## 3. 사례 관찰에 관한 보고서

### 3.1. 새로운 극장 문화의 선도와 활성화 : C.G.V 강변 11의 경우

본격적인 멀티플렉스 극장의 서막을 연 극장은 C.G.V 강변 11이다. 11개의 상영관을 거느린 복합 영화관이 강변역 테크노마트 내에 개관하면서, 멀티플렉스 개념과 새로운 극장 문화가 확산되기 시작한다.

극장가에 멀티플렉스(multiplex) 바람이 거세다. 최근 서울과 인근 신도시를 중심으로 멀티플렉스 개관과 건립 소식이 줄을 잇는다. 멀티플렉스란 첨단 시설을 갖춘 6개 이상 스크린에 쇼핑, 외식, 위락 시설이 함께 들어서 다양한 위락거리를 제공하는 극장을 일컫는다. 한국에는 98년 4월 서울 구의동에 11개 스크린을 거느린 <cgv 강변11>이 들어서면서 본격 멀티플렉스 시대가 열렸다. 지난 1년 <cgv 강변11>이 대성공을 거두면서 10여 개가 뒤를 따른다. 26일 개관하는 평촌 8개관 <킴스시네마>와 부천 중동 6개관 <씨네씨마>는 멀티플렉스 열풍이 인근 신도시로 확산됐음을 알린다. 두 극장을 운영하는 영화사 <좋은 친구들>은 지난 1월 4개관으로 출발했던 <킴스시네마>가 6개월 동안 올린 관객동원 실적에 고무되어 있다. 나경환 실장은 "인근 극장보다 객석점유율이 10% 이상 높았다"며 "그간 낙후됐던 지방도시 극장들 사이에 서비스, 설비투자 경쟁이 이어지는 계기가 될 것"이라고 보았다. 멀티플렉스 건립을 주도하는 것은 제일제당 cj골든빌리지. <cgv 강변11>에 이어 2001년까지 전국에 8개를 세우는 계획을 확정지었다. 각각 11월, 12월 개관을 앞둔 <cgv 인천14>과 <cgv 분당8>에서, 2000년 12월 열 <cgv 일산 12>, 2001년 12월 완공할 <cgv 수원7>과 <cgv 청량리8>까지 줄지어 대기하고 있다. 부산 서면(12개관)과 해운대(9개관)에 세울 2개 멀티플렉스와 대전(8개관)까지 포함하면 전국에 89개 스크린을 아우르는 막강 배급라인을 갖추게 된다.

—이동진 기자(djlee@chosun.com), 「Multiplex 이젠 멀티플렉스로 간다」,
『조선일보』, 1999년 6월 18일

멀티플렉스 극장의 열기는 한국 영화의 성장과 함께 전국으로 확산되기에 이른다. 평촌, 부천, 신도시 등에 멀티플렉스 극장이 지어졌고, 그 이후에도 대전, 부산 등으로 확산되었다. 이러한 붐을 조성하고 가열시킨 극장이 C.G.V 이다. 그리고 C.G.V의 최초 극장이 C.G.V 강변 11이다.

C.G.V는 1995년 8월 제일제당 내 멀티미디어 사업본부 극장사업팀으로 시작된다. 1996년 12월 한국 제일제당(CJ), 홍콩 골든하베스트(Golden Harvest), 호주 빌리지로드쇼 (Village Roadshow) 3개 회사가 투자하여 씨제이 골든빌리지를 설립한다. 1998년 4월 국내 최초의 멀티플렉스 극장 CGV강변

11를 개관한다. 1999년 12월 CGV인천14를 개관하고 그후 분당(야탑, 오리), 부산(서면, 대한), 대전, 부산(남포), 서울(명동, 구로, 목동)에 차례로 멀티플렉스 극장을 개관한다. 2002년 8월 빌리지로드쇼에서 씨티그룹 CVC아시아 퍼시픽으로 주주가 변경되면서, CJ CGV(주)로 사명도 변경된다.

이러한 공식적인 연혁에서도 나타나듯이, C.G.V의 멀티플렉스 극장 설립은 한국 영화계의 배급망을 개선하는 효과를 거두었다. 서울뿐만 아니라, 각 지방에도 최첨단 위락 시설을 갖춘 영화관을 보급함으로써 영화 산업의 육성과 성공에 막대한 기여를 했다. 이것은 멀티플렉스 극장이 한국 영화계에 끼친 첫 번째 공로이다.

두 번째 공로는 고객인 관람객에게 관람의 즐거움을 높이는 방식을 알려주었다는 점이다. 그 당시까지만 해도, 영화관은 영화관의 소프트웨어인 영화작품으로 평가받는 경향이 다분했다. 비록 현대적 시설을 갖춘 극장이 전혀 없었던 것은 아니지만, 관객에게 미치는 영향력은 절대적이지 않았다. 어떤 영화를 상영하는가에 따라, 극장의 수익과 관객의 출입이 결정되었다고 해도 과언이 아니다.

C.G.V의 출현으로 이러한 소프트웨어 위주의 극장 경영에 변화가 일어난다. C.G.V 는 영화관이 복합 문화 공간이 될 수 있음을 보여준 첫 번째 사례이다. 관람객은 단순히 영화만을 즐기러 C.G.V를 찾지 않는다. C.G.V 가 위치한 테크노마트는 전자 제품을 저렴하게 살 수 있는 대형 상가이다. 그리고 각종 먹거리와 일상 용품을 비치한 쇼핑 공간의 개념을 겸비하고 있다. 관객들은 자신이 필요한 물건을 사고 혹은 정보를 얻으러 테크노마트를 찾았다가 영화를 보거나, 아니면 처음부터 두 가지 일을 동시에 수행할 목적으로 C.G.V를 관람 극장으로 선택한다.

세 번째 공로는 복합 영화관의 주는 이점을 최대로 누리도록 한 것이다. 11개의 스크린에서 서로 다른 작품이 상영됨으로써, 폭넓게 작품을 선택하거나 다른 작품으로 쉽게 대체하거나 시간대에 알맞은 영화를 고를 수 있는 여건이 자연스럽게 마련된다. 이것은 단일관이나 2~3개의 상영관만을 가진 극장이 따라오기 힘든, 독보적인 이점이었다.

네 번째 공로는 상영관 내부 관람 시설의 획기적 개선이다. 지금은 많은 극장이 멀티플렉스의 외형을 갖추고 관극 시설의 중요성을 인식하고 있었지만, C.G.V 이전만 해도, 객석은 비좁고 앞사람의 머리에 방해받고 등·퇴장 입구는 혼잡하고 로비는 작고 화장실은 지저분했다. 이로 인해 관람객들은 극장 내부에서 편안함을 쉽게 얻지 못했다.

C.G.V 는 사소하지만 불편했던 관람 시스템을 획기적으로 개선한다. 내부를 관람에 알맞게, 외부를 기다림에 편리하도록, 그리고 극장의 외형을 산뜻하게 바꾼다. 각종 편의 시설도 확충하고, 복합적인 위락 시설을 갖추기 위해 노력한다. 영화를 위한 공간을 만들기 위해 처음부터 고심한 것이다. 그러면서도 다른 시설(식당, 은행, 전자상가, 쇼핑센터, 오피스텔, 사무실, 이벤트 공간)이 골고루 조화를 이룰 수 있도록 신경을 쓴다. 이로 인해 관람객의 인식이, 영화관은 영화만 구경하는 장소가 아니라 영화관 자체도 구경하는 공간으로 바뀐다. 그러면서 멀티플렉스 영화관이 확산되는 계기가 조성된다.

## 3.2. 최첨단 설비와 대규모 위락 공간 : 메가박스의 경우

<메가박스>는 삼성동 코엑스에 위치한다. 16개의 영화관과 1개의 4D 영화관을 갖추고 있다. 2000년 5월 13일에 개관했는데, 개관한지 3개월만에 100만 관객을 넘는 경이적인 기록을 세웠다. 명보극장이 1957년에 개관하여 1993년 일시 중단할 때까지 관객수가 2000만 명 정도인 점을 감안하면, 엄청난 관객수가 아닐 수 없다.

이 영화관의 장점은 크게 두 가지로 나누어 생각할 수 있다. 하나는 최신식 시설과 도전적 서비스 사업을 갖춘 극장이라는 점이고, 다른 하나는 극장을

둘러싼 주변의 편의 시설이다. 이 극장은 강남구 삼성동 코엑스몰 내에 있다. 코엑스몰은 현대백화점, 그랜드 인터컨티넨탈 호텔, 도심 공항터미널, 트레이드 타워, 아셈타워, 코엑스 인터콘티넨탈 호텔, 코엑스 전시장, 코엑스 컨벤션이 모여 있는 대규모 빌딩 군락의 지하에 마련된 지하 쇼핑공간을 총칭하는 명칭이다. 지하와 지상은 자연스럽게 연결되고 있으며 주변은 대단히 넓은 간선도로와 지하철로 연결되어 있다.

코엑스몰은 국제적 감각에 걸맞는 크기와 컨셉을 지니고 있다. 코엑스몰 디자인의 기본 테마는 강이다. 코엑스몰을 관통하는 길은 강의 이름을 가지고 있다. 남측의 밀레니엄 광장에서 시작된 물은 산마루길, 호수길, 수풀길, 폭포길로 이어지고, 코엑스몰 중앙의 행사마당에 모였다가 다시 계곡길, 강변길, 열대길 및 바다길로 이어지고 북측의 아셈광장에서 끝나게 된다. 이 길을 따라 각종 상점, 식당, 은행, 박물관, 수족관, 휴식처, 이벤트 공간이 위치하고, 대략 중심부에 메가박스가 위치한다.

이러한 공간적 배치는 문화적 자급자족을 가능하게 한다. 소위 말하는 위락 시설과 편의 시설을 골고루 갖추고 있어, 그 자체로 문화적 공간으로 기능할 수 있다. 따라서 메가박스라는 영화관은 주변 시설의 막대한 인프라를 손쉽게 이용할 수 있는 지리상의 이점을 지니게 된다.

그래서 그런지 메가박스의 모토는 '영화보다 더 재미있는 영화관'이다. 상업성을 앞세운 극장의 목표를 전적으로 믿을 수는 없지만, 주변 여건을 고려했을 때 이러한 모토는 사실무근은 아닌 듯 하다. 많은 젊은이들이 영화관 자체의 매력에 끌려 이 영화관을 찾고 있는 실정이기 때문이다. 그것은 관객 수와 예약 현황에서 나타나고 있다.

극장 속의 필수 공간들을 점검해 보자. 극장은 관객이 출입할 수 있는 공간과 출연자나 스텝이 출입할 수 있는 양분된 공간을 갖게 마련이다. 전자를 FOH(front of house)라 부르고 후자를 Backstage라고 부른다. 이 중에서 크게 문제가 되는 곳은 FOH이다.

FOH를 구성하는 첫째 공간은 객석(Auditorium)이다. 객석은 관람객이 앉아 영화를 보는 공간이다. 영화관에서 객석은 두 가지 관점에서 점검되어야 한다. 하나는 한 사람의 관람객에게 할당된 전용 면적의 크기이고, 다른 하나는 최적의 시야선(Sight line) 확보 여부이다. 메가박스는 두 측면에서 최고의 평가를 받을 만하다. 일단 좌석의 전용 면적이 커서 관람객이 편안하게 앉을 수 있고, 스크린과 객석을 가로막는 장애물이 최대한 제거되어 있다. 특히 급경사를 이루면서 정렬된 객석의 구조는 스크린과의 거리마저 적절하게 조정함으로써 보다 쾌적한 시청을 가능하게 한다.

두 번째 공간은 로비이다. 과거 로비에는 통로의 기능만 부과되었지만, 최근에는 개방된 공간으로 인식되고 있다. 관람객은 이 공간에서 휴식을 취하고 동행인과 사교를 나누고 정보를 교환하고 입장에 대비한다. 메가박스는 로비의 기능을 두 개로 나누고 있다. 그 분할은 개찰구가 담당한다. 개찰구 밖은 위에서 말한 개방된 행동이 가능한 로비이다. 그러나 개찰된 이후에는 단순 통로의 기능만을 하는 또 하나의 로비를 만나게 된다. 멀티플렉스는 다수의 영화관이 복합적으로 자리잡은 영화관이다. 그러므로 다른 영화관에 피해를 주지 않도록 안쪽 로비의 개방적 기능은 소거된다.

매표소(Box Office)도 멀티플렉스에서 중요한 공간이다. 많은 상영관이 있고 많은 인파들이 몰리기 때문에, 매표소는 혼잡을 이루는 경우가 많다. 따라서 매표의 효율성을 높이기 위한 공간 배치가 멀티플렉스 극장의 고심거리 가운데 하나이다. 특히 각종 할인 혜택과 자체 회원을 거느리고 있는 메가박스의 경우, 매표 시간은 상당히 지체되는 편이다. 그로 인해 매표소의 혼잡이 가중되는 경우가 적지 않은데, 이는 메가박스가 시정해야 할 사항 가운데 하나이다. 비록 10개의 부스를 운영하고 전광판을 통해 매표 현황을 보여주는 서비스를 시행하고 있다고는 하지만, 매표소의 혼란은 완전히 해결되지 않고 있다. 매표 시간도 문제지만, 매표소의 혼잡으로 인해 로비에서의 차분한 대기가 어렵기 때문이다. 이것은 쾌적한 관람을 방해하는 요인이다.

식음료공간도 중요한 부대 시설이다. 흔히 식음료공간 운영이 예술경영인들에게 어려운 과제라고 한다. 관객 수의 유동성이 쉽게 예측되지 않기 때문이다. 메가박스는 3개의 매점과 한 개의 커피 전문점을, 로비를 둘러싼 형태로 배치해 두었다. 이로 인해 외부에서 식음료공간은 어느 정도 해결된다. 그러나 문제는 정작 다른 곳에 있다. 그것은 식음료의 극장 내 반입 허용이다. 이러한 허용은 쾌적한 관극을 방해하는 요인이다.

이 밖에도 보관소(Check Room)나 탁아시설, 화장실 같은 부대 시설이 중점 점검 대상이다. 코엑스몰은 보관소의 기능이 약소하다. 탁아시설도 그리 활성화되어 있지 않다. 이것들은 한국적 상황에서는 필요한 시설이다. 이러한 시설이 충분히 갖추어지지 못한 것은 약점이다. 반면 화장실은 충분히 마련되어 있다. 특히 개찰구 안쪽의 공간에 화장실을 배치하여 이용의 편의를 도모한 점은 특기할 만하다. 이 밖에 흡연구역을 별도로 설치하고 있고, 공중 전화 부스도 계속 유지하고 있다.

메가박스의 자체 내 시설은 대단히 훌륭한 수준이다. 문제는 많은 사람들이 몰리기 때문에, 표를 구하는 것이 은근히 어렵다는 점이다. 앞에서도 지적했지만, 코엑스몰이 확보하고 있는 문화적 편의 시설로 인해 인파의 집중은 더욱 가중된다. 이것은 메가박스의 인기를 말해준다. 그러나 많은 인파와 부족한 표로 인해, 그 인기가 관극의 부담으로 작용할 가능성이 잔존한다. 이로 인해, 지역 주민들에게 보다 가깝고 친숙한 영화관의 설립이 요청된다.

## 3.3. 지역 영화관의 한 사례 : 씨네월드

8호선 강동구청 역 2번 출구로 나와 전철역에서 약 200m정도 떨어진 곳에 있다. 6개관으로 되어있으며 커다란 주차장을 무료로 이용할 수 있다. ARS로

24시간 상영시간을 안내해주고 있으며 전화예약이 가능하다. 대부분의 극장이 당일 예매는 안 되는데 씨네 월드의 경우엔 당일 2시간 전까지 예약을 받으며 상영시간 30분전까지 매표소에 가서 예약번호 확인 후 표를 구입하면 된다.

극장 주변엔 이용할 만할 시설이 별로 없다. 영화관 건물 하나에 그 주변의 건물은 대부분 사무실이다. 영화관 안에 조그만 매점과 커피숍이 있으며 다른 곳에서 손님이 오기보다는 거의 주변에 사는 사람들이 주로 찾는 극장.

하지만 만약 차가 있고 강남 쪽에 사람이 많아 표가 없다면 이곳으로 와서 한가하게 영화를 보는 것도 괜찮다. 주차비도 무료인 데다가 영화관 내부의 시설도 괜찮은 편이다. 뭐니뭐니 해도 가장 큰 장점은 많이 기다리지 않고 손쉽게 보고 싶은 영화를 볼 수 있다는 것이다.

—http://www.cineseoul.com/movies/theater.html?theaterID=134003

한 영화 정보 사이트에서 발췌한 상영관 정보이다. 취재 기자가 작성한 것으로 되어 있는 위의 정보는, 대체로 정확하다. 단, 오래 전에 작성한 것인지, 전화예매가 없어졌고 상영관이 두 개 더 늘었다는 추가 정보는 나와있지 않다.

위의 정보 중에서 주목할만한 점은 두 가지이다. 하나는 별다른 부대 시설이 없고 영화관만 덩그라니 있는 주변 배치이다. 이것은 코엑스몰 내에 있는 메가박스와 현격한 차이를 보인다. 다른 하나는 취재 기자도 인정한 것처럼, 손쉽게 보고 싶은 영화를 볼 수 있다는 점이다. 상영관을 8개나 가진 멀티플렉스 극장이기 때문에, 도심 소재 극장에서 상영하는 영화 프로그램이 대개 갖추어져 있다. 상대적으로 관람객이 적은 이 극장에서 영화를 볼 경우, 편리한 점이 적지 않다.

그러나 이 극장은 강동구에 위치한다. 주변은 주택가이고, 큰 도로를 통해 도심과 곧장 연결되어 있지도 않다. 따라서 도심에서 일부로 이동해서 영화를 본다는 것은 조금 무리이다. 따라서 이 극장은 주변 주민들을 겨냥한 상영관이라고 할 수밖에 없다. 즉, 지역적 특성을 감안해서 도심 외곽에 의도적으로 설립된 영화관인 셈이다.

이 극장은 소득 수준이 높고 주거 지역이 밀집했다는 인근 지역의 특징을 고려하여 지어졌다. 이를 감안하지 않을 경우, 이 극장은 일찌감치 재정 적자로 파산했을 것이다. 그러나 이 극장은 지역 주민의 사랑을 받으면서 유지되고 있다. 점차 그 명성과 편리함이 널리 알려지고 있다. 그렇다면 그 이유는 무엇인가.

표면적으로는 최신 시설, 대형 스크린, 무료 주차시설과 같은 편의 시설의 확대에 있다. 그러나 그 이면에는 인근 지역 주민의 문화 공간이라는 개념의 확산이 있다. 휴일이나 한밤중에 가족끼리 나들이 삼아 영화를 보러 오는 사람이 늘고 있다. 그들은 가벼운 옷차림으로 비교적 단거리를 이동해 온 인상이다. 이것은 영화관이 편의점이나 대형 할인 매장처럼 이미 새로운 라이프 스타일의 중심으로 이동해 오고 있음을 보여준다. 이제 영화관은 작정하고 가는 독립된 문화 공간이 아니라, 지역 주민과 가족들과 가까운 친구들이 어울려 문화적 향유를 즐기는 친숙한 공간으로 거듭나고 있다.

씨네월드는 C.G.V나 메가박스처럼 기능성 혹은 상업성 입지 조건을 두루 갖춘 상태에서 대규모 관람객을 끌어들이지 않고도 극장이 생존할 수 있음을 알려주는 사례이다. 또한 영화관의 이상을 실현시킬 수 있는 문화 인프라 창조의 현실적 모델이다.


## 4. 꿈의 공장을 꿈꾸며

「시네마천국」이나 「마제스틱」을 보면, 영화관은 마을 사람들에게 잃어버린 꿈을 되찾아 주는 꿈의 공장이다. 가난하지만 순박한 사람들은 영화관에서 그들의 피로를 푼다. 영화관은 때로는 멋진 데이트 장소가 되기도 하고, 바깥 세상의 소식을 듣는 통로가 되기도 하며, 마을 사람들이 모여 사교를 펼치는 대화의 장소가 되기도 한다. 드물지만 누군가에게는 직장이 되기도 한다.

마셜 맥루한은 인쇄 문화, 즉 문자 문화가 인간을 고독하게 만들었다고 지적했다. 인간들은 문자라는 개인적 소통 수단을 얻는 바람에, 읽고 해석하고 궁리할 공간을 자연스럽게 필요로 하게 되었고, 웃고 떠들고 대화하고 논쟁하면서 살아가는 공동체적 공간을 상대적으로 경시하게 되었다. 구술 문자가 버티던 사회에서의 군집 개념은, 문자 문화의 도래와 함께 점차 흐려져 탈부족화 현상이 나타났다. 그러나 영상 문화, 혹은 그 이후의 전자 문화가 발달하면서 문자 문화 시대에 거부되던 군집이 새로운 형태로 재개되기 시작했고, 이것을 맥루한은 재부족화(retribalization) 현상이라고 명명했다.

영화관은 영상 문화, 혹은 이미지가 재생되는 공간이다. 그 공간에서 관람객들은 단일한 개체로 개인적 공간을 고집할 수 없다. 아무도 없는 영화관은 이미 영화관이 아니다. 그들은 어떤 집단에 포함될 마음의 준비와 각오를 다진 상태이다. 영화관을 선택하고 표를 사고 로비에서 함께 볼 동료(?)들을 둘러보고 기꺼이 그들에게 자신의 옆자리를 허락하는 것은, 한 공간을 공유할 누군가를 받아들일 필요가 있기 때문이다. 그들은 마치 하나의 부족처럼 모여, 잠시지만 서로의 존재감을 더듬는다(그들이 영화관람에서 사용하는 감각도 문자 위주에서 벗어나 있다. 그들은 청각적이고, 맥루한적 의미에서 촉각적인 감각에 의존한다. 그들은 감각적 통합을 중시하고 불연속적 이미지의 나열을 두려워하지 않는다. 이런 측면에서 그들은 이미 문자 문화의 세대에서 이탈하는 특징을 지니고 있다).

관객은 서로를 필요로 하는 하나의 군집을 이룰 때에만, 진정한 의미의 영화관람을 할 수 있다. 고독하게 혼자 보는 영화는, 영화라고 말하기 힘들다. 그것은 개인적 공간에서 이루어지는 비디오 관람과 다를 바 없다. 조금 과정해서 말하면, 화면이라는 독특한 상형 문자를 읽는 행위에 불과하다.

영화관은 공간을 공유하려는 사람들이 모이는 공간이다. 그 사람들은 서로를 일정한 거리 밖에서 만나지만, 서로를 필요로 하고 있다. 그래서 군집은 자연스럽게 요망되고, 영화관은 그러한 군집이 보다 편안하고 감각적으로 이루어질 수 있도록 도와야 한다. 최근의 극장들은 이를 위해, 영화관의 이미지 수정과 시설 개축과 관람 아이디어를 궁리하고 있다. 이것은 영화관이 문화 공간임을 인정한 처사이다.

영화관이 문화 공간임을 인정한다면, 그 공간은 문화적 컨셉과 비전을 갖춘 공간으로 설계되어야 한다. 지금까지 서울과 주변 지역에서 붐처럼 일어나는 멀티플렉스 상영관은 그 공간을, 편의 시설의 물리적 확충과 시각적 화려함에 지나치게 할애하고 있다는 인상이다. 주변의 위락 시설을 늘리고, 상영관을 늘리고, 좌석 수와 좌석 간격을 늘리고, 각종 혜택을 늘리고 있다. 이것은 양적 확장을 가져온다.

아쉬운 것은 그 확장 속에, 문화적 대안은 아직 미비하다는 점이다. 메가박스의 경우 대규모 부대 시설을 갖추고 있지만, 격조 있는 문화적 체험을 가능하게 하거나 상호 보완적 관계에 있는 예술 공간을 확보하고 있지는 않다. 대부분이 소비 성향이 짙은 상점과 이익 추구를 위한 시설이 주를 이룬다. 이것은 문화적 수준을 제고시키는 작업에, 문화 프로그램이나 예술 경영의 노하우가 시급히 투입되어야 함을 시사한다.

한국 영화의 성장과 미래는, 영화적 인프라와 밀접한 관계가 있다. 1990년대 이후 한국 영화는 놀라운 팽창을 보였고, 이 팽창은 지금까지는 성장의 개념으로 이해되고 있다. 그러나 상영관과 관객 수와 제작 편수의 증가가, 성장의 전부는 아니다. 그 안에는 의미 있는 질적 성장이 결부되어 있어야 한다. 지금까지 멀티플렉스 극장이 한국 영화의 양적 팽창을 선도하는 중요한 일익을 담당해왔다면, 앞으로는 질적 성숙을 위한 대안을 내놓아야 할 것이다. 이것은 멀티플렉스 극장이 한 단계 성숙하기 위한, 그리고 우리 영화와 문화적 공간이 내실 있게 성숙하기 위한 하나의 필요조건일 터이다.◆(『리토피아』 2003. 봄)

# 관념의 재발견

## 1. 길과 여행과 비현실성

길은 즐겨, 인생에 비유된다. 많은 예술 작품은 길 위의 인생을 대리 체험하려는 자들로 북적인다. 영화 역시 예외가 아니다. 우리가 기억하는 많은 주인공들은 여행자의 행색을 하고 있다. 그들은 낯선 세계를 탐험하려는 모험심으로 가득 차 있다.

비록 길 위의 풍경이 낯설다고는 하나, 거주자에게는 하나의 일상에 불과하다. 그들에게는 모험심이 없다. 현실에의 관성만 있을 뿐. 그러나 이방인에게는 그 현실이, 비현실이 된다. 자신의 일상을 버리고 만나는, 모험의 도정인 것이다. 예술 작품의 여행 모티프는 비일상과의 조우를 통해, 인생의 어떤 면을 직관적으로 인지하게 돕는다.

그러나 이러한 여행 모티프의 일반적 공식은, 홍상수에게 유용하지 않다. 홍상수의 영화는 여행 모티프를 이용하되, 그 비일상성의 빛 바랜 색채를 최대한 사장시킨다. 그리고 떠나오기 전과 너무 똑같은 일상을 옮겨 심는다. 옮겨심기의 노력은 이제 짜여진 대본을 거부하는 단계에까지 이르고 있다.

그의 신작 영화 「생활의 발견」은 간단한 시놉시스만으로 출발한 것으로 유명하다. 콘티라고도 할 수 없는 엉성한 얼개만으로 시작한 영화에서 그가 노린 것이 있다면, 미리 고안되고 의도된 줄거리가 쉽게 노출시키는 비현실성이다. 그는 비현실성을 제거하기 위해서, 배우들의 체험과 말투와 당일의 느낌을 우선적으로 영화 속에 녹여낸다.

「생활의 발견」은 춘천과 경주라는 심상치 않은 도시를 여행하는 이야기이다. 춘천은 호반과 데이트로, 경주는 역사와 수학여행으로 유명한 장소이다. 그러나 주인공 경수에게 이 도시는 다른 여타의 도시와 다를 바 없다. 가슴 설레는 낭만도, 기억에 남는 주위 풍광도 없다. 카메라는 경수의 시점으로 이러한 기억을 담아내지 않는다. 다만 그 안에서 습관적인 생활의 틀을 반복하는 경수와 주변 사람들을 보여주고 있을 뿐이다. 먼저 춘천의 경우를 보자.

경수는 출현한 영화가 실패하고 다음 출현 일정이 엉키면서 감정을 상한다. 그는 영화사에서 자기 몫을 악착같이 챙겨 어디론가 훌쩍 떠나는데, 그곳은 술김에 그를 초청한 선배 성우가 있는 춘천이다. 그들의 만남은 다분히 형식적이다. 권태로운 표정으로 찾아간 소양호의 풍경이 이를 단적으로 보여준다. 습관적으로 소양호를 바라보고, 소양호를 바라보고 있는 여자를 쳐다보고, 배를 타고, 그 배안에서 청평사 회전문에 관한 낡은 이야기를 듣는다. 그나마 회전문 근처에도 가보지 않는다. 그들에게 회전문은 보나 안보나 이미 마찬가지이다.

그들의 만남에는 한 가지 거쳐야 할 관문이 있다. 그것은 성우와 함께 경수를 초청한 명숙이라는 여자를 만나는 것이다. 영화의 스토리에 명숙이 둘 사이에 끼어 들면서 작은 긴장이 유발된다. 경수 앞에서 노골적인 춤을 추는 여자, 술집에서 말도 안 되는 이유로 키스를 요구하는 여자, 성우를 따돌리고 경수를 유혹하는 여자, 그리고 여관방에서 상투적인 표정으로 사랑을 요구하는 여자. 이런 명숙을 경수는 다소 차갑게 대한다.

명숙을 중심으로 경수와 성우는 삼각관계를 형성한다. 성우 역시 명숙을 마음에 두고 있었고, 명숙은 사랑을 거부하는 경수에게 성우와의 심상치 않은 관계를 암시한다. 기억해야 할 것은 명숙과 경수의 관계이다. 명숙은 사랑의 약자이다. 그녀는 경수에게 사랑을 구걸하지만, 경수는 그녀를 배척한다. 경수는 사랑을 믿지 않는 것처럼 행동하고 그녀를 은근히 무시한다. 춘천은 경수에게 명숙으로 기억된다.

춘천을 떠나 부산으로 가던 경수는, 우연히 합석한 여자 손님으로부터 반가운 말을 듣는다. 자신을 선영이라고 밝힌 여자 손님은 경수의 이름과 직업을 이미 알고 있었고, 호감을 갖고 있는 눈치였다. 처음에는 심드렁하던 경수도, 차츰 선영에 대해 좋은 인상을 갖게 되고, 그만 경주에서 따라 내리고 만다. 선영을 미행해 집을 알아내고, 그 다음날 선영을 찾아가고, 어렵게 따로 만날 약속을 한다.

선영을 만난 자리에서 경수는 새로운 사실을 하나 알게 된다. 그것은 선영과 오래 전에 만난 적이 있었고, 그 방식 역시 불쑥 집을 찾아가 어이없는 이유를 대면서 만나기를 청했던 지금과 같다는 것이었다. 습관적 행동에 흡족해진 경수는 육체를 요구하고, 선영은 의외로 순순히 응한다. 하룻밤의 인연은 쉽게 이루어진 셈이다. 문제는 다음이다. 선영은 계속 만나자는 경수의 요구에 호락호락 응하지 않는다. 경수는 갖은 편법을 쓰고 협박을 하면서 간신히 그 관계를 유지할 뿐이다.

여기서 기억할 것은, 선영과 경수의 관계에서 약자는 경수라는 사실이다. 선영은 이미 결혼한 유부녀이기 때문에, 경수와 적당한 거리를 두려고 한다. 반면 선영에게 사랑한다는 고백까지 한 경수는, 악착같이 매달린다. 경수, 선영, 선영의 남편을 하나의 구도로 여길 수 있다면, 이것도 일종의 삼각관계가 된다. 그리고 그 안에 틈입한 자는 경수이다. 이것은 춘천의 구도와 같다. 명숙과 성우가 이전에 관계가 있었다면, 경수는 틈입한 자이다. 더 중요한 것은 그 안에 나타난 변주이다. 춘천의 삼각 관계는 명숙이 약자였다. 그런데 경주의 삼각 관계는 경수가 약자이다. 사랑한다고 말한 사람이 명숙이었고, 경수였던 것이다.


## 2. 두 개의 삼각 구도와 이중의 플롯

「생활의 발견」은 두 개의 삼각 관계를 이어 붙인 작품이다. 춘천의 서사와 경주의 서사를 개별적인 이야기의 흐름으로 간주한다면, 이 작품은 이중 플롯의 활용이다. 홍상수 영화에서 이중 플롯은 이야기를 만드는 기본 모델이다. 첫 작품은 이중 플롯을 넘어 멀티 플롯을 활용하여 난마처럼 얽힌 네 사람의 이야기를 끌어간 작품이다. 두 번째 작품 「강원도의 힘」 역시 지숙과 상권이 이야기를 별도로 꾸려가다가 끝에서 만나도록 배치한 경우이다. 「오 수정」은 두 개의 이야기를 활용하되, 엇비슷하게 닮은 이야기를 세부적으로 차이를 두어 진행시킨 경우이다. 2장인 <어쩌면 우연>과 4장인 <어쩌면 의도>는 기억의 차이를 말하면서 동시에 플롯의 차이를 보여준 경우라고 할 수 있다.

이렇게 작품 세계를 일관하면, 「생활의 발견」에서 구조적 동형성을 갖는 두 개의 이야기가 눈에 들어온다. 춘천의 서사와 경주의 서사는 동 시간대에 나란히 진행되던 두 개의 이야기를 선형적으로 이어 붙인 경우이다. 이것은 서사의 조립과 배치에서 변주를 가한 결과이다.

연속적 서사의 조형은 두 이야기의 매듭을 보다 강도 높게 요구한다. 낱낱으로 떨어진 이야기라면, 우리는 구조적인 문제를 제기할 수 있다. 홍상수가 마련한 전략은 삼각 관계의 반복과 세부적 차이이다. 앞에서 말했지만, 춘천의 경수와 경주의 경수는 비슷하면서도 다른 상황에 놓여 있다. 이것은 세부적 차이를 의미한다. 그러나 삼각 관계에 끼어 들고, 불완전한 사랑의 정의 앞에 흔들리는 인간의 모습을 보여준다는 점에서 공통적이다.

물고 물리는 사랑의 관계는 춘천과 경주의 서사 이외에도 존재한다. 그것은 청평사의 방문과 관련이 있다. 경수는 성우와 청평사를 방문하면서 회전문에 얽힌 전설을 듣는다. 그 전설은 당태종의 공주와 공주를 사랑한 뱀의 이야기이다. 공주를 사랑한 청년이 있었지만, 그 죄로 죽임을 당한다. 공주를 잊지 못한 청년은 뱀으로 환생해 공주를 휘감고 놓아주지 않는다. 대책을 강구하던 중, 신라의 청평사로 가보라는 예언이 전해진다. 공주는 회전문 앞에서 밥을 빌어오겠다는 핑계로 뱀에게서 빠져 나오고, 공주에게 속은 것을 안 뱀은 천둥과 번개를 동반한 하늘의 방해에 문 앞에서 발길을 돌려야 했다.

전설 속의 회전문은 시각적 영상으로 포착되지 않는다. 그러나 전설의 문은 선영의 집 문으로 몸체를 빌어 현현한다. 경수는 선영을 만나기 위해 좀처럼 열리지 않는 문 앞을 기웃거려야 한다. 선영은 전설 속의 공주처럼 경수를 애타게 하고 결국에는 배척한다. 스테판 샤프의 영화적 문법으로 풀이하면, 이 문은 반복영상(familiar image)에 해당한다. 반복적으로 영화 내부에 출몰하면서, 서사와 영상의 근원적 동력으로 작용하는 인상적 장면을 가리킨다. 춘천에서 들은 전설이 작품 내부를 흘러, 경주에서 겪은 이야기로 변환된 것이다.

이러한 변환을 인정한다면, 경수 역시 누군가에게 닫힌 문이었다. 춘천에서 경수는 명숙의 지배자처럼 행동한다. 사랑을 구걸하는 명숙을 밖으로 내친 장본인이기 때문이다. 닫힌 문은, 그래서 문 밖으로 밀려난 사랑은, 명숙과 경수가 헤어지는 터미널의 공간에서 그 흔적을 찾을 수 있다. 따라오겠다는 명숙과 여기서 헤어지자는 경수는, 닫힌 문의 안과 밖에서 갈라지는 뱀과 공주, 경수와 선영의 또 다른 모습이었던 것이다.

이 영화의 제목은 <생활의 발견>이다. 무엇을 발견했다는 것일까. 논란이 제법 많다. 그러나 그 의미는 의외로 쉽다. 그것은 습관이다. 생활의 발견은 습관의 발견이다. 과거의 뱀/공주, 춘천의 명숙/경수, 경주의 경수/선영은 반복되는 습관적 관계의 계승자이다. 경수가 선영을 찾아간 것이 처음이 아니었다는 사실도 기억해야 한다. 경수는 고등학교 시절에 선영을 이미 만난 바 있으며, 그 때도 그녀의 집을 찾고 만남을 갈구하고 또 그렇게 헤어졌을 것이다. 즉, 경수의 습관 속에 선영은 뒤따라야 하는 존재로 각인되어 있는지도 모른다.

우리의 일상이란, 습관의 흔적이 아닐까. 통제하기 어려운 삼각관계에 빠져 고민하거나, 어느새 그랬냐 싶게 자신의 자리로 돌아가거나 하는 모든 행위는, 특별한 것이 아니며 현재만의 것도 아님을 말하고자 하는 것이 아닐까. 이것은 여행지라고 해도 특별히 달라질 것 없는 우리의 인생이 끊임없이 반복하고 재현해야 할 습관의 기록인 것이다.


## 3. 일상과 불륜과 습관의, 미발견

「생활의 발견」을 세부적으로 파고들면, 구조적 동형성이 너무나 빈번하게 깔려 있음을 알게 된다. 가령 청평사에서 만난 여자를 보자. 그 여자는 혼자서 춘천을 방문하고, 소양호를 바라보고, 청평사로 가는 배를 주저하다가 타지 못한다(경수와 성우가 타는 배 안에 없다). 이 여자의 심리는 보편적 관점에서 이해 가능하다. 청평사는 마지막 배를 놓치면 고립되어야 하는 곳이다. 그래서 처녀성을 간직한 여자들에게는 은근히 공포의 대상이다. 선영 역시 비슷한 고백을 한다. 젊은 날 막연히 떠나고 싶었고, 춘천은 그 대상이었고, 소양강에 들렀고, 배를 못 탔노라고. 젊은 여자의 습성이 대를 이어 발견된다.

경수가 성우의 몸을 흔드는 버릇을 물려받는 것이나, <사람은 되기 어렵지만 괴물은 되지 말자>는 영화사 직원의 특이한 어구를 경수가 옮기는 것이나, 차 시간이 얼마나 남았느냐는 질문에 두 번씩이나 15분이라고 대답해 버리는 것은, 습관의 이전이고 반복이다. 선영의 손부채질(과거/현재), 사랑한다는 말을 듣고 싶어하는 심리(명숙/경수), 상대방을 속이고 저지르는 불륜(아내/남편) 등은 생활 속에서 흔히 반복되는 인간의 습관들이다.

이항 대립을 이루는 습관의 요소는, 구조의 이항 대립으로 작용한다. 두 개의 시퀀스(춘천과 경주의 서사)의 큰 이항 대립 속에 마련된 사소한 이항 대립은 이 작품의 얼개를 이리저리 뭉치고 휘감으면서 그 속살을 감추려고 한다. 하지만 그 감춤이 미학적 자질로서 반드시 성공한 것은 아니다. 유효한 미학적 자질이 되기 위해서는, 그 균형과 비례 못지 않게 이탈과 파격도 중요하다.

정직한 의미에서, 홍상수의 영화는 이탈과 파격이 없다. 그의 영화는 동일한 구조의 답습이고, 답습된 구조의 반복이다. 그는 전작을 통해서 플롯의 이분법적 진행으로 겉 틀을 짜고, 이항대립적 요소로 인테리어해서 내부를 조경한다. 카메라는 테크닉과 인위성을 거부한다는 명분 하에, 항상 멀찍이 떨어져 있다. 연극 무대처럼 고요한 스크린 안에서 이기적이고 조악한 인간 관계가 펼쳐진다. 조형된 서사는 불륜이라는 주제를 겨냥하고 있고, 그 불륜을 보는 눈은 다분히 냉소적이다.

문제는 패턴화된 영화적 문법이 홍상수의 「생활의 발견」에도 적용된다는 점이다. 두 개의 이야기로 꾸려지고 있고, 작은 변주에만 의존하고 있을 뿐 구조적 동일성을 고수하고 있고, 육체적 사랑에 대해 조롱기 섞인 시선을 보내고 있고, 여전히 롱 테이크에 의존하는 단조로운 카메라 워킹에 의존하고 있다. 내부의 설계는 다양할지 모르지만, 대부분 이분법적 대립 구조라는 미학적 균형에서 벗어나지 못한다.

홍상수 영화가 답답한 것은 대칭과 반복이 가져오는 식상함 때문이다. 넓게 보면 남자와 여자라는 대립적 요소의 활용 역시 식상함을 가중시킨다. 홍상수 영화 속의 남녀는 육체적 관계를 둘러싼 남자와 여자일 따름이다. 그들은 어떤 성적 이미지를 이루어내는 대립적 기표에 불과하다.

하지만 영화 속의 이러한 대립성이 현실의 대립성이 될 수는 없다. 현실은 기표적 대립성을 넘는 혼란의 도가니이다. 남자와 여자는 간단하게 대립되는 것이 아니라, 보다 복잡한 사회적 관계망 안에서 자유롭지 못한 경우가 많다. 흔히 홍상수 영화에 사회성이 없다는 지적을, 자본주의의 모순을 지적하지 않거나 권력과 인간의 문제를 탐구하지 않거나, 현대 사회의 문제적 요소를 지적하지 않는다는 식을 해석한다. 이러한 해석은 틀리지 않다. 그러나 더욱 중요한 것은 홍상수가 바라보는 인간 관계가 실제로는 관념적 대립성에 기초한다는 데 있다. 그는 남녀를 성을 매개로 한 두 개의 대상으로만 생각한다. 그 생각은 편견이다. 왜냐하면 우리가 만나는 무수한 장삼이사들은 육체적으로 접근하지 못하는 남녀로 가득하고 설령 접근한다고 해도 위선과 위악의 어느 한 편에 종속시킬 수 없는 경우가 많기 때문이다.

그래서 그의 영화가 고스란히 담아내고 있다는 일상성은 어쩌면 누군가의 일상성에 불과한 경우가 많다. 많은 사람들은 홍상수 영화의 일상을 일상으로 여기지 않는다. 혹 비슷한 일상을 살아간다고 해도, 자신들의 일상을 홍상수가 알고 있다고 여기지 않는다. 홍상수에게 붙는 일상성은, 영화적 비현실성이 자꾸 넘겨다보았던 반대편 세상이다. 환영과 상상력이 오그라들고 가급적이면 현실의 색채를 닮으려고 했던 무의식적 욕망이 지향했던 반대편 극점이다. 홍상수의 영화가 의미가 있다면 그 극점을 보여주었다는 것이다.

하지만 그 극점을 가지고 우리의 터전이라고 할 수는 없다. 열대의 끝에서 본 냉대의 끝이 신기할 수는 있지만, 사람이 살 수 없기는 마찬가지이다. 비현실과 비일상과 환상과 상상력이 난무하던 영화 속 세상에서 반대쪽 끝으로 떠오른 홍상수의 일상은 신기하다. 그리고 우리가 어디에 있는지 알려준다는 점에서 일종의 방향타와 같은 역할을 한다. 그러나 그 곳도 환영이기는 마찬가지이다. 환영이라는 말이 거슬리면 관념이라고 해도 좋다. 그것도 영화적 관념이 추구했던 하나의 환영이다.

나는 그 환영을 쫓는 홍상수가 모험가임을 안다. 그는 아무도 가보지 않았던 영화적 세상의 극점을 찾아 헤매는 모험가이다. 대본을 거부하고, 배우에게 실제로 술을 먹이고, 여행 경로를 따라 경수가 썼을 돈을 계산해 보면서 리얼리티를 계산하는 행위는, 그 극점에 도달하려는 몸부림이다. 그런 면에서 그는 분명 우리 영화사의 개척자이다.

그럼에도 그의 영화 세계는 반대편으로 가려는 인력 때문에 일그러진 요소가 많다. 흔히 홍상수의 주인공들은, 여타의 영화 주인공들이 드러내는 영웅적 면모가 없다고 말한다. 그들은 현실 속의 장삼이사들이고, 눈만 돌리면 곳곳에서 나타나는 사람들이라고 말한다. 그러나 실제로 그들은 대단한 능력을 지니고 있다. 곳곳에서 남자들은 여자들의 호감을 사고 있고, 여자들은 과감하게 자신의 몸을 던진다.

「돼지가 우물에 빠진 날」의 보잘 것 없다는 효섭은 보경과 민재로부터 전폭적인 사랑을 얻고 있고, 「강원도의 힘」의 상권은 별로 노력하지 않아도 지숙의 열망의 대상이 되고 있다. 「오 수정」의 재훈 역시 돈 많고 잘 생긴 남자로, 주변 여자들의 노골적인 유혹을 받는다. 그 결말과 관계없이, 「생활의 발견」의 경수도 주변 여자의 호감을 한 몸에 받는다. 거꾸로 이야기하면, 상대 역인 여자들은 자신의 몸을 아끼지 않는다.

이러한 도식을 우리 사회의 가려진 면, 그러니까 현실이라고 말할 수 있을까. 혹시 현실이 육체적 거래장이고 욕망의 음지라고 일방적으로 믿어버린 홍상수의 관념적 습관 때문은 아닐까. 고전적인 의미의 사랑을 거론하는 것은 어찌 보면 홍상수의 영화를 비틀어 버리는 행위일지 모른다. 그러나 그러한 고전적 의미를 빼고, 정신적인 가치를 삭제하고, 보여지는 세상을 '날 것'이라고 해서 그대로 수용할 수 있을까.

네 작품을 만들면서 홍상수가 빠진 함정은 스스로의 관념 세계를 지나치게 정답으로 믿어버린 것이다. 그런 면에서 그에게 일탈과 파격이 필요한 시점이다. 냉정을 가장하고 고집을 부렸던 시선을 거두고, 세상을 다시 한 번 보아야 할 때이다. 어느새 환상의 끝으로 너무 가버려 이제는 돌아올 때가 된 것이 아닌가 생각해야 한다. 파격은 지금까지 지켜온 문법적 토대를 허무는 것이다. 일탈은 현실이라고 믿고 지켜온 비현실을 돌아보는 것이다. 그런 의미에서 홍상수 영화에서 일상과 불륜과 습관은, 미처, 발견되지 않았다. 다만 관념만 재발견되었을 뿐.◆(2002. 가을)

# 창백한 꿈의 끝자락에서
## — 임순례의 『와이키키 브라더스』론 —

## 0. 가짜 <삼류 인생>을 대신하여

최근 우리 영화는 <깡패>들의 독무대이다. 스크린의 곳곳에서 깡패들은 다양한 캐릭터와 신분으로 출몰한다. 조직의 사활을 걸고 운명적으로 맞서야 했던 어릴 적 두 친구, 대담무쌍한 배짱과 기예로 남자들의 간담을 서늘하게 했던 여자 보스, 깡패 조직의 보스와 체육 선생님으로 뒤바뀐 친구, 조직간의 쟁투에서 패퇴하고 절로 도피한 조직폭력배들, 학교로 간 조직폭력배의 괴수 등으로 한국 영화는 만원이다. 덩달아 관객들도 연일 만원 사례를 이루며, 한국영화는 성공을 거두는 듯 했다. 조심스럽게 한국 영화의 르네상스를 거론하는 발언도 새어 나오고 있는 실정이다.

그러나 이러한 성공은 상업적이고 외형적인 성공에 지나지 않는다. 우리는 최근에 구경한 깡패들의 삶에서 <삼류 인생> 특유의 씁쓸한 아픔을 발견한 적이 없다. 그들만의 삶이 드러내는 거친 세목을 확인한 적도 없다. 우리는 그들의 멋진 양복과 호쾌한 무예와 죽음을 넘어서는 의리를 구경한 바는 있다. 그러나 이러한 양복과 무예와 의리는 <밑바닥 인생>에는 걸맞지 않는 것이다. 아니 그 자체로 과장되어 있어 어떠한 삶의 층위에서도 진정성을 담보받을 수 없는 것들이었다. 그 안에는 생계에 대한 걱정도 없고, 밑바닥 인생이 될 수밖에 없는 절절한 이유도 없고, 이러한 인생이 가져올 수 있는 폐해도 없다. 그러니 이러한 영상적 묘사는 실제 인생과는 거리가 있는 것으로, 우리에게는 하나의 동경의 대상일 뿐이다. 더구나 그 동경을 이루기 위해서 희생되었을 삶의 가치나 그 동경을 이루지 못한 좌절은 전혀 엿보이지 않는다. 따라서 이들은 진정한 삼류가 아니다.

우리는 깡패 영화 중에서도 기억할 만한 영화의 목록을 가지고 있다. 가령 「게임의 법칙」이나 「초록물고기」와 같은 영화는 밑바닥 인생의 아픔과 삶의 세밀한 결을 간직한 경우였다. 이 영화에는 현재의 깡패 세계가 보여주는 환상 대신에 구차함이 가득했고, 영화(榮華) 대신에 파멸이 존재했으며, 동경 대신에 열패자의 아픔이 자리잡고 있었다. 이렇게 비교를 한다면, 최근 우리 영화의 공백은 무척 큰 것 같다. 외형적인 화려함이 크기에 그 공백은 더욱 커 보인다.

그러나 이러한 공백은 차분하지만 열정적인 한 편의 영화로 인해 어느 정도 만회되는 듯한 인상이다. 투박한 편집과 일상적인 묘사와 특별할 것 없는 스토리 라인으로, 잘못하면 현실로 착각하기에 적당한 영화 「와이키키 브라더스」가 그것이다. 「와이키키 브라더스」는 트롯트를 싫어하는 사람에게 심수봉의 음악을 사랑하게 만들었던 것처럼, 영화를 낭만과 환상과 재미로만 알고 있는 이들에게 삶의 구체적 풍광을 소개하는 것이, 그리고 그 안에 담긴 씁쓸함을 확인하게 하는 것이 또한 영화일 수 있다는 사실을 가르쳐주었다.

## 1. 불편한 현실, 창백한 음악

영화 「와이키키 브라더스」는 음악에 대한 꿈을 간직한 사람들의 이야기이다. 그들의 꿈은 몹시 창백하다. 이것은 그들의 음악을 억압하는 혹은, 그들의 꿈과 길항하는 현실 때문이다. 임순례는 첫 장면부터 이러한 현실의 모습을 보여주는 것에 상당히 공을 들인다.

화려한 의상을 입고 숙달된 동작으로 음악을 연주하는 네 명의 연주자가 있다. 음악이 끝자락에 도달하면, 씽어가 간결하고 나직하게 인사말을 한다. <와이키키 브라더스>의 마지막 공연을 알리는 고별사이다. 그러나 비장한 어조나 관객들의 아쉬운 탄성 같은 응당 뒤따를 것으로 생각되는 반응은 일체 나타나지 않는다. 그 이유는 이어지는 카메라 워킹으로 해명된다.

카메라가 물러나면 외화면(off screen)에 숨어있던 광경이 속속들이 프레임 내부로 흘러 들어온다. 당연히 앉아 있을 것으로 예상되었던 관객들은 서서 움직이고 있다. 노출되는 영역이 넓어지면 그들이 춤을 추고 있음을 알게 된다. 불온한 표정의 남녀들이 서로에게 몸을 밀착시키고 어지럽게 실내를 돌고 있다. 서로의 몸을 탐하기에 여념이 없는 이들에게 한낱 무명 밴드의 고별사가 귀에 들어올 리 없다.

한마디로 <와이키키 브라더스>는 삼류 인생의 합작품이다. 임순례는 누추한 현실을 화면 내에 점차적으로 옮겨옴으로써, 그러한 현실에 짓눌려 해쓱해 져 가는 음악과 <삼류 밴드>의 창백한 운명을 노출시킨다. 스테판 샤프는 영화구조의 미학을 분석하는 자리에서, 점진노출(slow disclosure)의 중요성을 역설한 바 있다. 점진노출은 영상적 정보를 효과적으로 드러내기 위해 고안된 일종의 영화문법이다. 카메라 워킹이나 쇼트의 확대를 통해 프레임 바깥(off screen)에 잠재되어 있던 정보를 관객에게 인지시키고, 새로운 정보를 통해 관객의 호기심과 인식상의 충격을 전달하는 것을 목적으로 한다.

임순례는 점진노출을 영화 도입부에서 적극적으로 활용한다. 화려한 의상과 숙달된 연주 그리고 세련된 인사말, 이 모든 것은 확대되는 프레임 안에서 초라하고 왜소한 것으로 판명된다. 그들의 외양과 음악은 현실에서 아무런 반향도 일으키지 못한 것이며, 음악이 파생시킬 수 있는 열광이나 존경과는 거리가 먼 것이다. 비참한 삼류 밴드의 처지만이, 그들에게 허용된 전부인 셈이다. 예전에 꿈꾸었던 순수한 음악은 이제 음습한 지하 한 귀퉁이에서 간신히 명맥을 이어갈 따름이다.

서사적 정보가 계속 공급됨에 따라, <와이키키 브라더스>가 내리막길을 걷고 있다는 사실이 한층 분명해진다. 원래 7인조였던 그룹은 지금은 4인조로 전락해 있고, 조만간 3인조로 추락한다. 풍요로웠을 것으로 생각되던 그들의 음색은, 갈수록 큰 공백을 드러낸다. 3인조가 되면서 4인이 이루던 안정적 사각 구도마저 훼손된다. 더 불안한 것은 이러한 3인조마저 그리 오래 버틸 것 같지 않다는 점이다. 이러한 공멸 과정을 지켜보고 또 다른 한편으로 앞날을 예측하는 작업은 관객들을 불편하게 만든다. 우리들의 꿈도 대개 이러한 수순을 밟으면서 전락했음을 씁쓸하게 인식해야 하기 때문이다.

그럼에도 불구하고 <와이키키 브라더스>는 그들의 꿈을 쉽게 버리지 않는다. 특히 성우는 집요하리만큼 음악에 매달린다. 그의 집념은 꿈을 잊고 현실을 질주하는 이들을 불편하게 만든다. 조각조각 떨어진 현실의 조각 사이로, 간신히 가려온 꿈의 속살이 드러나기 때문이다. 영화 『와이키키 브라더스』를 본다는 것은, 꿈이 벌거벗겨지는 자리 혹은 현실이 불편하게 드러나는 자리를 지켜보는 행위와 같다. 이 영화는 잊혀진 꿈을 불편한 음악으로 바꾸어, 편안하게 위장된 우리의 삶 속으로 밀어 넣기 때문이다. 그래서 한 인물이 자조적으로 던지는 <하고 싶은 일을 해서 너는 행복하냐>는 대사는, 맞은편에 앉은 성우가 아니라 그 맞은편에 앉은 관객을 겨냥하게 되는 것이다.

## 2. 오래된, 그리고 오랜 꿈과의 조우

거듭해서 추락하던 <와이키키 브라더스>에게, 호텔 전속 밴드로의 취업은 비록 일시적일지언정 안정감을 선사한다. 첫 공연마저 성공리에 마친 멤버들은 각자의 일상을 제 2의 고향에 풀어놓기 시작한다. 강수는 지배인과 포커를 치고 정석은 특기인 <여자사냥>에 나선다. 셋이 모여 술을 마시기도 하고, 웨이터 기태와 일상의 한 부분을 공유하기도 한다.

성우는 자신의 고향을 돌아보는 것으로 여정을 푼다. 그가 풀어놓은 여정 속에는 10년 전 그와 그의 친구들과 그의 음악이 있다. 성우, 민수, 인기, 수철은 <충고> 동창으로, 학창 시절 <충고 보이스>라는 그룹사운드를 결성한 바 있었다. 민수는 키보드, 수철은 드럼, 인수는 베이스 기타를 맡았고, 성우는 그 그룹사운드의 리더 겸 씽어였다. 어딘지 현재의 <와이키키 브라더스>와 닮은꼴을 이루고 있는 그룹이었다.

성우와 친구들은 오랜만에 만나서 회포를 풀다가 자연스럽게 과거의 한 시절로 넘어 들어간다. 그 시절 그들은 같은 이름으로 같은 노래를 부르고 있다. 남과 여로 갈라 앉은 고등학생 청중이 보이고, 그 앞에서 어설프고 경직된 포즈로 음악을 연주하는 <충고 보이스>가 보인다. 음악에 대한 열정 하나만 빼고는 초라하기 이를 데 없는 무대였다. 회상을 좀더 따라가면, 이들이 열망했던 음악과 음악으로 인해 받은 상처들이 군데군데 드러난다.

성우는 음악과 첫사랑에 대한 열병을 동시에 앓게 된다. 첫사랑의 대상은 같은 리싸이틀 장에서 만난 이웃 여고 그룹사운드의 씽어인 인희였다. 인희는 거친 무대 매너와 도도한 눈빛과 강렬한 음악적 카리스마로 청중뿐만 아니라, 성우마저 사로잡는다. 인희 곁으로 다가가려는 성우의 노력이 번번이 좌절되면서, 첫사랑의 아픔은 그의 음악 속에 배어들게 된다. 성우의 좌절을 더욱 부추긴 요인은 인희가 마음에 둔 대상이다. 자기 또래를 훌쩍 넘어 연상의 음악선생님과 가깝게 지내는 인희의 모습은 성우에게는 거의 넘을 수 없는 벽으로 인식되었다. 마치 그가 꿈꾸었던 음악처럼, 첫사랑은 요원했다. 이처럼 회상 속에는, 음악은 첫사랑처럼 매혹적이고 그 첫사랑의 우월한 애인처럼 동시에 절망적인 것이라는 서글픈 기의가 숨어있었던 셈이다.

여름 해변에서 만난 삼류밴드와의 대결도 음악적 기의를 숨기고 있다. 〈충고 보이스〉에서 〈와이키키 브라더스〉로 재빠르게 변신한 성우 일행은, 또래의 여학생들과 사귈 기회를 잡는다. 그들의 만남이 무르익을 무렵, 해변 일대에서 명성을 날리던 선배밴드들이 끼어 든다. 선배들은 음악적 유명세를 이용해서, 어린 여학생들을 독점해 버린다. 모처럼 찾아온 기회가 무산되자, 〈와이키키 브라더스〉는 심정적으로 반발하고 주먹세례마저 감수하며 패싸움을 불사한다.

주목되는 장면은 그 다음날이다. 선배들에게 실컷 얻어맞고 해변에서의 연고지마저 잃은 성우일행은, 모래사장으로 밀려 나와 있다. 비록 허허롭지만 여유롭지만은 않은 처지이다. 그런데 따사로운 햇살이 쏟아지자 그들은 지난 밤의 울분을 말끔히 잊은 듯, 다시 장난에 열중하기 시작한다. 음악으로 유명해지거나 여자들의 관심을 장악하지는 못할지언정, 한산한 오후의 해변은 오롯이 그들 차지였다. 선배들에게 의탁했다가 버림받은 좌절이나 첫사랑의 실패 정도는 별 거 아니라는 듯이 그들은 기운차게 해변을 질주한다. 왜냐하면 그들에게는 서로가 있었고, 음악이 있었고, 서로와 음악에 대한 믿음이 있었기 때문이다.

어린 그들에게 음악은 도달할 수 없는 무지개처럼 요원한 것이었지만, 음악에 대한 열정과 그 열정을 공유할 수 있는 친구들이 있었기에 현실이 그다지 두렵지 않았다. 그들이 품었던 음악에 대한 꿈을 상징하듯 그들이 가진 알몸은 연약하고 볼품없었지만, 그 시절 그들은 알몸을 거침없이 드러낸 채 해변을 질주할 수 있었다. 그들은 잠시지만 그들만의 와이키키 해변을 걷고 있었던 것이다. 그곳에는 뜨겁고 농염한 햇빛이 꿈처럼 일렁거린다. 그 꿈이, 언젠가는 그 벌거벗은 몸으로 안착할 와이키키 해변으로 인도할 것이고, 그 곳으로 가는 길에 희망에 찬 음악이 있다고 믿게 해 주었기 때문이다. 한때 이들에게 음악은 서로에 대한 우정이었고 현실을 버티는 희망이었고 와이키키 해변으로 가는 꿈이었던 것이다. 하여, 불편한 현실을 지탱하고 견디게 하는 가능성과 마찬가지였던 셈이다.

## 3. 폐허가 된 꿈으로 Ⅰ : 과거의 〈와이키키 브라더스〉

와이키키 해변을 향한 어린 날의 질주는, 회상 다음에 이웃한 현실 풍경 속에서 정지된다. 임순례는 과거의 아름다운 꿈 곁에, 누추한 현재의 모습을 이어 붙인다. 이 삽화 속에는 친구들끼리의 알력과 배신, 현실에 대한 좌절과 서글픔이 가득하다. 첫 쇼트에서 연주자 앞에 천박한 춤을 추는 커플이 나열된 것과 대동소이한 관점이다.

성우가 몸 담았던 그리고 몸 담고 있는 두 개의 〈와이키키 브라더스〉는 약속이나 한 듯이 허물어져간다. 먼저 어릴 적 〈와이키키 브라더스〉의 현재 모습을 보자. 민수는 약사가 되어 있고, 수철은 시청 공무원이 되어 있고, 인기는 환경운동가가 되어 있다. 수철과 인기는 온천 개발을 둘러싸고 대립하고 있다. 수철은 온천 개발을 장려하는 시 정책을 따라야 하는 입장이고, 인기는 시 정책의 불합리와 횡포를 고발해야 하는 입장이다. 그들은 곧 있을 온천 반대 집회에 대한 이견으로 충돌한다. 수철은 친구사이를 내세워 온천 반대 집회의 원만한 진행을 인기에게 청탁하지만, 인기는 꼿꼿한 신념을 앞세워 수철의 청을 거부한다. 이들의 우정에 심상치 않은 균열이 가 있음을 암시하는 삽화이다.

이를 전하는 민수 역시 변해버렸기는 마찬가지이다. 민수는 성우에게 수철과 인기의 사이를 알려주면서도 시종일관 냉소적이다. 그는 두 사람의 급박한 사정은 아랑곳하지 않고 그들의 대립만을 문제삼는다. 있어야 할 걱정은 없고 불만만 가득하다. 첫 인상부터 거드름과 속물 근성을 드러내던 민수였기에,

이러한 냉소는 잠재되어 있는 친구들 사이의 불신을 예고하는 또 하나의 삽화이다.

이러한 균열과 불신이 터져 나오는 것은, 수철의 장례식장에서이다. 인기가 선동하는 시위 대열에서 어두운 표정으로 서 있던 수철은, 해직과 죽음을 연이어 맞이하게 된다. 기다렸다는 듯이 민수는 수철의 죽음을 인기의 탓으로 돌린다. 울먹이던 인기 역시 자신의 무죄를 변론하며 수철을 돕지 않은 민수를 도리어 욕한다. 인수가 잘못과 비리를 폭로하자, 민수 또한 이성을 잃고 싸움마저 불사한다.

친구들은 수철의 삶을 걱정하기보다는 자신의 입장을 중시했고, 그의 죽음을 애도하기보다는 자신들의 잘못을 감추기에 급급했다. 음악이 자애로운 품성 그리고 열정적인 믿음으로 서로를 묶어주고 현실을 버티게 해주던 시절은 사라졌다. 음악과 친구는, 각박한 세태와 생존 경쟁 앞에 변질되어 버린 것이다. 그러니 과거의 <와이키키 브라더스>의 꿈은 사라진 것이다.

침묵으로 일관하던 성우는, 이러한 변질에 격하게 반응한다. 상가집에서 상을 엎으면서, 친구들에게 처음으로 분노를 섞어 소리친다. <그만들 하라고>. 무엇을 그만 하라는 것일까. 아마 음악을 배신하는 행위를 그만 하라는 뜻이 아닐까. 음악에 들였던 투명한 열정을 훼손시키는 짓을 그만 하라는 뜻일 게다. <행복하니, 하고 싶은 거 하고 사는 사람은 너밖에 없지 않느냐>는 수철의 유언(遺言)같은 질문에, 이제 너희들도 차례로 대답해야 한다는 조그마한 종용을 하고 싶었던 것은 아닐까. 성우는 이렇게 폐허가 된 현실에서 허물어진 꿈의 잔해를 반추한다.


## 4. 폐허가 된 꿈으로 Ⅱ : 현재의 <와이키키 브라더스>

현재의 <와이키키 브라더스>도 사정은 크게 다르지 않다. 전속밴드로 생활의 안정감과 여유를 되찾은 이들은, 본격적으로 자신의 둥지를 계획한다. 가장 눈에 띄는 것은 강수이다. 그는 마음에 드는 여자를 찾아, 연애를 할 결심을 한다. 그러나 원체 쑥맥인데다 정석의 방해마저 겹쳐 뜻한 바를 쉽게 이루지 못한다. 정석에게 상대를 뺏긴 강수는 실의에 빠지고, 마약을 가까이 함으로써 밴드 전체를 위기로 몰아넣는다. 책임을 지고 강수가 떠나자, 세 명으로 아슬아슬하게 유지되던 표면 장력같은 균형감이 무너진다. <와이키키 브라더스>의 연주는 음악적으로 허름한 공백을 드러내고, 현실에서도 볼썽 사나운 대오를 드러낸다. 성우가 어릴 적 자신의 음악학원 원장을 초빙해서 일시적으로 균형을 잡으려 하지만, 오히려 불균형과 소란만 심화시킨다. 그나 마 간신히 지탱하던 밴드는 음악학원 원장의 실수로 인해 다시 위기에 처한다. 이제는 성우마저 그만두어야 할 신세가 된다. 정석은 과거의 정부(情婦)를 끌어들여 살아남지만, 그의 재빠른 배신 역시 위태롭기는 마찬가지이다.

<와이키키 브라더스>는 이것으로 사실상 와해된다. 성우는 음악학원 원장 과 함께 하루치 일거리를 찾아 다니다가 결국에는 혼자 남게 된다. 음습한 카바레, 초라한 행사장, 좁은 룸싸롱을 전전하며 온갖 수모를 당한다. 곳곳에 서 음악은 대량 생산된 싸구려 물품처럼 팔리고 있다. 나훈아를 닮은 너훈아에 이어, 너훈아를 빙자한 무엇이라고 불러야 될지 모르는 수많은 가짜들이 판을 치고 있다. 대중음악은 쓰고 버리는 일회용 소모품으로 취급되지 진위와 가치 를 논해야 하는 예술품으로 여겨지지 않는다. 음악에 대한 외경심이나 사랑은 찾을 길이 없다. 그저 삶의 추악한 언저리나 천박한 음지에서 수음처럼 허무하 게 스러질 뿐이다.

그러나 성우는 현실을 엎지 못한다. 수철의 상가에서처럼 단호하게 현실의 상을 엎지 못한다. 묵묵하게 감내할 뿐이다. 그러니 현실에서는 음악을 하는 이유나 음악에 대한 열정 그리고 음악으로 행복해질 미래의 세상을 생각할 겨를이 없다. 이러한 음악은 현실의 배설물과 다르지 않다.

광란의 룸싸롱 씬(scene)은 이 영화의 절정이자 압권이다. 사장들과 호스테스들이 벌이는 질펀한 육체의 난장판. 음악은 그 안에서도 시녀의 역할을 수행해야 한다. 수청을 강요당하는 궁녀처럼 성우는 사장들 앞에서 옷을 벗는다. 추잡한 삶의 한 가운데에서 자리를 박차고 나갈 힘을 성우는, 아니 음악은, 상실했고 그래서 더할 수 없이 창백해졌다. 미약한 동작으로 거부를 표시하지만, 이미 질주하기 시작한 광폭한 현실을 거스를 수는 없다. 유일한 저항은 이러한 현실에서 눈을 떼는 것이다.

성우의 눈길이 도피한 곳은 노래방 기기 속에 펼쳐진 바다였다. 그러나 그 바다는 언젠가 천진하게 달려본 적이 있는 그 바다는 아니다. 화면 속의 바다에도 나체의 미녀가 달리고 있고 그 뒤를 여러 남자가 뒤따르지만, 춥고 황량하게만 느껴진다.

어릴 적 친구들의 바다가 디졸브되면, 우리는 생각한다. 어린 날의 벌거벗은 바다가 얼마나 따뜻했던가를. 또한 우리가 살고 있는 현실이 얼마나 춥고 가혹한 곳인지를. 잃어버린 꿈을 확인하는 일이 얼마나 불편하고 참담한 것인지를 되짚어 보게 된다. 이러한 대비는 성우가 처한 고단한 현실을 잔인하게 보여준다. 전자 기타로 가리기에 우리의 몸은 너무 비대했고, 현실은 너무 냉혹했다. 이것이 임순례가 포착한, 현실의 완강함과 생존의 비참함이며, 이러한 것들이 겁박하여 한껏 창백해진 우리의 꿈이다. 순수한 꿈의 가라앉음이고, 훼손된 잔해이고, 그 위에 누추하게 자리잡은 현실이다.


## 5. 삶의 온기와 화색

임순례의 영화가 여기까지였다 해도, 그 작가적 진정성과 영상 미학은 상당했을 것이다. 한껏 창백해진 꿈의 끝자락으로 맺어졌을 영화적 종결은 나름대로 유효했을 것이다. 그러나 임순례는 영화적 욕심을 부린다. 창백해진 꿈을 그냥 놔두지 않은 것이다. 한 줄기 온기를 수혈해서, 차가운 현실을 바라보는 따뜻한 시선을 일구어낸다.

수혈의 내용은 세 가지로 정리될 수 있다. 첫째는 기태의 등장이다. 노란색으로 물들인 머리를 연신 흔드는 이 발랄한 웨이터는, 꺼져가는 음악의 열정을 지피는 촉매 구실을 한다. 그는 강수에게, 음악학원 원장에게, 성우에게 음악을 가르쳐달라고 끊임없이 졸라댄다. 음악은 이제 비전이 없다, 지금 하고 있는 사람도 떠나는 마당이다, 다른 일을 찾는 것이 현명하다, 고 아무리 일러주어도 듣지 않는다. 기태는 자신에게 음악은 적성에 맞는 것이라고 우기며, 고집을 꺾지 않는다. 이러한 태도는 음악에 대한 흥미가 있었고 열정이 있었던 성우와 〈와이키키 브라더스〉 멤버들의 초창기 모습을 연상시킨다. 그들의 꿈을 기태가 이어받고 있는 셈이다. 이 꿈에 대한 신념이 확고했기에, 강수도 정석도 음악학원 원장도 성우도 떠나야 했던 와이키키호텔의 전속 밴드가 될 수 있었다. 그리고 흥겹게 자신의 음악을 연주한다. 실제 연주가 아니라 신디사이저의 가짜 연주이지만, 그는 만족한다. 관객이 보아줄 자신의 모습에 만족하고 자신이 택한 직업에 만족한다. 이러한 만족이 창백해진 꿈의 마지막 불씨를 이어가는 것이다.

다음은 인희이다. 그녀는 과거의 꿈을 노래방에서 달래곤 했다. 고달픈 채 소장수의 삶을 잠깐이나마 잊기 위해 과거의 영화로웠던 한때를 회상하곤 했다. 그런데 그 음악이 그녀에게 돌아온다. 예전과 같은 카리스마로 청소년들을 사로잡는 음악은 아닐지라도, 부드럽고 편안한 포즈로 현실의 아픔을 잊게 하는 음악으로 돌아온다. 그녀가 부르는 노래가사처럼, 〈지나간 세월 모두 잊어버리고〉. 그녀가 다시 부르기 시작한 노래는 여윈 꿈을 살찌게 한다. 고단했던 그녀의 삶에도 화색이 돈다.

마지막은 성우이다. 성우는 조용히 참으면서 음악을 지켜온 인물이다. 〈와이키키 브라더스〉의 마지막 동료인 정석이 떠날 때도, 그는 어릴 적 스승 곁에 남는다. 아마 스승 곁에 남듯 음악 곁에 남고 싶었던 듯하다. 그래서 수철로부터의 난감한 질문을 받아내야 했다. 다시 되뇌어 보자. <행복하니…? 우리 중에 지 하고 싶은 일 하면서 사는 놈 너밖에 없잖아. 그렇게 하고 싶어하던 음악하고 사니까 행복하냐구… 진짜루 궁금해서 그래…>

수철의 죽음 후에, 이 물음은 너(성우)는 하고 싶은 일을 하니까 행복하지 않겠느냐는 단순한 질문에서 반드시 행복해야 되지 않겠느냐는 추궁으로 그 의미가 변모된다. 성우는 단번에 대답하지 못하고 침묵한다. 그가 항상 입는 그레이 톤의 옷처럼 신중해진다. 그의 신중함이 영화 전편에 대답을 유보시키고 이 유보로 인해 긴장된 우울함이 감돌게 된다. 이러한 질문에 대한 답을 홀로 짊어져야 하기 때문이다.

그런데 인희와 함께 선 무대에서는 그 양상이 조금 달라진다. 항상 신중하고 외롭게 노래를 부르던 성우는 사라지고, 편안해진 인상의 성우가 나타난다. 노래를 부르면서 만면에 화색을 띄우는 인희가 있고, 그 인희의 시선이 뒤로 향하면 성우가 있다. 살짝 웃는다. 회색빛 침울함이 물러나고 삶에 대한 소박한 희열이 떠도는 순간이다. 한 쪽 팔이 불편한 정석도 인희의 시선을 받는다. 그도 기쁨이 가득한 얼굴로 변한다. 그들의 웃음은 그들을 그룹으로 묶어주는 힘이다. 음악에 대한 신뢰가 되고 서로에 대한 신뢰가 된다. 비록 세 명이지만 그들의 음은 서로를 지탱해주며 상호 삼투된다. 커다란 음악적 공백이 메워지기 시작하고 교묘하게 어울리기 시작한다.

그 증거는 카메라의 워킹에서 나타난다. 첫 장면처럼 마지막 장면도 카메라가 줌 아웃을 한다. 뒤로 당겨지는 카메라 렌즈 너머로 역시 춤추는 남녀들이 보이고 이제 익숙해진 나이트 클럽 내부가 공개된다. 첫 장면으로 인해 점진노출의 긴장감은 감소했다. 더 이상 전달되거나 추가될 정보도 없는 것 같다. 관객들은 기다렸다는 듯이 나타나는 외화면의 영역을 받아들인다. 그런데 무언가 조금 달라졌다.

그것은 아마도 불편했던 현실이 거의 사라졌다는 사실일 게다. 추잡한 남녀의 포옹이나 불온한 조명이나 지저분한 바닥이 드러나도 현실은 예전처럼 불편하지 않다. 그 안에서 계속 삼류밴드로 남아있어야 하는 <와이키키 브라더스>의 운명도 그다지 걱정스럽지 않다. 무너진 꿈의 창백한 표정 사이로 떠돌고 있는 미열의 기운을 느끼기 때문이다.

　김현은 <불가능한 꿈이 아름다울수록, 삶은 비천하고 추하다>고 말했다. 그렇다면 불가능한 꿈을 잔뜩 골라내어 현실이 무너진 폐허와 같고 그 폐허의 잔해가 대부분 일그러진 꿈이라고 말하는 것은, 어쩌면 지난한 일이 아닐 수도 있다. 어떤 의미에서는 방만한 일일 수 있으며, 더 확대하면 무책임하다고 비난할 수도 있다. 이와는 반대로 「와이키키 브라더스」는 불가능한 꿈을 아름답게 기워서, 불편하고 누추한 삶을 견디는 힘으로 재조명한다. 기태가 그러했고 정석이 그러했고 성우나 인희가 그러했던 것처럼, 음악은 관객들에게 가난하고 암담한 현실을 버티는 희망으로 다시 격상된다. 이것이 이 영화를 한층 가치있게 만드는 요소이다. 임순례 또한 이러한 방만한 작업과 무책임한 태도에서 스스로를 구제한다. 창백한 꿈의 끝자락에도 생의 희망은 있다고, 창백한 꿈의 끝자락에도 온화한 삶의 열기는 있다고, 마음속으로 되새기게 만들어서. ◆(『리토피아』 2002. 봄)

# 5악장

침착에서 고요로 *from the light to the darkness*,
가을에서 겨울로

# 진주는 조개의 독이었다

## 1.

문정희 신작시집의 제목은 〈오라, 거짓 사랑아〉이다. 제목의 느낌은 자못 이중적이다. 악의에 찬 어조로 내뱉듯이 읽으면, 세상에 널린 숱한 사랑에 대해 환멸을 느끼는 누군가가 가슴 속에 품었던 독기를 뿜어내는 외침 같기도 하다. 반면, 어조를 누그러뜨리고 약간 촉촉한 물기를 머금고 가만히 불러보면, 거짓 사랑이지만 따뜻하게 받아들이겠다는 달관과 아량이 배어 나오기도 한다. 실제로 이 시집 속에 실린 시들은 대충 이러한 두 가지 패턴으로 나뉘어진다. 가슴 속에 품은 독을 보여주는 시와 세상에 연민의 감정으로 다가가는 시. 두 시 사이에서 길항하고 있는 시인의 정서가 「오라, 거짓 사랑아」의 본령이라고 거칠고 범박하게 말해 둘 수 있을 것 같다.

## 2.

문정희는 마음 속에 숨겨져 있던 〈독(毒)〉을 풀어놓으며, 시집의 서두를 꺼낸다.

내가 만난 모든 장미에는
가시가 있었다
먹이를 물고 보면 거기에는 또
어김없이 낚싯바늘이 들어 있었다
안락하고 즐거운 나의 집 속에
무덤이 또한 들어 있었다
가족들과 나눠 먹은 음식 속에도
하루하루가 조용히 사라지는
두려운 사약이 섞여 있었다
사랑도 깊이 들어가 보면
짐승이 날뛰고 있었다
가시에 찔리며
낚싯바늘 입에 물고 파득거리며
내가 가는 길
그래도 나는 시 몇 편을
통행세로 바치고 싶다

이 시는 전체적으로 평이하지만, <사랑도 깊이 들어가 보면 / 짐승이 날뛰고 있었다>라는 구절은 해석이 용이하지 않다. <짐승>이라는 단어는 「오빠」라는 시 속에서 재등장한다. <오빠! 이렇게 불러주고 나면 / 세상엔 모든 짐승이 사라지고 / 헐떡임이 사라지고>. 「할머니와 어머니」에서도 그 편린이 나타난다. <조심조심 길조심 짐승 조심 / 끝도 없이 성가시게 한다>. 「오빠」에서 <짐승>은 여자를 소유하고자 하는 남자들의 거친 성정으로 이해된다. 「할머니와 어머니」에서 <짐승>은 이국 땅에서 생겨남직한 성애의 유혹 정도가 될 것이다. 이러한 시어의 쓰임새를 참고하면 <짐승>은, <사랑>이라는 맑고 귀하고 지고한 덕목의 음지에서 자라나는 충동적이고 본능적이고 육체적인 욕망의 움직임을 뜻하는 것일 게다. 타인에 대한 신뢰와 숭고한 사회적 약속을 갉아먹는 마음의 독인 셈이다.

이 시는 치명적인 것들로 가득하다. <장미 속의 가시>, <미끼 속의 낚싯바늘>, <안락한 집 속의 무덤>, <일용할 음식 속의 사약>, <사랑 속의 짐승> 등은 치명적인 것들의 목록이다. 문정희는 뾰족한 것, 날카로운 것, 그리고 위험한 것들을 잔뜩 옮겨와서 평탄해 보이는 우리네 삶의 숨은 면을 들춘다. 예쁜 장미를 손에 넣기 위해서는 가시에 찔릴 수밖에 없고, 맛있는 먹이를 먹기 위해서는 낚시바늘의 고통을 감수할 수밖에 없다고, 아프게 말한다. 그리고 궁극적으로는 우리가 가는 길, 즉 삶의 여정은 가시와 낚시바늘의 고통으로 점철되어 있다고 말하고 싶은 듯하다. 특이한 것은 이러한 고통을 대하는 시인의 태도이다. 시인은 고통에 대해 대가를 지불할 의사가 있음을 밝힌다. 고통에 대해 대가를 치른다는 것은 상식적으로 납득이 가지 않는다. 고통은 그 자체로 긍정적인 삶의 요소가 아닌데, 어찌하여 고통스러운 생의 역정에 대해 통행세를 지불하겠다는 것인가.

그녀가 지불하겠다는 통행세는 <시 몇 편>이다. 「유쾌한 사랑을 위하여」는 「통행세」의 연장선상에 놓인 시이다. 중반 이하를 발췌해서 읽어보자. <시는 언제나 천 도의 불에 연도된 칼이어야 할까? / 사랑도 그렇게 깊은 것일까? / 손톱이 빠지도록 파보았지만 / 나는 한번도 그 수심을 보지 못했다 / 시 속에는 꽝꽝한 상처뿐이었고 / 사랑에도 독이 있어 / 한철 후면 어김없이 / 까맣게 시든 꽃만 거기 있었다 / 나도 이제 농담처럼 / 가볍게 사랑을 보내고 싶다 / 대장간에서 만드는 것은 / 칼이 아니라 불꽃이다>

「통행세」에서 사랑 속에 담겼다고 노래했던 <짐승>이, 이 시에서는 <사랑 속의 독>으로 한층 간명하게 표현되어 있다. <천 도의 불에 연도된 칼>이 「통행세」의 <시>와 등가를 이룬다면, 칼을 제련해내는 <불꽃>은 시를 영글게 한 <고통>에 비견될 수 있다. 그런데 이 시에서는 칼보다는 불꽃이 주목된다. 인생이라는 <대장간>에서 우리가 신경 써야 할 것은 최종 산물인 칼이 아니라, 이 칼을 만들어내는, 즉 칼에게 치명적인 고통을 가해 단련시키는 <불꽃>이라는 것이다. 보검의 아픔과 비밀이 천 도의 불이듯이, 사랑의 중심은 <꽝꽝한 상처>이고 <독>이다. 문정희는 「통행세」에서 상처와 독을 짐승이라고 했다가, 이 시에서는 <까맣게 시든 꽃>이라고 비유한다. 이러한 비유를 통해 시인은 사랑이 가짜라고, 사랑 속에 담긴 것은 거짓일 수 있다고, 아울러, 말해두고 싶은 듯하다.


## 3.

그러나 사랑의 근저에 거짓이 있다고 해도, 그래서 <거짓 사랑>이라고 부를 수 있을지언정, 무가치하거나 불필요한 것은 아니다. 이 답은 일단 위대한 문학의 목격으로 증명된다. 「상처를 가진 사람—오에 겐자부로」를 보자.

> 다라미질하는 아내 곁에서 아직도
> 잉크로 원고를 쓰는 사람
> 세계는 그를 노벨상 작가라 부르지만
>
> 그를 키운 것 문학이 아니라
> 장애를 가진 아들이었음을
> 어젯밤 뉴스에서 보았다
>
> 뒤뚱거리는 불구 아들의 손을 잡고
> 험준한 산봉우리 오르는 동안
> 장애 아들을 이끄는 아버지의
> 그 통렬한 힘으로 자신은
> 저절로 산봉우리에 올라 있었다

사람들은 그것을 문학이라 부르지만
그는 깊은 상처를 가진 적은 있다고
조용히 그것을 보여주고 있었다

오에 겐자부로의 삶 속에도 숨겨진 독은 있었다. 오에 겐자부로의 삶을 엿보던 시인은, 그를 대문호로 이끄는 힘이 실은 <깊은 상처>에 뿌리를 내리고 있었음을 알게 된다. <깊은 상처>의 실체는 그가 평생 외면할 수 없었던 <장애를 가진 아들>이었고, 그 아들을 이끄는 힘이 아버지의 삶을 지켜올 수 있게 하였다. 사람들은 아들과 함께 살고 있고 또 살아내야 하는 오에 겐자부로의 삶을, 그 삶의 그림자를 문학이라고, 그것도 위대한 문학이라고 상찬한다. 그러나 정작 본인은 위대한 문학의 이면에 피어난 고통에 시달리면서 이를 이겨내기 위해서 부단히 노력할 따름이다. 이러한 고통과 극복 의지를 깨달았기에 시인은 좀더 평온해진다. 「유쾌한 사랑을 위하여」에서 <농담처럼 가볍게 사랑을 보내고 싶>다는 태도는 고통에 의연히 맞서고 그것을 극복하기 위해서 달관한 자의 시선을 빌리고 싶다는 뜻이다. 마치 오에 겐자부로가 우리에게 조용히 그것을 보여주었던 것처럼, 자신도 보여주고 싶다는 뜻으로 풀이된다. 독이 힘이 될 수 있음을 믿고 싶었던 것이다.

마음의 독을 들여다보는 계기는 육체의 독을 발견하면서 마련되기도 한다. 「혹」을 보자.

자궁 혹 떼어낸 게 엊그제인데 / 이번엔 유방을 째자고 한다 / 누구는 이 나이 되면 / 힘도 권위도 생긴다는데 / 내겐 웬 혹만 생기는 것일까 / 혹시 젊은 날 옆집 소년에게 / 몰래 품은 연정이 자라 혹이 된 것일까 / 가끔 아내 있는 남자들 훔쳐봤던 일 / 남편의 등뒤에서 숨죽여 칼을 갈며 울었던 일 / 집만 나서면 어김없이 / 머리칼 바람에 풀어 헤쳤던 일 / 그것들이 위험한

혹으로 자란 것일까 / 하지만 떼내어야 할 것이 혹뿐이라면 / 나는 얼마나
가벼운가

(「혹」의 부분)

「머리감는 여자」에서는 <들어내 버린 자궁>이라는 표현이 사용되고, 「유
방」에서는 <맑은 달 속의 흑점>과 같은 유방암의 흔적을 찾는 진료 과정이
묘사된다. 이 두 시를 통해, 우리는 「혹」의 처음 두 행의 의미를 보충할 수
있고, 시인의 육체가 꺼져가는 촛불처럼 사그라들고 있음을 미루어 짐작할 수
있다. 쇠미해가는 시인의 육체적 상징이 <혹>인 것이다. 마음에 치명적인
것이 <독>이었다면, <혹>은 육체의 치명적인 징후였던 것이다.

흥미로운 것은 마음의 독이 육체의 혹으로 전이되었다는 시인의 생각이다.
그래서 시인은 육체의 혹을 대하면서 마음의 독을 생각한다. 그리고 회한에
잠긴다. <왜 내게는 힘이 아닌 혹만 생기는가>라고 앞에서 찾았던 답을 달아
보면 독이 힘의 자양분이므로, 이 질문은 근본적으로 각도를 달리 해야 한다.
그럼에도 시인은 곰곰이 그 이유를 되새겨본다. 그리고 황당한 이유를 제시한
다. 이웃집 젊은 남자를 좋아했던 일이나, 유부남에게 눈독을 들인 일이나,
남편을 증오하고 복수를 다짐했던 일이나, 외출시 유부녀로서의 면모를 감춘
일 등이 그것이다. 누구나 살아가면서 한번쯤 품어봄직한 사소한 욕망과 증오
를 이유로 고른 것이다.

문정희는 육체의 혹과 마음의 독을 두루 살피면서 삶의 사소한 찌꺼기까지
감지해내고자 한다. 이러한 감지를 통해 마음의 독을 씻어내고 또 육체의
혹을 제거해보고 싶은 것이리라. 그런데 혹은 이것말고도 더 있고, 그 혹은
좀처럼 제거되지 않는다. 이 시를 마지막까지 따라가면, 그 혹이 가족—암시적
표현을 그대로 빌리면 <내가 만든 여우와 토끼>—임을 알게 된다. 가족에
대한 사랑 역시 시인에게는 일종의 혹이다. 그러나 이 혹은 떼어버릴 수 없는
혹이다. 혹이기에 거짓 사랑이라고 몰아붙일 수는 있지만, 역시 무가치하고

불필요한 것은 아닌 것이다. 이에 대해 시인은 슬그머니 농담을 한다. 새로 <시집이나 가볼까> 하고.

## 4.

나는 앞에서 문정희 시집의 제목을 두 가지 방식으로 반향시킬 수 있음을 말한 바 있다. 마음의 독기를 뿜어내거나 따뜻한 연민의 시선으로 다가가거나. 문정희의 좋은 시는 마음의 독을 감지했으되, 이를 독기로 분출하지 않고 따뜻하게 끌어안는 시편들이다. 고통으로 일그러진 삶에 통행세를 지불하겠다거나 버릴 수 없는 혹을 인정하며 너스레를 떠는 태도는 보기 좋다. 버려진 아들을 이끌며 버려지지 않을 문학을 창조하는 모습을 지켜보는 장면도 마찬가지이다. 더구나 이러한 마음의 독을 감지하고도 의연하고 아름답게 대항하는 태도는 문정희의 초기 시에 출현하여 일정한 성과를 거둔 바 있다. 가령 「찔레」의 다음과 같은 구절은 주목할 만하다. <아픔이 출렁거려 / 늘 말을 잃어 갔다. // 오늘은 그 아픔조차 / 예쁘고 뾰족한 가시로 / 꽃 속에 매달고 // 슬퍼하지 말고 / 꿈결처럼 / 초록이 흐르는 이 계절에 / 무성한 사랑으로 서 있고 싶다>. 여기서 아픔은 가시로 나타나지만, 이 가시는 남에게 위해를 가하는 불필요한 존재가 아니다. 시인은 가시를 달고 무성한 사랑을 꿈꾼다. 이로 인해 가시의 독기와 무성한 사랑은 내면의 길항 작용을 형성하게 된다.

그러나 『오라 거짓 사랑아』에서 이러한 긴장이 사라지면, 시적 완성도가 떨어지는 약점이 나타난다. 내가 이번 시집에서 끌렸던 시는 「버들강아지」, 「민들레」, 「목련꽃 그늘 아래서」, 「이사」, 「동행」, 「낙상」이다. 앞의 세 시는 하나의 묶음을 형성한다. 시인은 <가장 낮은 산그늘 아래>에 무더기로 살고 있는 버들강아지나 <보도블럭 속에 끼여> 자라고 있는 민들레를 내려다보거나, 목련꽃이 <계곡으로 뛰어드는 개구리처럼> 지는 장면을 목격한다. 시인의 시선은 카메라로 따지면 부각(俯角)이다. 그녀의 시선은 사물을 내려다보고 있다. 이러한 관찰 방식은 평온한 삶을 지켜보는 것에 적당하다. 「이사」, 「동행」, 「낙상」도 의미상의 공유면적이 넓은 시들이다. 이 시에서 시인은 자신을 찾으려고 애쓰거나, 방향을 잠시 잃고 현기증을 느끼거나, 술을 먹고 낙상한다. 다시 카메라의 비유를 들어보면, 피사체가 흐리게 보이도록 만드는 〈탈초점(out of focus)〉상태라고 할 수 있다. 시인은 자아 밖의 세상에 대한 확신이 흔들리고 있으며, 사물을 제대로 인지해내지 못하고 있다. 전자의 시편들이 삶의 평화롭고 조화로운 풍경의 스케치라면, 후자의 시편들은 시적 화자의 방황이나 인식 상의 혼란을 표현하고 있다. 그런데 내 생각에는 양자가 골고루 조응해야 보다 굳건한 시적 탄력이 형성될 수 있을 듯 하다. 평온한 풍경만으로도, 화자의 혼란만으로도 시적 파장력은 아무래도 약할 수밖에 없다.

시적 파장력이 현격하게 감소한 대목은 이 시집의 3장이다. 「콧수염 달린 남자가」라는 부제가 붙은 이 장은 안일한 시들의 집단 서식지이다. 3장의 시편들은 외국 생활 체험에서 얻어진 부산물인 듯 하다. 그러나 이국의 정취나 외국에서의 생활 혹은 외국 친구의 모습을 묘사하는 수준에 그치고 있다. 독기와 사랑 사이에서 벌어지는 내면의 길항 작용은 찾기 힘들며, 식물들에 대한 관조나 인식상의 혼란도 찾기 힘들다. 내가 생각하기에는, 고통을 끌어안고 삭히는 시작 태도가 결여되고, 신기하고 이채로운 것에 무분별하게 침윤되었기 때문인 듯 하다.

『오라 거짓 사랑아』의 좋은 시는 대개 진주조개가 이물질을 끌어 안 듯이 삶의 고통을 끌어안는 곳에서 생성되고 있다. 그래서 진주조개가 이물질을 진주로 탈바꿈시키듯이, 그 고통과 독을 옮겨서 삶의 힘과 성찰과 여유로 바꾸어내고 있다. 이러한 노력은 가치있다. 삶을 관조하는 자세가 자연스럽게 담기게 되어 있기에, 더욱 가치있다. 그래서 문정희의 시가 가야할 길이 되며,

그녀의 시가 점유했던 온당한 영토가 된다. 그런데 이 길을 가는 것은 더디고 힘들다. 진주조개가 이물질을 오래 그리고 아프게 품어야 진주가 만들어지듯 그렇게 말이다. 나는 문정희가 이 길을 갔으면 한다. 그녀의 표현대로 통행세로 좋은 시 몇 편을 지불하면서.◆(『현대시』 2001. 1)

# 솟아오름과 가라앉음

## 1.

신작시 5편 가운데 가장 침착한 시는 「그 나무 아래로」이다. 더구나 시적 성향과 특질을 상당히 함축하고 있어, 나금숙의 시 세계를 엿보는 통로가 될만하다.

저렇게 땅에 엎드려
포복하는 자세로
둥근 해나 빛나는 달덩이들을
가지가 땅에 끌리도록
매달고 있는 복숭아나무는
곧 그 아래로 길이 나리라
보이지 않는 먼지와 바람과 햇빛,
유충과 새와 가장 독성 강한 사람까지
향내에 끌려 나무 아래로 온다
너를 하늘의 실과라 했던가
너의 껍질은 참 유순히 벗겨진다

뭉클한 살을 겁 없이 준다
다 주고도 단단한 씨앗은 남아
흙 속에서 복된 균열을 꿈꾸며
압박을 참을 수 있다.

—「그 나무 아래로」 부분

시인은 복숭아나무를 보고 있다. 예로부터 복숭아나무는 귀신을 쫓는 영험을 가지고 있다고 믿어졌으며, 수명을 연장하는 선과의 후예로 여겨졌다. 신성한 복숭아나무는 가지 가득 과일을 매달고 있다. 과일에 끌려 많은 이들(사람뿐만 아니라 동물과 미물도)이 모여든다. 복숭아나무는 자신의 실과를 아낌없이 내준다. 그리고 씨앗으로 남아 땅 속에 들어간다.

여기까지 시를 읽으면 상식적인 문답을 연상하게 된다. 우리가 생각하는 복숭아나무가 있고, 예전부터 믿어지던 영험함이 있으며, 아낌없이 주는 나무가 있다. 평범하다. 그러나 <뭉클한 살>을 주고 홀로 남은 씨앗은 조금 다르다. 씨앗은 <흙 속>으로 내려간다. <다 주었지만 단단한> 핵심이 남았기에 흙 속에서 살아남을 수 있다. 살아남기만 하는 것은 아니다. 씨앗은 그 안에서 새로운 탄생을 예비한다.

이 시에서 <균열>은 <복된>이라는 수식어를 동반하고 있고, <압박>이라는 물리적 장애는 <참을 수 있>는 것으로 묘사된다. 균열은, 당하는 입장인 흙에서 보면, 간신히 이루어놓은 평형 상태를 해치는 행위이다. 그렇다면 <복되다>고 느끼는 것은 씨앗이다. 씨앗은 자신을 가두는 대지의 압박을 뚫고 터져 나올 수 있는 힘을 기른다. 그리고 그 힘으로 솟구친다. 언젠가 나무가 될 것이고, 또 가지 하나 가득 복숭아를 끌어안게 될 것이다.

나금숙의 시에서 <솟구침>의 동작은 중요하다. 이것은 많은 시에서, 시어들이 율동하는 힘의 방향을 보여주기 때문이다. 「예레미야를 읽는 밤」에서도 그 힘의 흔적을 찾을 수 있다.

머리를 들어 바라보는 별빛이 적요하다
줄을 드리워야 오를 깊이에
틀린 것을 틀렸다
죄를 죄다 말한 죄로 갇힌 밤이 첩첩
구덩이 속은 차고 축축하다
물기 흐르는 진흙벽을 더듬어
손가락으로 '너'라고
향낭같은 이름을 쓸 때
박하사탕을 입에 문 듯
갑자기 구덩이 안이 화-해진다
한 이름을 머금고 구덩이는
둥실 기구로 떠올라
지붕 위를 나무 위를 맴돌다 치솟는다
사람들은 달이라 여긴다
오래 호흡한 한 이름
말씀이 되고 화엄이 되어 만월로 떠 오르는 것을,
뜰 한 구석이 텅- 비면서
구덩이가 공기바구니처럼 승천하는 것을
사람들은 그냥 달이 뜬다고 여긴다
기구는 둥실 둥실 달 속으로 사라진다
한 점으로 박힌다
갇힌 자의 창 앞에 다시 푸른 이름으로 와
빗장을 벗긴다.

　　시의 화자는 〈갇힌 자〉이다. 이 사람은 〈예레미야〉이거나 아니면 예레미
야처럼 어딘가에 유폐된 상태이다. 시의 초반부는 이 사람의 처지를 설명하고
있다. 〈틀린 것을 틀렸다 죄를 죄다〉라고 말한 죄라고 한 점으로 보아서,
적어도 남에게 해악을 끼치거나 양심을 속인 죄는 아닌 것 같다. 하지만 그

사람은 <구덩이> 속에 갇힌다. 첫 행에서 머리를 들면 적요한 별빛이 보인다고 했으니, 적어도 그 구덩이는 물리적 공간을 뜻하지는 않을 수 있다. 구덩이가 물리적인 지면 아래를 가리키거나 아니거나 간에, 그 사람이 유폐된 자라는 점에는 별로 이의가 없을 것 같다.

갇힌 자는 차고 습한 벽에 누군가의 이름을 적어 넣는다. 그 이름을 지닌 자는 큰 매력을 지닌 자일 것이다. 만일 갇힌 자를 예레미야로 본다면 야훼일 것이고, 시의 후반부에 들어 있는 <화엄>이라는 단어에 주목한다면 불타 혹은 불교적 진리일 것이다. <향냥 같은 이름>을 생각하면 단순한 님일 수도 있다. 이 모든 것을 포괄할 요량이었는지, 갇힌 자는 그 이름의 주인공을 그냥 <너>라고 했다. 그러니 우리도 절망의 상황에서 갈구하는 깨달음이나 구원의 목소리 정도로 간주하자.

<너>의 이름을 말하고, 어떤 깨달음을 얻은 듯, 구덩이를 차폐하고 있던 벽이 사라진다. 구덩이를 맴돌던 음습한 공기가 사라지고 맑고 향기로운 새 기운이 감돈다. 그러더니 구덩이가 둥실 떠오르는 느낌을 받는다. 갇혀 있던 유폐의 공간을 열고, 비상의 나래를 편다. 「그 나무 아래로」의 어법으로 바꾸면 압박에서 벗어나 가둔 벽에 균열을 일으키며 속박이 없는 곳으로 가는 셈이다.

지상에서 천상으로 솟구치는 구덩이를 보고, 사람들은 <달>이라 한다. 밝고 영롱한 기운을 내뿜기 때문일 것이다. 그렇다면 밝고 영롱한 기운은 어디서 오는 것인가. 시는 안타깝게도 이 부분을 모호하게 얼버무리고 있다. 시를 따라 읽으면 <오래 호흡한 한 이름 / 말씀이 되고 화엄이 되고 만월로 떠오르는 것을, / 뜰 한 구석이 텅- 비면서 / 구덩이가 공기바구니처럼 승천하는 것을 / 사람들은 그냥 달이 뜬다고 여긴다>고 처리되어 있다. <오래 호흡한 한 이름>은 무엇인지 불투명하다. 여기서 말하는 <말씀>은 성경에서 말하는 가르침을 뜻하는 것인지, 화엄이 된다는 것은 어떤 뜻인지 역시 불투명하다.

자칫 이 부분을 얼버무리면 이 시는 사람들의 착각과 관념의 산물로 전락할 수도 있다. 만월은 국문학의 오랜 관습을 통해, 세상을 비추고 깨우침을 나누어주는 상징물이다. 아름다운 여인이나 선경을 뜻하는 비유일 수도 있다. 그러나 단순히 그러한 유습적 정의만으로 이 시가 탄력적인 의미 생산력을 가질 수는 없다. 한 가지 더 꼬투리를 잡자면, <공기바구니처럼 승천한다>는 비유도 그리 선명하지 않다. 공기바구니는 항상 오래 올라가는 법이 없다. 액체와 기체가 만나 아슬아슬하게 만들어놓은 반투명 벽은 언제나 지상의 가장자리에서 터진다.

시 후반부가 전반부의 많은 의미적 갈래들을 제대로 통합하지 못한 점은 실책이다. 이 실책은 <갇힌 자>의 창에 <푸른 이름>이라는 막연한 표현만 선사할 뿐이다. 우리는 이미 갇힌 자의 상태가 부정적인 상황이고, 탈출과 자유가 긍정이라는 추론을 얻었지만, 그 탈출과 자유의 표현이 <푸른 이름>이라는 상투적 상용어라면 그 부정과 긍정의 길항 작용은 틀림없이 퇴색할 것이다.


## 2.

나금숙의 시에서 달과 함께 중요한 부분을 차지하는 시어는 나무이다. 나무는 신작시 5편 중 4편에 등장하며, 이전에 발표된 시에서도 중요한 역할을 맡고 있다. 데뷔작 중 「적멸」을 보면 나무(더 정확히 말하면 어수리꽃)는 세상에 나가 구경을 하고 돌아온다. 그리고 잠자리에 든다. 그 광경을 시인은 다음과 같이 묘사한다. <지친 허리 누이고 빠져든 깊은 잠 속에 비 한 소끔 지나가고 짓눌려 말라버린 뿌리에서 실뿌리 하나 모래 속으로 뻗는 소리 들렸다>. 어수리꽃은 세상의 현란함에 다소 놀랐고 또 지쳤다. 그래서 자리로 돌아오자 지친 육신을 쉬려고 하는데, 그 휴식이 모래 속에 다리(그러니까 뿌리)를 내리는 것이었다. 이것은 나금숙이 보는 나무가 대지에 뿌리내리려는 자일 수 있음을 보여준다.

　예를 하나 더 들어보자. 역시 데뷔작 중 하나인 「궁산에 누워」에서도 나무는 대지의 아래로 하강하는 자이다.

　　벌레를 뱀이라고도, 뱀을 물고기라고도 하는
　　땅으로 가서
　　열두 개 쯤 되는 달을 낳았다
　　달을 씻긴다
　　가시나무 아래서 허리 허옇게 내놓고
　　시냇물에 달 조각들을 씻긴다
　　언덕 위에 하늘이 백도처럼
　　훤해 오면
　　십여년 채운 차꼬 벗어지는 소리,
　　죽은 나무 마른 땅으로
　　뿌리 내리는 소리,
　　가지 튼튼한 뽕나무로 잘 자라

　　　　　　　　　　　　　　　　—「궁산에 누워」 부분

　설령 죽은 나무일지언정, 메마른 땅일지언정, 대지 깊숙이 뿌리내리자, 가지 튼튼한 뽕나무로 잘 자란다. 나무는 대지를 향해 그 거죽을 뚫고 단단히 안착할 때, 건강한 생명력을 가질 수 있다는 것은 분명하다. 이것은 상식이고, 나금숙은 그 상식을 시에 풀어놓았다. 그러니 일단, 시어인 나무는 하강 지향성이 강하다고 말할 수 있겠다.

　나무와 함께 어울리는 시어가 달이다. 그것은 「궁산에 누워」에서도 나타나고, 앞에서 인용한 「그 나무 아래로」에서도 나타난다. 나금숙의 시에서 나무가 하강 지향성을 가지고 있다고 말한다면, 「예레미야를 읽는 밤」에서 만들어

놓은 지하 감옥(구덩이)을 뿌리의 대용물로 간주할 수도 있다. 그렇다면 「예레미야를 읽는 밤」역시 하강하는 물체와 달이 어울린 경우이다.

하강하던 나무는 달을 보기 위해 솟아오른다. 대지를 뚫기도 하고 유폐된 공간을 들어올리기도 한다. 하강의 동력을 거스를 수 있는 힘의 집약체가 달인 셈이다. 심지어 「궁산에 누워」는 이러한 달을 스스로 낳았다고 말한다. 그것도 열 두 개나. 그러나 이 달은 제대로 성장하지 못한다. 이 달은 이지러지고, 아직은 파편에 불과하다.

이러한 독법을 적용해 보았을 때, 「그 나무 아래로」는 다시 여러 가지 힌트를 제공한다. 먼저 시의 첫 머리에서 복숭아나무 가지가 땅에 끌리도록 과실을 가지고 있다고 했는데, 그 과실은 <둥근 해나 빛나는 달덩이>로 비유된다. 그리고 마지막 부분에서 나무는 웃는다. 앞에서 빠진 부분을 다시 읽어보자.

> 보슬비 내리는 8월의 과수원에
> 저 가지가 찢어지는 충만,
> 하하 나무 전체로 웃는
> 웃느라 입이 귀까지 찢어지는
> 네가 참 좋다
> —「그 나무 아래로」의 부분

나무는 좋아서 웃고 있다. 자신이 키운 과실 때문일 것이다. 많은 과실을 엮어낸 기쁨 때문일 것이다. 확대하면 빛나는 달덩이에 비견될 수 있는 과실을 자신이 영글게 할 수 있었기 때문일 것이다. 시인은 복숭아나무를 통해서 달을 염원하는, 상승의 동력을 요구하는 바램을 자연스럽게 제시한다. 이 점은 무척 세련된 표현이다.

## 3.

　나는 나금숙의 시에서 하강과 상승의 길항을 보았다. 그것은 나무의 뿌리내림과 달의 영감으로 표현될 수 있다. 그러나 「월경(越境)」 같은 시는 그 길항작용이 잘못 적용된 경우로 여겨진다. 먼저 이 시의 제목을 보자. 뜻을 푼다면, <경계를 넘다>일 것이다. 경계란 말은 사뭇 난해한 표현으로 쓰일 때가 많다. 일단 경계가 물리적 지형물의 가름선을 가리킨다면 이것은 쉽겠지만, 물리적 가름선이 추상적인 의미까지 함축한다면 상황은 달라진다. 우리가 사는 것은 어떤 테두리를 필요로 한다. 「등천」을 미리 끌고 와보면, 봄조차도 <운두>를 가진다. 운두란 원래 그릇의 전이나 신 따위의 둘레를 뜻하는 말인데, 여기서는 봄이라는 추상어의 둘레를 가리키는 듯 하다. 그러면 우리가 규정하는 모든 것의 테두리를 벗어나는 행위가 월경이 될 수 있다.

　이 시에서는 <아무 것도 되지 않는 것의 기쁨>을 두 번이나 말하고 있다. 그것은 <무엇인가 되는 것이 기쁨>이라고 믿는 우리의 일반적 인식, 즉 인식의 한계(경계)를 뛰어넘으려는 시적 의도로 보인다. 그리고 나무 이야기를 한다. 그 나무는 지암리라는 곳에서 흘러와 청계천에 뿌리내린 버드나무이다. 청계천에 나무가 뿌리를 내린다는 것도 이상하지만, 그 다음은 더욱 이상하다. 나무가 뿌리를 내리자, 사람들은 복개천 아래로 들어간다. 그렇다면 복개천 아래에 나무가 뿌리를 내린 것인가. 일단 그렇게 생각해야 옳을 것이다. 그리고 <버드나무가 푸르고 누른 잎사귀를 복개천변에 흩날릴 때 수표교 아래 지나오며 진흙뻘에 구두가 더럽혀진 처녀들이 영화처럼 까르륵 웃는> 광경이 연출된다. 나무는 어느새 복개천변으로 이동해 있고, 수표교가 재현되어 있는 것이다.

　상황을 정리하자. 처음에 나무는 복개천 아래에 있었지만, 그 다음에는 복개천변 위(적어도 옆)에 있다. 수표교도 제자리에 복원되어 있다. 그렇다면 나무는 자신의 머리를 궁릉처럼 뒤덮었을 복개지면을 뚫고, 혹은 허물고 자리를 잡은 셈이다. 하강의 생명력을 보유하고 있던 나무가 상승의 동력을 뿜어낸 것이다.

하지만 이러한 상황과 해석은 어색하다. 짜맞추었다는 느낌을 지우기 힘들다. 자칫하면 하나의 환상이나 말장난으로 보일 수 있다. 더구나 이 시의 경계라는 것이 그다지 명확하게 구현되지 못하고 있다. 이런 식의 해석을 따라가면, 복개면을 들추어내고 그 안의 나무에게 밝음을 주는 것이 경계를 허무는 행위가 될텐데, 이것이 <아무 것도 되지 않는 것의 기쁨>일 수 있는가. 이러한 질문은 이 시에 막힌 곳이 있음을 암시한다. 하강과 상승은 보다 정합한 논리적 결절점 아래에서 생성되었어야 했다.

신작시 5편 가운데 하강과 상승의 동력이 가장 아슬아슬하게 적용된 시는 「등천」이다. 이 시는 조금 어렵지만, 지금까지 해석된 시들의 도움을 받으면 시어의 숨은 의미가 어느 정도 해결된다.

> 긴 방황도 여기 와 걸리면 한 장 그림이다 잣나무 가지 건너 다니는 새, 山門 위에 날아가 쉬기도 하는 분홍 발톱이 넘나들지 못하는 내 오랜 망설임을 물고 떠오른다 두 날개가 얹히는 무게를 치밀고 오른다 헤쳐가야 할 말씀의 깊이 더욱 육중해 오고 단단한 그 몸피에 온 몸으로 부딪다가 그만 봄 공기 속으로 미끄러지는 새, 높이 오르려는 새여, 네 추락에 숲에 갇혔던 향이 멀리 가는구나 빛의 탄환들이 봄의 운두를 스치고 쏟아지는 한 낮에.
>
> —「등천(登天)」 전문

먼저 「나」가 누군인가 찾아보자. 새의 움직임을 보고있고 <새>를 <너>라고 칭하고 있는 점으로 볼 때, 숲에서 새를 주시하고 있는 누군가이다. 그러면 방황은 누구의 몫인가. 새가 잣나무를 건너다니다가, 산문 위를 날다가 하는 광경을 보면, 새 역시 정해진 길을 가지 못하고 방황하고 있다는 인상을 준다. 그러니 방황은 새의 것일 수 있다. 그러나 이 시는 <나>라는 사람의 목소리와 시선으로 꾸려지고 있음으로, 표면적으로 방황은 <나>의 것이어야 한다. 두 개의 가능성을 합치면, 새의 방황을 나의 방황으로 이입시켰다는 절충적 대답을 찾을 수 있다.

화자는 새의 어지러운 날개짓 같은 마음의 방황을 겪고 있다. 시인은 이것을 <오랜 망설임>이라는 다른 표현으로 바꾸기도 한다. 무엇을 망설이는가. <새>로 바꾸면, <두 날개에 얹히는 무게를 치밀고 오>를 때 생기는 힘겨움이다. 새는 날아오르려고 하는데, 지상의 인력(무게)이 새를 잡아끈다. 마찬가지로 화자는 어떤 비상을 꿈꾸는데, 그 꿈은 <말씀>이라는 <더욱 육중해오고 단단한 그 몸피>에 가로 걸린다. 비상이 쉽지 않다. <말씀>에 대한 나의 불만은 앞에서 말했으니, 여기서는 넘어가기로 하자.

새가 두 압력 속에서 공기 속을 미끄러지듯이, 화자의 비상도 여의치 않다. 솟아오름을 가라앉히려는 힘 때문이다. 비상에의 욕망을 끌어내리는 어떤 힘 때문이다. 그 힘은 추락의 공포를 불러일으킨다. 또 추락으로 인해 더욱 거세질 비상에의 욕망을 자극한다. 시에서 <추락에 숲에 갇혔던 향이 멀리 가는구나>라고 말할 수 있었던 것은, 이러한 추락과 비상의 욕망이 파동치는 역동적 에너지 때문이 아니었을까.

이 시의 제목은 <등천>이다. 등천은 하늘로 날아오름이고, 그 날아오름은 지상의 거죽을 뚫고 솟구침, 그 솟구침을 확대시켜 천상의 달이 되려는 솟아오름과 동궤의 움직임이다. 그리고 명시적으로 거론되지 않았지만, 그 움직임을 방해하는 역 방향의 힘과 보이지 않는 겨룸이다. 나금숙의 시에는 그 겨룸을 통해 긴장을 파생시키는 힘이 있다.

조언이 있다면 두 방향의 힘을 배치할 때, 상승이 무엇을 겨냥하는지 보다 명확히 할 필요가 있다는 것이다. 지금으로서는 가라앉음을 이겨내는 솟아오름 정도로 밖에는 그 결론을 도출하지 못하겠다. <말씀>과 <천(天)>은 보다 공고해질 필요가 있겠다. 잘못해서, 솟아오름이 공허한 시적 부상(浮上)으로 그치지 않도록 말이다.◆(『애지』 2002. 겨울)

# 마음의 시학과 변주의 미학
### - 홍신선과 김윤배의 시 세계 -

## 1. 옛 시를 거쳐 새로운 시로

홍신선과 김윤배는 시류(時流)에 편승하는 시인이 아니다. 그들은 데뷔 무렵부터 꾸준하고 일관되게 자신만의 개성을 가꾸고 지켜온 시인이다. 최근에 발간된 시집『자화상을 위하여』와『부론에서 길을 잃다』는 이러한 시적 행보를 더욱 길게 한다. 두 시집은 과거 시집과의 차별성보다 연속성이 강하다. 우려스러운 것은 일관성과 고집이 자칫하면 매널리즘을 초래할 수 있다는 점이다. 이러한 특색과 우려를 두루 관찰하기 위해서, 최근 시집 속의 시를 옛 시와 비교해서 읽어나갈 것이다. 그들의 시적 맥락(脈絡)과 요로(要路)를 살피기 위해, 이러한 작업은 필연적으로 요청된다.

## 2. 마음의 시학, 혹은 마음으로 가는 시의 길

### 2.1. 마음의 경전

『자화상을 위하여』는 네 개의 시 묶음으로 구성되는데, 그 중 4부는 「마음經」으로 이름 붙여진 연작시의 모음이다. 바로 전 시집 『黃砂바람 속에서』에 실린 「마음經」(1~9)의 후속작에 해당된다. 이 연작을 살펴보면, 홍신선이 겨냥하는 시의 원형과 역할이 감지된다.

먼저 「마음經」의 초기작들은, 시인의 어지러운 내면을 그려내는 것에 초점을 맞추고 있다. 그러나 제목을 염두에 두고 읽지 않으면 어떠한 시적 상황을 그려내고 있는지 모호한 경우도 적지 않다. 가령 「마음經」1에서 <마음을 끌고 내려가 / 개 패듯 패어서 항복을 받든가 / 아니면 / 내가 드디어 만신창이로 뻗든가>와 같은 표현은 마음의 미혹함을 원망하는 듯 하지만 구체적으로와 닿지는 않는다. 그러다가 「마음經」4에 접어들면, 마음의 윤곽이 희미하게나마 제시되기 시작한다. 여기서는 자아를 구속하는 수갑과 같은 운명으로, 「마음經」5에서는 <주거 부정의 부랑자>같은 욕심으로, <마음>의 일단이 표현된다. 「마음經」7,8,9는 삶과 죽음이 공존하고(<한방에 삶과 죽음을 혼숙으로 세 치는 마음 한 채>), 텅 비어 그 실체를 감지하기 어려우며, 여러 가지 생각이 뒤엉켜 혼란한 상태를 차례로 주시한다.

이러한 「마음經」 초기 세계는 마음의 실체를 부여하기 위해서 먼저 그려져야 하는 밑그림에 비유될 수 있다. 그리고 이 밑그림을 구별하는 작업은, 난마처럼 얽히고 모순마저 허용하는 마음의 혼란한 지형을 읽어내려는 독도법에 비견될 수 있다. 이처럼 마음을 쓰고 읽는 것은 난해한 일이다. 그래서 마음을 다잡는 것은 세상을 살아가는 지혜를 얻는 작업과 비슷하며, 그래서 일종의 수련과정에 비유될 수 있다. 마음을 들여다보는 행위는, 삶의 경전을 들여다보는 행위와 다르지 않다.

마음의 경전은 『자화상을 위하여』에서 그 글귀와 뜻이 심오해진다. 「마음經」13은 아들의 죽음을 받아들이기 위해 애쓰는 어머니의 마음 공부에 치중하는데, 애절한 공부는 <투명한 가을볕 속의 / 누군가가 오랫동안 은밀히 마련해온 이별 같은 / 먼 독경>으로 지칭된다. 이러한 어머니의 독경을 듣고 있는 이는, 살아있는 다른 아들, 즉 죽은 아들의 동기간이 아닐까 한다(실제로 「아우를 물으며」와 같은 시를 참조하면, 동기간의 죽음을 애통해하는 형의 존재를 감지할 수 있다). 독경은 죽은 이의 소식을 접하거나(「마음經」14), 폐허와 같은 삶의 풍경을 훔쳐보거나(「마음經」15), 자신을 되돌아보는(「마음經」16) 지점을 맴돈다. 「마음經」19에 접어들면, 「마음經」7에서 한방에 기거하기 시작한 삶과 죽음의 혼재가 다시 부각된다. 이러한 지점은 새로운 시작을 도모하려는 발판이 된다. 「마음經」20에서 27에 이르는 시편은 새로운 맹아에 곧잘 주목한다. <이제 머지않아 산 것들의 아랫배 속에 든 / 씨부처가 / 배냇짓처럼 가만가만 발길질을 / 머리통 들받는 산통을 / 시작하리라>(「마음經」20)고 예언하기도 하고, <왜 너는 새롭게 거듭날 줄 모르는가>(「마음經」22)라고 질타하기도 한다. 그러면서 <한 사내가 두 계집의 어깨를 좌우로 감싸안은 채 / 정상에 서서 내려다보는 / 그 세 암석이 어느 때 저 까마득한 밑으로 내던진 / 빈 골짜기, / 의 부서진 내부 일습이 / 저토록 깊이 낙반해 있다[중략] / 어느 먼산이 비장한 유마경 하나 감추어두지 않았겠는가>라고 희망을 품어보기도 한다.

「유마경」은 유마라는 인물을 중심으로 전개되는 경전인데, 특이한 것은 유마가 속세에 살면서 가르침을 실천했다는 점이다. 유마는 처자와 재산을 가진 인물이었지만, 불교의 심오한 이치와 세상의 도리를 펼치는 데에 무리가 없었다. 유마경은 세속의 삶을 긍정하면서 마음을 다스린 대표적인 경전인 셈이다. 시인은 유마경의 존재를 찾으려 한다. 이것은 화자가 서있는 곳─한 사내와 두 여자의 욕망이 침잠해 있는 마음의 한 구석을 비유한 빈 골짜기─인 속세에도 마음을 다스리는 경전─유마경─이 있을 것이라는 유연한 전언인 셈이다. 이러한 전언이 압축적으로 그리고 가장 짜임새 있게 펼쳐진 시는 「마음經」27이다.

> 단갈(短碣)의 거죽을 흘러내리다
> 균열진 가는 금 속으로 우연히 기어 들어간
> 찬 빗물들,
> 수십 길 갱도 속에 몰살당하듯 모조리 얼어 죽었다
> 혹한의 지난 겨울날
> 죽어서야 비로소 팽창한 완력으로 일도 아니게
> 틈 속을 힘껏 벌리어
> 그자들이 깨트려놓은
> 완강한 서산석(瑞山石), 시간의 몸 한 채
>
> (「마음經」27 부분)

빗물은 무덤 앞에 세우는 짤막한 빗돌〔短碣〕의 틈으로 스며든다. 스며든 빗물은 몰살당하듯 차게 얼어붙는다. 비록 비석 속에 스며들어 물의 존재감이 사라진 듯 하지만, 혹한의 겨울은 내부에서 그 힘을 일으켜 세운다. 팽창한 완력으로 물은 자신을 매몰시켰던 틈을 벌리고 가두었던 비석마저 깨트려 버린다. 그리고 완강하고 서기로운 돌을 만들어낸다. 이러한 <일>은 오랜 인고의 세월을 필요로 한다. 시간의 몸 한 채에 맞먹는 작업인 셈이다.

여기서 단갈은 우리네 삶과 현실의 외형으로 읽어낼 수 있다. 우리가 살아가는 시간과 환경은 죽음 앞에 놓인 비석처럼 단단하고 무정하다. 그 틈새에 마음의 공부가 스며든다. 일시간에 우리의 터전과 현실을 바꿔놓을 수는 없지만, 반복되는 얾과 녹음, 응고와 용해, 팽창과 수축으로 서서히 균열의 폭을 넓힌다. 단단하고 무정한 삶은 그 주변부터 붕괴되기 시작한다. <팽창한 완력>은 홍신선이 마음經을 읽으며 확장시키고 강화시킨 정신의 체적이다. 그 체적은 <나>를 가두던 세계를 변화시키고, 서기로운(瑞) 돌—마치 연금술에서 말하는 현자의 돌과 같은—을 생성시킨다. 그 안에는 속세보다 더 완강한 시간의 힘이 응고되어 있다.

마음의 경전을 읽는 것은 이러한 서산석을 얻기 위한 과정이다. 이 시를 끝까지 다 읽어보면, <새 잎사귀>에 대한 언급이 있다. 서산석이 새 잎사귀이다. 정신의 숙련과 연마를 통해, 얻어진 사유의 정화인 것이다. 홍신선은 이러한 사유의 정화를 시로 여기는 듯 하다. 거꾸로 말해보면, 마음의 서산석을 얻기 위해, 시를 쓰고 읽어야 한다는 것이다.

## 2.2. 정신의 귀양

「춘분날에」는 『자화상을 위하여』에서 특히 기억에 남는 시이다. 2연으로 이루어진 이 시에서 특히 2연의 두 구절 <정신도 귀양사는 / 동강이 깊은 골짜기에는>이, 각별한 연상작용을 불러온다. <정신도 귀양사는>의 시구는 『황사바람 속에서』의 「흥법사 터」를 불러내고, 정지용의 시 「구성동」을 불러낸다.

> 전철 좌석처럼 궁둥짝 큰 하늘이 / 슬그머니 끼여 앉는다 / 당산나무 가지들 가운데 / 그 체중에 짓눌려 / 마악 휘어져 내리는 / 잔가지 / 두어 낱. //
> 부서지거나 찢어져내린 / 생각이 / 절벽으로 깎아질려 남아 있다. //
> 비명도 없이 / 깊고 깊은 허공 //
> 귀양 사는 듯 / 돌탑이 쇠울 속에 아직도 가부좌로 앉았다. / 一念대로 살았다.
>
> (「흥법사 터」 전문)

고즈넉한 사찰 터가 있다. 그 터는 묵직한 하늘을 이고 있고, 꼿꼿하게 서 있는 절벽을 후광처럼 두르고 있다. 공간의 기품이 남다르다. 이러한 공간은 위엄 있는 영혼이 모여들고 웅혼한 정신이 피어나는 도량이 된다. 이것을 시인은 <귀양 사는 듯>하다고 노래한다. 예로부터 위대한 사상가와 경세가는 소신을 피력하는 것을 두려워하지 않았고, 그로 인해 귀양살이를 적지 않게 감수해야 했다. 귀양처는 대개 외지고 궁벽한 곳이었지만, 그들의 위대한 지성에 의해 특별한 장소로 거듭나곤 했다. 위대한 지성이 깃들다 간 곳은 정신의 기품에 감화되기 마련이다. 이 시는 지성의 성찰이 깃들였음직한, 혹은 전심으로 불도를 수양했을 법한 어떤 공간을 마술적인 언어로 재건축하고 있는 셈이다.

이러한 공간 설계의 원안은 정지용의 「구성동(九城洞)」인 것 같다.

> 골작에는 흔히 / 유성(流星)이 묻힌다. //
> 황혼(黃昏)에 / 누뤼가 소란히 싸히기도 하고 //
> 꽃도 / 귀양사는 곳 //
> 절터스 드랬는데 / 바람도 모히지 않고//
> 산(山) 그림자 설핏하면 / 사슴이 일어나 등을 넘어간다
>
> (「구성동」 전문)

이 시는 한 폭의 산수화를 연상시킨다. 골짜기가 있다. 그 곳에는 유성이 묻히거나 누뤼가 쌓인다. 꽃도 귀양살이를 경험할 정도로 외딴 곳이다. 이 곳은 원래 절터였는데, 바람이나 사슴조차 오래 머물기 어려운 곳이다. 그만큼 정신의 도도한 품격이 살아있는 곳이다. 이러한 구성동의 모습은 흥법사 터와 흡사하다. 특히 귀양이라는 심상치 않은 단어로 연결되어 있다는 점에서 이러한 흡사함은 강화된다. 이것은 정신의 높은 경지를 동경하는 시인의 태도가 동일하기 때문이다. 시인은 고즈넉한 풍광 넘어, 길게 그림자를 드리우고

있는 <한결 같은 마음>의 흔적을 찾고 있다.

다시 「춘분날에」로 돌아오자. 이 시는 「구성동」과 「흥법사 터」의 맥락 위에 있다. 그러나 앞의 두 시가 추구했던 고절한 자연의 세계가 지켜지고 있지는 않다. 앞에서 인용한 두 시구의 이어지는 구절은 <다만 오래된 상수리 나무 몇 그루가 피하에 쭈그러든 / 남근들 부푸는지 / 해종일 뻐근하게 꼴린 온몸을 견디고 섰다>이다. 이러한 시구는 해괴하다. 고절한 자연의 풍광은 그 자취를 감추고, 값싼 욕망의 찌꺼기만이 남은 듯한 인상이다. 이러한 인상은 정신의 품격을 살려내려는 것에 이 시의 목적이 있지 않고, 정신의 더 높은 차원을 겨냥해서 비루하고 세속적인 것까지 끌어안으려는 것에 이 시의 숨은 의도가 있다는, 생각을 하게 한다.

홍신선의 시에 전적으로 동의할 수 없는 부분이 여기이다. 그의 시는 대체로 정신과 마음의 수련으로, 세상을 보는 체험의 확대된 체계로 쓰여지는 듯 하나, 어느 지점에서는 시적 체계의 일관성을 벗어나 세속과 불필요하게 융합되어 버리는 듯 하다. 비근한 예로 「세기말을 오르다가」를 들 수 있다. 이 시의 2연은 <시멘트 고층 아파트 단지와 고속도로, 프로야구 끝내고는 비디오, / 혹은 마이카 뒤 트렁크에 윤락과 권태들 싣고 달리다 / 마음 뒤집힌 전복? / 혹은 택배(宅配)로 주워 싣는 / 관능들 / 수많은 박스들>로 어지럽다. 이러한 <신흥문명의 폐허들>의 품목은 무질서하게 나열되어 있고, 나열하는 방식도 제멋대로이다. 문장의 어디까지가 하나의 의미단락인지 불확실할 뿐만 아니라, 주체의 정체와 문장의 의도도 모호하다. 너그럽게 생각하면, 이러한 시적 혼돈은 세기말의 혼란을 전하는 하나의 수법일 수 있다. 그러나 혼란한 세상을 관조하던 시인이 세속의 풍광을 가차없이 끌어들여 지금까지 은거하던 정신의 망루를 허물고 새로운 입지를 마련하겠다는 시작 의도가, 초래한 혼돈일 수도 있다. 세상의 어지러움을 읽고 <나>의 혼란을 솔직하게 드러내야 한다는 당위성이 초래한 작위적 결과일 수 있다는 것이다. 이것은 정신의 유마적 경지를 찾으려는 시도로 이해되지만, 독법 상의 혼란을 가중시킨다는 점에서는 경계해야 할 요소가 아닌가 한다.

## 2.3. 비유와 긴장

시란 말하고자 하는 내용을 직접 이야기하는 문학의 형식이 아니다. 시는 에둘러서 말하는 형식이다. 가까운 것을 가깝게 보여주기보다는 먼 것과 비교하여 혹은 연관지어 보여주는 것에 익숙한 형식이다. 따라서 낯선 것에 빗대어 표현하는 각종 비유법은 시에서 애호되는 말하기 관습이다. 시를 읽을 때, 비유는 시의 윤기와 긴장을 더하는 역할을 한다. 특히 비유의 속성상 잘 알려진 것과 낯선 것의 결합은 우리의 인식을 깨어있게 한다. 요즘 대학생들은 시를 읽는 것이 지루하다고 하는데, 그것은 잘된 비유의 팽팽한 긴장감을 만끽하지 못하기 때문이 아닌가 한다. 홍신선의 시는 이러한 긴장을 구현하는 힘이 있다.

1) 내 생각 끝에 아직도 들여놓지 못한 / 귀 먹먹한 / 서너 폭 고함이 / 고공낙하하는 공수대원의 늙은 얼굴처럼 / 봄볕 속에 소리없이 걸렸다 / 투명한 고요가 / 낙일(落日)로 목 떨어진 채 남아 있다.

　　　　　　　　　　　　　　　　　　　　　　　　　　（「한강 둔치에서」）

2) 하행열차 속에서 착검한 채 계엄군처럼 에워싼 미루나무떼

　　　　　　　　　　　　　　　　　　　　　　　　　　　　　（「이사」）

3) 적 기마병처럼 일렬횡대로 다시 수평선에 도열한 저것은 무엇인가

　　　　　　　　　　　　　　　　　　　　　　　　　　　（「종말론」）

4) 굶어 죽은 그의 몸에는 녹아버린 큰 창자와 허파꽈리 등속이 / 뚫려 있다 / 탄환구멍처럼

　　　　　　　　　　　　　　　　　　　　　　　　　　（「벚꽃 두 장(章)」）

5) 첩자처럼 끼여들어가

(「띠」)

6) 피난민처럼 꾸역꾸역 몰려나오는 향기

(「모과」)

7) 느닷없이 등짝을 가격하는 호된 주먹처럼

(「자미꽃」)

홍신선의 낯선 비유 중에는 전쟁과 관련된 것이 많다. 그에게는 한강 둔치의 풍경도 고공낙하하는 공수대원의 얼굴과 겹쳐 보이고, 그것마저 처절하게 목이 떨어진다. 미루나무는 착검한 계엄군의 형상으로 보이고, 바닷가의 풍경은 적 기마병처럼 보인다. 첩자가 눈에 아른거리고, 죽음은 총상인 것처럼 여겨지고, 모과향기는 피난민처럼 엄습해온다. 이러한 비유는 홍신선의 무의식에 전쟁에 대한 기억 내지는 공포가 도사리고 있음을 증거한다고 할 수 있지 않을까. 이전 시집에서 처참하고 무도한 현실에 대해 행해지던 발언이, 『자화상을 위하여』에서는 낯선 비유법으로 용출된 것은 아닐까 한다.

그의 첫 시집 『서벽당집』은 이미지의 파편적 나열로 인해 대단히 어렵게 읽혀졌다. 이러한 시적 이미지가 보다 현실과 밀착되면서 차분한 의미망을 건설한 시집이 『우리 이웃 사람들』로 생각되는데, 반면 그 때부터 이미지와 비유는 안전하게 지상의 발판을 마련하면서 긴장감을 상실한 것도 사실이다. 그런데 『자화상을 위하여』에서는 낯선 비유의 파장을 동반하면서 현실이라는 또 하나의 축에 힘을 가한다. 그 힘은 아마 홍신선의 시를 현실과 연결시키는 가교일 것이다. 6.25와 유신 독재와 광주 민중 항쟁에서 목격해야 했던 야만적이고 광포한 현실을 시적 자장 안에 끌어들인 결과이기도 하다. 만일 그렇다면 이러한 비유의 동력은 무질서하게 끌어들여진 현상의 나열보다, 더 큰 시적 성과에 해당할 것이다. 그리고 그의 시가 현실로 잠입하는 탄탄한 도로가 될 전망이다.

## 3. 변주의 미학, 반복을 넘는 시의 힘

### 3.1. 반복과 변주

『부론에서 길을 잃다』의 시 세계는 새롭지 않다. 이 시집은 이전 시집『굴욕은 아름답다』(94)와『따뜻한 말속에 욕망이 숨어 있다』(97)의 연장선상에 놓여 있다. 소재, 착안, 발상, 시상 전개, 형식적 골격, 종결어미의 사용 등에서 흡사한 측면이 많으며, 시적 상상력과 작가적 전언이 동일한 경우가 또한 많다. 예를 들어보자.『부론에서 길을 잃다』의 첫 머리를 여는 시는「석포리 가는 길」인데, 이 시는『따뜻한 말속에 욕망이 숨어 있다』의 서두에 위치한「서포리 가는 길」과 비슷하다. 두 시는 모두 바닷가로 난 길에 착안하고 있으며, 여로를 따라 시상을 전개하고 있으며, 근처의 풍광(가령 해안선이나 눈부신 햇살이나 갯벌)을 소재로 취합하고 있다. 뿐만 아니라 행갈이를 하지 않고 서술형으로 일관하는 시적 외형도 동일하다. 폐허처럼 삭막한 바닷가 풍경에서 붉은 빛과 백색 광의 조화된 이미지(<검붉은 해초가 피워올린 소금꽃>과 <시간의 뼈들 서로 부딪쳐 타오르며 바다에 불을 지른다>)를 대면한다는 상상력의 작동 방식도 동일하고, 관조적인 자세를 견지한다는 점도 동일하다.[1]

---

1) 참고로 시적 상동성을 조금 더 이야기하면, 다음과 같다. 편의상『굴욕은 아름답다』를 Ⅰ으로,『따뜻한 말속에 욕망이 숨어 있다』를 Ⅱ로 표기했고 그 뒤의 숫자로 면 수를 부기했다. 두고 온 고향과 실향민의 아픔을 노래한 시「백령 뱃길」은,「당산리 사람들」(Ⅰ:40)과 시적 발상이 동일하다. 연약한 달맞이꽃처럼 주둔군의 욕망에 짓밟히는 조국의 모습을 그려낸「달맞이꽃이 있는 풍경」은 제목과 소재와 발상의 측면에서「달맞이꽃」(Ⅰ:30)과 유사하다. 산업화와 개발 논리는 어민들의 삶을 황폐화시켰는데,「삼길포구」는「목선」(Ⅰ:50)과 함께 약간의 보상금을 받고 <바다를 내준> 어민

「새의 무게가 나를 이긴다」(『부론에서...』)와 「내가 나를 건너지 못한다」(『굴욕은...』)는 시적 착안점이 <발자국>이라는 점에서 공통된다. 앞의 시는 <호반에 찍힌 새들의 무수한 발자국>이 시상을 자극했고, 뒤의 시는 <끌려가는 모래 바람 속의 낙타 발자국>이 시상을 자극했다. 「내가 나를 건너지 못한다」는 사막을 횡단하는 낙타의 여행으로 자기 초극의 길을 암시하고 있다. 그런데 초극의 순례는 실패한다. 낙타는 <몸 속 사막을 건너지 못하>고 주저앉고, 시상은 <내가 나를 건너지 못한다>는 전언으로 마감된다. 그러나 「새의 무게가 나를 이긴다」는 어떻게든 <나>를 극복하고 주저앉은 자리에서 일어서려는 의지를 보인다.

> 호반에 찍힌 새들의 무수한 발자국이
> 영혼 깨울 때까지 나는 늘
> 새들의 붉은 눈빛 속을 맴돌며
> 새들이 끌고 가는 검은 길들의 침묵을 보았다
> 호수를 건너고 있는 저 많은 새들
> 누군가의 영혼을 날아 그를 깨우리라
> 새 한 마리 내 안으로 선회한다
> 무리를 버린 새의 낮은 날개짓이 서늘하다
> 새의 무게가 나를 이긴다.
>
> —「새의 무게가 나를 이긴다」 끝부분

이 시에서 의미상의 모호함이 나타나는 대목은 적지 않다. 호수의 이미지도 명확하지 않고 침묵의 뜻도 단정짓기 어렵다. 어둠과 영혼도 문제이다. 하지만

---

들의 삶에서 태동한 시이다. 여행의 이미지도 비슷한 시적 상상력의 흔적을 남겨두었다. 실크로드의 초입에 위치한 도시 <서안>에서 촉발된 시 「서안에서는 사람이 빛난다」는, 「서안에서」(Ⅱ:12)의 후기쯤에 해당한다. 부안 내소사에 대한 기억을 표현한 「가문비나무 숲의 대한 기억」은, 「내소사의 침묵들이 가벼워지고 있다」(Ⅱ:20)에서 이미 말한 바 있는 <가문비나무의 침묵>을 특화한 시이다.

사막을 건너는 낙타와 호수를 건너는 새는, 여러 가지 비평적 착안점을 시사한다. 사막은 자기 초극을 달성하려는 자들이 넘어야 할 공간이다. 호수 역시 마찬가지이다. 어둠은 메마른 삶의 영역이 아닌 호수를, 삶의 난관(難關)으로 만드는 요인이다. 새들이 끌고 간다는 <검은 길들의 침묵>이, 다름 아닌 자기 앞에 놓여진 난관인 셈이다. 이 난관을 돌파하면 커다란 깨달음을 얻을 수 있다. 그래서 누군가의 영혼을 깨울 수 있는 것이다. 이런 측면에서 새는 영혼의 순례자이다. 낙타의 후예인 셈이다. 눈여겨볼 점은, 새들이 스스로를 극복할 수 있는가 이다. 앞 시의 문투를 빌리면, <내가 나를 건널 수 있는가>이다. 결론부터 말하자면, <건널 수 있다>이다. 새는 사막 횡단에서 주저앉은 낙타와는 달리, 이제 적어도 자기 몸무게를 지탱할 수는 있다. 그렇다면 막막하던 <검은 길>의 형해(形骸) 또한 조만간 드러날 것이다. 이러한 인식은 분명 달라진 점이다.

### 3.2. 어머니 변주

이러한 변모를 다른 각도에서 살필 수도 있다. 김윤배의 시 가운데에서 개인적으로 가장 아끼는 시는 『굴욕은…』의 「만경강」이다.

> 새우잡이배는 강물과 함께 붉게 익어 / 돌아올 것이지만 어머니 얇은 손바닥 / 강물소리로 기운다 기다림은 / 어머니 평생 붉게 익은 강마을이었다 / 죽은 듯 살아 있는 저 낮은 지붕들 / 쓸쓸한 잠마다 찬이슬 내리고 / 손아랫사람 부음이 건너왔다 / 그런 날이면 나루에는 / 사람 부르는 소리 가득했다 / 만경뜰 붉게 미끄러지는 서녘해 강물 불질러 / 얼음 조각처럼 반짝이는 불꽃들 강물 채워 흐르고 / 어머니 가슴 느릿느릿 지운다 / 자주 강물 소리로 기우는 어머니 / 얇아진 손바닥 만경강은 조용히 든다 / 이게 마지막 배지라 어머니 달래고 물길 뜨지만 / 아버지는 더 많은 날을 붉게 익은 몸으로 / 돌아올 것이다 어머니의 등 굽은 그림자 / 강심 깊이 눕는다 어머니는 강물 속에서 젊은 / 휘파람 소리 들은 듯하다

새우잡이배를 타고 나간 아버지와, 그의 귀환을 애타게 기다리는 어머니, 그리고 어머니의 모습 뒤로 퍼져나가는 붉은 강물과 낮은 강물 소리를 관음하는 아들. 이 가족의 기다림은 가깝게 다가온 죽음과 함께 불꽃처럼 강물 위에 투영된다. 그만 포기할 때도 되었으련만, 어머니는 아버지의 귀환을 비는 기도를 멈추지 않는다. 틈만 나면 만경강가에 나가 아버지가 돌아오는 모습을 보려고 시선을 기울이고 몸을 기울이고 귀를 기울인다. 마지막 배가 이미 들어왔다고 말해도 어머니는 좀처럼 몸을 돌리지 않는다. 그러다가 어머니는 등이 굽은 노파가 된다. 청각이 희미해지자, 그 옛날 아버지의 휘파람 소리가 들리는 듯하다.

이 시는 어머니의 수심이 아련하게 살아난 작품이다. 과장되고 직설적인 감정의 개입이 자제되었기 때문이다. 이 점이 김윤배의 다른 시와 다른 점이다. 덕분에 어머니의 뒷모습은 그 정면을 보여줄 때보다 애절하고 쓸쓸하게 보인다. 이러한 관조법은 만경가의 낙조와 어울려 한 폭의 아름답고 서글픈 풍경을 만들어낸다. 사실 김윤배의 많은 시에서 강, 바다, 낙조, 길 등이 빈번하게 출몰한다. 소재적 반복은 식상한 느낌을 준다. 이 시도 소재적 매널리즘에 매몰된 점은 마찬가지이다. 그러나 이 시는 벌여 놓은 소재의 중심에 어머니를 자리잡게 하고, 그 마음의 무늬를 정성껏 세공하여 그 중심을 확고하게 한다. 이른 바 시적 구심점을 확보한 셈이다. 그래서 비슷한 시적 배경을 가진 무수한 시 가운데에서, 인간의 기다림과 수심을 돋울 새김한 아름다운 시로 남게 된 것이다.

그런데 이러한 어머니의 영상은 『부론에서 길을 잃다』에서 다소 변모한다.

> 상실이 오랜 후에 힘이 되는 것을 / 사과나무 전정을 하며 깨닫는다 / 잘려 나간 가지의 아픔 한겨울 옹이로 뭉쳐 / 눈꽃 피우더니 눈꽃 핀 자리마다 / 사과꽃 활짝 피워 스스로를 다스리는 / 사과나무의 분노를 안 후 / 오열 없이 그대 보낸 어머니를 생각한다 / 분신으로 한 시대를 꽃피웠을 때 / 상실이

오랜 후에 힘이 될 것을 의심하지 않았던 / 그대 죽음 기리는 일이란 / 그대
다녀간 이 세상은 봄이면 온갖 꽃들 피어 / 긴 겨울 눈꽃 생각케 하지만 상실이
/ 더 오랜 후에 소멸인 것을

(「상실이 오랜 후에」)

사과나무 가지를 다듬어야 한겨울의 아픔을 이겨낼 옹이가 만들어지고,
이 옹이가 있어야만 사과꽃이 필 수 있다. 마찬가지로 누군가의 희생이 있어야
만 더 큰 수확과 아름다움과 만개의 기쁨이 도래할 수 있다. 시인은 <상실>이
비록 아픔이지만, 더 오래까지 힘이 되고 더 오랜 시간이 흐른 후에야 소멸한
다고 말하고 싶은 것이리라. 그러면서 그 희생의 자리에, 슬쩍 <분신>을 삽입
한다. 분신은 격동의 한국 역사에서 폭압적 권력과 독재자의 횡포에 반대하는
젊은이들이 택했던 순수한 저항 방식이었다. 그래서 분신이라는 용어는 종교
적 혹은 예술적으로 승화된 경지보다는, 시대적 정치적 상처에 가깝다. 시인은
그때의 상처를 건드림으로써, 이 시를 사회적 문맥 속으로 이동시킨다. 그리고
이 땅의 평화와 안녕과 정당함을 위해 자식을 희생한 어머니들의 아픔을 각인
시킨다.

「만경강」이 가난하게 스러져 간 이 땅의 남편들을 기리는 망부가라면, 「상
실이 오랜 후에」는 피 흘리며 스러져간 젊은이들을 추도하는 진혼곡이다.
여기에는 내일에 대한 의지와 희망이 확고하게 담겨 있다. 건강한 역사의식도
담겨 있다. 분신이 더 오랜 후까지 기억되는 소멸일 것이며 좀처럼 퇴색하지
않을 장렬함임을 일깨워, 어머니의 다친 마음을 위로하려는 세심한 배려도
숨어 있다.

### 3.3. 비상의 시학

김윤배의 시는 단정하다. 그 단정함은 외형적 격식에서 유래한다. 김윤배의
시는 산문을 연상시킬 정도로 평서형 종결 어미(-다)를 상용하고, 일관된 형식

적 틀을 고수한다. 언뜻 보면 산문을 행갈이하여 펼쳐놓은 듯한 느낌을 주기도 한다. 하나의 시가 하나의 연으로 이루어진 경우가 상당히 많으며, 설령 연 구별이 있다해도 한두 개가 전부인 경우가 대부분이다. 엄격한 틀은 때로 시를 경직되게 만든다. 사실 김윤배의 이러한 시적 통일성은 그 이전부터 계속되어온 특징이다. 그러나 『부론에서 길을 잃다』에 접어들면, 이 특징은 일종의 매너리즘과 갑갑함으로 작용하는 것 같다.

갑갑함을 부추기는 요소에는 소재의 문제도 있다. 앞에서도 언급했지만, 김윤배의 시적 제재는 어떤 범주를 형성하고 있다. 꽃이나 나무에 대한 관찰이 많고 숲과 들판도 즐겨 다루어진다. 강과 호수와 바다 또한 애호되는데, 이러한 물의 이미지는 낙조의 붉은 이미지와 어울리는 것이 특색이다. 그래서 바다는 대부분 서해이고 그것도 섬이 어렴풋하게 보이는 지점이 선호된다. 길과 침묵과 어둠 같은 관념어가 제시되는 경우도 많다.

많은 시들이 비슷비슷한 윤곽과 소재적 반복으로 인해 식상함을 주곤 한다. 따라서 이러한 식상함에서 벗어날 수 있는 방법을 고려해야 할 것으로 생각된다. 내가 제안할 수 있는 것은 다양한 문투의 시도와 이야기 시의 개발이다. 가령 「밤나무들의 소망―최유라, 이종환의 '지금은 라디오 시대'」를 생각할 수 있다. 이 시는 평서형 종결어미 <-다>를 전혀 사용하지 않고 있다. 상대적으로 참신하게 느껴진다. 구수한 사투리의 여운도 있고 경직된 틀이 담지 못하는 넉넉한 삶의 체취도 있다. 관념어의 나열이 가져오는 어지러움도 없다. 그래서 나는 이 시를 주목하지 않을 수 없다. 또 하나, 김윤배는 서사적 구조를 가지는 시에 탁월한 능력이 있는 것 같다. 가령 『굴욕은 아름답다』의 「수제화」는 매우 인상적인 작품이다. 신발을 팔기 위해서 일어서는 아내와 아내의 열린 옷 틈을 파고드는 손님의 시선이 산뜻하게 처리되고, 그러한 대조가 보여주는 생의 누추함과 남편의 미안함이 생동감 있게 살아난 작품이다. 이러한 작품이 『부론에서 길을 잃다』에서 발견되지 않는다는 점은 무척 서운하다.

김윤배의 시는 시적 행로에서 잠시 길을 잃었다가 차츰 길의 윤곽을 더듬기 시작한 것으로 보인다. 그래서 시집의 제목은 적절해 보인다. 길을 잃었다면 소재부터 시적 상상력에 이르는 시의 창작 과정에서 문제가 생겼다(매너리즘)는 뜻이고, 그럼에도 길의 윤곽을 더듬기 시작한다면 동일한 자장 속에서도 나름대로의 변별력과 알찬 의미를 캐내고 있다는 뜻이다. 좀더 참신한 시도와 다채로운 변주가 보강된다면 완성의 길도 멀지 않았으리라 생각된다. 이 시집으로 혼란을 극복하고 자기 앞의 혹은 자기 안의 어둠을 실어 나르는 새의 힘찬 날갯짓을 성취했으면 하는 마음 간절하다.◆(『애지』 2002. 여름)

# 물(水) 형(形) · 나무(木) 심(心), 나무와 물이 어우러진 풍경
### - 홍일표와 김은정의 시 세계 -

## I. 물의 몸짓으로 길 넘기

홍일표 시를 구성하는 언어의 갈피에는, 가볍고 부드러운 느낌을 주는 단어가 다수 끼어있다. 시인이 고르는 단어가 결국 시인의 생각을 반영하는 질료라고 할 때, 이러한 단어는 생각의 유연성을 드러내기 위한 전략적 선택일 것이다. 가령, 제목부터 유연함의 기미를 물씬 풍기는 「曲」의 경우를 보자.

> 구부러진 길을 따라가다 보면
> 내 마음도 함께 구부러진다
> 미시령이나 대관령을 넘을 때
> 휘어진 바람의 푸른 등허리가 보인다
> 강원도 산길은 실버들이다
> 헐렁한 두루마기다
> 여기서는 사람과 길이 함께 출렁이고
> 함께 흘러간다
> 오래 전 리듬이 발바닥을 타고

쩌릿쩌릿 온몸으로 퍼져나간다
　　내 몸이 고무신처럼 쉽게 구부러지고,
　　모든 구부러짐은 다 노래가 된다
　　저 멀리
　　허리 가느다란 해안선이 낭창낭창 걸어오고 있다

　이 시에는 부드러움을 형상화하는 시어가 아주 많다. <구부러짐>, <휘어짐>, <헐렁함>, <출렁임>, <흘러감>, <낭창낭창>이 그러하다. <바람>, <실버들>, <고무신>, <노래>, <해안선> 역시 부드러움을 보조하는 시어로 선택되었다. 이러한 시어들이 던져주는 미려한 어감은, 굴곡이 심한 길을 여행하는 마음의 움직임을 탄력있게 투영한다. 특히 <구부러짐>은 세 번에 걸쳐 강조될 정도로, 이 시에서 애호되고 있다.

　나는 앞에서 홍일표의 시가 보여주는 의태어 내지는 단어들이 생각의 유연성을 보여주는 시적 선택이라고 말한 바 있다. 이는 시적 화자가 짜증스러울 수 있는 고개길의 주행을 기꺼운 마음으로 받아들이는 태도에서 일단 수긍된다. 시적 화자는 길과 함께 좌우로 구부러지는 몸의 반동을 즐기고 있으며, 노래를 절로 떠오릴 정도로 흡족해 한다. 결미에서는 멀리 보이는 해안선의 굽은 호선까지도 반가운 심정으로 맞이하려고 한다.

　이러한 태도는 시적 화자가 체득한 생의 지혜가 원숙한 것임을 알려준다. 현대사회는 기본적으로 규격화된 기준을 준수하는 사회이다. 많은 사람들이 보다 경제적이고 합리적으로 살아가기 위해서는, 규칙의 강제성과 능률의 중요성을 인정하고 받아들이지 않으면 안 된다고 여긴다. 길의 경우에도 마찬가지이다. 도시의 길은 모두 직선을 표방한다. 곡선 도로는 경제적인 낭비일 뿐더러, 심정적인 불편함으로 인식된다. 아무도 고속도로를 곡선으로 만든다는 생각에 적극적으로 찬동하기 어려울 것이다. 홍일표는 이러한 세상의 속성을 <뻣뻣함>(「산길」)이나 <반듯함>(「옷 벗는 풍경」) 혹은 <정돈된 질서>

(「태풍」)로 요약해낸다.

그런데 위의 시에서 화자가 넘어가는 도로(미시령이나 대관령)는 이러한 문명 사회의 합의된 패턴을 거부하는 길이다. 하긴 이 거부는 자연을 완전히 정복할 수 없었던 인간의 한계로 인해 어쩔 수 없이 생겨난 것이기는 하지만, 화자에게는 인간의 한계가 아니라 자연의 순리로 받아들여진다는 점에서 크게 다르다. 그는 기꺼이 이 어지럽고 피곤하고 더딘 길에서 기쁨을 찾고 있으며, 얼마든지 유쾌하게 걸어가겠다는 마음의 자세를 견지하고 있다. 그래서 도로가 끝남을 알리는 해안선이, 안도의 한숨이 아닌, 또다시 맞이해야 할 굴곡진 인생의 한 축도이자, 느긋하게 음미해보고 싶은 심정적 여유로 수용되는 것이다.

이를 바꾸어 표현하면, 홍일표 시가 길에 대한 명상을 담고 있다고 말할 수 있겠다. 「산길」, 「거리에 사람이 꽃피다」, 「옷 벗는 풍경」은 길과 흐름의 의미를 살피는 시편이다. 특히 「산길」은 홍일표가 부여하는 길의 의미 윤곽을 직접적으로 노출한 시이다. 그는 <빳빳이 서 있던 나무 병정 수만 그루가/ 깃발도 방패도 다 놓아버리고/ 일제히 손을 들고만 가을산>사이로 유유히 뻗어나간 길을 주목한다. 그리고 그 길을 <산봉우리 하나 점령하지 못한 빈 나무들 사이로/ 산허리를 통째로 휘감아 오르는 빛나는> 길로 격상시킨다. 여기서 주목되는 점은, 이러한 점령과 빛남의 영광 뒤에 숨은 <물의 형식>을 거론한다는 사실이다. 처음에는 무성한 나무에 가려 존재마저 희미했던 길이, 물의 형식을 본받았기 때문에 결국에는 <빳빳>한 나무도 포기한 산을 점령하는 쾌거를 이룩했다고, 그는 믿는다. 그렇다면 이러한 물에 대한 믿음이 어디서 연유하는가 따져보아야 한다. 아쉽게도 이 시에는 물길의 형태가 <미꾸라지>, <뱀>, <오솔길>, <오라>, <치마끈>과 외형적으로 상동이라는 암시만 남아있을 뿐, 구체적인 의미 상관성을 짐작하게 하는 근거는 미약할 따름이다.

그 상관성을 추적해 보면, 「옷 벗는 풍경」에 닿게 된다. 시인은 이 시에서 아이들이 몰두하는 <글자 바꾸기>에 주목한다. 아이들은 <국어를 북어로, 사회를 산화로, 국사를 궁상으로 바꾸어 놓는>다. 언뜻 생각하면, 이러한 글자 바꾸기는 단순 유희에 지나지 않기에, 깊은 사색이나 숨은 뜻이 없어 보인다. 그런데 시인은 조금 다르게 생각한다. 시인은 <멀쩡한 글자에 시비를 거>는 행위에서 <혁명>을 읽고, 가식을 벗은 알몸을 읽고, 규격의 틀을 뛰어넘는 자유로움을 읽는다. 그래서 시인은 글자가 바뀌는 순간을, <한 곳에 묶여있던 물들이 재재거리며 달아나>는 해방의 순간으로 번역해낸다. 이는 어떤 면에서 보면, 꿈보다 해몽이 더 좋은 경우라 할 수 있지만, 시인이 지향하는 물의 몸짓의 의미를 제시한다는 점에서 참고할 만하다. 다시 정리하면, 홍일표는 기존의 세계가 자연의 속성을 거스르는 방식으로 이루어졌다고 여기는 듯하고, 그 거부의 방식으로 구부러짐과 부드러운 길의 속성과 물의 흐름을 주시하는 듯하다. 그리고 격식에 얽매이지 않으려는 질료들의 속성을 빌어, 생각의 유연함을 옮겨온다. 글자 바꾸기로 인해 글자의 제약이 해제되고 제 나름대로의 뜻으로 흘러가듯이, 우리의 생각도, 우리의 삶도, 우리의 마음가짐도 그러해야 한다고 주장한다. 한 걸음 더 나아가면 지금까지의 세계, 즉 <뻣뻣함>과 <반듯함>과 <정돈된 질서>로 규정되는 우리의 현실이, 두루마기의 헐렁함이나 도로의 완만함 혹은 거리의 텅빔(「거리에 사람이 꽃피네」) 같은 유연한 사고의 속성을 본받아 변화되어야 한다고 주장하는 것 같다. 이러한 측면에서 그의 시는, 자서에서 밝힌 대로, 자연의 속성을 깊이 따르려는 하나의 몸짓이 된다.

## II. 나무의 마음으로 세상 보기

김은정의 시를 살펴보면 <당신>이라는 호칭과 빈번하게 만나게 된다. 김은정은 사물에 당신이라는 호칭을 부여함으로써, 사물을 자신의 곁으로 끌어들인다. 당신이라는 호칭은 현실 속에서 타자, 특히 타인을 부르는 하나의 방식이다. 하나의 방식이라고 했지만, 부르는 방식에 따라 두 가지 의미로 나누어진다. 목소리를 낮추고 여운을 둥글게 끌면, 타자와의 존재 거리를 좁히는 유용한 대명사가 되고, 격앙된 어조로 다소 딱딱한 톤을 가미하면 타자와의 격절감을 강화시키는 불쾌한 언사가 된다. 김은정은 시적 사물에 전자의 어조를 가하여, 자아와 사물 사이의 거리를 좁히고 사물을 시적 공간으로 초대한다. 사물의 입장에서 보면, 당신이라는 호칭으로 불리는 순간, 시적 화자에게 이끌려 시의 대상으로 편입되는 것이다. 일단 편입이 끝나고 나면, 그녀는 사물을 요모조모 뜯어보기 시작한다. 시적 공간에 정립된 사물은, 그녀가 바라보는 세상의 기표가 되고 그녀가 감정을 투영시키는 문학적 소재가 된다. 「봄비」는 이러한 일련의 과정을 찬찬히 보여주는 시이다.

> 이제 시작이군요
> 아주 조심스럽게 당신을 들여다봅니다.
> 나를 향해 당혹해하던 부드러운 솜털 투성이의 수줍음이 글썽일 때 얼마나 혈관이 저리던지요
> 당신의 속눈썹을 어루만지며 지나가는 바람의 갈비뼈 붙들고 세상에서 가장 굳건한 게 무언지 물어볼까요.
> 목숨 짓이기던 기막힌 날들, 가슴 태우며 겨누는 눈총 눈살에 쩍쩍 갈라지던 얼음장 보듬고 칼칼하게 드세었지요.
> 겨우 그리움이라니요, 두려움을 사랑하나니, 영혼의 모서리를 문지르며 흐르는 수액, 이 아름다운 춤.
> 이제 시련이군요.

이 시의 〈당신〉, 즉 시적 대상은 제목이 암시하는 바와 같이 〈봄비〉일 것이다. 화자는 내리고 있는 봄비를 미세한 부분까지 들여다본다. 세밀한 들여

다봄이, 지나는 바람에 날리는 빗방울의 확산까지 감촉하게 만든다. <부드러운 솜털 투성이> 혹은 <당신의 속눈썹>이라는 감각적 표현은, 작게 조각난 빗방울의 흩어짐을 감지해낸 결과이다. 문제는 화자가 이러한 빗방울의 비산 내지는 파편화 현상을 바라보면서 엉뚱한 질문을 던진다는 점이다. 화자는 <가장 굳건한 게 무언지>를 묻고 싶어한다. 너무 가벼워 지나는 바람에 흩어질 수밖에 없는 봄비를 바라보면서, 왜, 강한 것을 생각하는 것일까.

먼저 5행은 물음 다음에 곧바로 이어지는 행이라는 점에서 주목된다. <겨누는 눈총 눈살>은 일차적으로야 매몰찬 시선의 뜻으로 사용되었겠지만, 그 다음에 이어지는 <얼음장>을 참고하면 하늘에서 내리는 눈으로 읽힐 가능성도 배제하기 힘들다. 이러한 가능성을 일단 수긍하면 <목숨 짓이기던 기막힌 날>은 눈이 내리는 차가운 겨울이 되고, 이어지는 <쩍쩍 갈라지던>에 나타나는 회고형의 어투는 화자가 직면한 시간이 겨울의 문턱을 넘어가는 시점임을 알려주는 징표가 된다. 화자는 지난 겨울에 차가운 눈을 맞고 얼어붙은 물을 꺼안고 인고하고 있었던 것이고, 물기 부족으로 <칼칼>해진 몸을 추스리며 몹시 강하고 사나운 척 하며 굳건하게 서 있었던 것이며, 봄비가 내리면 이러한 갈증과 오기는 사라질 것이라고 믿어왔던 것이다. 그런데 막상 봄비를 맞이하자 화자는 당혹감에 빠져든다. 자신을 버텨온 것이 봄비 그 자체가 아니라, 봄비에 대한 그리움이었음을 알게 되었기 때문이다.

김은정이 주목하는 그리움의 성격을 알아보기 위해서는 잠시, 「품」을 살펴볼 필요가 있다. 이 시는 사물을 대상으로 삼던 여타의 시편과는 달리 <그리움>이라는 감정을 사물화하여 문면에 뚜렷하게 명시하고 있으며, <그리움>의 정서가 <나를 기르는 무한한 그릇>임을 천명하고 있다. 이를 참조해 「봄비」로 돌아가자. 봄비를 맞이한 화자는, 자신이 고사 위협(두려움)속에서 물에 대한 그리움을 키워왔으며, 그리움이 봄비에 대한 기다림의 부피를 형성하는 근원적 동력으로 작용했었음을 깨닫게 된다. 따라서 척박하고 건조한 겨울을 지탱해준 힘이, 다름 아닌 봄비를 고대하는 마음(기다림)임을 알게 되며, 이러한 기다림은 그리움에서 자양분을 섭취하고 있었음을 또한 알게 되는 것이다.

6행으로 넘어가자. 본래 수액(樹液)이 땅속에서 나무의 줄기를 통하여 잎으로 올라가는 액이나 나무껍질 따위에서 나오는 액(나무즙)을 동시에 가리키는 용어인데, 「봄비」에서는 수액이 <오른다>고 하지 않고 <흐른다>고 했으니 나무껍질을 비집고 나오는 나무즙으로 풀이하는 편이 보다 온당할 것이다. 즉, 영혼이라는 거대한 몸체의 틈 사이로 비집고 나오는 감정의 격류를, 이 시인은 <영혼의 모서리를 문지르며 흐르는 수액>이라고 표현한 것이다.

그렇다면 우리는 시인이, 스스로를 나무에 빗대고 있음을 눈치챌 수 있다. 봄비를 다정하게 부르며 미세한 솜털에까지 집착한 마음도, 지난 겨울의 혹독한 고통을 되새기는 마음도, 물에 대한 간절함으로 봄비를 기다리던 마음도, 수액이라는 구체적인 물질을 주시하는 마음도, 모두 나무의 마음이라고 설명하면 크게 틀리지 않을 것이다. 따라서 「봄비」는 화자가 봄비라는 반가운 대상을 통해, 화자의 마음이 나무의 마음으로 옮아간 시라고 정리할 수 있겠다.

그렇다면 <이제 시작>인 봄비가 <이제 시련>이 되는 이유를 살펴보자. 일견 모순되어 보이는 두 진술 사이에는, 상당한 삶의 관록이 갈무리되어 있다. 사실 겨울을 나기 위해서 비축해두었던 나무의 굳건한 마음은, 봄비가 가져오는 환희 앞에서 눈 녹듯 무너지게 될 것이다. 하지만 봄의 환희만으로 나무의 생존 조건이 모두 충족될 수는 없다. 더구나 봄의 환희라는 것이 영원히 연장되는 행복도 될 수 없다. 봄은 짧게 왔다가 사라질 것이고, 겨울은 또다시 닥쳐올 것이다. 따라서 봄의 환희를 언젠가 맞이해야 할 혹독한 세월의 전초전으로 보는 시각이, 보다 지혜로운 자의 안목에 해당할 것이다. 결국 나무는 생존을 위해 다시 현실 응전 태세를 갖추어야 하는데, 무뎌진 마음을 다시 벼릴 수 있는 숫돌이 <시련>이라 한다면 봄의 나무에게는 지금 이것이 사라지고 없다. 시인은 이러한 깨달음을 비틀어 <이제 시련>이 도래한다고 노래한다. 이는 우리네 삶의 방식에도 유효한 전언이다. 우리는 닥쳐온 시련으로 인해 삶의 불안정성을 경험하지만, 목전의 시련이 사라진다고 해서 삶의 제반 조건이 반드시 안정되는 것이 아님을 알고 있다. 적당한 시련은 삶을 단련시키고 현실의 고난을 이겨내는 훌륭한 처방이 된다는 점에서, 시련은 삶의 필수 요소라 할 만하다. 시인은 이러한 시련의 부재를, 당적한 시련으로 포착해내는 혜안과 솜씨를 발휘한다. 이 점은 이 시가 드러내는 중대한 미덕이다.

김은정이 시적 화자를 즐겨 나무에 투영시킨다는 점을 확인시켜 주는 또 하나의 시가 「손」이다. 이 짧은 시는 시선의 이동을 내밀하게 숨기고 있어 김은정 시의 특질을 이해하는 데에도 일정한 도움이 된다.

벌판을 들여다본다

역경의 조각보
이 근면한 이파리 두 장

화자는 〈손〉을 〈벌판〉에 비유한다. 사람의 피부 표면을 멀리서 바라보면 부드럽게 느껴지기 일쑤이니, 화자는 대상과 상당히 근접한 거리에 있다고 할 것이다. 또한 손가락 모양에 집중하면 벌판이 아닌 산, 특히 오봉산(五峰山)의 모양에 빗대어졌을 터이니, 이 시에서 화자는 손바닥이나 손등을 집중적으로 관찰하고 있는 셈이다. 손에는 미세한 주름이 마치 낮은 구릉처럼 연속적으로 펼쳐져 있다. 서로 평행하게 지나기도 하고 엇갈리기도 한다. 우리가 흔히 손금이라고 부르는 피부주름이 마치 굵은 강처럼 길게 흐르고 있다. 이처럼 손바닥 안의 세상은, 구릉과 그 구릉을 지나는 길과 마치 강처럼 거대한 물줄기로 어우러져 있는 〈벌판〉이다. 여기서 화자는 사람의 체취를 발견하려 애쓴다. 다음 연으로 넘어가면, 사람의 흔적을 찾기 시작하는 시인의 시선과 만나게 된다. 손의 주름진 표면에 아로새겨진 힘겨움의 자취가 눈에 들어온다. 힘든 일들을 겪으며 얻은 상처와 고난의 흔적이 눈에 들어오고, 이 흔적 속에 누적된 세월의 격랑이 눈에 들어온다. 손 안에 각종 인간사의 <역경>이 <조각보>처럼 기워져 있는 셈이다. 다음 행의 <근면한>은 이러한 손의 속성을 단적으로 밝혀 놓은 표현이다. 그리고 마지막 행에서 손은 <이파리>로 새롭게 규정된다. 그것도 두 개임을 강조하여, 시인의 시선이 처음보다 멀찍이 물러났음을 드러낸다. 이제 시적 초점은 손이 아닌 손의 주인이 된다.

정리하면 시인은 손을 가까이서 들여다보고 그 안의 풍경을 벌판으로 노래하다가, 그 벌판에서 벌어질 만한 고난들을 상상해서 손이 수행한 역경의 세월을 짐작하기에 이른다. 그리고 나무의 손 격인 잎에 견주어서, 시적 대상을 나무로 탈바꿈시킨다. 나무처럼 황량한 벌판에 서서 역경의 세월을 감내하겠다는 의도인 듯하다. 시인은 나무의 속성을 받아들여, 자신의 마음을 나무의 마음과 일치시키려한 것이다. 엄격하게 말해, 이러한 비유 자체가 참신한 것은 아니다. 다만 시인이 자신의 마음을 나무의 마음으로 옮겨오는 과정에서 속내를 과장하지 않고, 시선의 자연스러운 이동 속에 의연한 삶의 자세를 용해시켰다는 점이 특기할 만하다. 또한 나머지 신작시에서 한계로 드러난 불필요한 수식어와 설명어투를 깔끔하게 제거하여 독자들의 사고와 상상력의 공간을 넉넉하게 마련했다는 점에서 기억해둘 만하다.

나는 앞에서 김은정의 시가 <당신>이라는 호칭을 사용하여 사물을 친근하게 끌어온다고 하였다. 이미 언급한 「봄비」이외에도, 「촉」, 「아침」, 「품」이 이러한 유형에 속하고, 넓은 의미에서 「촛불」도 포함시킬 수 있다. 단 「촛불」의 경우에는, <당신>이라는 호칭을 포기하고 <너>라는 이질적 호칭을 거칠게 강조하면서, 자아와 사물의 대립을 강조한다는 점이 다를 뿐이다.

개략적으로 다른 시들을 검토해 보면 「촉」의 경우에는 긴 물건의 끝에

박힌 뾰족한 물체를 언급하다가 〈해시계 바늘〉로의 의미있는 집약을 시도한다는 점이 주목된다. 「아침」의 경우에는 새날을 밝히는 아침 햇살을 대상으로 끌어들여 〈기름진 땅〉을 일구어내는 시혜자(施惠者) 역할을 부여한다는 점이 특이하다. 이러한 시작 의도는 모두 식물적 환경과 관련된다. 김은정이 시적 화자를 나무에 빗대고 있다는 앞의 결론을 대입하면, 시적 화자는 자신의 성장을 돕는 햇빛에 각별한 관심을 기울인다고 종합할 수 있겠다. 따라서 화자는 새날과 토양을 일구는 햇살을 반겨, 세상이 "환한 물이 들고 있어요"라고 노래할 수 있었던 것이다. 이는 나무의 마음으로 세상을 보고 대상을 수용하려는 시적 인식의 발로이다.

## Ⅲ. 경직된 현실 투시로, 사물의 확대된 세계로

간략하게 두 시인의 세계를 점검해 보았다. 홍일표는 유연한 사고로 삶의 각종 구속을 벗어나려는 몸짓을 보인다. 그에게 물은 도도하고 유연한 흐름으로 세계를 감싸안고 통제하는 새로운 질서로 여겨진다. 비록 그 질서가 〈반듯함〉이나 〈뻣뻣함〉과 같은 일률적인 체계를 이루지 않는 것이라 해도, 홍일표에게는 관계없다. 아니 그러한 체계를 벗어난 것이기에 더욱 관심의 초점으로 떠오른다. 김은정은 묵묵하게 서서 대상을 자신에게 끌어모은다. 이러한 성향은 물을 끌어올려 생명의 충일함을 이어나가는 나무의 그것과 흡사하다. 여기서도 물은 중요한 모티프로 등장한다. 다만 세상을 감싸는 유연한 힘이 아니라, 자아를 지탱해 주는 근원적 동력이라는 점에서 다소 차이가 드러날 뿐이다.

마지막으로 두 시인이 노출한 약점에 대해 언급하고자 한다. 홍일표의 경우, 자연 속의 새로운 질서를 시적 대안으로 삼아 현실의 모습을 일부 비판하고 있는데, 이러한 비판은 현실의 모습을 적실하게 탐색한 연후에 이루어져야 더욱 효과적이라 할 것이다. 신작시 열 편만을 놓고 보았을 때, 자연과 대비되는—그의 시에서 부각시킨 <정신의 유연성>과 마주 놓인—<현실의 경직성>은 다소 모호하게 처리되었다. 자칫하면 정신의 유연함만을 앞세우고 현실의 참모습을 잃어버리는 막연한 시로 전락될 수도 있다. 이러한 우려를 미연에 차단할 수 있어야, 그의 시적 대안은 현실에서의 의미 생산력을 증폭시킬 수 있을 것이다. 김은정의 경우, 나무의 마음을 이용해 대상을 보고 세계를 조감하는 특이한 시선이 우선 주목되지만, 그 시선 안에 담긴 현실 응전력은 아직 확고하지 않은 듯하다. 현재까지는 개인적 정서의 세심한 배려에 묶여 있을 따름이다. 이를 시 내부의 언어적 층위로 바꾸어 표현하면 나무가 필요로 하는 대상에게만 편애의 시선을 주고 있다고나 할까. 거센 세파(世波)를 이겨낼 시적 대응력으로 발돋움하기 위해서는, 벌판의 모진 바람과 겨울의 혹독한 추위에 대적할 만한 굳센 의지를 공고하게 가다듬을 필요가 있을 것이다.◆(『리토피아』 2001. 봄)

# 비움과 메움

## 1.

영화 편집의 관건은 두 가지이다. 필요한 쇼트(shot)를 찾는 것과 선별된 쇼트를 필요한 자리에 위치시키는 것. 가령 파티 장면을 보여주는 시퀀스 (sequence)가 있다고 하자. 우리는 모든 파티 참석자의 출발사항과 이동경로와 도착장면과 파티 내에서의 행동거지와 귀가장면 전부를 볼 필요는 없다. 우리에게 필요한 것은 파티에서 만나게 될 로미오와 줄리엣의 마음과, 행동과, 만남의 계기와, 이별의 아쉬움이다. 그리고 그들과 관련된 주변인의 반응과 주위 풍경 몇 장면이다. 이러한 일련의 과정을 되새겨보면, 영화 편집이란 결국 생략의 묘미에 그 성패가 달려 있다고 할 수 있겠다. 그래서 어떤 영화 학자는 편집을, <중요하지 않은 부분을 제거하는 작업>이라고 정의한다.

영화의 쇼트는 시의 기본 질료인 시어(詩語)에 해당한다. 편집 개념을 시에 응용한다면, 시작(詩作)이란 <중요하지 않은 시어를 제거하는 작업>이다. 정형시는 이러한 제거 작업에 한 틀의 규칙을 부가한 형태이다. 자유시에서 중요하지 않은 시어를 제거하는(즉 선별하고 배치하는) 기준은 전적으로 시인에게 있다. 그러나 정형시에서는 시인이 직관과 상상력으로 골라놓은 시어라 하더라도, 규칙상 용납될 수 없는 경우에는 삭제되거나 변형되어야 한다. 이것은 외형적 형식이, <중요하지 않은 시어>를 골라내는 중요한 요건으로 작용함을 뜻한다.

이러한 개념을 받아들일 경우, 시의 감상이란 생략된 것을 채워 넣음으로써 그 원상을 추측해 보고 원상이 현재의 상태로 남는 과정을 궁리함으로써 그 의미를 완성해 가는 작업이라고 할 수 있다. 정형시의 경우, 그 비워짐과 채워짐의 과정에서 외형적 규칙이 우선적으로 고려되어야 한다. 이것은 정형시가 지닌 숙명이자 독자성이고, 어떤 의미에서는 한계이자 그 한계를 승화시킨 묘미이기도 하다. 따라서 시어들의 비움과 채움을 살펴보는 일은 정형시의 요로와 맥락을 살피는 중요한 관건임에 틀림없다.


## 2.

진복희의 「남산 한옥마을」은 주체의 자리를 비움으로써 일정한 효과를 자아내는 시이다.

> 번듯하던 기와집이
> 박물관으로 들어갔다
> 소슬한 처마 끝에
> 숨고르던 오백 년
> 호젓한 무덤 되었다
> 기척도 없이 잠겼다
>
> 솔가리 타는 내음
> 구들장 지지는 소리
> 어느 뉘가 듣겠는가

문득 고갤 돌리는데
새푸른
굴삭기 한 대가
허공을 날고 있다.

　시인은 남산 한옥마을에 있다. 〈번듯하던 기와집〉은 새롭게 단장되어 관람객을 정식으로 맞이하는 일종의 〈박물관〉이 되어 있다. 이러한 관람지를 돌아보는 시인의 눈길은 그리 곱지 않다. 그것은 〈무덤〉이라는 시구에서 암시된다. 집은 안락함과 활동성과 삶의 체취를 간직한 곳이어야 하는데, 이 시에서는 반대로 무덤의 이미지와 통하고 있다. 고즈넉하고 유서 깊던 〈기와집〉이 〈무덤〉이 되는 순간, 한옥마을은 박제된 혹은 황폐화된 시간의 무덤이 되는 것이다.

　그런데 여기서 이견이 생겨날 수도 있다. 그것은 〈무덤 되었다〉의 주어를 〈기와집〉이 아닌, 〈오백 년〉으로 볼 수도 있기 때문이다(문장의 위치로 보면 이 가능성이 더욱 높다). 으스스하고 쓸쓸한 〈소슬한〉 처마 밑에서 가까스로 숨을 고르던 오백 년 세월이, 진정한 안식 〈무덤〉에 들게 되었다는 뜻으로 여겨질 수도 있다. 그렇다면 무덤 앞에 붙은 〈호젓한〉은 〈외롭고 쓸쓸한〉의 뜻이기보다는, 〈후미져서 아주 고요한〉의 뜻에 가까워진다. 이처럼 〈무덤 되었다〉의 주체가 자리를 비움으로써 첫 연에 의미상의 갈림길이 매복된다. 마지막 행인 〈기척도 없이 잠겼다〉도 대동소이하다. 번듯하던 기와집이 무덤이 되어 역사의 뒤안길로 사라진다는 것(안타까움)인지, 아니면 오 백년 세월이 고요 속에 평안을 얻는다는 것(고즈넉함)인지, 분명하지 않다. 이것은 주어의 사라짐으로 인해 얻어지는 의미있는 중첩이고, 제법 싫지 않은 긴장이다.

　1연의 의미상의 비움은 2연에서 어느 정도 채워진다. 먼저 〈기척도 없이 잠〉겨 있다는 1연의 적요는 2연에서 방해받는다. 솔가리가 타고 구들장 지지는 소리가 들려오면서 인기척이 느껴진 것이다. 누군가가 있을지도 모른다는 생각이 들어 고개를 돌리고 주위를 살펴보니, 인기척을 능가하는 이물질 하나가 눈에 들어오는 것이 아닌가. 비록 굴삭기는 소리를 내고 있지는 않지만, 움직이기 시작하면 발생할 요란한 소음의 거푸집인 셈이다. 따라서 무덤과 같은 적요는 어떠한 방식으로든 손상될 위험에 처하게 된다. 시적 복병(伏兵)인 <굴삭기>가 <무덤>을, 오 백년 세월 뒤에 찾아 온 안식이 아니라 오래된 것의 손상으로 안타까워지는 세상의 비유로 몰아간다. 이것은 의미상의 결절점이고, 미묘하게 조성되었던 긴장의 매듭이다.

한 가지 더 흥미로운 사실은, 2연의 마무리 부분이다. 1연이 시조의 구(句)를 하나의 행으로 삼는데 반해(그래서 모두 6행이다), 2연의 5행은 구를 반으로 분절한 음보를 하나의 행으로 삼는다(그래서 7행이다). 이 부분은 종장의 첫 어절에 해당되는데, 흔히 <불변의 음수율>로 불리며 형식적 규격이 가장 까다롭게 적용되는 지점이다. 시인은 이 음수율을 지키기 위해서, <새푸른 굴삭기 한 대>라는 어색한 수식어구마저 감수한다. 원래 <새푸른>은 <허공>과 어울려야 하는데, 그 올바른 위치를 잃어버림으로써 굴삭기의 이물감을 가중시키는 효과를 가져온다. <기와집>, <소슬한 처마>, <호젓한 무덤>, <솔가리>, <구들장>과 같은 옛스러운 물건과 단어들 사이에 끼어든 현대식 물체의 어색함을 시각적으로도 구현해낸 셈이다.

「남산 한옥마을」이 주어의 자리를 비움으로써 미묘한 의미상의 긴장감을 유발한다면, 「민들레」(문무학)는 다소 부정적인 혼란을 야기한다.

> 이파리 그 수만큼 꽃대가 솟아나고
> 이파리 길이만큼 꼭 그만큼 키가 커서
> 자갠 듯 사신 어머니 그 삶을 물고 있던.
> 어머니 허기 안고 밭으로 가던 길에
> 짓밟혀 문드러져도 다시 또 일어서서

무시로 내리는 어둠 밀어내던 노란 꽃.
어머니 소쿠리 푸성귀가 담길 적에
씨앗들 부풀어서 낙하산으로 떠나가고
적막만 넘쳐흐르는 봄날을 졸고 있다.

이 시는 마침표(.)로 세 부분으로 나뉘는데, 그것은 전통적인 의미에서의 시조의 형식적 귀결점과 일치한다. 3장 6구의 구조를 그대로 옮겨온 것인데, 다른 점이 있다면 연시조가 아닌 하나의 형식적 통일체로 결합시킨 것이다. 편의상 행으로 부른다면, 1~2행은 완성도에서 미흡한 편이다. 1, 2행은 민들레의 외형을 묘사한 것으로 여겨지는데, 선명한 인상을 그려내지는 못한다. 그러나 3행은 고의적으로 피수식어를 생략함으로써 여운을 남긴다. 내용상의 연결지점은 8행이다. 씨앗들이 민들레에 달라붙어 있듯이, 자식들이 어머니의 삶을 물고 있었던 것이다. 3행은 자식들의 존재를 뒤로 미룸으로써 의미상의 탄력을 유지한다. 주목되는 것은 민들레가 어머니의 삶과 연결된다는 점이다. <자재하다>의 사전적 의미는 <저절로 있다> 내지는 <거침새 없다>이며, 한자어로는 <自在>이다. <자잰 듯 사신 어머니>는, 민들레가 돌보지 않아도 저절로 생겨나고 거침없이 살아가는 모습과, 고생하면서 있는 듯 없는 듯 살아가는 어머니의 모습이 유사하다는 점에 착안한 표현으로 보인다. 민들레는 어머니의 대리물인 셈이다.

4행은 이 점을 공고히 하려는 의도를 보인다. 민들레가 시의 뒷면으로 물러나고 <허기 안고 밭으로 가>는 어머니가 전면으로 부각된다. 그리고 5행에서 대폭 생략된 시구로 이어진다. <짓밟혀 문드려져도 다시 또 일어서서>가 그것인데, 주목되는 것은 여기에는 주어의 자리가 비어있다는 것이다. 4행과 연관지어 읽어보면, 어머니가 민들레를 <짓밟고 문드러뜨리는> 주체일 것 같다. 그러나 이렇게 해석하면 <어머니=민들레>라는 설정은 파괴된다. 지금 어머니는 허기지고 고단한 노동을 앞 둔 상태이다. 누군가를 해칠 의도를 지녔다고 보기 어렵다. 그러니 어머니가 민들레를 짓밟고 문드러뜨린다는 가정은 의미상으로도 적절하지 않다. 오히려 어머니가 짓밟히고 문드러짐을 당하는 존재인 편이 옳다. 즉 무언가가 어머니를 압박하고 있는 것이다. 그렇다면 6행의 (무시로 내리는)어둠이 노란꽃(민들레)을 압박한다는 시구를 참고해서, 어머니를 짓밟고 문드러뜨리는 것의 정체를 어둠으로 치환할 수 있다. 그러나 <어둠>의 정체는 미궁에 빠진다. 그 정체를 밝힐 수 있는 단서가 제대로 구현되지 않기 때문이다(단, 자식들을 어둠과 연결시킬 수는 있지만, 두 이미지를 연결할 시적 통로와 튼실한 근거가 부재한다). 이것은 계산된 모호함으로 보기 어렵다.

이러한 모호함은 9행에서도 엿보인다. 술어는 <봄날을 졸고 있다>이다. 이러한 표현은 어색하지만, 일단 광의의 시적 허용으로 받아들이자. 문제는 <봄날을 졸고 있다>의 주체가 누구인가이다. 첫째는 <적막>을 꼽을 수 있다. <적막만(이)(,) 넘쳐흐르는 봄날을 졸고 있>는 것이다. 그러나 적막이 봄날에 아지랑이처럼 떠돌고 있다는 식의 결말은, 민들레와 어머니라는 의미의 복선 레일을 유용하게 통합시켜 주지 못한다. 둘째는 <씨앗들>이다. 8행의 주어를 대신 사용한 것이다. 8·9행이 대등하게 연결된다는 점(<떠나가고>)을 감안하면 문법적으로 신뢰할만한 가정이지만, 술어와 의미상의 융합이 잘 이루어지지 않는다는 약점이 있다. 셋째는 <어머니>이다. 이렇게 되면 노동에 지친 어머니의 힘겨움을 보여줄 수는 있다. 그러나 7행에서 <어머니(의) 소쿠리(에)>가 이미 제시되었기에 <어머니>의 문법적 위상이 선명하지 않고, 그 기능이 일부만 중복적이어서 생략이 어색하다는 단점이 있다. 마지막은 <민들레>이다. 시의 제명과 의미상의 궤도를 이용하여 삽입한 이 주어는, 제법 통일성 있게 시의 종결을 유도한다. <씨앗>들을 산지사방으로 퍼뜨리고 혼자 남아(적막만 넘쳐흐르는) 흔들리는 민들레의 모습은, 자식들을 떠나보내고 외롭게 밭일을 하면서 조름에 겨워하는 늙은 어머니의 모습을 상징적으로 중첩시킨다. 문제는 문장 상으로 뒷받침할 수 없다는·점이다. 종장은 율격의 간섭을 가장 강하게 받는 대목이다. 그래서 의미상의 모호함을 감수하면서까지 형식적 통제를 가하려 했던 것이 아닐까. 그러나 이러한 추측이 의미상의 모호함과 문법적 불안정성을 완전히 해소시키지는 못한다. 이 점은 주어의 비워짐이 낳은 그리 긍정적이지 않은 혼선이다.

**3.**

박옥위의 「간지럼타는 나무·4」는 화자의 생략을 통해 절묘한 넘나듦을 보여주는 시이다.

1.
고전을 들려 주면 엽록소가 왕성해진다고 비닐 집 안에 아예 클래식을 틀어 놓는
생명의 오묘한 영농법을 누가 시행했다누만.
2.
밑둥치를 살살 손바닥으로 문지르면 줄기 끝 잎새가 춤을 춘다는 나무 이야기
뿌리도 간지럼을 타서 발을 옹종거리겠네.
3.
그래 우리 두꺼운 겁껍질 속에도 뽀송한 살갗 간지럼 타던 순수있어
티없이 맑은 것들은 그들끼리 한들내누.
4.
누가 내 손바닥에 손도장을 찍었다 매끄러운 간지러움이 실핏줄을 타고 흘러
피래미 떠 내리던 방죽 풀잎까지 흔든다.

이 시는 모두 4연으로 이루어져 있고 각 연에 번호가 붙어 있다. 그러나

그 번호는 의미상의 임계지점과 일치하지는 않는다. 먼저 1연은 <고전을 들려주면 엽록소가 왕성해진다고 비닐 집 안에 아예 클래식을 틀어 놓는/ 생명의 오묘한 영농법을 누가 시행했다누만>이다. 이 연의 화자는 평범한 농부로 여겨진다. 어쩌면 <비닐하우스>라는 상용어조차 제대로 모르는 무식한 이일 수도 있다. 연의 앞에 <여보게>라는 단어만 첨가하면, 한 농부가 다른 농부에게 건네는 영농 정보쯤으로 여겨진다. 말을 받은 농부는, 자신이 아는 정보를 돌려준다. 뒤를 채우면, <밑둥치를 살살 손바닥으로 문지르면 줄기 끝 잎새가 춤을 춘다는 나무 이야기도 있다는 구만>쯤이 될 것이다. 흥미로운 것은, 2연이 이 시구로만 온전히 건축되지 않았다는 점이다. 이어지는 2행은 <뿌리도 간지럼을 타서 발을 옹종거리겠네>이다. 그러면 이 시구의 발화자는 누구인가. 첫 번째 농부인가. 그렇게 보기에는 어딘가 낌새가 이상하다.

3연을 먼저 읽어보자. <그래 우리 두꺼운 겉껍질 속에도 뽀송한 살갗 간지럼 타던 순수 있어>이다. 여기서 <우리>는 중요하다. 두터운 겉껍질을 가지고 간지럼을 타는 주체는, 혹시 <나무>가 아닐까. 농부들의 이야기를 듣던 <나무>들이 슬그머니 자신들의 언어로 이야기를 풀어놓은 것은 아닐까. 2연 2행의 <뿌리> 앞에도 <우리>가 생략되었다고 가정하면, 이것은 나무들의 독백으로 이해될 수 있다. 반면 3연의 2행은 <티없이 맑은 것들은 그들끼리 한들대누>인데, <그들>과 <한들대누>를 참고하면 이것은 사람들의 음성에 해당한다. 2연의 도중에 나무가 살짝 끼어 들고, 나무의 이야기인줄 듣고 있던 3연의 도중에 사람의 음성이 슬그머니 틈입하는 형세이다.

4연은 나무와 사람의 소리가 반향되며 메아리처럼 겹쳐진다. <누가 내 손바닥에 손도장을 찍었다 매끄러운 간지러움이 실핏줄을 타고 흘러/ 피래미 떠 내리던 방죽 풀입까지 흔든다>에서 <내 손바닥>과 <손도장>은 인간의 것에 가깝고, <간지러움>을 느끼는 대상은 나무에 가깝다. 그리고 <흔든다>의 주체는 나무일 수도 있고 사람일 수도 있다. 4연이라는 시의 방죽 안에는 발화자의 흔들림이 파문(波紋)을 이루고 있다. 이렇게 이 시는 발화자의 자리를 비워 해석상의 단서를 감춤으로써 시를 재미있게 만들고 있다. 그리고 이러한 발화자의 정체를 채워 가는 과정에서 나무와 사람의 유사성이 자연스럽게 엉키게 된다. 나무의 <티없이 맑은 것>들이 서로 모여 조화를 이루듯, 사람도 티없이 맑은 마음으로 어울려 살아야 한다는 작가의 속마음을 귀담아 들을 수 있게 된다.

**4.**

　　박권숙의 「그믐밤」은 전통적인 형식을 고스란히 물려받은 연시조이다.

　　　　울음으로 속을 채운 깊은 그믐밤이었네
　　　　대추꽃 환한 팔을 쳐든 채 빗소리는
　　　　물받이 홈통 속으로 묻혔다가 일어서고

　　　　내 안의 녹슬어 가던 죽음들을 깨우는
　　　　수천년 전에 죽은 한 눈빛을 불러내며
　　　　읽다 만 왕오천축국전 표지에 와 깜박일 때

　　　　밀교의 경전 같은 어둠에 기대 듣네
　　　　모래바람 자욱한 만행의 사막 저편
　　　　캄캄한 구릉을 넘는 외로운 달의 숨소리

　　시인은 빽빽하게 비가 내리는 밖을 바라본다. 마침 그믐이다. 밖에는 대추나무가 환한 팔을 쳐들고 서 있고, 내린 비는 물받이 홈통으로 모여들며 혹은 부딪치며 소리를 내고 있다. 이것이 1연의 대강이다. 1연이 바깥 풍경이라면 2연은 내면 풍경이다. 밖을 향하던 시인의 시선은 문득 자신에게 모여든다.

자신의 내부에는 <녹슬어 가던 죽음들>이 있었고, 이 죽음들을 깨우는 <수천 년 전에 죽은 한 눈빛>이 있었다. 시인은 죽음들을 깨우는 눈빛을 불러낸다. 그 불러냄은 <왕오천축국전>에 대한 독서이다. 그러니 <눈빛>은 이 책을 지은 혜초이거나, 책 속에 담긴 혜초의 혜안(慧眼)을 가리킬 터이다. 3연은 이러한 불러냄의 의미를 탐구해 가는 과정이다. 어둠과 같은 <밀교의 경전>을 떠올리고 수행자들이 지켜야 될 여러 가지 행동(만행, 萬行)을 상기한 시인은, 바깥의 어둠과 내부의 죽음에서 수행처의 혼란과 막막함을 본다. <캄캄한 구릉>은 이러한 혼란과 막막함을 보여준다.

문제는 바깥 풍경, 내면 풍경, 그리고 의미적 통합이라는 변증법적 구도에서 이 시가 상투적인 반복만을 거듭하고 있다는 점이다. 즉, 1연의 <울음으로 채워진 그믐>은 2연의 <죽음으로 녹슬어 가는 나>로, 3연의 <모래바람 자욱한 사막>으로 연결되고, 1연의 <환하게 팔 벌린 대추꽃>은 <깨어나 명민하게 반짝이는 눈빛>으로, 3연의 <구릉 뒤에 잠복했다가 곧 떠오를 달>로 연결된다. 이러한 연결은 상투적이고 반복적이고 그래서 시적 의미망을 폭넓게 형성하지 못하는 죽은 비유들이다. 이렇게 시작 의도가 들통나면 바깥/내면/통합이라는 연의 배치 역시 힘을 잃는다. 생략의 묘미를 찾지 못하고 너무 많은 것에 욕심을 냈기 때문이다. 의미 있는 요소들을 골라, 유효 적절하게 배치하는 것에 실패했기 때문이기도 하다. 비움 없이 채움만 강조한 결과인 것이다.

## 5.

정형시의 율격이 형식적인 제약을 부른다는 점에 착안하여, 형식상의 비워짐과 의미상의 채워짐으로 시조 몇 편을 살펴보았다. 비움은 형식상으로 혹은 내용상으로도 모색될 수 있지만, 어떤 측면이든 다시 채울 수 있는 비움이어야 한다. 시는 세계를 바라보는 시인의 비움이고, 이 시인의 생략을 다시 읽어낼 수 있는 독자의 메움이다. 비움과 메움이 제대로 그리고 타당하게 이루어질 때 시는 좋아질 수 있다. 여기에 정형시는 한 가지 부담을 더 떠 안는다. 그것은 비우고 싶어도, 혹은 꼭 남겨두고 싶어도 외형적 제약으로 인해 불가능해질 수 있다는 것이다. 따라서 비움과 메움의 길항을 보다 세련되게 궁리하는 형식적 복안이, 정형시에서 무엇보다 절실하다.◆(『현대시』 2002. 7)

# 종장의 비밀과 현대적 변주

## 1.

고전 시조의 형식적 특징은 마무리에서 두드러진다. 시조를 연구하는 많은 학자들에 따르면, 3행으로 이루어진 시 형식은 전 세계를 둘러보아도 매우 드물다고 한다. 기승전결의 구도를 전통적인 시 양식으로 인식하는 동양적 시관에서도 3행의 홀수 형식은 특이한 현상이다.

김흥규는 종장에서 시조의 비밀을 엿보는 탁월한 논문을 제출한 바 있다. 시조의 일반적 형식에서 1행(초장)의 음절수는 3/4/3/4이고, 2행(중장)의 그것도 대개 비슷하다. 이러한 짝을 이루는 구도와 반복적 시행 배치는 열린 형식(개방성)으로 이름지을 수 있다. 시상을 덧붙이고 확장하고 이어나가는 부분에 해당하기 때문이다. 반면 3행(종장)은 앞의 두 행과는 약간 다르다. 우리는 이것의 음절수를 흔히 3/5/4/3으로 기억한다. 이것은 보다 복잡하고 정교한 논리를 요구하는 자리에서는 엄밀하게 재고되어야 할 사항이겠지만, 여기서는 대략적인 가정 하에 이러한 구도를 받아들이자. 다시 김흥규의 논의로 돌아가서, 3행의 첫 음보부터 네 개의 음보(한 행은 두 개의 구로, 한 개의 구는 두 개의 음보로 이루어진다)를 순서대로 a / b / c / d라고 한다면, 종장의 규칙은 a < b > c ≥ d 로 정리된다. 종장의 첫 음보보다 두 번째 음보가 크고, 두 번째 음보는 세 번째 음보보다 크며, 세 번째 음보는 네 번째 음보보다 대체적으로 크다는 등식이 확인된다.[1] 이것은 일정한 패턴을 반복하는 1,2행과 근본적으로 다른 리듬을 요구한다. 열린 형식이 아닌 닫힌 형식(폐쇄성)을 불러오며 자연스럽게 시상의 마무리를 유도한다. 그래서 시조의 종장은 <시상의 낙차(落差)>를 보이게 되는 것이다.

이러한 낙차를 둘러싼 비밀을 캐보자. 일단 b + c > a + d 의 도식이 성립하고, 다음으로 a + b > c + d 의 도식도 대개 성립한다. 한 음보를 읽는 시간이 일정하다고 가정할 때, 첫번째 도식은 b와 c에서보다 a와 d에서 여유있게 율독할 수 있다는 점을 보여준다. 그리고 a의 상당수가 감탄적 어사(감탄사, 호격, 명령형, 그리고 감탄의 뜻을 내포한 부사어)로 이루어지고 d의 자리에 감탄적 종결형(감탄형, 감탄적 의문형, 의문형, 의지형, 감탄의 징후)이 위치하는 경우가 많다는 점을 감안하면, 1음보와 4음보에서 감정적 중량이 훨씬 많이 실리게 됨을 알게 된다. 읽어야 할 글자가 적고 글자 사이의 간격이 넓어 감정적 진폭을 실어낼 여지가 커지게 되는 것이다. 이것은 여운을 길게 남기는 효과를 가져온다. 반면 2음보와 3음보는 글자 사이의 간격이 성글고 일단 빨리 읽혀야 하는 상대적인 효과를 거두게 된다. 이것은 시상을 촉급하게 끌고 가는 동인이 된다. 앞(a와 b)이 빽빽하고 뒤(c와 d)가 성글다는 것(두번째 도식) 역시 뒤 부분의 여운이 길게 남는 효과를 가져온다. 결론적으로 1행과 2행이 예측가능하고 반복적인 시행의 모습을 보인다면, 3행은 이러한 율격에

---

1) 사실 이 등식을 전제하기 위해서는 복잡한 증명 과정과 계산 절차를 요구하는데, 그것은 김흥규의 논문 「평시조 종장의 율격·統辭的 定型과 그 기능」를 참조하기를 바란다. 여기서는 이러한 선행 연구를 인정하고 현대문학적 관점으로 옮겨오는 것에 치중하기로 한다. 아울러 여기서 다루어지는 종장의 율격규칙에 관한 대부분의 것을 이 논문과 김흥규의 다른 저작에서 원용하였음을 밝힌다.

변화를 가하면서 시상의 낙차를 유도하는 구도를 띤다. 그 낙차는 첫 음보에서 운율이 전환하고, 둘째 · 셋째 음보에서 촉급해지고, 넷째 음보에서 유장해지는 변화로 성립되며, 전체적으로 앞구보다는 뒷구가 길게 늘어지면서 미세한 변화를 내포한다. 종장의 첫 음보(불변의 음수율)는 변주로의 돌입을 알려주고 기억시키는 이정표의 구실을 한다.

## 2.

시조를 읽을 때 가장 먼저 찾는 것은 종장의 위치이다. 정확하게 말하면 종장의 리듬을 이끄는 첫 음보(3음절)이다. 이것을 확인할 수 있을 때에야 편안하게 전체적인 말들의 배치를 관조하고 그 안에 내재된 율격을 음미하고 또 시상의 전개와 마무리의 길목에 자리잡을 수 있다. 이러한 측면에서 다음의 시조는 당황스럽다.

> 그리움 둥둥 떠서
> 중천 쯤에 걸리는 날
>
> 운홍사 찾아간다 대웅전 앞 석탑은 없고
> 정갈히 합장하는 산벚, 그 나무에 기대
> 눈 감은 탑이 된다
>
> 맴돌며 못 떠나는 것
> 뚝 뚝 이울게 하는
>
> 그래도 지지 않는 것 노스님 독경에 씻어
> 산자락에 다문다문 꽃으로 널어 놓다가
> 또 다시 한 겹 입 돌아 껍질 벗는 분홍꽃탑

부끄럼도 그냥 잊은 채 아픈 속살 내어놓고
밤잠 설친 풍문을 풀어
제단에 드러눕는
별이다,
활 활 타올라 마침내 불을 켜는
　　　　　　　　　—곽흥란의 「분홍꽃탑」의 전문(밑줄 인용자)

　　고전 시조의 율격적 중심인 종장의 첫 머리에 해당하는 글자들에 밑줄을
쳐보았다. 첫 연은 초장에, 둘째 연 1행은 중장에, 둘째 연 2행은 종장에 해당
한다. <정갈히>는 종장을 표시하는 불변의 음수율에 해당한다. 그런데 둘째
연 3행의 위치는 애매하다. <정갈히/ 합장하는 산벚,/ 그 나무에 기대/ 눈
감은 탑이 된다>인지, 아니면 <정갈히/ 합장하는 산벚,/ 그 나무에/ 기대(긴
여운)>인지 판단하기 어렵다. 전통적인 시조의 형식을 참조하고 앞의 전제를
끌어들이면 후자가 격식에 더 잘 들어맞고 더 강한 여운을 남기게 된다. 따라
서 마무리의 형식에 가깝다고 해야겠다. 그러나 여기서 전체 시조가 끝나는
것이 아니며 실제로 그 다음 한 행을 처리할 일이 막막하다는 것을 감안하면,
단정짓기는 곤란하다.
　　문제는 3연에도 있다. 앞의 1연처럼 3연도 하나의 행, 그러니까 다음에
오는 것이나 앞에 남은 것과 어울려 시조의 한 장으로 편입되어야 할 것 같은
데, 4연을 보면 오히려 따로 떨어뜨려야 할 것 같다. 왜냐하면 4연은 외형적으
로든 율격적으로든 하나의 완결된 시조를 이루기 때문이다. 이 시(연시조라고
하면)에서 가장 고전적 규칙에 잘 들어맞는 (단)시조이다. 5연도 율격적 변주
가 상당히 드러나긴 하지만, 완결된 단시조의 율격을 지키고 있다.
　　그렇다면 2연의 3행과 3연은 어떻게 이해해야 하는가. 이해의 진폭은 작품
의 내용에 따라 달라질 것 같다. 현재 시인은 운흥사에 있다. 운흥사는 전라남

도 나주에도 있고 울산에도 있지만, 여기의 절은 흔적뿐이므로, 경상남도 고성에 있는 운흥사가 유력하다(바다가 가까워야 한다는 사실도 그 근거로 내세울 수 있다). 운흥사 대웅전은 맞배지붕과 배흘림기둥 그리고 불단인 수미단에 화려한 조각이 있는 건축물이다. 시인은 고즈넉한 품위를 지닌 대웅전 앞에서 의례 있으려니 생각되는 석탑 대신, 산벚나무를 만난다. 산벚나무는 바닷가의 숲 속에 잘 자라는 나무로 4월에 연한 붉은 색 꽃을 피우는 식물이다. 꽃은 5개의 잎으로 이루어지고, 다수의 꽃이 한 곳에 모여 있는 형태로 핀다. 그래서 5연에서 별을 닮았다는 묘사가 가능해진다.

시인은 그 산벚나무에 기대어, 잠시 생각에 든다. 자신을 운흥사로 몰고 온 상념에 빠지는 것이다. 누군가를 향한 그리움은 정오의 태양처럼 마음을 강하게 압박하고 있다. 부동심(不動心)의 탑이 되어 이겨내려 하지만, 상념의 주위를 <맴돌며 떠나>지 못하고 꽃이나 잎이 시들 듯 마음이 이지러져감을 느낀다. 그리움이 시인의 마음을 지치게 하고 쇠미하게 만들고 있다. 이 대목은 시조의 어느 쪽에 속한다고 말하기 어렵고 낱낱으로 부스러져 있는 대목이다. 시인이 이 절을 찾은 진짜 이유가 묻힌 지점이다. 마음의 번뇌가 그렇듯이, 언어로 그 본질과 형상을 그려내기 어려운 경우가 많다. 깊은 번뇌 앞에서는 언어적 육체가 시들어버리고 토막토막 끊어져 논리적인 접근을 불허하는 경우가 많다. 이러한 측면에서 형식적으로 처리되지 못하고, 율격 속에 공유되지 못하고, 완성되지 못한 세 행(2연 3행과 3연)은 이 시조의 틀 속에 떠돌게 된다. 시인은 눈 감은 탑이 되겠다고 하지만, 오히려 상념을 끼고 탑돌이를 하듯 맴돌이는 하는 신세를 면하기 어렵다. 이러한 언어적 미묘함을 난파된 세 행으로부터 얻을 수 있다면, 이러한 형식적 파산은 의미있는 것일 수 있다.

2연과 3연에 걸쳐 있는 문제를 이런 식으로 해결한다면, 4연과 5연의 정형적 율격은 상념에서 빠져 나온 시인의 온전한 정신으로 이해할 수 있다. 다시 운흥사의 앞뜰로 자신의 위치를 기억하게 된 시인은 현실의 논리를 따른다.

그것은 형식 고수로 나타난다. 그러나 형식적 고수는 내용적으로는 별다른 묘미를 주지 못한다. 왜냐하면 산벚나무의 형상과 그 비유가 적당하게 느껴지지 않기 때문이다. 시인은 노스님의 독경을 통해 마음의 미혹에서 빠져나오듯, 산벚나무도 환골탈태를 하고 있다고 말하고 싶은 듯 한데, 아무래도 이것은 과장된 비유라는 생각이 든다. 시인은 지금 잠시 상념에서 놓여난 것일 뿐, 근본적으로 깨달음을 얻은 상태로 보기는 어렵다. <또 다시 한 겹 잎 돌아 껍질 벗는>의 의미 역시 명확하지 않다. 그러다 보니 5연(이 연은 전체 시조를 마무리하는 위치임으로 각별히 중요하다)에서 <부끄럼>이나 <아픈 속살>이 어떻게 <제단>에서 <활 활 타올라 마침내 불을 켜는> 승화의 경지로 연결될 수 있는지 납득하기 어렵게 된다. 그래서 <별이다, / 활 활 타올라 / 마침내 / 불을 켜는>과 같은 형식적 완결형이, 전개된 의미를 제대로 여며주지 못하는 것으로 판단된다. 이것은 형식적 율격이 의미의 보완을 받지 못한 경우라 하겠다.

### 3.

반면 홍성란의 「소림명월도(疏林明月圖)—김홍도의 달」은 종장을 원래의 형태로 복원시킴으로써 의미적 귀결점을 쉽게 찾은 시조이다.

> 물오른 젖가슴
> 달은 옷을 입지 않아
>
> 자작나무 가지 위에
> 걸터앉은 저 여인
>
> 엉덩이 둥두렷 밝으니 나도 불끈 솟아라!

홍성란의 대담한 필치가 돋보이는 작품이다. 이 작품에 시상을 제공한 김홍도의 동명 그림 역시 대담한 필치가 인상적인 작품이다. 서너 그루의 나무가 성글게 서 있는 숲[疏林] 사이로 보름달이 환하게 걸려 있다. 동그랗게 걸린 달은 마침 석양 무렵의 태양처럼 나무 사이로 비스듬한 빛을 뿜고 있다. 주위로 약간의 달무리가 번져, 여인의 젖가슴과 비슷한 형상이다. 젖가슴으로 연상된 달은 곧 여인의 비유가 된다. 옷을 입지 않고 가지 위에 살짝 걸터앉으려는 여인의 자태로 이어진다. 그러고 보면 달은 부끄러움을 타며 완전히 자태를 드러내기 싫은 듯, 엉성한 가지 사이로 엉거주춤 숨은 것 같기도 하다.

그런데 마지막 연에 <엉덩이가 둥두렷 밝았다>고 되어 있다. <둥두렷>의 의미는 정확하게 파악되지 않는다. 내가 조사한 범위 안에서는 사전에도 등록되지 않은 단어이다. 따라서 <둥글게>나 <두둥실>이나 <뚜렷하게>의 의미적 합성어이거나 그 점이 지대에서 탄생한 용어로 받아들이기로 한다. 그림 속의 달은 둥글지만 나무 뒤에, 두둥실 떠오르기에는 아직 낮은 위치에 있다. 또 뚜렷하다고 말하기도 힘들다. 그런데도 <나>는 <둥두렷 밝으니>라고 단정했다. <나>의 정체는 2연까지 우리가 믿고 따르던, 그림 관람자 혹은 시인의 눈을 빌려 그림을 상상하는 사람이 아닐 가능성이 높다. 또 <불끈 솟아라!>가 여인의 이미지를 연결시켜 생각하면 남성적 욕망의 표현으로 생각될 여지도 있지만, 실제로 시인이 여자이고 단순히 그런 육체적 현상만을 이야기한다고 단정짓기 어려운 측면이 있다. 그렇다면 <나>가 <나무>라는 가정을 세워보면 어떨까 한다. 나무의 입장에서는 달과 자신 사이에 걸치는 것이 없으니, 뚜렷하고 둥글게 달이 보일 것이고 지평선 너머로 두둥실 떠오르는 것처럼 느껴질 것이다. 불끈 솟는다는 표현도 삐죽삐죽 솟은 나무의 형상을 염두에 두면 추측가능한 표현일 것 같다.

이러한 가정을 뒷받침하는 것이 형식적 율조이다. 1연과 2연은 나무들이 듬성듬성 그리고 서너 그루만 솟아 있는 형상처럼 네 개의 구(句)로 듬성듬성 떨어진 형세이다. 위는 두 그루인 것 같으면서도 아래에서 하나로 만나는 두 나무처럼 그렇게 벌려 있다. 이것은 그림 속의 형상과 같다. 반면 3행(종장)은 특유의 마무리 형식으로 돌아와 있다. 벌려져 있던 구는 두 개가 결합하여 하나의 장을 이루면서 4음보를 보기 좋게 구현한다. 3/ 6/ 4/ 3으로 매듭지어지며, 4음보에 감탄형이 오는 것도 고전적인 규칙에 합치된다. 자유분방하게 늘어선 초·중장의 시상은, 율격과 한 걸음 더 나아가 그림의 형상 그리고 내재적 시점 이동을 동반하면서 전통적 마무리로 돌아오고 있는 것이다. 이 점은 재치 있고 참고할 만한 변주로 여겨진다. 시상의 낙차가 유효 적절하게 구현된 경우이다.


## 4.

고전 시조에서 종장의 율격적 형식이 마무리의 개념과 맞물렸다는 사실은, 연시조에서도 그 흔적을 찾을 수 있다. 김흥규는 윤선도의 「어부사시사」를 거론하는 자리에서 흥미로운 사실을 지적한다. 윤선도의 「어부사시사」는 어옹(漁翁)의 삶과 자연의 풍치를 연속적으로 읊은 40수의 연시조이다. 봄, 여름, 가을, 겨울에 딸린 시조가 각 10수씩으로 일정한 순서에 따라 단계적으로 진행되도록 10편의 시조가 짜여져 있다. 그런데 흥미로운 사실은 1수부터 39수까지의 시조가 종장의 형식으로 < a < b > c ≥ d >를 따르지 않는다는 점이다. 앞서 언급한 평시조 종장의 율격과 통사적 정형(定型)은 가장 마지막 수, 즉 40번째 시에만 적용된다. 앞의 39수는 3/ 4/ 3/ 4의 초·중장의 정형을 따른다. 이것은 대단히 의미있는 발견이다. 윤선도는 자신의 시적 테두리를 40수 각 편에 적용한 것이 아니라, 1수부터 40수에 이르는 전체 범위에 적용한 것이다. 이것은 1수와 2수가, 1수와 11수가, 1수의 초장과 39수의 종장까지가 일정한 테두리 안에서 하나의 형식적 공동체를 이루고 있으며,

39수와 40수가, 40수의 중장과 40수의 종장이 하나의 경계 너머에 있음을 시사한다고 하겠다. 따라서 우리는 마무리의 리듬과 정형이 어떤 가시적, 심리적 결말을 의미한다는 사실을 확신하게 된다.

흥미로운 관찰은 이뿐만이 아니다. 가지런하고 일관성있게 정리된「어부사시사」가 아닌, 낱장으로 흩어져 순서와 위치를 잃어버린 각각의 시조들이 각종 시가집에 편입되게 되는데, 그 때 종장의 형태가 달라진다. 예를 하나만 들어보자.「어부사시사」의 5수 종장은 <탁영가의 / 흥이나니 / 고기도 / 니즐로다>(3(4)/4/3/4)인데,『해동가요』에는 <죠해라 / 탁영가에 흥이난이 / 곡이 좃차 / 니즐노다>(3/8/4/4)로 실려있다.『해동가요』에 실린「어부사시사」가 정돈되지 못하고 무작위적으로 섞여 있다는 점(더구나 일부는 빠져 있다)을 감안하면, 이것은 전체를 하나의 연속적 시상체로 의식하지 못한 결과 각 수 마다 평시조의 종장 형식을 도용한 결과로 보여진다. 당시 편집자나 채록자는 시가의 정형적 패턴에 맞게 시를 기억하기 때문에, 첨삭과 변형을 자연스럽게 펼쳐낸 것이다. 그 만큼 종장의 형식은 마무리와 밀접하다.[2]

현대 시조는 고전 시가의 율격적 규칙과 변형에서 비교적 자유롭지만, 그렇다고 해서 완전히 무관한 것은 아니다. 고전 시가의 규칙은 현대 시조의 중요한 참고 사항 내지는 필수 고려 사항이 될 수 있다. 원은희의「고수동굴을 빠져 나오다」는 이러한 참조 사항의 적용 범위를 알려주는 예가 될 듯 하다. 결론부터 말하자면 나는 이 시조가 미진하게 쓰여지게 된 이유로, 종장의 기능을 들고 싶다. 원은희는 표면적으로 다섯 개의 시조를 이어 붙여 거대한 외형을 갖춘 한 편의 시를 만들어낸다. 그리고 각 부분에 공평한 부담을 준다. 특별히 연을 나누지 않고, 행과 행의 거리를 모두 같게 배치한다. 표면적으로는 초, 중, 종장의 위상도 동등하다. 종장의 첫 음보는 3음절을 지키는 것을 잊지는 않는다. 이것을 표지로 하여 종장에 해당하는 시행만 끌어 모아 보면

---

2) 위의 견해는 김흥규의 논문「「어부사시사」의 종장과 그 변이형」을 참고하였다.

다음과 같다.

1) 영원히 / 마르지 않는 길을 / 따라가 볼 / 일이다
2) 거대한 / 우주자궁 속/ 신화와 만날/ 일이다
3) 절정의 / 사랑자리가 / 남긴 돌기둥 / 아뜩하다
4) 물 콸콸/ 맥박 소리가 / 귀를 맑게 / 씻어 준다
5) 미궁 속 / 신요(伸腰) 한 자락도/ 제 길을 찾아 / 나온다

읽는 사람에 따라 다소 편차는 있을 수 있겠지만, 나에게 위의 시행들은 평시조의 종결법을 상기시킨다. 「고수동굴을 빠져 나오다」는 동굴의 여정을 시적으로 형상화한 작품이다. 따라서 단속적인 느낌보다는 연속적인 느낌이 강하고, 형식적으로 이를 뒷받침해야 할 것으로 사료된다. 뿐만 아니라, 원은희는 시행의 배치부터 전체의 구도에 이르기까지 그렇게 의도했다. 그런데도 종장의 율격은 평시조의 전형적인 종결법 <a < b > c ≥ d>를 적용한다. 이것은 외형과 내부에, 시각적 배치와 청각적 복안에 어긋남을 가져온다. 따라서 다소 불협화음을 형성하게 되고, 시의 단아한 기조를 흔들어 놓는다. 물론 이 작품은 시적으로 불명료한 몇 가지 처리로 인해 이러한 혼란을 가중시킨다는 단점도 있다. 이러한 단점이 율격 안에서 제대로 보완·강화되지 못한 점은 대단히 아쉬운 점이다.

마지막으로 옥영숙의 「산동처녀」는 이리저리 뜯어 볼 만한 구석이 많다. 먼저 시를 옮겨 보자.

우리는 그녀의 범행을 묵인했다

오래오래 기억해야 할 산동을 위하여
특별한 혼례를 옷섶에 산수유를 숨겼다

황하 강을 건널 때
제 이름표 달 듯
뉘우치는 기색 없이
노란 꽃술을 만지며
넉넉한 가지 끝에 달릴
붉은 열매를 상상했다


근질근질한 삼월의 잘 마른 햇살이
섬진강 물줄기를 거슬러 올라오면
산동댁 장물이 범람하는 지리산 계곡이 환하다


이 시조에도 다소 약점이 있다. 그것은 이 시를 끝까지 읽어도, 시가 구현하는 지역의 전설을 모르면 그 뜻을 속속들이 파악하기 어렵다는 것이다. 이것을 막기 위해 시인은 각주를 첨부한다. 읽어보면, <구례군 산동면은 중국 산동 처녀가 시집오며 가져온 산수유로 유명해 지명도 산동이며 산수유 마을로 유명하다>이다. 참고해서 읽어보자. 시 속의 <그녀>는 중국 산동 지역에서 시집온 처녀이다. 그런데 <우리>는 누구인지 분명하지 않다. 그녀는 시집오면서 고향을 기억하기 위해서 산수유를 숨긴 채 입국한다. 황하 강을 건너면서도 양심의 거리낌없이 노란 산수유를 어루만진다. 도착해서는 나무를 심고 그 나무가 꽃을 피우고 열매를 맺기를 염원한다. 그녀의 꿈은 삼월 섬진강 물줄기를 따라 개화한다. 산수유 꽃은 3~4월에 잎보다 먼저 노란색으로 피어나는데 그것은 마치 산동처녀의 설레는 마음처럼 화사하다. 시인은 이 선물을 <장물>이라고 칭한다. 1행에서 선택된 <범행>과 같은 맥락에 놓이는 단어로서, 시의 첫 머리에서 던져준 의문을 해결하기 위한 시적 귀결점이 된다. 따라서 이 시는 전설이 잘 알려진 것이 아니라는 약점이 있지만, 나름대로 이야기를 빌려 시집오는 새색시의 설레임과 화사함을 자연의 아름다운 풍광에 솜씨있게 빚어낸 시라고 할 수 있겠다.

이러한 솜씨 뒤에는 형식적 배려가 내재한다. 시적 긴장을 불러일으키기 위해서 <범행>이라는 낯선 단어 뒤에(정확히 말하면, 단어가 들어간 행 뒤에) 간격을 둔다. 그것은 1행을 1연으로 배치한 이유가 될 수 있다. 2연은 1연과 결합해서 형식적 울타리를 형성하면서도, 정보가 한꺼번에 노출되지 않도록 휴지를 둔다. 2연은 비교적 상세하게 세부 사항을 전달한다. 그래서 휴지 없이 한 연을 이어놓는다.

3연은 전체 시의 마무리이자, 궁금함을 해결하는 지점이다. <장물>이라는 단어는 산동처녀의 범행이 곧 우리에게 선물이자 축복이었음을 알려주는 기묘한 역할을 담당한다. 뿐만 아니라, 종장에서 <산동댁(3) / 장물이 범람하는(7) / 지리산 계곡이(6) / 환하다(3)>의 종결 구도를 극단적으로 사용함으로써 심리적 촉박함(7과 6음절) 다음에 긴 여운을 두는(3음절) 배치를 이루어내어, 유장하게 펼쳐진 산수유의 아름다움을 오래 음미하게 만든다. 이것은 꽤 재미있는 배치이다. 비록 2연이 중언부언의 기미가 있고 각주 없이는 전체적 개요를 일목요연하게 파악할 수 없다는 한계가 있지만, 섬진강과 노란 산수유 그리고 그 뒤에 겹쳐지는 붉은 열매와 붉은 입술의 새색시를 상상하는 즐거움은 어느 정도 실현된다. 이것은 형식적 종결성이 시각과 어우러진 예라고도 할 수 있다.

## 5.

내가 생각하기에 종장의 첫 음보, 그러니까 대개 세자로 이루어지는 불변의 음수율은 이러한 변화와 마무리를 조율하는 신호탄이 아닌가 한다. 시조는 이 세 음절을 중심으로 앞과 뒤로, 전개와 마무리로, 안정된 호흡에서 변화하는 호흡으로, 열림에서 닫힘으로, 나누어지고 갈라지는 것 같다. 거칠게 말해서 1,2행이 저울의 한 쪽이라면, 3행의 두 구는 다른 한 쪽 저울과 수평을 이룰 정도로 시적 중량감을 간직한 저울의 다른 한 쪽이 된다. 이것은 필연적으로 3행을 범상치 않게 만들고 있으며, 김흥규의 논문 같은 복잡한 논의를 끌어낼 정도로 그 안에 많은 비밀을 숨겨놓을 수 있게 만든다.

고전 시조의 형식적 정형이(사실 이 규칙도 모든 시조를 대상으로 한 것은 아니지만), 현대 시조에 그대로 적용되지는 않는다 하더라도, 이러한 건축상의 비밀은 여전히 비전(秘典)으로 전수되는 것 같다. 그것은 상대적으로 현란해지는 3행의 변주에서 확인된다. 마치 온갖 개성과 디자인의 현대식 건물이 서울 거리에 뽐내듯 들어서는 것처럼, 현대라는 접두어를 달고 등장하는 시조는 특히 3행의 치장에 큰 심혈을 기울인다. 그러나 이러한 치장이 반드시 변별력과 독창성을 담보하는 것은 아니다. 마치 새롭게만 짓는다고 해서 아름다운 건축물이 되지 못하는 것처럼, 오히려 주위의 환경과 어우러지지 못하면 더 추한 건축물이 될 수밖에 없는 것처럼, 시조의 3행 역시 그 디자인의 정도와 어울림을 고려하지 않으면 고전 시가가 지닌 형식적 유연성과 그 절묘한 마무리 기법을 훼손시키고 말 것이다. 김흥규의 결론을 다시 빌리면 시조의 의미론적 완결은, 초중장의 반복과 개방성에서, 종장의 변주와 폐쇄성으로 넘어가면서 혹은 음성학적 편안함에서 긴장과 이완의 구조로 접어들면서 이루어진다. 이러한 규칙을 무시하고 단순한 치장에만 몰두한다면 얻는 것보다는 잃는 것이 많지 않을까. 그러한 측면에서 현대 시조의 매력은 그리고 초점은 종장을 처리하는 것에 있지 않을까 한다. 홍성란이나 곽흥란이나 옥영숙 역시 비슷하게 궁리하고 또 고민하는 시인으로 판단된다. 그들의 형식적 실험이 보다 차분한 목소리를 갖게 되기를 바란다.◆(『현대시』 2002. 8/확대개고)

# 봄의 문턱에서 멈춘 푸른 빛

## ― 기형도 론 ―

Ⅰ.

　기형도가 요절했다는 사실은, 엄밀한 의미에서, 그의 시와는 아무런 관련이 없다. 그러나 기존의 평자들은 그의 생물학적 죽음과 시 속에 펼쳐진 문학적 죽음을 같은 것으로 혼동하거나, 표리일체의 밀접한 관계를 갖는 것으로 파악해 왔다. 결론부터 말해, 필자는 기형도의 죽음을 그의 시를 이해하거나, 그의 시 안에 나타난 세계를 탐색하는 과정과 분리시켜 이해해야 한다고 주장한다. 이는 기형도가 추구했던 죽음/상실/부정의 정신이, 기실 살아가는 자의 불안이 확대된 결과일 뿐이지, 깊이를 확보한 시관(詩觀)의 표출로 보기 어렵기 때문이다. 죽음/상실/부정의 추구는, 불안과 다르다. 불안은 죽음/ 상실/ 부정의 세계를 구축할 수 있는 밑자리를 제공한다는 점에서 근원적이지만, 사유의 폭과 반성의 거리를 확보하기 어렵다는 점에서 부차적이다. 불안은 혼란한 자의 편협한 시각일 가능성이 높고, 스스로에게도 납득하기 어려운 감상적인 측면을 배제하기 어렵다.

　위와 같은 자아의 불안에서 유래한 절망적 인식 아래에는, 자기의 위치를 확인하는 작업이 끊임없이 뒤따르기 마련이다. 세계와 자아 사이에 걸쳐 있는 도저한 자기 불안은, 자기 소멸이 아니면 자기 확인의 길을 걸을 수 밖에 없기 때문이다. 포기와 위안이라고 하는 두 갈래 길에서, 기형도는 위안을 택한다. 김현은 <기형도의 시가 아주 극단적인 세계관의 표현이라>고 말하며 <누가 기형도를 따라 다시 그 길을 갈까봐 겁난다>고 했지만[1], 이는 엄격한 의미에서 옳지 않다. 왜냐하면 기형도는 절망의 극단을 경험하지 못했으며, 그가 겪었던 불안도 자기 위안을 통해 어느 정도 희석되어 나타나기 때문이다.

위안의 구체적인 이미지가 <불빛>이다. 기형도의 시에서는 불빛과 어둠이 샴쌍둥이처럼 병렬적으로 공존하고 있음을 쉽게 확인할 수 있다. 어둠은 불의 잔해인 <촛농처럼 누운 밤>(「포도밭 묘지·1」)으로 묘사되고, 불빛은 <어둠의 잔등에 시뻘건 불의 구멍>(「廢鑛村」)으로 그려진다. <그 때의 빛이여. 빛 주위로 뭉치는 어둠이여>라는 표현에서는 빛과 어둠이 나란히 조화를 이루는 풍경을 노래하는가 하면, <어둠은 화염처럼 고요해지고>(「포도밭 묘지·2」)라는 표현에서는 빛과 어둠이 혼효되며 상반된 이미지를 투사하고 있다. 이러한 이미지들은 불안에서 생의 위안으로 나아가는 기형도 시의 특이한 면을 강렬하게 보여주고 있다. 어둠으로 상징화된 불안은, 그 안 어딘가에 빛으로 은유된 위안을 거느리고 있는 것이다. <옷을 입은 햇빛들 속에서 나는 곰곰히 내 어두움을 생각한다>(「10월」)는 선명한 모순도, 기형도의 시 속에 내재하는 어둠과 빛의 상관성이, 불안과 위안의 기묘한 어울림을 드러내고 있다는 결론 안에서 설명될 수 있다. 그러므로 죽음/상실/부정의 세계를 향한 향일성 혹은 가속도의 측면에서 기형도의 시를 읽어내고 있는 기존의 해석은 재고를 요청할 사항이 아닐 수 없다.

---

1) 김현, 「영원히 닫힌 빈방의 체험」, 『잎속의 검은 잎』, 1992, 문학과 지성사. 142면

Ⅱ.

기형도 시는 서성이는 자의 언어이다. 서성이는 행위는 여행이나 방황과는 다르다. 여행이 일상의 자리로 돌아오기 위한 의도적인 떠남이라면, 서성임은 귀로(歸路)를 확보하지 못한 무의지적인 일탈이다. 방황이 떠도는 자의 혼란을 가리킨다면, 서성임은 자신의 위치를 민감하게 감지하는 자의 깨어있는 의식을 보여준다. 이렇듯 서성임은 돌아올 곳을 마련하지 못한, 깨어있는 자의 몫이기에, 기형도의 시는 언제나 불안으로 가득차 있다. 그의 시에서 <그렇다면 도대체 또 어디로 간단 말인가!>(「여행자」)와 같이, 불쑥불쑥 터져 나오는 외침은, 불안을 이겨내기 위한 공허한 독백에 다름 아니다. 거리를 걷다가 <갑자기 눈물이 흐른다, 나는 불행하다>(「진눈깨비」)고 내뱉거나, 용감하게 <나는 인생을 증오한다>(「장미빛 인생」)고 주장할 때, 우리는 서성이는 자의 극단적인 불안감을 확인하게 된다. 그래서 어느 <저녁의 정거장>에서 그동안 <희망을 감시해 온 불안>에게 <나는 이미 늙은 것이다>(「정거장에서의 충고」)라고 선언해버릴 때에도, 그다지 놀라지 않게 되는 것이다.

> 아주 오랜 세월이 흐른 뒤에
> 힘없는 책갈피는 이 종이를 떨어뜨리리
> 그때 내 마음은 너무나 많은 공장을 세웠으니
> 어리석게도 그토록 기록할 것이 많았구나
> 구름 밑을 천천히 쏘다니는 개처럼
> 지칠 줄 모르고 공중에서 머뭇거렸구나
> 나 가진 것 탄식밖에 없어
> 저녁 거리마다 물끄러미 청춘을 세워두고
> 살아온 날들을 신기하게 세어보았으니
> 그 누구도 나를 두려워하지 않았으니

내 희망의 내용은 질투뿐이었구나
그리하여 나는 우선 여기에 짧은 글을 남겨둔다
나의 생은 미친 듯이 사랑을 찾아 헤매었으나
단 한 번도 스스로를 사랑하지 않았노라

—「질투는 나의 힘」 전문

그는 자신이 늙어감을 부인하지 않는다. 오히려 빨리 늙기를 적극적으로 소망한다. <아주 오랜 세월이 흐른 뒤>를 거리낌없이 말함은, 불안과 부정으로 서성이던 시간을 내면에 차곡차곡 쌓아갈 수 밖에 없으리라는, 솔직한 자기 인식에 기인한다. <어리석게도 그토록 기록할 것이 많>을 거라는 그의 청춘은, 대부분 <지칠 줄 모르>고 <머뭇거리>던 공중에서 보내졌다. 공중은 텅 빈 <거리>의 다른 이름이며, 서성이는 자의 행적이 머무는 공간이다. 돌이켜 생각하면 지난 날은 자신의 것이 아닌 듯 생소하기만 하고, 가진 것 없이 보낸 삶에 끊임없는 탄식을 던지지 않을 수 없게 된다. 초라해지는 자신의 운명에 불복하여 믿었던 희망도, 끝내 자신이 세상을 향해 던질 수밖에 없었던 남루함에 지나지 않음을 알게 된다. 그리고 <미친 듯이 사랑을 찾아 헤매었으나> 끝내 진정한 사랑에 도달할 수 없다는 깨달음에 이르자, 시인은 더 이상 자신의 삶을 확신할 수 없게 된다.

위 시에서 서성이는 자는 미래에 대한 가정을 통해, 자신의 현재 모습을 되짚어본다. <아주 오랜 세월이 흐른 뒤에>도 변하지 않을 자신의 이야기를, 담담하지만 확신에 찬 어조로 풀어놓고 있다. 이런 확신은 어디에서 오는가. 이는 미래의 자기 모습이 현재와 조금도 다르지 않으리라는 낙담 때문이다. 이 낙담이 삶에 대한 회의를 부르고, 희망에 대한 부정적 인식으로 이어진다. 그래서 희망의 내용은 질투뿐이고, 그나마 질투만이 그의 삶을 추수릴 수 있는 유일한 힘이 된다.

기형도의 다른 시에서와 마찬가지로 이 시에서도, 희망은, <희망>이라는 단어에 전혀 어울리지 않게 쓰이고 있다. 그는 <희망이란 말 그대로 욕망에 대한 그리움>이라고 말하며, 희망이 지쳐가는 자리에 자신이 서 있다고 적었다[2]. 엄밀한 의미에서, 희망은 지쳐감이라는 말과 어울릴 수 없고, 욕망에 대한 그리움이라는 회고적 정서와도 맥락이 닿지 않는다. 그럼에도 기형도는 자신의 희망을 부정적으로 인식하는 데에, 일말의 주저함도 보이지 않는다. 이는 그가 희망이라는 단어에 대해 불신하고 있음을 뜻한다. 그래서 <미안하지만 나는 이제 희망을 노래하련다>(「정거장에서의 충고」)고 말하면서도 희망에 대한 의심을 완전히 떨쳐 버리지 못하고 <텅 빈 희망 속에서 어찌 스스로의 인생을 예언할 수 있겠는가>(「오래 된 書籍」)라는 물음에 시달린다. 심지어는 <길 위에서 일생을 그르치고 있는 희망이여>(「길 위에서 중얼거리다」)라는 긴 탄식을 토로하며 희망을 믿었던 자신을 질책하기까지 한다.

> 나는 어디로 가는 것일까, 돌아갈 수조차 없이
> 이제는 너무 멀리 떠내려온 이 길
> 구름들은 길을 터주지 않으면 곧 사라진다
> 눈을 감아도 보인다
>
> 어둠 속에서 중얼거린다
> 나를 찾지 말라…… 무책임한 탄식들이여
> 길 위에서 일생을 그르치고 있는 희망이여
>
> ―「길 위에서 중얼거리다」 부분

　길은 서성이는 자가 머무는 공간으로, <눈을 감아도 보>일 정도로 익숙한 곳이다. 그러나 이 길은 서성이는 자의 혼란과 내면의 어둠만이 가득할 뿐이어서, 삶을 긍정적으로 조망할 수 있는 공간이 되지 못한다. 암울한 길 위에서

---

2) 기형도, 「짧은 여행의 기록」, 『기형도 산문집-짧은 여행의 기록』, 살림, 1990. 19~21면

희망이 잉태되기에, 잉태된 희망은 <무책임한> 삶을 가중시킨다. <어디로 가>는지도 모르고, <돌아갈 수조차 없>는 처지에서, 본능적으로 제시된 목표가 희망이었으니, 희망은 결국 <일생을 그르치고> 마는 탄식에 그칠 수밖에 없었던 것이다. 따라서 서성이는 자에게 <희망>은, 한낱 자기 위안 혹은 자기 기만에서 우러나온 표피적인 인식에 불과하지 않을 수 없다.

　이러한 사정은 <집>이라는 공간을 이미 확보한 경우에도 크게 다르지 않다.

> 나무토막 같은 팔을 쳐들면서 사내는, 방이 너무 크다
> 왜냐하면, 하고 중얼거린다, 나에게도 추억거리는 많다
> 아무도 내가 살아온 내용에 간섭하면 안된다
> 몇 장의 사진을 들여다보던 사내가 한숨을 내쉰다
> 이건 여인숙과 다를 바가 없구나, 모자라도 뒤집어쓸까
>
> ―「추억에 대한 경멸」 부분

　사내는 자신의 <방이 너무 크다>고 생각한다. <왜냐하면, 하고 중얼거리>지만, 막상 그 이유는 확실하게 제시되지 않는다. 단지 <나에게도 추억거리는 많다>고 말할 뿐이다. 추억은 언제든 꺼내 볼 수 있는 <사진>처럼 부피가 왜소하다. 그러니 그의 방은 클 수 밖에 없다. 그의 방은, 다가올 사랑이 아니라, 지나가버린 추억으로 메워져 있다. <아무도 그가 살아온 내용에 간섭하면 안된다>는 고집스러운 자기 다짐은, 간섭할 이 하나 없는 고립된 자의 외로운 항변과 다르지 않다. 그의 집은 고립된 자아가 외로움을 호소할 정도로 성글다. 그래서 자신의 집임에도 불구하고, 낯선 여인숙을 떠올리지 않을 수 없고, 일상적이지 않은 행동(<모자를 뒤집어쓸까>)으로 낯선 자신과 이탈 욕구를 드러낸다.

　자신의 삶을 여인숙을 떠도는 자의 생에 빗대고 있는 위의 시는, 타인의

공간안에 갇혀 있는 사내의 모습을 선명하게 보여준다. 타인의 공간이란, 자신의 음성이 소통되지 못하는 불모의 공간을 지칭한다. 소통의 공간을 잃어버리고 타인과의 교류가 불가능해진 자아는 결국 추억으로 도피할 수 밖에 없다. 기형도는 타인과의 사이에 놓인 단절의 <빈 공간>에 대한 두려움을 직접적으로 기술한 적이 있는데[3], 이러한 두려움이 자아를 추억에 대한 가파른 경사(傾斜)로 이끈다. 이는 무의미한 집착이고, 집착은 타인에 이어 결국 자기 자신마저 기피하게 만든다. 이러한 기피가 스스로를 낯선 공간에 가둔다는 점에서, 낯선 공간은 다른 말로 사랑이 부재하는 공간이라 할 수 있다. 결국 서성이는 행위란, 홀로 남겨진 자의 외로움에 기인한다.

> 어둠에 가려 나는 더 이상 나무가지를 흔들지 못한다. 단 하나의 靈魂을 준비하고 발소리를 죽이며 나는 그대 窓門으로 다가간다. 가축들의 순한 눈빛이 만들어내는 희미한 길 위에는 가지를 막 떠나는 긴장한 이파리들이 공중 빈 곳을 찾고 있다. 외롭다. 그대, 내 낮은 기침 소리가 그대 短篇의 잠속에서 끼어들 때면 창틀에 조그만 램프를 켜다오. 내 그리움의 거리는 너무 멀고 沈默은 언제나 이리저리 나를 끌고 다닌다. 그대는 아주 늦게 창문을 열어야 한다. 불빛은 너무 약해 벌판을 잡을 수 없고, 갸우뚱 고개 젓는 그대 한숨 속으로 언제든 나는 들어가고 싶었다. 아아, 그대는 곧 입김을 불어 한 잎의 불을 끄리라. 나는 소리없이 가장 작은 나뭇가지를 꺾는다. 그 나무가지 뒤에 몸을 숨기고 나는 내가 끝끝내 갈 수 없는 生의 僻地를 조용히 바라본다. 그대, 저 고단한 燈皮를 다 닦아내는 박명의 시간, 흐려지는 어둠 속에서 몇 개의 움직임이 그치고 지친 바람이 짧은 휴식을 끝마칠 때까지
>
> —「바람은 그대 쪽으로」 전문

---

3) 기형도, 「참회록」 1982. 6. 16일자, 『기형도 산문집-짧은 여행의 기록』, 살림, 1990. 75면
   <병준 내가 네게 느낀 하나의 빈공간(쓸쓸함의 원규)은 너는 너의 제 1의 사랑의 여력으로 즉 사랑의 여과된 감정상의 찌꺼기로 나를 대해온 것이 아닌가하는 불만감이었고 가끔씩 네가 진실로 던지 애착의 시위는 나의 자존심이나 교만이라는 습성적 바리케이트를 뚫지 못했음을 느낀다>

시인이 서 있는 곳은 누군가의 집 밖이다. 그곳은 <어둠에 가려> 존재마저 희미해지는 곳이다. 여기서 <단 하나의 영혼>이 되기를 소망하며 <그대의 창문>으로 다가가지만, <발소리를 죽>여야 하는 아픔이 있다. 발소리를 죽인다 함은 시인의 침묵을 의미하고, 침묵은 부재를 강요한다. 침묵은 행복한 자의 언어일 수 없다. 행복한 자는 <낮은 기침 소리가 그대 단편의 잠 속에 끼어>들기를 막무가내로 기다리지 않을 것이며, 한낱 위안에 불과할 <조그만 램프>를 그토록 절실하게 부탁하지 않을 것이기 때문이다. 침묵은 <언제나 이리저리 나를 끌고 다니는> 강제이며, 이러한 강제가 외부로부터 주어지는 것이 아닐 지라도, 보이지 않는 내면의 힘으로 시인을 벌판에 붙잡아둔다. 시인은 유폐되고, 유폐는 대상과의 단절을 <그리움의 거리>로 환치한다. 이 거리가 시인이 느끼는 좌절의 폭을 형상화한다. 시인의 좌절은 <아주 늦게 창문을 열어야 한다>는 뇌까림에서도, <너무 약해 벌판을 잡을 수 없>는 불빛의 묘사에서도 엿볼 수 있는데, 안식의 집에 들지 못하는 고단한 영혼의 서성임으로 그려지고 있다. 그래서 시인이 어둠과 벌판에 서 있으면서도, 그대의 집을 <생의 벽지>로 묘사할 수밖에 없는 것이다. 시인의 말대로 하면, 그대의 집은 <끝끝내 갈 수 없>는 곳인데, 이는 세계에 대한 도저히 회복할 수 없는 것처럼 보이는 기형도의 절망을 보여준다. 그러므로 기형도의 절망은 사랑 혹은 안식의 집에 도달할 수 없다는 단정에서 나온다.

희망이 서성이는 삶의 일시적 위안에 불과하고, 절망은 사랑·안식의 집에
도달할 수 없다는 단정에서 나온다면, 희망과 절망은 기실 다른 것이 아니다.

한때 절망이 내 삶의 전부였던 적이 있었다
그 절망의 내용조차 잊어버린 지금
나는 내 삶의 일부분도 알지 못한다
—「10월」 부분

<나>에게 절망이 삶의 방식으로서의 체념을 가리킨다면, 희망 또한 이와 다르지 않다. 희망과 절망은 각기 다른 모습으로 위장한, 체념의 두 얼굴이다. 기형도에게 희망은 절망의 이질적인 표현 방식이고, 그 절망은 체념에 다름 아니다. 왜냐하면 희망이나 절망은 삶의 주변부를 배회하는 유폐된 영혼이, 외로움을 표출시키는 두 가지 방식으로만 유효하게 구분될 뿐이지, 안온한 공간으로 돌아갈 수 없다는 체념과 앞으로도 그럴 수 밖에 없으리라는 낙담에서 비롯되었다는 점에서는 동일하기 때문이다. 따라서 우리는 이러한 기형도의 절망이 진정한 절망일 수 있느냐는 물음에 봉착하지 않으면 안 된다.

　　일반적으로 절망이 삶의 연속성을 방해하고 자아의 내면을 동요시키는, 외부적 충격이라면, 희망은 삶의 연속성을 잇고 자아의 내면을 정지하는, 외부로의 지향이다. 그러나 기형도에게 희망이나 절망은 모두 동일한 의미일 뿐이다. 세계와 자아의 대립과, 자아 내부의 동요, 그리고 단정적인 체념을 상징할 뿐이다. 그래서 기형도의 시를 절망의 극단적 표출로 읽는 시각은, 한편으로는 매우 타당하면서, 다른 한편으로는 무척 그른 것이기도 하다. 물론 희망을 액면 그대로 이해해, 삶의 긍정성에 주목하는 견해 또한 오류이기는 마찬가지이다. 기형도에게는 진정한 의미의 절망이 없기 때문이다. 여기서 우리는 기형도의 시가 과대 평가되고 있다는 의심을 떨쳐버릴 수 없다. 그의 세계관이 부정과 회의와 거부의 교차반복이었다면, 이의 대립물로서, 구원과 극복의 힘을 보여주어야 할 희망은 어디에 있단 말인가. 자아로부터 세계로 이르는 길은 원천적으로 봉쇄되어 있고, 어떠한 상처도 치유 불가능한 것으로 인식되고 있는데, 세계에 대한 진정한 이해가 가능할 수 있겠는가. 앞에서 살펴 본 대로, 그가 감상적(感傷的)으로 말하는 희망이 엄밀한 의미에서 희망이 될 수 없다면, 절망 역시 불가능하지 않겠는가.

　　우리는 여기서 기형도가 희망이라고 불렀건, 절망이라고 불렀건 간에, 그가 세계를 바라보던 시선에 깊이 내려 깔려있는 하나의 의식을 직시할 필요가 있다. 그것은 불안이다. 기형도의 시는, 세계의 모습과 삶의 내면 풍경을 절망으로 지칭하거나, 혹은 희망으로 채색했지만, 모든 것의 밑자리에 도사리고 있는 불안을 제대로 감지하거나 해소하지는 못했다. 자아는 불안했고 삶은 위태했다. 희망은 불안을 잊기 위해 내뱉어졌을 뿐, 진정한 의미를 확보하지 못했고, 절망은 공허한 희망이 지나간 자리를 메우기 위한, 한낱 넋두리에 그치고 말았다는 한계를 지적하지 않을 수 없다. 따라서 우리가 기형도 시에서 읽어야 할 것은, 바로 이러한 서성이는 자의 불안이고, 불안이 지배하는 희망이며, 동시에 불안이 내재한 절망이다. 궁극적으로는, 그의 시 어딘가에서 관념적인 어투가 아닌, 체험으로서의 진정성을 획득하며 빛을 발하고 있을 희망을 발견하여, 춥고 어둡고 외로운 세계에 대한 도저한 체념을 극복할 수 있는 소생과 구원의 가능성을 되살려 내는 작업이어야 한다.

Ⅲ.

그렇다면 이러한 불안은 어디에서 온 것인가. 평자들 사이에서 자전적인 시로 꼽히고 있는, 「위험한 가계·1969」에는 그 이유가 비교적 상세하게 드러나고 있다. 마치 성장소설의 한 단면을 섬세하게 축약시켜 놓은 듯한 이 시는, 기형도와 그의 가족들이 겪었을만한 어려운 시절을 알려주는 일종의 약력과 같은 역할을 한다.

1969년으로 추정되는 <그 해 늦봄>에 <유리병 속의 알약이 쏟아지듯 힘없이 쓰러>진 아버지로 인해, 기형도의 가족은 극심한 가난을 경험하게 된다. 큰 누이는 <냉이꽃처럼 가늘게 휘청거리며> 공장에 다녔고, 작은 누이는 <죽은 맨드라미처럼 빨간 내복>을 스웨터 밖으로 내놓은 채 절망스러운 울음을 터뜨리곤 했다. 어머니는 <올해엔 김장을 조금 덜 해도 되겠구나>라고 태연하게 말했지만, 봄이 와서 아버지의 풍병이 낫게 하는 것을 기다리는 일 이외에는 뾰족한 대책이 없었다. <나>는 이러한 어려운 시절을 통해, 삶의 초라함과 누추함을 경험하게 된다. <스펀지마다 숭숭 구멍이 난> 잠바를 계속 입어야 했고, 고춧가루를 듬뿍 친 칼국수를 먹어야 했으며, <공부하다가 코를 풀면 언제나 검뎅이가 묻어나>오는 집에서 살아야 했다. 그러나 무엇보다도 화자에게 충격을 준 것은 선생님의 가정 방문과 <개천에 종이배로 띄>워 버린 월말고사 상장이었다.

> 선생님. 가정방문은 가지 마세요. 저희 집은 너무 멀어요. 그래도 너는 반장 인데. 집에는 아무도 없고요. 아버지 혼자, 낮에는요
> ―「위험한 家系·1969」 부분

어린 화자는 선생님과의 면담을 통해 자신의 치부를 세상에 노출시키게 된다. 이 면담은 스스로의 처지를 공개적으로 인정할 수밖에 없는 상황을 마련했다는 점에서, 세상과의 첫 대면이 쓸쓸한 패배로 기억되는 순간이다. 이러한 쓸쓸한 패배의 기억은, 타인과의 관계에 열등감[4] 내지는 위축감으로 작용하며, 그를 고립된 세계에 가두는 중요한 원인이 된다. 따라서 기형도의 시에 나타나는 자아의 폐쇄성과 이로부터 유발된 듯한 외로움은, 어린 시절의 초라함을 숨기려 했던, 모멸스러운 기억을 토대로 이해되어야 한다.

> 방과 후 긴 방죽을 따라 걸어오면서 나는 몇 번이나 책가방 속의 월말고사 상장을 생각했다. [……] 그리고 나는 그날, 상장을 접어 개천에 종이배로 띄운 일을 누구에게도 말하지 않았다.
> ―「위험한 家系·1969」 부분

---

4) 성석제는 기형도의 열등감에 대해 언급한 적이 있었는데, 기형도는 이에 대해 <그의 말은 일리가 있는 대신 너무 일원론적이다>라는 대답을 통해, 어느 정도 수긍하는 모습을 보인다.(기형도, 「참회록」 1981.3.9일자, 『기형도 산문집-짧은 여행의 기록』, 살림, 1990. 66면 참조)

화자는 자신에 대한 가족들의 무관심을 탓할 수 없음을 잘 알고 있다. 어린 아이가, 과시와 칭찬의 대상이 되어야 할 상장을 개천에 종이배로 띄우는 행동은, 세상의 험난함을 이해하지 않고는 저지를 수 없는 일이다. 자신과 자신의 가족이 처한 상황을 누구보다도 정확히 파악하고 있었기에, 기쁨이나 축복을 유보해야 하는 현실을 받아들이지 않을 수 없었던 것이다. 이러한 시련은 화자를 조숙한 아이로 만드는 역할을 했고, 어린 자아로 하여금 불안을 너무 일찍 경험하게 하여, 막상 성년으로 들어섰을 때에는 미성숙한 정신 상태를 형성하는 근본 원인이 된다.

미성숙한 정신 상태는, 기형도 시에서 성년이 된 화자의 울음으로 곳곳에서 드러난다. 기형도 시에는 갑자기 울음을 터뜨리는 남자의 모습이 자주 등장하는데, 이 울음은 유년의 기억과 밀접한 관련이 있다. <어머니 무서워요 저 울음소리, 어머니조차 무서워요. 얘야, 그것은 네 속에서 울리는 소리란다. 네가 크면 너는 이 겨울을 그리워하기 위해 더 큰 소리로 울어야 한다>(「바람의 집-겨울 版畵·1」)는 어머니와 어린 화자의 대화는, 성년의 화자가 흘리는 눈물의 의미를 설명해준다. 그 눈물은 불후한 유년의 기억이, 화자의 내면에 깊이 각인시킨 공포의 흔적이자, 그리움의 잔재이다. 어린 시절에 겪었던 공포는, 성년의 삶이 어려움에 처할 때마다 똑같은 악몽으로 되살아나서, <계집아 이 같은 가늘은 울음 소리>(「그날」)로 터져나오곤 한다.

> 1)유리창 너머로 한 사내가 보였다
>   그 춥고 큰 방에서 書記는 혼자 울고 있었다
>   눈은 퍼부었고 내 뒤에는 아무도 없었다!
>   침묵을 달아나지 못하게 하느라고 나는 거의 고통스러웠다
>                                    —「기억할 만한 가르침」 부분

> 2)엄만 안 오시네, 배추잎 같은 발소리 타박타박

안 들리네, 어둡고 무서워
금간 창 틈으로 고요히 빗소리
빈방에 혼자 엎드려 훌쩍거리던

—「엄마 걱정」부분

1)의 <나>는 <춥고 큰 방에>서 <혼자 울고 있>는 한 사내의 모습을
바라보며 <고통스러워>하고 있다. 2)의 <나>는 <빈 방에 혼자 엎드려 훌쩍
거리던> 유년의 고통을 추체험하고 있다. 1)과 2)는 과거의 사실을, 현재의
시점에서 상기한다는 공통점이 있다. 그리고 두 장면의 지배적 정서는 기억과
체험을 보이지 않는 선으로 잇고 있는 고통이다. 현재에서 이 고통을 상기하는
행위는, 필연적으로 과거의 고통과 대면해야 한다는 두려움을 동반한다.

두려움은 처음에는 유년의 모습을 무의식으로 억압하는 기능을 하다가,
점차 자신과 타인을 구분시키는 벽으로 작용한다. 이는 세계와 타인에 대한
불신을 조장하고, 좀처럼 잠재울 수 없는 울분을 내면에 침전시킨다. 두려움의
외부적 표출이 울음이기에, 울음은 퇴행적 사고의 산물로 파악된다. 울음은
현재의 상황을 개선할 수 없다는 점에서 감정의 과잉이고, 감정의 과잉이
뿌리깊은 연원을 갖는다는 점에서 정신적 상흔이다. 이러한 정신적 상흔은
겨울이 오면서 절정에 달한다. 겨울은 고통의 최정점이자 치유에 대한 기대가
최고조에 달했던, 과거의 한 시점을 가리키기 때문이다. 그 시점이 기형도에게
참담한 절망과 절박한 희망이 공존하던 1969년의 겨울이다. 그래서 기형도의
모든 시는 겨울에 쓰여지거나 겨울을 배경으로 하게 되는 것이다.

그 해 겨울은 눈이 많이 내렸다. 아버지, 여전히 말씀도 못 하시고 굳은
혀. 어느 만큼 눈이 녹아야 흐르실는지. 털실 뭉치를 감으며 어머니가 말했다.
봄이 오면 아버지도 나으신다. 언제가 봄이에요 우리가 모두 낫는 날이 봄이
에요? 그러나 썰매를 타다보면 빙판 밑으로 푸른 물이 흐르는 게 보였다.
얼음장 위에서도 종이가 다 탈 때까지 네모반듯한 불들은 꺼지지 않았다.

아주 추운 밤이면 나는 이불 속에서 해바라기 씨앗처럼 동그랗게 잠을 잤다.
어머니 아주 큰 꽃을 보여드릴까요? 열매를 위해서 이파리 몇 개쯤은 스스로
부숴뜨리는 법을 배웠어요. 아버지의 꽃 모종을요. 보세요 어머니. 제일 긴
밤 뒤에 비로소 찾아오는 우리들의 환한 家系를. 봐요 용수철처럼 튀어오르는
저 冬至의 불빛 불빛 불빛.

—「위험한 가계·1969」 부분

　겨울이 왔다. 그 겨울은 기형도가 맞이하는 모든 겨울처럼 눈이 내리고
있다. 기형도의 시에서 겨울은 항상 축축함과 딱딱함의 이중적 이미지로 그려
지는데, 그 이유는 얼어붙은 눈의 해동과 관련이 있다. 가령, <눈이 그친다/
인천집 흐린 유리창에 불이 꺼지고/ 낮은 지붕들 사이로 끼인/ 하늘은 딱딱한
널빤지로 떠 있다>(「白夜」)나 <때마침 진눈깨비가 흩날린다/ 코트 주머니
속에는 딱딱한 손이 들어 있다>(「진눈깨비」)는 기괴한 진술에서, 겨울이 형성
하는 얼어붙은 사물의 이미지를 확인할 수 있다면, <네 속을 열면 몇 번이나
얼었다 녹으면서 바람이 불 때마다 또 다른 몸짓으로 자리를 바꾸던 은실들이
엉켜 울고 있>(「밤눈」)다는 표현에서는, 얼어붙은 사물의 해동을 바라는 강렬
한 열망을 읽어낼 수 있다. 이 열망은 얼어붙은 눈이 녹아 흐를 봄을 기다리는,
유년의 바램에서 기원한다. 봄은 아버지가 낳을 수 있는 유일한 희망이기
때문이다.
　기형도의 다른 시에서 희망을 직접적으로 거론할 때에는, 희망은 더 이상
희망이 될 수 없었다. 희망에 대한 표피적 인식은, 희망이 사라진 자리를 가리
키거나 일시적 자기 위안에 불과했지만, 유년 시절에 기다리던 <봄>은 그와
가족의 어려움을 극복하는데 필요한, 절실한 희망이 된다. 이것은 관념의 차원
에서 상투적으로 말해지는 희망이 아니라, 냉엄한 삶의 현장에서 우러나온
절박한 욕구로서의 희망이기 때문이다. 더구나 이러한 희망이 개인의 편협한
욕구를 넘어서고 있다는 점에서, 기형도 시의 한계로 지적되는, 닫힌 세계에

대한 새로운 개방 가능성을 제시하고 있다. 그의 절망이 모두의 절망이 될 수 있는 여지가 마련된 것이기에, 희망 또한 모두의 희망으로서 공감대를 형성하게 되는 것이다.

그래서 그의 세계인식은 <나>가 아닌 <우리>로 바뀌어 있는 것이다. 그에게는 가족이 있었다. 풍병에 시달리고 있을망정, 봄이 오면 낳는다는 아버지와 함께 있었기에, 그는 혼자가 아니었다. 또한 힘없고 지치고 초라할 망정, <아주 큰 꽃을 보여드릴> 기쁨을 함께 나눌 수 있는 어머니가 곁에 있었다. 그리고 아픔을 함께 나누며 울 수 있는 누이들과, 차갑고 고독한 거리 대신에, 누추하고 허름하지만 <해바라기 씨앗처럼 둥글게> 말아 잠을 청할 안온한 공간이 주어져 있었다.

이렇듯 기형도의 유년은 힘들고 어려운 시절이었지만, <동지>의 기나긴 밤을 이겨낼 가능성과 기대가 함께 공존하고 있었다. 그가 보았다고 말하며, 같이 보기를 희망한 <불빛>은 어린날의 절망을 이겨낼 유일한 광명이었던 셈이다. 이 광명이 미래에 대한, 그리고 삶의 진정성에 대한 희망이었던 것이다.

성년의 기형도가 추구해야 할 희망은 이런 불빛이 아니었을까. 희망의 불빛은, 쓸쓸한 자기 위안으로서의 퇴색한 거리의 불빛이 아니라, 만물의 생동을 갈망하는 어린 자아에게 미래를 확인시켜준 봄빛이었음이 틀림없다. 즉, <빙판 밑으로 흐르던 푸른 물>은 소생과 극복의 힘에 다름아니었던 것이다. 그렇다면 성년이 된 기형도의 시에서 이러한 푸른 빛의 이미지는 어떻게 나타나고 있는가. 기형도 시에서 이러한 푸른 빛의 이미지는 극히 드물게 나타난다. 「먼지투성이의 푸른 종이」와 같은 시를 보면, 아직도 <희망>은 <어둡고 텅 빈> 상태로 묘사되지만, 그 속에서 듣는 이상한 연주는 <내 몸의 전부가 어둠 속에서 가볍게 퉁겨지>는 황홀경을 이끌어낸다. 이러한 황홀경은 <슬픔과 격정>을 위무해 주는 역할을 한다. 이 힘이 <먼지투성이의 푸른 종이>를 <어떤 먼지도 그것의 색깔을 바>꿀 수 없는 푸른 색으로 남겨둔다. 이러한 이미지의 도출은 삶의 긍정성을 보여주었다는 점에서 주목할 만하지만, 푸른 색의 궁극적인 의미를 드러내는 데에는 실패하고 있다. 황폐한 도시적 삶의 여건에서 푸른 빛을 강렬하게 염원하는 시, 「도시의 눈-겨울 版畵 · 2」를 통해, 푸른 빛이 반영되는 양상을 살펴보자.

> 도시에 전쟁처럼 눈이 내린다. 사람들은 여기저기 가로등 아래 모여서 눈을 털고 있다. 나는 어디로 가서 내 나이를 털어야 할까? 지나간 봄 화창한 기억의 꽃밭 가득 아직도 무꽃이 흔들리고 있을까? 사방으로 인적 끊어진 꽃밭, 새끼줄 따라 뛰어가며 썩은 꽃잎들끼리 모여 울고 있을까.

> 우리는 새벽 안개 속에 뜬 철교 위에 서 있다. 눈발은 수 천 장 흰 손수건을 흔들며 河口로 뛰어가고 너는 말했다. 물이 보여. 얼음장 밑으로 수상한 푸른 빛. 손바닥으로 얼굴을 가리면 은빛으로 반짝이며 떨어지는 그대 소중한 웃음. 안개 속으로 물빛이 되어 새떼가 녹아드는 게 보여? 우리가.

—「도시의 눈 - 겨울 版畵 · 2」 전문

1연에서 보이는 〈도시〉의 모습은, 기형도의 다른 시에서 엿보이는 황량한 풍경과 다르지 않다. 기형도의 시적 공간은 대부분 거리이다. 여기서의 거리는, 타인과의 만남을 주선하는 낮의 거리가 아니라, 인적이 끊어진 밤의 거리이다. 거리에는 항상 비가 오거나 눈이 오고, 안개가 끼거나 가끔은 진눈깨비가 내리기도 한다. 거리를 점령하는 물의 이미지가 그에게 또 한 겹의 어둠을 상징한다고 할 때[5], 거리는 〈밤〉과 〈물〉이라는 두 겹의 장막으로 둘러 쌓이게 되는 셈이다. 이러한 장막이 사람들 사이에 단절을 가져오고, 단절은 〈전쟁처럼〉 사람들의 마음을 갈라놓는다. 사람들은 자기 몫의 눈을

---

5) 기형도, 「이봐, 힘을 아껴봐」 편지 10, 『기형도 산문집-짧은 여행의 기록』, 살림, 1990. 56면
   〈이상하지, 비가 오는 날씨에는 모든 사물들이 검게 보인다〉

털어 내기에 급급할 뿐이며, 그들이 모이게 되는 <가로등 아래>는 눈을 털어 낸다는 목적의식만이 가득한 공간이다. <나>는 이러한 풍경을 바라보며, 갈 곳을 찾지 못하고 서성인다. 서성이는 자의 민감하게 깨어있는 의식이, 불모의 공간인 <가로등 아래>를 거부하게 만든다. 대신에, <지나간 봄의 화창한 기억>을 따라 <무꽃이 흔들리고 있을>지도 모를 <꽃밭>을 상기하며, 세상과 화해하지 못하는 자신의 나이를 생각한다. 그러나 그의 꽃밭은 <인적 끊어>진, <썩은 꽃잎들끼리 모여 울고 있>을, 아직은 부정과 회의의 비관적 인식에서 벗어나지 못한 폐쇄된 자의 세계를 보여줄 따름이다. 이는 유년의 봄이 완강한 도시적 현실에 침해 당해, 그 온전한 의미를 펼쳐낼 수 없는 상태임을 암시한다.

이러한 비관적 인식은 2연으로 들어오면서, 크게 변화하기 시작한다. 밝음이 완전히 찾아오지 못한 <새벽>무렵이고, 세계와 단절을 가져오는 <안개> 속에서 헤어나오지 못하지만, 인식 주체는 파편화된 <나>가 아니라 함께 하는 <우리>로 바뀌어 있다. 기형도 시에 나타난 <우리>를 통해, 변화된 세계 인식을 엿본 적이 있었다. 그런데 성년의 시점에서 다시 <우리>라는 단어와 만나게 되는 것이다. 더구나 유년의 기억 이후로 묻혀졌던, <얼음장 밑>의 <푸른 빛>과도 해후하게 된다. 다른 점이 있다면, 그 때의 푸른 빛은 하나의 가능성이자 미래였지만, <은빛으로 반짝이며 떨어지는 그대>는 실현된 가능성이고 다가온 미래라는 점이다. <소중한 웃음>은 울음으로 점철된 공포의 세계에서 매우 생소한 현상이 아닐 수 없다. 이는 고독과 외로움이 지배하던 그의 내부에 일대 균열이 생기며, 화해와 사랑이 스며들기 시작했음을 알리는 징표이자, 성년의 자아가 유년의 묵은 감정에서 벗어나기 시작했음을 알리는 축복의 메시지인 셈이다. 이제 안개는 더 이상 기형도를 둘러싼 단절이 되지 못한다. <나>와 <그대>의 결합인 <우리>가, 단절을 헤치고 하나의 공간을 공유하기 시작했기 때문이다. 다시 말해서, 낱낱의 <새>가 아닌, <새떼>가 되어, 어둠의 물을 이겨내고, <우리가> 하나로 <녹아>들고 있다.

## IV.

이제 우리는 기형도의 죽음이 갖는 진정한 의미를 찾아야 할 때이다. 더 이상 진혼곡이나 추모비 류의 애도문으로, 그의 시를 평가해서는 안 된다. 대부분의 기형도 시가 진정한 의미를 견지하지 못한 희망을 남발하였고, 절망을 공소한 넋두리로 전락시켰다는 한계를 드러냈음에도 불구하고, 현대 사회를 살아가는 불안한 자의 내면을 적나라하게 보여주었다는 의의는 여전히 유효하다. 더구나 그 자신이 인지하지 못한 새로운 출구를 시 속에 남겼는데, 이는 절박한 삶의 한 순간을 이끌어 오던 강렬한 열망에서 비롯된다. 이러한 열망이 낯설고 어두운 공간에서, 춥고 축축한 불모의 시간에서, 솟아오르는 푸른 빛의 이미지이다. 모든 어려움을 해결할 봄의 진정한 형상인 셈이다. 유년의 봄은 사랑으로 전환하기 일보 직전까지 나아간다.

그러나 시인의 죽음과 함께 봄은 영원히 만개하지 못한다. 그가 꿈꾸던 사랑과 융화의 세상은, 그의 시속에서는 끝내 좌절하고 만다. 이 지점에 그의 죽음이 갖는 진정한 아쉬움이 있다. 하지만 그가 튼 길의 윤곽은 남았고, 그 윤곽은 그의 시에서 또 다른 가능성을 우리 앞에 제시하게 된다.

사랑을 잃고 나는 쓰네

잘 있거라, 짧았던 밤들아
창밖을 떠돌던 겨울안개들아
아무것도 모르던 촛불들아, 잘 있거라
공포를 기다리던 흰 종이들아

망설임을 대신하던 눈물들아
잘 있거라, 더 이상 내 것이 아닌 열망들아

장님처럼 나 이제 더듬거리며 문을 잠그네
가엾은 내 사랑 빈집에 갇혔네

—「빈 집」 전문

우리는 흔히 위의 시를, 실연의 아픔을 노래한 시로 간주해 왔다. 그러나 <잘 있거라>라는 결별의 어구는, 그 대상을 협소한 범위에 묶어두기를 거부한다. <잘 있거라>는 실연의 아픔뿐만 아니라, 기형도가 짊어졌던 모든 고뇌로부터 벗어남을 의미한다. 기형도 시에는 과거로부터 연유하는 가난, 고통, 절망, 외로움, 그리고 희망이 되지 못한 희망이, 실타래처럼 엉켜 현재를 지배해 왔다. 현실은 유년의 체험과 내면의 기억으로부터 자유롭지 못하기에, 현실의 아픔은 회상의 통로를 통해 전달된 외부적인 것으로 간주되어 왔다. 도저히 거부할 수 없는 운명적인 삶으로 받아들여진 것이다. 그런데 <잘 있거라>라는 단정적 어투에는, 이러한 운명적 삶을 탈피하고 과거와의 단절을 염원하는 강렬한 반응이 담겨있다.

처음의 <잘 있거라>가 지배하고 있는 것은 2연의 첫 3행이다. <짧았던 밤>, <겨울 안개>, <촛불>이다. 이는 거리에서, 공중에서, 길 위에서, 집 밖에서, 그리고 낯선 타인의 공간에서 서성이던 자의 주변에 놓여있던 이미지들이다. 내면의 유폐의식을 끌어내며 타인과의 교류를 가로막던 <어둠>, 한 겹의 어둠으로 또 하나의 장막을 이루며 사물에 대한 부정적 인식을 확산시키던 <물>, 일시적 위안을 위해 자기 기만까지 불사하며 악착같이 소망하던 <불>은, 서성이던 자의 불안을 의미한다. 따라서 이런 이미지들과의 결별은, 안주(安住)에의 의지로 이해할 수 있다. 시인의 혼란한 서성임이, 정착할 곳을 찾아 떠나는 길찾기로 전환하고 있는 것이다.

두 번째 <잘 있거라>가 영향을 미치고 있는 것은 2연의 4행과 5행이다. <공포를 기다리던 종이>와 <망설임을 대신하던 눈물>이, 그것이다. 종이와 눈물은 무언가를 <기다리>거나 <대신하>고 있다. 이 무언가가 과거이다. 종이는 기형도의 시에 등장하는 책과 시를 말하며, 눈물은 불우한 유년의 체험이 각인된 상처를 일컫는다. 이런 것들과의 결별은 자아 내부에서 일어나고 있는 새로운 움직임을 보여준다. 새로운 움직임이란, 유년 시절에 형성된 상처받은 자아와, 현재의 자아 사이에 형성된 근원적 어긋남을 바로 잡으려는 시도를 말한다. 이러한 어긋남이 정신적·내면적 불일치를 강요해 왔다는 점에서, 이러한 시도는 억압적 현실을 넘어 삶의 새로운 출구를 찾는 노력으로 해석될 수 있다.

세 번째 <잘 있거라>가 지시하는 대상은 열망이다. 열망은 치유에의 열망을 가리킨다. 병들고 버려진 자라는 자괴감을 이기고자 추구해오던 열망이, 더 이상 내 것이 아니라 함은, 이미 자신의 상태에 대해 자신감을 갖기 시작했음을 의미한다. 더 이상 열망을 빌리지 않더라도, 자신이 길을 걸어갈 수 있으리라는 삶의 긍정이 드러나는 부분이다.

화자는 이제 모든 과거적인 것과의 결별을 선언한 이후에 유폐의 공간을 빠져 나온다. 이전의 모든 것은 예전의 공간 안에 버려 두고, 진정한 삶의 길로 나가기 위해서, 집을 나설 준비를 한다. 자아가 변한 만큼, 집은 낯설 수밖에 없다. 장님처럼 모든 것을 더듬거리며, 내면의 어두움을 일일이 확인한다. 그리고 가엾은 자신의 사랑, 즉 한때 자신이 사랑했던, 아니 사랑할 수밖에 없었던 자신의 모습을 빈 집에 가둔다. 여기서 <가엾은>이라는 표현이 해석상의 주목을 요하는 부분인데, 기형도가 상습적으로 사용하는 감상적인 수식어가 아니라는 점에 초점을 맞출 필요가 있다. 세상에 대한 체념이 아닌, 연민의 정을 간직하면서도, 삶의 새로운 가능성을 타진한다는 점에서, 내면의 온기가 세계와 자아에 대한 이해의 척도로 융화되고 있는 지점을 목격하게 된다.

텅빈 유폐의 공간에 모든 과거적인 것을 버림으로써, 자신의 참담한 과거를 끌어안을 수 있는 안온함을 얻는, 삶의 새로운 지평이 개진되는 대목이다.

첫째 연에서는 이렇게 열린 새로운 삶의 지평이 시 안에서 상징적으로 용해되고 있다. 시인은 <사랑을 잃>었다고, 그래서 써야한다고 말한다. 그를 지배하던 모든 것과의 결별을 노래하지 않을 수 없는 것이 시인의 임무이기 때문이다. 시를 쓰는 행위가, 불안과 체념 그리고 서성임이라는 내부의 동요를 잠재우고, 안주와 소생 그리고 새로운 출발로 나아가는 유일한 방식임을 자기 다짐을 통해 되뇌이고 있다. 기형도 시가 주목받는 부분은 바로 여기여야 한다. 끊임없이 어두움, 외로움, 유폐감, 표피적인 희망, 암담한 체념에 시달리면서도, 끝까지 시와 글쓰기를 포기하지 않고 매달렸다는 점에서, 문학을 생의 의지로 삼아, 진정한 삶을 추구했다는 전언을 읽어낼 수 있기 때문이다.◆
(1998. 겨울)

# 6악장

## 겨울의 끝에서 봄을 기다리며

*waiting for the spring in the center of the winter*

# 황당하고 괴상한 것들의 봉기 혹은 반란

## 1. 가능성과 필요성

70년대 전후 출생 작가들의 등장은 90년대 후반을 거치면서 본격화된다. 2000년대에 들어서면서 점차 그들의 수효와 영향력이 증대됨에 따라, 그들의 문학이 2000년대 문학에 자양분과 활력소를 제공하리라는 기대 역시 증대된다. 이것은 그 속성상 끊임없이 새로운 것들을 받아들이고, 기존의 것들과 길항하면서 나아가야 하는 문학의 운명으로 설명될 수 있을 것 같다. 또 변화하는 현실을 수용할 문학적 형식의 요청으로도 설명될 수 있다.

그러나 이들은 아직 미완의 세대이다. 이들은 틀림없이 이전 세대들과 다른 감각과, 정서와, 세계 인식과, 소설적 경향을 가지고 있지만, 그것은 준비 단계이다. 따라서 독립적인 작가론보다는 그들의 전반적 성향과, 관심사와, 문제점과, 나아갈 방향을 점검하는 비평적 조망이 시급하다고 생각된다. 본고는 이러한 필요성과 요청에 따라 쓰여졌다. 제한된 분량이기에 일단, 젊은 작가들의 작품 분석에 제한을 두어야할 필요가 있다. 70년대 전후 출생 작가들 중에서, 가급적 리얼리즘의 격식에서 벗어나는 작품을 대상으로 하였으며, 본론에서 미처 다루지 못한 성적 묘사의 다양성이나 젊은 작가들의 문학관에 관한 비평문은 다른 지면을 빌리기로 한다.

## 2. 신 인류의 상상력 : 부활하는 초인들

초인에 대한 관심은 인류의 욕망과 함께 동거해왔다. 인류는 즐겨 범인(凡人) 이상의 능력을 꿈꿔 왔고, 그 꿈은 문학과 영화와 각종 문화 형식 속에서 일부 실현되었다. 최근 우리 문학 속에서도 이러한 성향이 나타나고 있다. 70년대 전후 출생 작가들을 중심으로, 초인(超人)에 대한 상상력이 과감하게 도입되고 있다. 이러한 도입이 삼류 소설이나 대중 문화의 언저리에서 이루어지지 않고, 본격문학의 영역에서 당당하게 이루어진다는 점에서 각별히 주목된다. 이것은 90년대 이후 소설의 주요한 특징이자, 미래 문학의 향방을 알려주는 징후이다.

김영하의 「고압선」과 「흡혈귀」는 <투명인간>과 <악마>를 대상으로 한 소설이다. 그런데 투명인간은 투명인간답지 못하고, 악마는 악마답지 못하다. 투명인간은 가족으로부터 외면 당하고 한 끼 식사를 걱정해야 하는 참담한 신세가 되고, 강대한 힘을 지녔던 흡혈귀는 자유와 반역의 재능을 헌납 당하고 생존의 굴욕을 넘겨받아야 하는 신세가 된다. 왜 그럴까. 왜 그들은 남에게 보이지 않는 능력과 영원히 사는 기쁨을 만끽하지 못하는 것일까.

그 대답은 그들이 살고 있는 현실에 있다. 그들은 기능과 쓸모로 인간을 평가하는 사회에 살고 있다. 그래서 보이지 않는 사람은 쓸모를 상실하게 마련이고 쓸모의 상실은 곧 사회적 생명의 위태로움을 초래한다. 영원히 사는 능력도 삶에 대한 환멸로 인해 추앙 받지 못한다. 삶은 지루하고 권태로운 일상의 반복이고 구속이기 때문에, 영원히 산다는 것 자체가 이미 인간에게는 고통이라는 것이다.

이처럼 김영하는 별종형태의 인간을 문학의 새로운 소재로 채택하지만, 이들을 선망의 대상으로 그려내지 않는다. 오히려 이들은 현대 문명과 일상의 층위에서 억눌리고 고통받는 존재로 전락해있다. 다른 사람에게 보이지 않는 능력은 사회생활 부적응자로, 영원히 살 수 있는 능력은 생에 대한 환멸로 바뀌어져 있다. 김영하는 신 인류의 능력을 생활인의 고뇌로 변주한 것이다. 이러한 문학적 변주는, 허황된 것들 안에서 의미 있는 요소를 마련하려는 고뇌의 산물이라고 할 수 있다.

이러한 경향은 송경아에서도 발견된다. 송경아는 「투명인간」이라는 비슷한 제목의 단편을 발표한다. 여기서는 벼락을 맞고 자신의 생각을 남에게 읽히게 되는 인간(김의관)이 등장한다. 벼락을 맞고 살아난다는 설정도 황당하지만(김영하의 「피뢰침」도 이와 비슷한 발상을 보인다), 그래서 자신의 생각을 남에게 읽히게 된다는 설정도 무척 황당하다. 문제는 김의관으로 인해 주변 사람들이 불편해진다는 것이다. 남의 생각을 읽게 되고, 남에게 생각을 읽히게 됨으로써, 적정하게 거리를 두던 타인과의 관계가 방해받는 것이다. 이것은 우리의 인간관계를 돌아보게 한다. 우리는 어느새 남과 거리를 두고 살아가는 방식에 익숙해져 있다. 이것은 현대적 삶의 중요한 딜레마이다.

더욱 아이러니한 것은, 남에게 생각을 읽히지 않는 방법을 찾은 뒤에 발생한다. 김의관은 모자를 써서 생각을 감추는 데에 성공하지만, 여자 친구는 오히려 속내를 드러내지 않는다고 타박이다. 비유적으로 말하면, 투명한 내면을 감추기 위해서 가식을 체득하게 되었는데 이제는 그 가식이 문제시되는 것이다. 김의관이 특수한 존재이지만, 보편적인 인간과 변별되지 않는 이유가 여기에 있다. 송경아는 <내면의 투명인간>을 창조해서, 현실 속 인간들의 내면을 투시한다. 김영하의 투명인간이 <있으나 마나한 존재>로 <사회적 투명인간>이라면, 송경아의 투명인간은 <있으면 곤란한 존재>로 <본질적 투명인간>인 셈이다.

이러한 상상력은 백민석, 이기호, 하성란, 한강, 김경욱에서도 발견된다. 백민석은 『목화밭엽기전』에서 <수컷냄새>를 풍기면서 초인간적 힘을 발산하는 <한창림>을 만들어낸다. 이기호는 「머리칼전언」에서 기묘한 힘과 생태를 지닌 머리칼을 선보이고, 하성란은 「여우여자」에서 5백년 묵은 구미호를 등장시킨다. 한강은 「내 여자의 열매」에서 식물로 변하는 여자를 보여주고, 김경욱은 「늑대인간」에서 특이한 능력과 섬뜩한 인상을 지닌 인간에 대해 이야기한다. 이러한 이질적 존재들은 각기 60~70년대 생들이 열광했던 텔레비전 드라마 『헐크』, 삼손이나 메두사와 같은 서구 신화, 『전설의 고향』의 단골 메뉴인 여우 전설, 『베트맨』 시리즈에서 형상화된 악당(가령 플라워) 그리고 소설과 전설 속의 늑대인간에서 채집된 것들이다. 이러한 존재들이 60~70년대 생의 상상력 속에서 기생하다가 문학적으로 환생하여 본격문학에서 부활된 경우이다. 사실 김영하나 송경아에 비해, 이 세 경우는 그리 순도 높은 혹은 완성도 있는 문학적 의미망을 직조해내지는 못했다. 단순한 흥밋거리에 머물고 만 혐의가 있는데, 그것은 소재가 주는 황당함을 현실의 구체적 지반 위에 착상시키지 못했기 때문이다.[1]

이것은 초인의 상상력이 실패한 경우라 할 수 있는데, 이러한 성패와 공과를 통해 우리는 70년대 생 작가들의 장단점을 짐작해 볼 수 있다. 70년대 전후 출생 작가들은 대중문화에, 그 이전 세대보다 깊숙이 침윤되어 있다. 텔레비전과 영화는 그들의 문학에 상당한 자양분을 제공하는 것으로 보인다. SF소설, 만화, 애니메이션, CF광고, 뮤직 비디오, 대중음악콘서트 등과 같은 다채로운 문화에 적지 않은 영향을 받기도 한다. 그러다 보니 새롭고 이질적인 것에 대해 열광하고, 비속하고 대중적인 것에 대해 관대하다. 초인의 상상력은 이러한 열광과 관대의 틈바구니에서 성장한 것으로 보인다. 이것은 일종의

---

1) 더 자세한 사항은 졸고 「신 인류의 상상력—젊은 작가들이 부활시킨 초인과 이족의 계보」(『리토피아』 2001년 가을)를 참조하기를 바란다.

실험이고, 그 결과 문학이라는 영지는 더 넓게 개간된다. 신화시대에 태어났다면 이들은 영웅이나 현자나 성인이 되었어야 마땅한 존재들을 1990년대와 2000년대에 등장시켜, 우리 대신 생존의 고통을 강요받도록 만들고 각박한 인간의 인심에 아파하도록 만든다. 이러한 여건 속에서 영원히 죽지 않고 보이지 않고 날 수 있고 자신의 마음을 나누어주는 모든 행위는, 거추장스럽기 이를 데 없다. 이것은 일상의 무자비함을 폭로하는 효과적인 수단이다.

그러나 일상의 무자비함을 치유할 방책의 제시에는 상대적으로 약점을 드러낸다. 엄청난 힘을 잠재한 이들마저 이러니, 평범한 인간들은 더 말할 나위도 없다고 말하는 듯 하다. 이것은 현실에 대한 항체를 심어주기보다는 체념을 유포하는 글쓰기에 가깝다. 따라서 비판정신보다 유희적 쾌락이 앞서는 경우가 적지 않다. 호기심이나 엉뚱한 상상력으로 단순한 흥밋거리로 전락하는 경우도 있다. 하지만 만일 새롭게 등장한 신 인류가 우리에게 패배감이나 오락적 기능만 던져 준다면, 아직 그 인류는 우리에게 필요하지 않다고 해야 하지 않을까. 그러한 인류는 이미 있었다. 여름 극장가와 텔레비전 브라운관과 신문 가판대와 만화방 한 구석에서, 우리와 함께 이미 동거한지 오래이다. 그러니, 신 인류는 아닌 셈이다.

## 3. 환상성의 유입, 흔적, 그리고 의미

최근 우리 문학의 특기할 만한 현상 중에 하나가 〈환상적인 것〉들의 유입이다. 로즈메리 잭슨은 환상성의 요체를 위반과 전복에 둔다. 그녀는 정치사회학적 입장에서 환상성을 바라보고 의미적 층위에 관심을 갖는데, 그것은 환상성이 지배 이데올로기의 억압적 속성에서 이탈하려는 전복적 동력을 지니고 있다고 믿기 때문이다. 또한 그녀는 진정한 환상성은 현실적인 풍경 속에 위치하는 것이라고 주장한다. 우리 문학은 오랫동안 현실을 가급적 사실적으로 재현하는 작업에 치중해 왔고, 암묵적으로 그 우위를 인정해 왔다. 그러나 환상성은 재현된 현실 밑자리에 웅크리고 있는 비이성과 야만과 광기의 세계를 끄집어내고, 일그러진 욕망과 무의식적 위반의 성향을 일러준다. 지배 이데올로기가 가하는 통제력 밑에서 신음하는 은폐된 가치들을 새롭게 인식할 수 있는 기회를 제공한다. 이것은 그 자체로 위반이고 전복이다.

젊은 작가들의 환상성을 활용한 소설 중에, 두 가지 경향을 살펴보겠다. 하나는 상상적 동물의 등장이고, 다른 하나는 착시 현상이다. 토도로프는 초자연적인 현상을 합리적·이성적으로 설명할 수 없는 경우를 <경이(the marvelous)>라고 했는데, 상상적 동물의 기용은 여기에 포함된다. 다른 하나인 착시 현상은 과학적 상식이 적용된다는 점에서, 초자연적인 현상을 자연적·논리적으로 설명해내는 <기괴(the uncanny)>에 가깝다.

먼저, 최대한의 「샤워하다 뒤돌아보면」을 보자. 이 작품은 제목부터 상당히 흥미롭다. 답을 달아보면, <펭귄을 만난다>이다. 대도시 한 복판에서, 그것도 가정집 샤워실에서 펭귄을 만난다는 것은 상식적으로 납득할 수 없는 상황이지만, 소설은 그 경위를 일일이 따지지 않는다. 더구나 펭귄은 남들에게는 보이지도 않는다. 이렇게 만난 펭귄에게 <나—회사원>은 헌신적인 사랑을 기울인다. 사랑이 도를 넘으면서, 그의 사회적 관계망은 망실되기 시작한다. 여자와 헤어지고, 친구들과 멀어진다. 가족들과의 대화도 재개되지 않는다. 과연 직장은 계속 나갈 수 있을까 하는 의문이 들 정도로 자폐적 상태로 빠져든다. <나>에게만 보이고 <나>와만 놀고 <내>가 주는 먹이만 먹는 펭귄 때문에, <사회적 고아>가 탄생한 것이다.

이 소설에서 펭귄은 <나> 안의 어떤 존재이지 타인이 아니다. 펭귄은 남자의 환상이거나, 조금 더 그럴듯하게 해석해도 <무의식적 세계의 현현> 혹은 <자아 안에 있다는 또 다른 나>에 불과할 것이다. <나>와 <나 안의 나>가 이루는 집단, 그 집단은 이미 정상적 모임이 아니다. 펭귄에 대한 집착은 모듬살이에 대한 거부를 의미한다. 이 작품의 전언을 추려보면, 상상의 동물이란 단자화된 현대인이 혼자만의 시공간에서 빚어낸 실존적 외로움이다.

소설을 건너, 류가미의 「고래야, 고래야」를 보자. 이 작품은 「샤워하다 뒤 돌아보면」의 <펭귄>을, <고래>로 바꾸어 놓은 듯한 인상이다. 최대한 식으로 말하면, <23층 아파트 창문을 두드리며 나를 밖으로 불러내는 존재가 있다면> 플리버라는 것이다. 펭귄이 이름이 < I >였다면, 고래의 애칭은 <플리버>이다. 펭귄이 <나―회사원>을 사회에서 고립시켰다면, 플리버 또한 일상에 암담해하는 여자를 그 자리에 주저앉힌다. 플리버가 옛날부터 여자의 일부였고 환상에 가까운 존재라고 할 때, 이들도 외부와의 접촉을 차단하고 혼자서 일을 하고 삶을 영위하는 파편화된 개인의 묶음인 <코쿤 클럽>의 영입대상이 될 만하다. 이처럼 환상성은 외로운 삶에 대한 비유로 활용된다.

한편, 박성원의 「중심성맥락망막염」은 기괴한 상황을 보여주는 대표적 예이다. 이 제목은 <구더기 사내>라고 불리는 남자가 앓고 있는 병명이다. 이 병은 사물의 일부가 보이지 않는 신비한 증상을 보인다. 만일 연필을 든 손을 본다면, 손만 보이고 연필은 보이지 않는 증상인 것이다. 좀처럼 믿어지지 않는 이 병은, 세계를 인지하는 자아에 막대한 당혹감을 야기할 것이다. 자신이 보고 있는 세계가 온전한 세계가 아닐지 모르고, 자신이 못보고 있는 부분에 대해 어떠한 징후조차 감지할 수 없을지도 모른다는 인식은, 인식 그 자체에 대해 불신을 가져온다. 자명한 것은 사라지고, 끊임없이 내가 본 것과 남이 본 것을 비교해야 하며, 끝내는 현상과 진실에 대한 확신을 잃어버릴 수도 있다. 본다는 것은, 흔히 안다는 것의 제유적 표현이다. 본다는 것 자체를 의심해야 하는 상황은 존재에 대한 근본적인 불신에 다름 아니다. 그래서 세상에 살아가는 모든 인간들이 자신이 보고 알고 그래서 믿는 사실이, 실제로는 진실이 아닐 수도 있다는 다소 인식론적 명제로 해석될 여지도 있다.

구더기 사내는, 믿기 어려운 병이 학계에 정식으로 보고된 바 있으며 이를 치료하기 위해 연구하는 의사까지 있다고 말한다. 이것은 이성적, 과학적, 합리적 근거를 덧붙이기 위함이다. 하지만 구더기 사내의 이야기를 듣는 사람(독자까지 포함해서)은 이러한 설명에 반신반의하며, 오히려 구더기 사내의 정신병력을 의심한다. 그래서 이 초자연적 성향의 병은 정신착란자의 공상에 불과하다고 간주되는 듯하다.

그러나 마지막에서 구더기 사내와 헤어지는 두 사람에게 중심성맥락망막염의 증세가 나타나면서, 일종의 머뭇거림이 발생한다. 두 사람의 눈에도 구더기 사내의 머리가 보이지 않게 되고, 두 사람의 호소를 들은 독자들도 그 병의 진위를 일방적으로 의심할 수만은 없게 된다. 이러한 머뭇거림은 로즈메리 잭슨 식으로 말하면, 문학과 현실을 바라보는 습관적 시선과 타성적 태도에 전복을 가져온다.

전복성은, 초자연적인 현상을 자연적인 해석으로 처리하면서도 한편에서는 정태적 해석을 뒤흔들도록 교묘하게 매복된 교란 작용 덕분에 생성된다. 여기서 파생된 인식적 혼란이, 말도 안 되는 병의 심층적 의미를 따지게 하고 그 상징성을 채굴하도록 종용하는 것이다. 이러한 교란 전법은 70년대 출생 작가들만의 것은 아니지만, 그들에 의해 선호되고 더 치밀하게 계획된다는 점에서 그들 문학의 특징적 면모로 삼을 만하다. 이것은 리얼리즘이라는 거대한 성채를 떠나 현실이라는 적군과 싸울 수 있는, 지금으로서는 몇 안 되는, 유효한 전술로 판단된다.


## 4. <이상>, 그 이상한 인물을 화두로

박성원의 「런어웨이 프로세스」는 다양한 관심과 기호를 보이는 젊은 작가들의 작품 세계를 두루 관찰할 수 있는 비평적 망루를 제공한다. 이것은 이 작품에 봉인된 몇 가지 문제적 요소 때문이다. 먼저, 이 작품은 <이상>이라는 한국 문학사의 오랜 화두를 다루고 있다. 이상을 이해하고 그의 작품을 완벽하게 해석해 내는 작업은 문학인에게 일종의 숙원이다. 또한 전체 구도를 이상의 작품에 의거하면서 그 진위와 향방을 쉽게 눈치채지 못하게 한 솜씨와 진부할 수 있는 작가의 전언에 윤기를 더한 환상성의 도입도 눈여겨볼 만하다.

작품의 외형은 화석이 되어 가는 남자가 친구에게 보내는 편지글이다. 남자는 자신이 화석이 되는 원인이 아내로부터 받은 사육에 있다고 하소연한다. 아내는 화석 전시를 담당하는 큐레이터인데, 치밀하고 영악해서 보는 이로 하여금 섬뜩함마저 느끼게 할 정도이다. 그녀는 유전자를 개조하기 위해서 남편을 인공적으로 사육했고, 결국에는 인간적 가치를 제거하고 화석으로 박제해낸다.

남편의 하소연 가운데 돈을 가지고도 쓰지 못하는 사람의 일화도 들어있다. 거리에서 만난 노인은 현란한 광고와 구매 유혹에 휩쓸려 선택 의지를 잃고 담배 한 개비조차 사지 못하는 신세로 전락해 있다. 이러한 전락은 화자에게도 찾아온다. 남자는 교환가치를 상실한 돈 때문에, 남아도는 상품 때문에 굶어 죽을 것이라고 단정한다. 교환가치를 상실한 돈은, 인간적 가치를 소진한 남자의 비유이다.

이러한 인물과 사건과 비유는, 「날개」의 변주이다. 「날개」에도 무서운 아내가 등장하고, 아내에게 길들여진 남편이 등장한다. 남편이 아내를 탈출하는 사건이 벌어지고, 돈의 사용처를 찾지 못해 방황하는 삽화도 나타난다. <화석으로 박제된 사나이(남편)>가 <박제된 천재의 삶(이상)>을 흉내낸다고 할까. 소설의 결미에서 남편은 화석으로 변해 가는 자신을 구해달라고 소리친다. 「날개」와 다른 점이 있다면, 여기일 것이다. 이상은 박제 당한 영혼도 언제가는 그 감금을 풀고 날 수도 있지 않겠느냐고, 다소 암시적으로 말해두었다면, 박성원은 사육 당한 현대인은 현실의 포박을 풀고 이 세상을 자유롭게 살아가기 힘들 것이라고, 비관적으로 말한다. 쓸모가 폐기되면 우리는 화석처럼 박제

될 것이라는 절망을 함축하고 있다.

박성원은 이상에 대해 끈질기게 관심을 보이는 작가이다. 첫 번째 작품집에는, 이상의 본명인 김해경이라는 이름을 쓰는 인물이 세 명이나 나온다(「라이히 보고서」, 「해뜨는 집」, 「이상(李箱)이상(異常)이상(理想)」). 김해경은 소설가 이상을 연상시킨다. 대표적인 경우가 「이상(李箱)이상(異常)이상(理想)」의 김해경이다. 그는 일본에서 유학한 경력이 있고, 1930년대 분위기를 풍기고 있고, 이상한 소설을 쓰고 있고, 이상의 애인이었던 여자의 이름을 가진 신비녀와 동거하고 있다. 본명, 경력, 분위기, 직업, 인상착의, 여자가 같은 셈이다. 또 박성원 소설의 몸체를 구성하는 자료들도 이상의 것이 많다. 이상의 시 「오감도」와 「거울」의 패러디, 「날개」의 구조와 상용어구(가령 〈위트와 패러독스〉), 「종생기」의 서사와 이미지가 차용된다. 〈이상한 가역반응〉, 〈이상(李箱)이상(異常)이상(理想)〉같은 제명도 같다. 박성원이 이상을 서사의 전략적 거점으로 이용한 것은 주목을 요한다. 이것은 일종의 패러디이다. 린다 허천은 패러디는 〈차이를 내포한 반복〉이라고 했는데, 박성원은 〈환상성〉과 작가적 전언을 그 차이로 제시함으로써 패러디의 허망함으로부터 소설을 구해낸다.

비슷한 예로 김연수의 경우를 보자. 김연수는 이상에 대한 정보를 방대하게 수집하여 세 편의 연작 소설로 정리했다. 『굳빠이, 이상』이 그것이다. 세 편의 중편 소설은 나름대로 문제적 요소를 가지고 있다. 이상에 대한 해박한 지식과 전문적 자료에 충실해서 견고한 독법을 구사한다면 상당한 매력도 발견할 수 있다. 그러나 이것은 어디까지나 이상에 대한 인문학적 소양이 뒷받침되었을 때의 일이다. 이상에 대한 지식이 부족하다면 느낄 수 없는 묘미인 것이다.

전문적인 감상 방식을 일반적인 독자에게 기대할 수는 없다. 박물관적 지식을 이용해서 이상을 소설 속에 끌어 들인다해도, 화석화된 지식 이상의 미학적 효과를 얻을 수도 없다. 그 자체로 지루하고 해석 불능의 소설을 만드는 것에 불과할지도 모른다. 박성원의 경우도 「런어웨이 프로세스」를 논외로 치면 이러한 단점에서 자유롭지 못하다. 자료를 수집하고 문제적 인물을 형상화하고 소설을 만드는 과정에서, 소설의 중요한 미덕을 잃어버리고 있는 것이다. 패러디를 구사하든, 환상성을 강화하든, 학구적 의욕을 가지고 논리적 체계를 세워나가든, 소설은 삶과 현실에 대한 나름대로의 통찰력을 담아내지 않으면 안 된다. 기발한 상상력은 통찰력의 제어를 받아야 한다.

소설은 아이디어만으로 승부할 수 없으며, 연구자의 비밀스러운 결론을 통해 고급스러워질 수도 없다. 이상이 이렇게 살았고, 이상의 의문점을 이렇게 풀 수 있고, 이상이 남긴 작품을 이렇게 해석할 수 있다는 식의 학구적 견해는, 구체적 삶과 현실의 갈피 속으로 스며들었을 때에만 소설의 풍성한 육체로 거듭날 수 있음을 명심해야 한다. 그렇지 못할 경우, 우리는 이상에 대한 소설을 읽기 위해서 이상에 대한 난해한 연구를 시작해야 할지도 모른다. 이것은 오타쿠 수준의 독자나 전문적인 연구자들에나 요구할 수 있는 사항이다.

젊은 작가들에게 필요한 것은, 이상 같은 매력적인 소재나 정보나 모티프를, 패러디나 환상성이나 추리소설 형식이나 논문적 글쓰기의 차용 같은 이색적 기법에 담아 형상화할 때, 어떻게 하면 이러한 화두를 의미 있는 삶의 기호로 격상시키고 독서의 이유를 내장한 창작으로 탈바꿈시킬 수 있을 것인가를 철저하게 고민하는 일이다. 젊은 작가들은 대체로 전략에서 우수하지만, 이러한 고민에서 부족한 편이다. 이것은 비단 이상의 예만이 아니며, 박성원과 김연수의 예만이 아니다. 박성원과 김연수는 진실과 구별하기 힘든 허위, 혹은 허상이 진실을 대체하는 세상의 모습에 대해 나름대로 천착해 온 작가이다. 이러한 관심사가 그들의 이색적인 소재와 정보와 기법 속에 고루 침투할 때에야, 그 소재와 정보와 기법이 나름대로의 독자성과 유효성을 획득할 것이다.

## 5. 사이버 공간에서 살아가기

소설에는 무수한 가상 공간이 만들어진다. 그 공간은 현실의 한 부분이 옮겨져서 만들어질 수도 있고, 현실에서 결여된 부분이 인위적으로 조성되어 만들어질 수도 있다. 소설이 거느린 가상 공간은 현실의 특정 국면과 관련을 맺음으로써 우리에게 이해된다. 그래서 거꾸로 소설 내에 마련된 가상 공간을 살펴봄으로써, 현실의 특정 국면을 발굴해낼 수도 있다. 가령 조선시대를 대표하는 가상 공간은 『구운몽』 내에 펼쳐져 있다. 당시 대다수 사람들이 처했던 공간이 성진의 공간에 가깝다면, 현실에서 결여되어 희구했던 공간은 양소유의 공간에 가깝다. 우리는 『구운몽』을 통해 닫힌 현실 아래 넘치는 꿈을 매립해야 했던, 당시 사람들의 삶의 동향과 욕망의 기류를 감지할 수 있다.

그렇다면 1970년대 전후 출생 작가들의 가상 공간은 어디인가. 아니 그들만의 공간으로 가장 적합한 공간은 어디인가. 그 곳은 컴퓨터와 채팅과 인터넷과 전자 게임이 활개치는 사이버 공간이 아닐까 싶다. 젊은 작가들의 소설에는 그 정도와 중요성의 차이는 있을 망정, 이러한 공간이 생활 필수품처럼 자리잡고 있다.

김영하의 「삼국지라는 이름의 천국」은 사이버 공간에 대한 흥미로운 관찰을 제공한다. 이 작품은 시뮬레이션 전략 게임의 원조 격인 『삼국지』에 기반한다. 이 게임은 고전 『삼국지』의 인물과 정황을 재현하고, 플레이어가 재현된 상황을 통제하는 놀이이다. 한 자동차 외판원이 이 게임에 탐닉한다. 저조한 차 판매 실적과 상사의 질책에도 아랑곳하지 않고 『삼국지』에만 매달린다. 왜 그럴까.

자동차 판매원은 학생운동에 가담한 적이 있다. 잘못된 세상에 대한 정화 의지를 불태운 적이 있다. 그러나 지금은 그 잘못된 세상을 더욱 잘못되게 만드는 주역이 되어 있다. 남이 공들인 실적을 빼앗고, 옛 동료들과 모여 속물 근성을 드러낸다. 세상에 대한 신의나 자신에 대한 양심은 이미 없어진지 오래이다. 그는 이러한 세상에 염증을 느낀다. 그리고 혼탁한 현실을 피하여, 모니터 속의 가상 세계로 숨어 버린다.

그런데 그 안의 세상 역시 다를 바 없다. 그곳은 도원결의를 맺은 관우와 유비가 싸우는 곳이고, 위연과 같은 변절자가 마구 생성되는 곳이다. 그는 이 곳에서 참았던 울분을 폭발시킨다. 옛 맹세와 의리를 저버린 반역자를 처치하기 위해서 무모한 전쟁까지 감수한다. 현실에서는 감히 할 수 없었던 일을 하는 것이다.

사실 이 소설은 가상 세계 안에서 울분을 터뜨리는 남자를 지켜보면서, 가상 세계 밖의 세상에 대해, 즉 우리의 현실에 대해 생각하도록 짜여져 있다. 세상에 대한 이야기를 다른 가상 공간을 통해 돌려 말하는 셈이다. 이것은 우리가 현실에서 잃어버린 소중한 덕목에 대해, 다른 각도에서 생각하게 한다.

차근호의 희곡『암흑영웅전설』은 70년대 전후 출생 작가들의 서사적 기풍을 살피는 중요한 참조사항이 될 수 있는 작품이다. 이 작품은 현실의 모사 공간인 연극 공간을, 사이버 공간으로 설정한 경우이다. 현실의 가상 공간인 연극 공간 내에, 연극의 가상 공간인 사이버 공간이 자리잡은 셈이다. 이 작품도 전략 시뮬레이션 게임을 극화한다. 주인공은 게임의 플레이어인데, 현실에서는 무능한 작가 지망생이다. 자기 글을 쓰지 못하고 남의 자료를 수집하는 일만 한다. 그에게 현실은 굴욕과 자괴감을 강요한다. 그러던 그가 게임에 심취하면서 조금씩 달라진다. 처음에는 규칙과 방책을 몰라 게임 속 신민들의 비웃음과 간섭을 받았지만, 차츰 규칙에 능통해지고 지략과 음모로 뛰어난 전략을 선보인다. 무희를 적국에 빼앗기는 수모를 겪은 후, 승리를 위해서는 규칙마저 무시하는 철저한 제국의 통치자로 거듭난다. 선제 공격을 강행하고 과감하게 반대 세력을 제거하며 절대 왕권을 구축해간다. 가상 제국인 〈빛의 제국>은 오히려 적국 <어둠의 제국>을 능가하는 악의 세력으로 바뀌어 가고, 그는 현실의 심약한 습작생에서 가상 세계 안의 폭력적인 군주로 바뀌어 간다.

이러한 플레이어의 변모는, 신화나 동화 혹은 성장 소설이나 영화에서 발견되는 성장 모티프와 유사하다. 베텔하임은 미성숙한 개체가 세상과 타인의 실체를 감지하고 위기를 전화하여 당당한 사회 구성원으로 변모하는 과정을 담고 있기 때문에, 전래동화를 아이들에게 읽혀야 한다고 말한다. 전래동화 속의 어린 주인공들은 집을 나와 시련을 겪는 모험을 거쳐, 영웅이나 왕이 된다. 이것은 성장과정을 압축적이고 상징적으로 보여준다. 예전에는 이러한 가르침이 전래동화나 신화나, 이것의 기능을 이어받은 소설이나 영화에서 주로 발견되었다. 그러나 달라진 환경에서 아이들은 게임을 통해 이를 확인한다. 플레이어의 게임 습득 과정은 이를 보여준다. 강력한 힘을 가진 황제로 우뚝 자리잡는 것은 이러한 내면적 성장의 가시적 현현이라고 볼 수 있다.

문제는 플레이어가 가상 세계의 달콤함에 탐닉하면서 현실 세계의 씁쓸함을 잊어간다는 것이다. 우리는 짐작할 수 있다. 이 플레이어가 비록 가상 세계에서 절대강자일지는 모르지만, 현실에서는 그렇지 않으며 오히려 더 부적응 상태로 전락할 가능성이 높다는 것을. 아쉽게도 이 작품은 이러한 지적에는 다소 허점을 드러낸다. 이 작품에서 작가에게 현실의 상황을 인지시키는 장치는 부수적이다. 대신 가상 공간에서 극악스러워지는 플레이어의 성격과 활동을 지켜보면서, 현실 공간에서의 부적응 상태를 짐작해 볼 수는 있다.

사이버 공간의 문학적 형상화에서 나타난 문제점을 점검해보자. 현재의 사이버 공간은, 중세의 소설 공간만큼 우리의 상상력과 관념을 지배하는 가상 공간인 것은 분명하다. 그러나 이러한 사이버 공간을 그려냄에 있어, 자족적인 특성이나 유희적 요소나 젊은 세대의 취향만을 강조하는 것은 불만이 아닐 수 없다. 사이버 공간은 생존 공간이 아니다. 그곳은 어떤 의미에서든 가상 공간이다. 따라서 그 공간은 생존 공간이고 체험 공간인 현실 공간을 이해하고 통찰할 수 있는 통로로서의 역할을 우선적으로 수행해야 한다. 그런데 젊은 작가들의 소설에서 확산일로에 있는 사이버 공간은 이러한 현실 접근 통로를 망각하려는 경향이 짙다. 차단된 그 곳은 어떤 의미에서 현실 도피 공간에 불과하며, 현실에서 이탈하려는 자들이 사적으로 노니는 공간으로 변질될 것이다. 적어도 나에게, 사이버 공간은 현실 공간의 외피를 두른 가짜 공간으로 느껴지기 때문에, 가급적 현실 쪽으로 옮겨왔으면 하는 바램이 있다. 이것은 뫼비우스의 띠처럼 현실과 가상(여기서는 사이버 공간)이 겹쳐질 때에만 온당한 의미가 확보된다고 믿기 때문이다.

## 6. 젊은 소설의 빛과 그늘, 반란과 봉기가 가져와야 하는 것들

70년대 전후 출생 작가들이 그 모습을 드러내기 시작한 것은 90년대 중후반이다. 다소 편차는 있지만, 90년대 초반 <신세대 작가>라고 모호하게 통칭되던 일련의 작가 세대가 등장했고, 이러한 등장에 보조를 맞추거나 혹은 약간 뒤쳐져서 또 하나의 그룹을 형성하기 시작한 세대가 70년대 전후 출생 작가들이다. 거칠게 말해서, 90년대 신세대 문학은 80년대 문학의 중요한 거점인 이념과 진리에 대해 다양한 반론과 회의를 드러내면서 출발했다. 80년대의 이념이 더 이상 존재할 필요가 없다거나 진리가 그다지 유효하지 않다거나 혹은 그 어떤 것도 절대적일 수 없다는, 어쩌면 그러한 의의와 가치를 인정하지만 이제는 다른 방식으로 말하겠다는, 개별적 반응 속에 90년대 문학의 새로운 입지점이 마련된다. 이러한 새로운 문학적 풍토를 바탕으로 탄생한 문학이 신세대 문학이다.

70년대 전후 출생 작가들은, 신세대 문학이 그 이전의 문학관과 부딪치며 크고 작은 논쟁과 대화를 거치며(사실 흡족할만한 수준은 아니었다) 개간한 영지 위에 대가없이 자리를 잡은 경우이다. 이것은 그들의 글쓰기에서 저항과 당위성을 앗아갔다. 게다가 주례 비평의 폐단이 늘어가면서 단점은 가려지고 장점이 부각되며, 자극은 사라지고 칭찬만 불어났다. 이것은 젊은 작가들의 시야를 상당히 흐리게 만들었고, 소설의 존재 이유를 근원적으로 봉쇄해버렸다. 이것은 분명 좋지 않은 조짐이다.

젊은 작가들의 가장 커다란 장점은 정해진 소설적 유습을 맹신하지 않는다는 점에 있다. 그들은 자신들의 소설적 전략을 실현시키기 위해서, 대중 문화적 요소나 삼류 문학에 대한 취향마저 거리낌없이 활용한다. 비속한 것을 꺼리지 않고 선대의 유산을 반복하지 않는다는 점에서, 그들의 문학은 다원적이다. 예전 같으면 황당한 것으로 취급받아 본격문학에서 다루기를 꺼려했을 것 같은 초인에 대한 상상력이나, 괴상한 현상을 개연적인 세계 안에 풀어놓아 사고의 반란을 가져오는 방식이 그 사례이다.

그러나 이러한 자유분방한 상상력은 근원적인 한계로 인해 그 빛이 퇴색되는 경우가 많다. 그것은 문학의 기본기와 밀접하게 관련된다. 젊은 작가들은 소재적 특이함이나 기법의 새로움에 함몰되어, 이러한 소재를 결합하는 솜씨나 기법이 궁극적으로 담아내야 할 작가의식에서 맹점을 곧잘 드러낸다. 세목을 나누어서 말해보면, 정확한 문장의 중요성을 인지하는 경우가 드물고, 비유와 묘사 능력이 부족하며, 삽화를 배치하고 소설을 조형함에 있어 내적 논리를 매설하지 못하고 즉흥적으로 처리한다. 작가의 전언을 소설에 매설하고 소설의 존재 이유를 마련해주는 솜씨도 미비하다. 이로 인해 흥미로운 소재, 거침없는 개성, 다채로운 정보, 창의적인 서술 전략과 같은 긍정적 자산이 그리 큰 빛을 보지 못한다. 더 큰 문제는 소설 자체를 왜 쓰고 독자들이 왜 읽어야 하는지 충실히 고민하지 않는다는 점이다. 쓰는 사람이 모를 때, 읽는 사람이 알 수 있는 경우는 그리 많지 않다.

이것이 70년대 전후 출생 작가들의 성향이자 문제점이다. 그들은 황당하고 괴상한 것들을 당연하고 낯익은 것 옆에 끌어와서 인식적 충격을 가하고 있다. 이것은 젊은 작가들이 기존의 문단에, 혹은 지금까지 문학계에 일으키는 일종의 봉기이고, 반란이다. 그러나 그 봉기가 과연 무엇을 위한 것이고, 그 반란이 어떠한 비전과 통찰력을 담고 있는가 라는 질문에 명료하게 대답할 준비가 되어 있지 못하다. 이 점 역시 하나의 충격이다.◆(『오늘의 문예비평』 2002. 겨울)

# 자연의 기적

## 0. 겨울의 소설을 두루 훑으며

이상문학상 수상작이 발표되었다. 특정한 상에 대해 거론하는 것은 이 글의 본분을 넘어서는 일일 수 있지만, 몇 가지 관련된 사항이 있어 언급해 두고자 한다. 2003년 수상작은 김인숙의 「바다와 나비」(『실천문학』2002년 겨울)이다. 이 작품은 시기상으로 본 글의 영역에 속한다. 결론부터 말하면, 이 작품은 나에게 별다른 감흥을 불러일으키지 못했다. 심사위원들이 상찬하는 바는 더욱 이해할 수 없었다. 소설적 지루함이 무거움일 수 없으며, 소재적 특이함이 완성도에 대한 보증 수표일 수 없다. 그녀가 보여주었다는 <장인적 솜씨> 역시 납득하기 어려웠다. 솔직히 나는 이 작품에서 형식적 완결성을 발견할 수 없었다. 유일하게 동의할 수 있는 것은, 김인숙의 소설적 경향이 일관된다는 지적이다. 틀림없이 그녀는 작가적 중심을 지키는 흔치 않은 소설가이다. 그러나 이상문학상이 작가의 공로에 대해 수여되는 상이 아닌 만큼, 이 작품에 대한 평가가 과대 포장되었다는 의혹을 지우기 힘들다.

반면, 『실천문학』 같은 호에 실린 나머지 두 작품에 각별한 관심이 갔다.

먼저 김지우의 경우를 보자.「나는 날개를 달아줄 생각이 없다」는 분명 소품이다. 어찌 보면 소재도 진부하고, 혁신적인 깨달음을 삽입시키고 있지도 않다. 그러나 문장이 말끔하고, 말하려는 바가 뚜렷하다. 과장되어 있지도 않고, 지나치게 시류를 타고 있지도 않다. 촌지로 굴러가는 사회를 보여주면서, 아부와 굴신으로 침해당했던 학교의 모습을 슬쩍 겹쳐놓는 솜씨도 기대 이상이다. 앞으로 더 다듬으면, 틀림없이 좋은 소설을 쓸 수 있을 것으로 기대된다.

강영의「원더풀 패밀리」도 주목해 볼 점이 있다. 이 소설의 가장 커다란 장점은 문장이다. 강영은 같은 해에 데뷔한 신인이라고 믿어지지 않을 만큼, 정갈한 문장을 사용한다. 최근 소설은 문장에 대한 경각심이 저하되어 있는 상태이다. 뒤에서 상론하겠지만, 문장은 생각의 거푸집이다. 문장이 정확하지 않은 소설은 일단 진위를 의심해야 하며, 평가 기준을 다시 잡아야 한다. 그런 면에서 강영은 무엇보다 안정된 기초를 갖추고 있다. 앞으로의 발전을 기원한다는 의미에서, 단점을 지적해 보겠다. 인물 창조는 특색이 있지만, 인물의 연계성은 자연스럽지 못하다. 5.18 광주 문제, 환경 문제, 주한 미군 문제, 마약 문제, 가정 불화와 소외의 문제 등에 산만하게 손댄 것도 흠이다. 한꺼번에 너무 많은 이야기를 담으려 했기 때문에, 인물과 사건들이 얽히고 섥히면서 작위성이 노출되었다. 문장이 정확했기 때문에, 이 정도나마 정리된 것이지, 그마저 못했다면 큰 낭패를 볼 뻔했다. 하려는 이야기를 줄이고 인물들의 움직임에 개연성을 불어넣는 작업이 보다 강도 높게 요청된다.

박영규의「서불암」(『문예중앙』2002년 겨울)은 착안과 상상력이 흥미로우나, 좋은 소설의 궁극적 목적을 잊고 있다.『작가세계』2002년 겨울호에 나란히 실린 권지예(「스토커」)와 이평재(「카오스 팬터지」)는 눈길을 끈다. 권지예는 예전까지 고수하던 감상적 소설에서 일정 부분 탈피한 인상이고, 이평재는 데뷔 무렵부터 고수하던 당돌한 성(性) 묘사를 고수하는 인상이다. 두 소설은 두 가지 점에서 공통점이 있다.

하나는 우리 사회의 문제로 떠오르고 있는 <스토킹>의 문제를 제기한다는 점이다. 시대가 바뀌면, 퇴보하거나 금지되는 사랑의 방식이 있다. 상대에 대한 맹목적인 집착(느슨한 의미에서의 스토킹)은, 과거 남성다운 구애의 형식으로 인정받기도 했다. 그러나 지금은 과거의 미덕을 상실했다. 사회악으로 고쳐 인식되면서, 우리의 부끄러운 무의식을 고발하는 창구가 된다.

다른 하나는 형식적 반전의 중요성이다. 두 소설은 반전의 묘미를 제대로 살리지 못했다. 이평재의 경우에는 소설 전체에 걸쳐 암시되는, 아니 기대되는 반전을 밀도 있게 살려내지 못한 결함이 보인다. 권지예의 경우에는 반전을 무리하게 시도하는 바람에 묵직했던 주제적 중량감을 스스로 소진시킨 느낌이다.

서정인은 「몽둥이」(『동서문학』2002년 겨울)와 「피난 섬」(『문학과사회』 2002년 겨울)에서 형식 실험을 한다. 그러나 너무 현란해서 의미가 명확하게 파악되지 않는다. 성석제의 말장난(「만고강산」, 『문예중앙』2002년 겨울)은 전작들과 너무 비슷해서 식상하고, 송영의 이야기 방식(「두 사람」, 『현대문학』1월호)은 너무 간략해서 허무하다.

김영하의 「너의 의미」는 가장 눈에 띄는 작품이었다. 문장력과 표현력을 갖추고 있고, 구성의 묘미와 작가적 전언을 안정되게 구축하고 있으며, 새롭되 보편적이고 그러면서도 매너리즘을 끊임없이 벗어나려는 생기 있는 작품이기 때문이다. 이 작품이 이상문학상 최종심에 올라간 덕분에 자투라기 심사평 하나를 얻을 수 있었다. 그것은 <소설적 감성>이 뛰어나다는 지적이었다. 동의한다. 그러나 감성은, 그 밑에 보이지 않는 논리의 이성을 굳건하게 깔고 있다는 것이 나의 생각이다. 이러한 생각을 입증하기 위해서 「너의 의미」의 구석구석을 조금은 경직된 잣대로 훑는 작업에, 이 글의 대부분을 할애할 것이다. 이 작업에는 「너의 의미」에 대한 엄중한 평가가 부족했다는 비평적 항의도 포함되어 있다.

## 1. 사랑의 이유를 따지는 사람들 : 세태와 주제와 풍자

「너의 의미」의 화자는 영화 감독으로 입봉하려는 남자이다. 그는 상식 아닌 상식으로 무장하고 있다.

> 나는 아직까지 뭘 해야 되는지, 뭘 하지 말아야 하는지에 대한 개념이 부족하다. 그러다 보니 내 인생은 언제나 무심결에 저지른 일들을 수습하는 데 바쳐졌다. 제작비를 감독이 좀 갖다 쓰는 게 왜 나쁜지 아직도 나는 납득하기 어렵지만 어쨌든 그 일 때문에 차를 팔아야만 했고 선배의 마누라와 자다가 아닌 밤중에 린치를 당하기도 했다. 신인들과 자고 다닌다고 욕하지만 내가 강간을 한 것도 아니고 서로 좋아서 벌인 일에 대해서 왜 죄의식을 가져야 하는지 모르겠다. 물론 사정이 어려울 때는 그 여자들의 돈으로 지낸 적도 있지만 그것 역시 강도질도 아닌데 왜 비난받아야 하는지 도무지 이해할 수 없다.(1408~1409면)

화자의 논리는 어처구니가 없다. 최소한의 법률 지식과 예의 범절조차 제대로 갖추고 있지 못하다. 잘못을 인정하는 태도도 가식적이다. 처음에는 〈뭘 해야 되는지, 뭘 하지 말아야 하는지에 대한 개념이 부족〉했다며 용서를 구하는 척 하지만, 막상 마지막에서는 자신이 〈왜 비난받아야 하는지 도무지 이해할 수 없다〉며 억울해 한다. 이것은 그가 잘못을 시인하거나 뉘우칠 준비가 되어 있지 않다는 것을 의미한다.

그러나 정작 당혹스러운 점은, 이 화자가 아니다. 화자 바깥에 있는 사람들이다. 화자가 만나는 사람들은, 차이는 있을지언정, 이 상식 아닌 상식을 체득하고 있다. 화자가 최근 만난다는 아이스크림 모델이 그러하다. 그녀는 스타가 되기 위해서 정조쯤은 아무렇지도 않게 여긴다. 그녀에게는 뮤직 비디오에 출연시켜 주겠다는 언질이 중요하지, 사랑 없는 섹스는 문제될 게 없다. 화자의 말을 액면 그대로 믿으면, 아이스크림 모델 같은 여자들은 세상에 얼마든지 있다. 따지고 보면, 화자를 사랑하게 되는 조윤숙도 보편적 상식에서 어긋나 있다.

> <정피디. 진지하게 말해줘.>
> <네?>
> <조윤숙이 왜 그러는 걸까?>
> <좋으니까 그러겠죠.>
> <농담 아냐. 잘 알잖아. 나 같은 걸 뭘 보고 좋아해? 내가, 만든 영화가 있어, 얼굴이 번듯해, 집안이 빵빵해, 돈이 많아, 나이가 적어?>
> 감독님이 뭐가 어때서요, 란 말을 절대 하지 않으면서 정피디는 심각한 얼굴로 내 말을 듣고 있었다. 필시 잠시 후에 열릴 다른 영화 기획 회의 안건을 생각하고 있음이 분명했다.
> <말해봐.>
> <남녀 관계야 아무도 모르는 것 아닙니까? 혹시 모르죠 속궁합이 잘 맞는 지.>
> <에이, 그건 아니야.>
> 말은 그렇게 했지만 그러고 보니 그것밖에 없었다. 그러나 정말 그것뿐이라면 한심한 일이었다.
> <너무 그렇게 타박하지 마세요 사랑에 빠져서 걸작 멜로물을 쓸지 누가 압니까? 다른 작가들은 그러고 싶어도 안 되는데.>(1419~1420면)

화자는 평소대로, 하룻밤 섹스 파트너를 골랐다. 상대는 같이 일하기로 한 작가이다. 정황을 더 정확하게 말하자면, 화자는 조윤숙에게 시나리오 집필을 의뢰했고 조윤숙은 문학적 신념을 고수하며 이를 거부했다. 실망한 화자는 작전을 바꿔서 하룻밤의 섹스를 제의했고 조윤숙을 이를 수락했다. 그 다음날 조윤숙은 태도를 바꿔서 시나리오를 쓰겠다고 제의한다. 그러면서 둘은 영화 라는 같은 목표를 갖게 된다. 그런데 조윤숙이 그만 화자를 사랑하게 되었다고 고백해 온 것이다. 화자에게는 청천벽력 같은 소리였다.

인용된 대화는 당황한 화자가 동료 정 피디와 이 일을 상의하는 대목이다. 가관인 것은 정 피디의 반응이다. 정 피디는 사랑 문제를 처음부터 심각하게 생각하지 않는다. 그는 우발적인 접촉 사고쯤으로 여기고, 곧 실익을 얻을 수 있는 대책을 내놓는다. 이왕 그렇게 된 일이니, 이번 기회에 잘 팔릴 대본이라도 얻으라는 것이다.

대화 태도를 보면, 두 사람은 사랑을 믿지 않고 있다. 사랑한다고 말한 조윤숙을 배려하지도 않고 있다. 한 쪽은 어떻게 하면 사건을 무마할 것인가에, 다른 한 쪽은 그것을 이용하여 얻을 수 있는 이익에 초점이 맞추고 있다. 그들에게는 사랑이라는 감정은 없는 셈이다. 여기서 묻지 않을 수 없다. 그들만 그런 것인가, 그들의 세계가 그런 것인가? 아니면 우리의 세계가 그런데 그들만 눈에 띈 것인가?

그들이 영화판이라는 특수한 공간에 있다는 점을 잊지 말자. 김영하는 이 점을 분명히 했다. 이것은 작가적 체험을 지나치게 부풀리지 않으려는 그의 생각에 비추어 볼 때 꼭 고려해야 할 사항이다. 그러나 단지 그들만의 혹은 그들 세계만의 특수한 상황이라고 믿기에는 꺼림칙한 무엇이 있다. 등장하는 인물들이 하나 같이 동일한 가치관을 가지고 있으며, 이를 말하는 작가의 태도가 자신만만하기 때문이다.

이 점이 우리를 당혹스럽게 만드는 이유이다. 이 소설을 읽으면, 세상 어느 한 부분에서는 이미 사랑 없는 세계가 만들어져 적어도 표면적으로는 이상 없이 굴러가고 있다는 씁쓸한 생각을 지우기 어려워진다. 특히 마지막 문장의 씁쓸함은 오래 여운으로 남는다. 영화는 흔히 현실의 꿈으로 불린다. 현실에서 좀처럼 이루기 힘든 많은 것들이 그 안에서 이루어지기 때문이다. 사랑은 대표적인 소재이다.

그런데 정작 그 곳은 사랑을 원해도, 사랑이 사라져 버려 얻을 수 없다는 믿음으로 팽배하다는 것이다. 사랑을 믿지 않는 아이스크림 모델 같은 여자들이 만인의 사랑을 받는 스타가 되고, 그런 스타들이 보여주는 영화 속의 사랑이 사랑을 할 수 없는 사람들에 의해 쓰여지고 있다는 것이다.

김영하는 영화판의 이야기라며 목소리를 낮추지만, 그 안에서 관찰되는 만남과 사랑의 방정식은 보편적 세계의 문제점을 진단하는 데에도 유용할 듯 하다. 하룻밤의 섹스 파트너만 넘쳐 나고 영혼의 반려자는 줄어드는 우리 세계의 밤거리와 이를 닮은 소설이 증명한다. 죽은 메두사의 목에서 흘러나온 피가 세상을 각질화시켰듯, 세상의 한 구석에서 흘러나오는 메마른 사랑이 재앙을 퍼뜨리고 있는지도 모른다. 뻔하지만 심각한 질문을 요령껏 던질 줄 안다는 점에서 김영하는, 분명 당혹스러운 작가이다.

## 2. 사유의 집짓기 : 문장과 쉼표와 비유와 어휘

문장은 사유의 집이다. 정돈되지 않은 문장은, 정돈되지 않은 사유 때문이다. 변형생성문법 같은 극단적 어학 이론은, 사유가 문장을 만드는 것이 아니라, 문장이 사유를 만든다고까지 말한다. 그런 의견을 존중할 경우, 지금보다 문장의 위상이 보다 격상됨을 느낄 수 있다.

김영하의 문장은 대단히 깔끔하다. 소위 말하는 군더더기가 적다. 그것은 일단, 단문을 쓰기 때문이다. 주어와 술어의 물리적 길이가 짧으면 불필요한 단어들의 틈입을 좀처럼 허용하지 않게 된다. 애매한 단어, 포장만 요란한 수식어, 복잡한 종속문, 명료하지 못한 비유 등이 자연적으로 배제된다. 한 문장은 하나의 정황을 전달하는 데에 충실해진다. 문장의 초점이 하나가 되면서, 문장들의 연쇄는 보다 일관된 논리 위에 가설된다. 곁가지 문장들은 솎아지고, 논리의 선형적인 흐름이 강화된다.

쉼표는 잘 닦여진 문장이라는 도로에, 적절히 놓여진 이정표와 같다. 또한 쉼표는 문장에 생겨난 일종의 주름으로, 의미 단락을 분명하게 하고, 논리적 혼선을 막아주며, 특수한 경우에는 언어의 리듬감을 살려주기도 한다. 김영하는 쉼표를 적재적소에 그리고 의미 있게 사용하려고 애쓰는 작가이다.

이것은 다음과 같은 용례에서 확인된다. <도서관에서, 이것이 중요하다, 도서관에서 당시 소설을 읽었고 아주 감명 깊었고 그래서 꼭 한 번 만나보고 싶었다>(1405면). 화자가 조윤숙에게 한 말이다. 실제로는 이렇게 말하지 않았을 것이다. 그러니까 이 문장은 장황하게 말했을 말들을 간추려 적은, 문어투 문장이다.

문장의 중간에 <이것이 중요하다>가 삽입되어 있다. 이것은 다분히 구어적이다. 그러면서 문어투 문장과, 그 안의 구어적 표현 사이에 이질감이 생겨난다. 이 이질감을 보존하기 위해서, 이후 쉼표의 사용을 자제한다. 다른 상황에서의 김영하였다면, <당시 소설을 읽었고>와 <아주 감명 깊었고> 다음에 쉼표를 찍는 것을 고려했을 가능성이 높다. 무작위하게 늘어놓은 것 같지만, 도서관에서 했다는 일 세 가지는 논리적 범주가 명료하게 갈라지고 시간적 순서마저 내장하고 있다. 다시 말해서 <처음에는 소설을 읽고, 다 읽은 다음에 감명을 받았고, 그렇기 때문에 꼭 만나고 싶었다>가 될 수도 있었을 것이다. 그러나 김영하는 쉼표를 구어와 문어의 틈새를 벌리는 데에만 사용했고, 그 틈새가 애매해지는 것을 차단하기 위해 다른 쉼표는 생략했다. 이것은 예사롭지 않은 문장 감각을 말해준다.

이렇게 구축된 언어적 환경이라면, 참신한 비유가 유달리 읽는 맛을 돋울 것이다. 비유는 본래 부재 하는 언어의 공백을 메우기 위한, 현존 언어의 비틀린 조합이다. 어떤 상황이나 감정을 표현하는 데에 기존의 언어가 부족함을 보일 때, 새로운 조합을 통해 그 부족함을 채우려는 임시 방편의 언어이다. 그러나 고래로부터 이 임시 방편의 수사학이 언어의 확장과 미감을 북돋우는 중요한 역할을 해왔다. 문제는 기존 언어의 마비이나 인식적 혼란을 야기하는,

잘못된 비유 혹은 비유의 남발이다.

1) 저 지중해 어딘가에 있다는 누드비치에 처음 당도한 관광객처럼(1402면)
2) 공항 안내 방송이라도 듣고 있는 것 같은(1406면)
3) 횡령에 가담한 은행원처럼 늘 안절부절못하는(1410면)
4) 철지난 사랑에 매달리는 유부녀 같은(1410면)
5) 유부남은 누가 찔러주고 간 뇌물 같은(1412면)
6) 연극 무대에 처음 선 배우처럼(1415면)
7) 비행기가 곧 추락하겠으니 승객 여러분은 기도나 하시라는 안내방송을 들은 것 같다.(1416면)
8) 「해리가 샐리를 만났을 때」의 맥 라이언처럼(1416면)
9) 일체의 전희도 애무도 없이 바로 본론으로 들어가는 중년의 섹스처럼(1423면)
10) 신부가 처녀가 아니라는 걸 알아버린 신혼여행지의 어린 신랑처럼(1427면)

—『문학과사회』 2002년 겨울호(괄호 안의 면 수는 인용 면 수임)

「너의 의미」에서 대충 발췌한 것들이다. 일단 김영하의 비유는 재미있다. 고급스럽다는 느낌보다는 편안하고 재치 있다는 느낌을 준다. 그러면서도 꽤 짜임새 있는 의미망을 구축하고 있다.

먼저, 비유 조형시 화자의 성격과 환경을 고려했다는 점이다. 화자는 성생활을 자유분방하게 즐기는 인물이다. 그러므로 <누드비치에 처음 당도한>, <철지난 사랑에 매달리는>, <전희도 애무도 없이>, <신부가 처녀가 아니라는 걸 알아버린> 상황이나 감정에 대해 나름대로 견해를 가지고 있다. 성생활과 관련된 관찰이 이끌어낸 비유인 셈이다. 화자가 횡령의 경험이 있다는 사실을 참고하면, <횡령에 가담한 은행원처럼>이나 <누가 찔러주고 간 뇌물 같은>의 비유가 어디서 나왔는지 쉽게 추측할 수 있다. 그의 직업은 명색이 연출가이므로, <배우처럼> 혹은 <맥 라이언처럼>의 비유도 어색하지 않다.

다음, 비유의 배치이다. 2) <공항 안내 방송이라도 듣고 있는 것 같>다는 비유는 조윤숙과 첫 대면할 때, 7) <비행기가 곧 추락하겠으니 승객 여러분은 기도나 하시라는 안내방송을 들은 것 같>다는 비유는 조윤숙으로부터 애정 고백을 들을 때, 10) <신부가 처녀가 아니라는 걸 알아버린 신혼여행지의 어린 신랑>같다는 비유는 두 사람의 관계가 어느 정도 일단락될 때 배치된다. 세 개의 비유는, 비행기와 여행이라는 공통분모로 묶일 수 있다. 화자가 조윤숙을 만나는 과정이, 일종의 여행, 그것도 비행기를 타고 떠나는 신혼 여행의 상상력으로 뒷받침된 셈이다.

1)과 9)는 도서관과 관련된 비유이다. 1)은 소설의 첫 머리에서 도서관에 들어갈 때 받은 느낌을 성적 욕구로 환원한 경우이다. 그는 느긋하게 헤매면서 누드 비치를 구경하듯, 산지사방으로 흩어진 책들을 구경할 태세이다. 9)는 다시 도서관을 찾은 경우로, 특정 목적만을 재빨리 처리해야 하는 마음가짐을 보여주기 위한 비유이다. 두 비유는 도서관에 대한 느낌과 성적 이미지를 일관되게 묶고 있다는 점에서 주목된다. 그러면서 소설의 도입부와 종결부에 각각 위치하여 대칭적 구조를 만들어낸다. 이로 인해 구조적 안정성이 보강된다.

김영하의 비유는 서로 내왕하는 샛길을 숨기고 있다. 그 길을 잘 연결하면, 비유를 통해 살아나는 인물의 성격과, 내면 심경과, 극중 정황과, 미묘한 분위기를 두텁게 체감할 수 있다. 그런 측면에서 그의 비유는 살아있다. 이것은 비유가 치장만 요란한 죽은 비유가 아니라, 언어적 공간을 살려내는 묘책이 되어야 한다는 문학의 취지와 잘 어울린다.

단어의 선택도 눈여겨볼 부분이 적지 않다. 김영하의 어휘 선택에는 편견이 없다. 여기서 말하는 편견은 작가적 편견을 가리킨다. 우리는 어떤 작가라고 하면, 그만의 문체를 특징으로 꼽는 경우가 있다. 가령 윤대녕이라고 하면, 그만의 감각적인 문체감각을 떠올릴 수 있는 것처럼 말이다. 이러한 특징을 긍정적으로 생각하면 일관된 문체의식이라고 칭찬할 수 있다. 그러나 그 문체가 고형화될 경우, 소설쓰기의 장애물로 작용할 수 있다.

「비상구」나 「오빠가 돌아왔다」에서 보이는 김영하의 문체의식은 상당히 개방적이다. 비속한 자들을 그릴 때는, 그들의 말투와 습관과 행동을 옮겨오기 위해 비속한 어휘와 문체를 꺼리지 않는다. 욕설과 은어를 적극적으로 살려내고, 언어의 그물로 엮어서, 그들에게 생동감 있는 그림자를 부여하려 한다. 「너의 의미」에서도 마찬가지이다.

11) 우리 판에서는 그것을 <아이템>이라고 부른다. <깜>이라고 부르는 자들도 있다.(1403면)
12) 이제부터는 작업이다.(1406면)
13) 어리숙한 초짜 여배우들이나 따먹는(1417면)
14) 수많은 영화들이 제작 단계에서 엎어진다.(1418면)
15) 물론 그녀가 날 위해 기가 막힌 시나리오를 써주면 그것으로 만사오케이다.(1423면)

<아이템>이나 <깜>은 영화 현장에서 유통되는 말인 것 같다. 그래서 그런지 말의 정확한 뉘앙스까지는 파악되지 않는다. 그러나 영화판에서 풍겨나오는 비밀스러운 느낌은 대충 전달된다. 이러한 어휘를 선택한다는 것은 어휘 안에 축적된 힘을 이해할 때나 가능하다. 12)의 <작업>이나 13)의 <따먹는> 같은 단어는, 일상에서 곧잘 듣는 말이다. 그러나 소설 속에서 만나 본 적은, 내가 기억하는 한에서는, 없다. 이 말이 천박한 표현이기 때문일 것이다.

그러나 김영하는 인물과 상황에 필요하다면, 어떤 말이든 여과 없이 사용한다. 속된 인물을 표현할 때는 속된 표현이 동반되어야 한다는 것이 그의 신념인 듯 하다. 그런 면에서 「비상구」의 주인공 <우연>과, 「오빠가 돌아왔다」의 <여동생>과, 「너의 의미」의 화자는 같은 언어 계층에 속한 사람들이다.

14)의 <엎어진다>는 <무산된다>로 대체할 수 없는 감정의 특수한 측면을 발산하기 위해 채굴된 단어이다. 15)의 <만사 오케이다>도 비슷하다. 조윤숙이 화자에게 단순히 작가이기만 한 것은 아니다. 섹스 파트너로도 중요한 존재이다. 그럼에도 이 말을 쓴 것은, 화자에게 밀려든 <사랑> 문제가 그만큼 심각하고 다른 것을 돌볼 여가가 없음을 보여주기 위함이다. 두 단어 모두 과장된 감정을 담아내고 있는데, 이것은 허황되고 허풍이 심한 화자의 심성과도 부합된다.

쉼표가 그러했고, 비유가 그러했듯이, 어휘 선택 역시 나름대로 전략적 사고를 동반한다. 여기서의 전략은 소설의 유기성과 개연성을 확충하기 위한 형식 미학적 전략을 뜻한다. 소설가는 소설의 구성과 완성을 위해, 설계도를 짜지 않을 수 없다. 문제는 그 설계도의 인위성을 감추고 자연스러움을 살려내는 방식일 것이다. 그 방식을 해결해낸 사례를 모아야 한다면, 김영하는 꽤 많은 정보를 줄 수 있을 것 같다.


## 4. 한국 문학에 대한 제언 : 소설과 비평에 대한 일침

김영하 작품 중에는 문학적 자의식이 투영된 경우가 더러 있다. 예를 들어 「흡혈귀」나 「피뢰침」이 그러하다. 「너의 의미」에도 문학에 대한 제언이 숨어 있다.

16) 남자 주인공은 어떤 여자를 만나 사랑에 빠진다. 그러나 여자는 그 남자를, 뭔가 아주 섬세한, 내가 도저히 이해할 수 없는 이유로 싫어한다. 그래서 남자는 극심한 고통을 겪는다. 출판사 편집장인 그 남자는 결국 자살을 택한다. 남자는 유서를 남긴다. 유서는 장황하게 인용되어 있는데 그 부분은 좀 지루하여 그냥 지나갔다.

17) 여자는 요즘 소설 속의 주인공들이 그렇듯 관습적으로 우울하고, 물론 살기도 혼자 살고, 친구도 없다. 나중에 죄도 없이 할복을 당한 인형이 그녀의 유일한 친구다. 직업도 현실에서는 보기 힘든 직업이다. 식충 식물 재배가 본업이고 홈쇼핑 텔레마케터를 아르바이트로 하고 있다. 남자는 어느 날, (뻔하다) 식충 식물을 사러 왔다가 그녀와 마주친다. 그리고 (유치한 비유다) <식충 식물에 끌려드는 한 마리 파리>처럼 그녀에게 이끌린다.

18) 갑자기 주제가 궁금해졌다. 내 능력으로는 도저히 그걸 밝혀낼 수 없을 것 같았다. 다행히 이런 문학상 수상작은 뒤에 심사평이 따라붙는다. 그걸 읽어보기로 한다.

근엄한 얼굴의 심사위원 둘, 푸근한 인상의 할머니 심사위원 한 명이 두 페이지 가량의 평을 써놓았다. 그 중 가장 근엄해 뵈는 심사위원의 글을 먼저 읽었다. 그는 심사 과정을 다소 장황하게 써놓은 후에 조윤숙의 작품은 근래 보기 드문 진지한 작품이며 특히 주제를 포착하고 그것을 형상화하는 능력이 탁월하다고 했다. 그 심사위원이 보기에 조윤숙 소설의 백미는 바로 그 <유서>라고 했다. 내가 읽지 않은 바로 그 부분이 핵심이라니. 좀 당혹스러웠으나 일단 끝까지 읽어보기로 했다.

19) 소설 속의 남자는 그 어떤 사랑의 증거도 자신에게, 그리고 타인에게 제시할 수 없어 괴로워했지만 윤숙은 아니다. 아, 고급 문학을 오래 읽고 있으면, 게다가 심사평까지 읽고 있노라면 언제나 머리에 쥐가 난다. 나는 머리를 쥐어뜯었다.(밑줄:인용자, 1424~1425면)

화자는 조윤숙의 사랑을 이해할 수 없다. 자신은 돈도 없고, 능력도 없고, 외모도 그럴 듯 하지 않다. 어떤 힘을 가지고 조윤숙을 이끌어 주거나, 혹은 평생 책임질 의향이나 생각도 없다. 그런데도 조윤숙은 그의 모든 면을 긍정적으로 생각하고, 나름대로 의미를 부여하려 한다. 화자 말대로 <쓰레기>에 불과한 사람에게는 이해할 수 없는 일이다.

그래서 그녀와의 출발부터 다시 점검하기로 한다. 화자는 느긋한 마음으로 찾아간 도서관에서, 졸음을 이기지 못해 정기 간행물실에 들어가게 되었고, 거기서 〈상상력〉이라는 문학 잡지 제호에 이끌려, 우연히 조윤숙의 소설 당선작을 읽게 되었다. 그 후 어떤 영감을 좇아 조윤숙에게 시나리오 작업을 제의했고, 그녀가 거절하자 육체적 접근(그의 말로 하면 〈작업〉을 시도해 애인으로 삼았다. 그런데 그녀가 자신을 사랑하게 되었다고 고백한 것이다. 아무 것도 없는 자신을.

그녀의 등단작이 많은 것을 설명해주기를 화자는 바란다. 단서가 포착된다. 조윤숙 소설 속 남자(편집장)는 어떤 여자를 사랑하는데, 그 남자도 사랑의 이유를 찾을 수 없는 상태이다. 사랑의 이유를 모른다는 점에서 편집장인 남자는, 「너의 의미」의 화자와 처지가 같다.

재미있는 것은 여자가 남자를 싫어하는 이유이다. 〈그러나 여자는 그 남자를, 뭔가 아주 섬세한, 내가 도저히 이해할 수 없는 이유로 싫어한다〉. 문장을 풀면 편집장인 남자를 상대 여자가 싫어하고, 작가인 조윤숙은 그 이유를 뭔가 아주 섬세한 것으로 설정하고 있지만, 그것을 읽은 화자는 납득할 수 없다는 의미이다. 김영하는 두 개의 쉼표를 사용하여, 〈뭔가 아주 섬세한〉을 문장으로부터 분리시킨다.

〈뭔가 아주 섬세한〉은 읽는 이(그러니까 화자)의 혼잣말이다. 다분히 구어적인 불평이다. 그 불평은 17)과 18)과 19)를 거치면서 점차 뚜렷해지고 강도가 더해간다. 17)의 관습적인 소설 문법에 대한 불평, 18)의 심사평에 대한 은근한 불신, 19)의 소위 고급문학에 대한 야유로 연계되는 것이다. 이것은 〈장황하게〉, 〈지루하게〉, 〈뻔하다〉, 〈유치한 비유다〉, 〈내 능력으로는 도저히 밝혀낼 수 없을 것 같았다〉, 〈장황하게〉(반복), 〈좀 당혹스러웠으나 끝까지 읽어보기로 했다〉, 〈머리에 쥐가 난다〉 등의 단어 혹은 문장 속에서 신랄하게 꿈틀거리고 있다.

이러한 비판과 표현은, 본격 문학을 바라보는 일반인의 관점을 빌린 것이다. 가까운 주변 사람들에게 문학적 완성도가 높은 작품을 권한 적이 있는 사람이라면, 한 번쯤 얻어들었음직한 반응이다. 많은 사람들이 본격 문학에 대해 <장황>과 <지루>를 거론하고, <잘 모르겠다>나 <괜히 복잡해서 머리만 아프다>는 하소연을 늘어놓는다. 그들에게 많은 본격 문학은 고통이고 심란이다. 어쩌면 그들에게 이미 문학이 아닐지도 모른다.

김영하는 그 점을 간과하지 않는다. 본격 소설을 한다는 명분으로 무조건 덮어두지도 않는다. 그의 소설이 다른 점은, 본격 소설의 약점을 간파하고 그 점을 어떻게 해서든 개선하려고 하는 고심에 있다. 적을 알고 나를 알면 백전불패라는 병법을 실천하는 셈이다. 그에게 진짜 적(敵)은, 본격 문학이 지니고 있는, 혹은 고급 문학이 문학성이라는 이름으로 고수하고 있는 잘못된 관행과 믿음이다.

그의 소설에서 관행과 믿음은 가차없이 의심 받는다. 우선, 개성을 방패막이로 하여 만연해진 소설의 개인화 경향이다. 이것은 90년대 이후 두드러진 현상이다. 소설이 개인의 직·간접적인 경험과 사유의 모음인 것은 분명하지만, 그 모음은 보편적으로 이해되고 공감할 수 있는 것이어야 한다. 그런데 조윤숙이 썼다는 소설처럼, 주관적으로만 이해되는 소설이 대책 없이 범람하고 있다. 기꺼이 독자가 되기를 희망하는 많은 이들이 있음에도, 이러한 소설들은 자기만의 정서와 미학으로 읽은 이의 발길을 되돌리곤 한다.

다음, 창작 방법의 유행이다. 어느 시대나 독창성은 요원한 문학적 목표이지만, 90년대 이후 문학이 대량 양산 체제를 굳히면서 변별력 없는 작품의 홍수를 만들어냈다. 동일한 상황, 동일한 인물, 동일한 정서를 지적하는 화자의 목소리에는 노기마저 감돌고 있다. 그 다음, 비평가들이 내놓는 엉뚱하거나 난해한 해설이다. 비평의 전문성을 고도의 지식으로 착각하는 비평가가 상당하다는 개인적인 견해를 보태 보면, 이러한 지적은 매우 유효 적절하다. 마지막으로, 본격 문학이 지닌 관념적 성향이다. 머리가 아프다는 표현은, 삶을 이해하지 못하고 머리로 소설을 조합하는 좋지 않은 풍조에 대한, 혹은 독자들을 무시하고 작가적 우월성만을 강조하는 창작 성향에 대한, 일종의 질타이다.

## 5. 자신과의 싸움, 혹은 위기에 벗어나는 요령

그렇다면 김영하는 한국 문학의 난처함 혹은 본격 문학의 결함에서 벗어나 있는가? 스스로 비판하고 지적했던 그 문제들로부터는 얼마나 자유로운가? 이를 위해, 김영하 문학이 수행하는 내적 전투 그러니까 <적이 아닌 나와 싸우는> 전술에 대해 살펴보자.

먼저, 김영하 소설은 주관적 체험을 일방적으로 앞세우지 않는다는 장점이 있다. 데뷔작 「거울에 대한 명상」이나 첫 번째 작품집 「호출」의 몇몇 작품에서 작가적 편협성을 앞세운 적도 있지만, 얼마 안 있어 효과적으로 개선되었다. 개인적 감정을 자제하려는 기색이 역력하고 현실에 대한 균형 잡힌 인식을 얻으려고 애쓰고 있다. 두 번째 작품집에서는 특이하지만 보편적인 공감을 끌어내는 상당한 작품을 선보이고 있다.

다음, 시대적 유행에 구애받지 않는다. 더 정확히 말하면, 그는 창작 유행을 앞서가고 있다. 그의 소설 중에는, 90년대 후반을 대표할만한 작품이 여럿 있다. 그것은 형식적 새로움 때문이다. 그의 소설에도 혼자 사는 주인공(사실 「너의 의미」도 그러하다)이 득실대지만, 그 양태를 살피고 표현하는 방법이 다르다. 그들은 비슷한 처지의 주인공들과 달리, 먼저 호출기의 문제점을 살피고 있고(「호출」), 먼저 컴퓨터 속 가상 세계의 혼란을 들려주고 있고(「삼국지라는 이름의 천국」), 전자 문화 시대의 새로운 재부족화(retribalization) 양상을 몸소 체험하고 있다(「피뢰침」). 비루하고 황당한 이야기를 현대에 되살리는 작업에도 충실하다(「고압선」, 「흡혈귀」). 그들은 혼자 살되, 더 문제적이고 첨단적으로 혼자 산다.

김영하의 글은 현학적이지 않다. 그가 비록 비평가는 아니지만(산문을 쓰기는 한다), 그의 글쓰기 취향은 현학과 이론에 침윤된 비평과는 거리가 멀다. 그는 상황에 적절한 단어를 고르고, 생기 있고 짜임새 있는 비유를 조형하며, 초점이 뚜렷한 문장을 만든다. 쉼표 하나에도 그 의미를 정확하게 담아내려 애쓰며, 소설 구석구석을 면밀한 계산으로 설계한다. 산뜻하게 소설을 포장하는 기술도 알고 있다(그의 마무리를 보라).

이것은 사실 문학의 기본이면서 본격 문학의 부활과 지속이라는 명제 밑에서 소홀하게 취급당하는 자질이다. 김영하는 대중 문학의 경계와 아슬아슬한 전투를 벌이면서, 전래의 무기를 전력의 핵심에 배치한 셈이다. 나는 저명한 문학 평론가나 교수님과 사적으로 대화를 나누는 자리에서, 그들이 무협지를 읽는다는 사실을 알고 놀란 적이 있다. 김현도 놀란 적이 있다고 했다. 나 역시 무협지를 읽었고, 틀림없이 김영하도 무협지를 읽었을 것이다. 그리고 많은 작가들이 무협지를 읽었거나 읽고 있다.

그렇다면 왜 그 쓸모 없는(?) 무협지를, 고매한 상상력(?)의 운용자들이 읽을까. 어쩌면 그것은 본격 문학이 잃고 있는 어떤 핵심을, 삼류 문학으로 즐겨 폄하되는 대중 문학이 아직도 간직하고 있기 때문일 것이다. 그것이 무엇인지 이 자리에서 논하는 것은 핵심을 벗어난 일인지 모른다. 그러나 한 가지만 기억하자. 본격 문학도 주변을 둘러보아야 한다는 사실이다. 이제는 본격 문학을 외면하는 대중들만 탓할 것이 아니라, 그 이유를 진지하게 물어야 한다.

관념적인 대답은 소용이 없다. 김영하는 본격 문학의 문제점을 이 소설에서 묻고 있다. 그리고 그 문제점을 드러내는 소설을 쓰고자 노력했다. 마지막으로 지적했던 관념적 소설의 탈피는, 이렇게 해서 자신의 소설 속 구체적 전략으로 자리잡는다. 그러나 완전한 성공은 아닌 듯 하다. 사실 김영하의 숨은 주장과는 달리, 「너의 의미」에 대한 파악은 쉽지 않다. 그냥 옛날에는 〈사랑의 이유>를 <그냥 사랑>이라고 생각하는 사람이 많았는데, 지금은 <맹목적인 사랑>은 없다고 믿거나 인정할 수 없는 세상이 되었다고 말하는 듯 하다. 사랑의 변질에 대한 개탄이되, 자신의 비판처럼 <관습적으로 우울>한 방식을 거부하겠다는 내면적 목표가 읽혀질 따름이다.

내가 아는 사랑에 대한 정의 중에 가장 짧고 오래 기억에 남는 것은 <자연의 기적(miracle of nature)'이다. 영화『A Walk to Remember』에 나오는 이 정의를 빌어 보면, 김영하는 사랑이 <자연의 기적>이 되어야한다고 믿는 것 같다. 이를 위해 <인간의 재앙>이 되는 사랑의 세태를 보여주고 있는 듯 하다. 「고압선」의 남자가 대표적이고 「너의 의미」의 남자도 여기에 속한다. 하지만, <자연의 기적>의 속뜻이나 정체를 밝혀내는 데에는 미흡했다. 「고압선」을 통해 사랑하면 존재감을 잃는 우울한 사연을 밝게 들려주는 데에는 성공했지만, 그 우울한 사연 속에 담긴 사랑의 기쁨을 알려주지는 못했다. 김영하의 공격 지점이, <인간의 재앙>이 되고 있는 삶의 현장이기 때문에 어쩔 수 없는 면도 있다.

그래서 섣불리 그 공격 목표를 바꾸라고 말하지 못하겠다. 사랑의 긍정적 힘을 보고 싶지만, 자칫하면 현실 대응력을 상실할 수 있기 때문이다. 다만 그의 소설이 메마른 사랑이 판치는 세계에 대한 신랄한 비판은 될지언정, 그 비판 너머 건설해야 할 세상의 청사진을 보여주지 못했다고는 말해 두어야겠다. 그의 소설이 세상에 완전히 내려앉지 않았다면, 그래서 관념성을 미처 떨쳐버리지 못했다면, 이것 때문일 것이다.◆(『문예연구』2003. 봄)

# 동일시와 신빙성

## 1. 변화의 맞은 편에서

최근 소설의 약점은 무엇일까? 무엇이 잘못 되었기에, 그렇게 많은 소설이 쏟아져 나오는데도, 정작 읽을만한 소설이 없는 것일까? 시스템의 문제인가? 작가의 문제인가? 아니면 일각에서 제기되는 것처럼 비평가의 문제인가?

이러한 물음에 대한 가장 원만한 대답은 모두의 잘못이라고 지적하는 것이다. 반대로 가장 돋보이는 대답은 특정 문제를 특정 집단 혹은 특정 이유 탓으로 돌리는 것이다. 후자는 타켓이 분명하기에 일견 명쾌해 보이는 논리를 얻을 수 있다. 이슈를 불러일으키며 대외적인 주목을 받을 수도 있다. 우리 주변을 보면 그러한 문학 진영과 잡지와 저서를 어렵지 않게 만날 수 있다.

전자는 두루뭉실하고 후자는 편협하다. 그러기에 어느 쪽도 딱히 옳다고 할 수 없다. 대신 나는 다른 관점에서 이유를 찾으려 한다. 그것은 <소설 작법의 변화> 혹은 <창작 기풍의 판도 변화>이다. 두 어구는 약간 다른 의미를 내포한다. 소설을 쓰는 방법을 소설 작법이라고 할 때, 소설 작법은 시대와 환경에 따라 변화하기 마련이다. 이것은 일종의 상식이다. 그러나 여기서의 변화는 정전을 중심으로 한, 혹은 합의된 원리에 기반한 변화이다. 즉, 변화하되 변화의 방향과 목표가 분명하고 구심점이 늘 상존 하는 상태에서 일어나는 변화이다.

반면 <창작 기풍의 변화>는 일시적 유행에 가깝다. 창작 기풍도 유행처럼 민감하며 시류에 따라 그 성쇠를 달리한다. 이러한 유행은 구심점을 갖추고 변화의 방향을 예견한 상태에서 일어나는 변화가 아니다. 정전과 원리를 파악하지 못한 상태에서 일어나는 <취향의 대류(對流)>에 불과하다. 소설 기풍의 변화가 의미 있게 실험되고 거듭되면서 하나의 통일된 원리와 정전을 만들 수 있을 때, 우리는 그것을 소설 작법의 변화로 인정할 수 있다. 이런 의미에서 창작 기풍의 변화는 늘 민감하게 관찰되어야 할 사안이다.


## 2. 창작 기풍의 난기류

현재 우리 소설계가 안고 있는 당면 과제는 <창작 기풍의 난기류>이다. 소설 기풍은 변화난측하다. 언제부터인가 좋은 소설이 갖추어야 할 최소한의 합의된 미덕이 무시되고 지나치게 개성만이 강조되고 있다. 그러나 그 개성은 미덕을 무시하고 얻을만한 수준이 되지 못하는 것이 안타까운 현실이다. 왜냐하면 정전으로서의 규범을 숙지하지 못하고, 무작정 그 권위부터 제거하려 들기 때문이다.

다시, 처음의 물음으로 돌아가자. 무엇이 부족한가? 그것은 동일시와 신빙성(authenticity)이다. 동일시는 독자들이 작중 인물에게 정서적 혹은 이성적으로 몰입하는 현상을 가리킨다. 원래 연극의 용어였는데, 최근에는 영화에서 각광받는 개념으로 발전했으며, 문학과 다른 예술 장르에 편차 없이 대입될 수 있는 보편적 용어로 확산되었다.

동일시는 독자가 소설을 읽는 이유를 제공한다. 어떤 주인공 혹은 인물을 보고 그의 생각과 행동을 이해하게 되는 것은, 등장 인물이 보여주는 삶과 내면에 관객(독자)이 공감할만한 요소가 있기 때문이다. 독자들과 성별, 직업, 나이, 가치관, 성장 정도, 학업 수준, 가정 환경과 사회적 활동이 다를지라도, 그 안에 담긴 어떤 것이 우리와 동일할 때 그 인물은 <특정 누구>이면서 동시에 <현실의 우리>가 된다. 그런데 최근 소설을 보면, 감정적으로나 이성적으로 몰입할만한 구석이 거의 없다. 이것은 좋은 소설의 조건으로 거리감 혹은 비판적 개입을 요구하는 시대적 기류 탓일 수 있으나, 이러한 요구와 비평적 개념은 이미 동일시를 이루고 난 이후에 성취되어야 할 것이라는 점에서 이러한 기류에 대한 맹신은 창작에 대한 몰이해에 가깝다.

다음, 신빙성이다. 신빙성은 90년대 이후 소설에서 은근히 무시되는 작법 요건이다. 어떤 이야기를 듣기 시작하고 중간중간 궁금해하고 끝까지 들어 결말을 확인하고 싶어하기 위해서는, 이야기의 진행과 플롯의 굴절에 믿을만하다고 판단되는 요소가 있어야 한다. 개연성은 이러한 믿음을 얻기 위한 하나의 척도이다. 그럴 듯 해야, 독자들은 의심 없이 다음 단계로 넘어갈 수 있다. 만일 <왜 그렇게 행동해, 이렇게 행동하는 것이 더 맞지 않아>라고 회의하면, 그 독서와 비평은 위기에 처한다.

비슷한 위기가 몇 번 찾아오면, 차라리 소설을 덮는 것이 낫다. 그것은 작가가 어떤 상황, 어떤 인물, 어떤 문장으로 소설을 써야할지 모른다는 뜻이기 때문이다. 그것은 경험을 넓히지 않고 정보를 존중할 줄 모르고 주어진 재주를 믿고 안일하게 소설을 썼거나 처음부터 소설을 쓸 줄 모른다는 견해로 압축될 수도 있다. 소설가들이 소설을 지나치게 개인적인 생각, 즉 책상 앞에 앉아서 상상력 몇 자락으로 쓰려고 한다면 그 소설은 <어젯밤의 일기>와 다를 바가 없다. 그렇게 설정된 사건과 장면과 상황들은 곧 파탄을 드러내며, 현실적인 믿음을 상실하게 된다.

거칠게 말해서, 요즘 소설은 고전적인 작법 개념인 신빙성을 도외시하는 경향이 강하다. 그것은 개성을 발휘한다는 미명하에 넓게 용인되고 있는 추세이다. 사실 신빙성은 정의하기가 어려운데, 현실에서 가능하다고 해서 신빙성이 높아지는 것이 아니며(아리스토텔레스의 유명한 말인 <납득할만한 불가능성>을 생각해 보자), 황당한 이야기를 구사한다고 해서 신빙성이 떨어지는 것도 아니다. 중요한 것은 하나의 소설 속에서 일관성 있게 사건과 상황을 설정하는 것이며, 인물의 행동과 사고가 나름대로 철저한 내적 이유에 따라 움직이는 것이다. 또 <세부 사실의 전달>에 신경 쓰는 것이다. 이러한 일관성과 인과성과 세부성이 적용될 때, 이야기는 그럴듯해지고 독자들은 이야기에 몰입한다. 독자들의 몰입이 즉, 자기 동일시이다.

많은 독자들이 소설 읽기의 어려움을 호소한다. 나는 친한 친구들에게서 소위 말하는 본격 문학의 무용성을 귀가 아프게 듣고 있다. 그런데도 작가들은 자신의 개성적인 문체와 생각과 인물과 플롯과 의도와 이야기를 독자들이 이해하지 못하기 때문이라고 편리하게 <본격 소설의 무용성>에 대한 비판을 치부해버린다. 그러한 반응에 대한 문학적 대처가 언제까지 <수준이 낮아서 이해 못하는 거지!>나 <원래 예술 작품은 그런 거야!>로 그칠 것인가. 이것은 명백한 직무 유기이다.

누구 말대로 독자들은 언제든지 감동 받을 준비를 하고 있는데, 작가들이 어떻게 감동시켜야 하는지를 모르고 있는 지도 모른다. 그러면서 개성만을 강조하며 몰입도 동감도 믿음도 얻지 못하는 소설들을 변호하고 있다. 개성(독창성)은 특이함을 추구하는 과정에서 얻어지는 것이 아니다. 로버트 맥기 말대로 하면, 그것은 신빙성을 확보하기 위해서 고군분투하는 과정에서 어쩌면 저절로 얻어지는 것이다. 발로 소설을 쓰지 않는다면, 이 말은 이해될 수 없다. 그 말을 이해하기 위해서 2003년 봄에 나온 소설을 뒤적여 보자.

## 3. 내면의 집으로의 여행

윤효의 「눈이 어둠에 익을 때」(『문학사상』 2003년 2월호)는 소품이다. 주제의 측면에서 보았을 때도 그리 낯선 작품이 아니다. 최근 급속하게 증가하는 여성 작가들의 증가와 맞물려, 결혼 생활의 권태 혹은 중년기 여성의 변덕스러운 욕망을 그린 작품이 늘어나는 추세이다. 이 작품도 그러한 추세와 맞물려 있으며, 주제만 놓고 보았을 때는 그 전에도 산출되었고 앞으로도 계속 산출될 것으로 보이는 그만그만한 작품들 속에 위치한다.

그러나 윤효의 「눈이 어둠에 익을 때」는 몇 가지 점에서 주목할 만하다. 첫째, 이 작품은 중년 여성의 권태와 심술을 무작정 늘어놓지 않는다. 소설의 도입부(1장)는 어디론가 떠나는 비행기 안이다. 그 다음 장은 도착한 곳이 오사카 공항이라고 말해준다. 3장은 이 여행이 건축물 견학과 관련 있다는 암시를 주고 있다. 이러한 설정은 여느 소설에서도 많이 나타나는 구성법의 일부이다.

문제는 이러한 일반적 구성 절차 사이에 중심 인물인 <그녀>의 심리적 동향이 숨어 있다는 것이다. 그것도 미세하게, 다른 보편적 진술 사이에 숨어 있다. 찾아보면 다음과 같다.

1) 비좁은 집에 들어선 손님처럼
2) 노교수 옆에 액세서리처럼 붙어 다니는 조교
3) 유년 이후의 또 하나의 에덴에서 추방당한 듯한
4) 왜 그들은 무언가에 갇혀버린 사람들 같을까
5) 부모 손을 떠나 처음으로 거래를 익히는 일곱 살 짜리 아이처럼

1)은 오사카 공항의 모습을 주관적인 시점에서 묘사한 대목이다. 오사카

공항이 작은 것은 객관적인 기준에 따른 것이지만, 그것을 <비좁은 집에 들어선 손님처럼> 느끼는 것은 그녀의 내면 심리 상태 때문이다. 지금 그녀는 무언지 어색하고 어정쩡하다.

2)는 남편의 동료(교수)와 그 교수를 따라온 조교에 대한 묘사이다. 그녀는 두 사람의 관계를 대단히 수상하게 보고 있는 듯 하다. 이 소설을 전부 뒤져보아도, 교수와 조교의 특정 관계에 대한 정보는 없다. 그러니 객관적인 물증에 의한 것이 아니라, 주관적인 심증에 의해 비유가 만들어졌을 것으로 생각된다.

3)은 한국에 두고 온 아이들과 연관된 비유이다. 아이들이 다 자라서 이제는 부모(특히 엄마)와 여행하기를 꺼려하는 것을 회상하는 대목이다. 아이들마저 심리적 반경에서 떨어져나가고 있고 그로 인해 외로움이 짙어지고 있음을, 그녀의 문장이 암시하고 있다.

4)는 두 번째 탐방지(소설 기술 상 첫 번째 목적지)를 보고 느낀 감회이다. 그들이 간 곳은 <로코 아일랜드>라고 불리는 일종의 <실버타운>인데, 그곳에서 그녀는 박제된 듯 노후를 보내고 있는 많은 노인들을 본다. 일생을 다 바쳐 자리잡은 실버타운이 어쩌면, 심리적 감옥일 수 있음을 깨닫는다. 물론 주관적인 느낌이며, 그 느낌은 그녀의 내면에 쌓인 어떤 측면에서 발아된 것이다.

5)는 처음으로 할애 받은 자유시간에 남편의 눈치를 보지 않고, 쇼핑을 즐기는 아내의 심정이다. 평소답지 않게 그녀는 남편의 거북한 시선까지 묵살해가면서, 별로 필요도 없는 물건들을 사려고 한다. 남편의 제지로 그 뜻을 이루지 못하지만, 그녀의 심리적 타켓 그러니까 비좁고 불순하고 상실감을 느끼고 어딘가에 갇힌 것 같은 부정적인 그녀의 감정들이 <남편>으로부터 연원했을지도 모른다는 가정을 불러일으킨다.

이러한 비유와 묘사에 의한 심리적 추정은 4장에 들어서면 직접적인 원인을 통해 뒷받침된다. 그녀는 남편과 신뢰 없는 섹스를 간신히 나누지만, 묵은 앙금으로 인해 같은 방에서는 잠들지 못한다. 그녀의 묘사대로, 그들 부부는 <(5)근친의 오누이처럼> 불안정하고 <(6)고아처럼> 떨어져 있다. 그 이유는 상투적이다. 남편이 과거에 <바람>을 피운 적이 있고, 여자는 그것을 잊고 사는 척 한다는 것이다. 이러한 상황은 그 동안 비슷한 소설을 통해 워낙 많이 거론되었으니, 그 이유에 대해 더 이상 따지지 말기로 하자. 또 그 이유에 아파하는 여자의 심리도 직접적으로 드러나면서 더 이상 긍정할 수 없는 상태가 되니, 그냥 덮어두기로 하자.

그렇다면 이 소설은 상투적인 소설로 전락하는가. 그렇지는 않다. 그것은 3장 이후부터 본격적으로 제시되는 건축의 비유 때문이다. 소설 곳곳에 흥미로운 건축물에 대한 정보와 묘사가 자리잡게 되면서, 그리고 그 건축물을 통해 그녀의 심리적 동요가 여과되면서, 소설은 비유와 묘사의 언어적 건축물로 재건축된다.

7) 전원의 분위기는 전원 주택에서 느끼면 되지 왜 도심 한가운데서 시도를 하는 것일까. 많은 무리를 하면서까지. 어쩌면 그런 집이란 존재하지 않기 때문에 안간힘을 쓰는 것이 아닐까. 남편만 해도 밀실을 만들어가며 집을 지탱해보려 하지 않았던가. 그녀 역시 아이를 자신의 몸에서 키워냈다는 원초적인 금기만 아니라면 훨씬 빨리, 쉽게 이탈했을지도 모른다. 결국 집이란 무수히 금이 가 있는 유리잔과 같은, 온갖 이데올로기와 번거로운 노동들로 감싸주어야 하는 무엇인지도 모른다.

8) 어떤 사람들은 그의 건물이 인생을 닮아 있다고 말하지. 한마디로 복잡해. 건물의 입구로 들어가기 위해서는 한참 걸어 들어가야 할만큼 입출이 불분명하고, 한 공간 내에서도 빛을 이용해서 어둠과 밝음이 교차하도록 해 극적인 느낌을 내지. 그는, 뭐랄까, 건물의 어떤 기능성의 완결을 향해 치밀하게 달리는 걸 차단하는 것 같아.

7)은 <Next 21'이라는 실험주택을 탐방할 때, 그녀가 느낀 감정이다. Next

21은 전원주택이다. 공중 정원이 있고, 건물에는 녹색식물로 가득하며, 대규모 주거촌답지 않게 한 채 한 채가 각기 다른 디자인으로 설계되어 있다. 그 공간을 보고 한국에서 답사를 온 사람들(남편 일행)과 그곳 관계자는 열띤 토론을 벌인다. 토론의 구체적인 내용은 없지만, 짐작컨대 어떻게 하면 전원의 느낌을 극대화시킬 것인가에 관한 의사타진일 것이다.

그런데 아내인 그녀는 생각이 다르다. 그녀는 전원주택을 왜, 만들기 어렵다는 도시에 만드는 지에 관해서 묻는다. 그리고 외부적 혹은 물리적 여건의 집에서, 심리적 혹은 개인적 형태의 집 그러니까 삶과 마음의 안식처로서의 집에 대한 질문으로 그 질문의 층위를 바꾼다. 다시 말해서 <우리는 왜 그렇게 살기 좋아 보이지 않는 집(결혼 생활)을 부수지 않고 고집하고 있는가>로 질문의 방향을 바꾼 것이다.

물론 대답은 없다. 설령 이 소설이 그 대답을 준다고 해도, 독자들은 그 대답을 신뢰하지는 않을 것이다. 대신 말하는 이의 태도를 볼 수 있다. 말하는 이가 어떻게 그러한 질문을 던지고, 그 질문에 대한 대답을 어떻게 압축시켜 가는가를 볼 수 있다.

소설 「눈이 어둠에 익을 때」는 진부한 이야기이고, 등장인물의 감정적 상태도 상투적인 측면이 많다. 그러나 물리적 형태의 건축물을 통해, 내면의 집을 생각하는 여인의 태도는 절실한 측면이 있다. 또 소설적으로 재미있게 그 질문들을 환원할 줄도 안다. 그래서 여인의 내적 상태를 믿을 수 있고, 그녀의 고민을 공감할 수 있다. 이런 측면에서 이 소설은 신빙성과 동일시를 확보하게 되고, 끝까지 읽어 볼만한 가치를 확보하게 된다.

마지막으로 8)을 보자. 8)은 여행 내내 중심적 역할에서 빗겨 있던 교수가 한 말이다. 그는 <안도>의 건축물을 설명한다. 그러나 그 설명은 안도라는 건축가나, 그 건축가의 건축물에 국한된 설명은 아니다. 그 설명은 윤효와, 소설 속 <그녀>와, 소설을 재미있게 읽은 독자들이 탐낼만한 <잠언>이다.

물리적인 집이 기능성으로만 판별 받지 않듯이, 심리적인 집도 외형과 실용성으로만 측정될 수 없다. 건물의 입구를 제대로 찾지 못해 고생하는 집이 있듯이, 그 시작을 제대로 가늠할 수 없을 정도로 오래 살아야 그 실체를 잡을 수 있는 결혼 생활도 있다. 공간 내에 어둠과 밝음을 직조해서 어떤 느낌을 살리듯이, 결혼도 명암이 엇갈리는 순간이 있다. 그 결혼을 조금 더 확대하면, 건축물이 인생을 닮듯 인생의 어떤 측면을 설명해낼 수도 있다, 쯤이 되지 않을까.

## 4. 비용과 고통의 이동 원칙

정미경의 「성스러운 봄」(『문학사상』 2003년 4월호)의 첫 번째 장과 두 번째 장(한 줄 띄어쓴 곳을 임의로 〈장〉이라고 칭했다)이 만나는 지점이다.

> ⅰ) 봄이 올 듯 올 듯하며 오지 않았던 지난 겨울의 끝에 이렇게 5월이 오기를 간절하게 기다렸던 밤이 있었다. 그 밤, 오지 않을 것 같았던 봄이 여기 이렇게 쉽게 와 있었다. 딸은 끝내 기다리지 못하고 가버렸는데. 차마 못 볼 것을 본 듯 나는 눈을 한 번 질끈 감았다. 안으로 들어가기 전에 담배 한 개비를 피우려다 주머니에서 도로 손을 뺐다. 고객 앞에서 니코틴 냄새를 풍기는 건 보험맨의 예의가 아니지. 연구소의 동향 창들엔 블라인드가 내려져 있다. 실눈을 떠야 할 만큼 눈부시게 환한데 나는 여기가 어쩐지 밤같다. 숲 그늘에서, 누군가 잿빛 잔돌을 한 웅큼 집어던진 듯 작은 새들이 재잘거리며 흩어졌다. 순간, 살아 있는 모든 것들에 진저리가 났다.

> ⅱ) 지난 겨울, 그 밤에 나는 병실의 침대 옆에 서서 아이를 내려다 보고 있었다.

ⅰ)과 ⅱ)는 시간적으로 차이가 있다. ⅰ)은 현재이고 ⅱ)는 과거이다. ⅰ)은 화자가 ⅱ)를 떠올리는 어느 시점이다. 더 정확하게 말하면, 화자는 지금

보험업무 관계로 예전에 자기가 다니던 학교에 와있다. 보험사에 보상을 요구한 상대가 모교의 교수였기 때문이다. 화자는 학창 시절 그 교수에게 강의를 들은 적이 있으며, 그 강의는 무척 흡족한 것이었다고 술회하고 있다. 그런데 지금은 보험처리를 두고 상대자로 마주 앉게 된 것이다.

화자는 오랜만에 찾은 모교에서 봄을 맞이한다. 그 봄은 지난 겨울, 딸이 남긴 유언을 되새기게 한다. 불치병을 앓고 있던 딸은 5월 어린이 날의 선물을 미리 말했는데, 그 5월을 맞이하지 못하고 세상을 떠났다. 화자가 말하는 그 〈겨울〉이란, 딸이 병상에 있던 시절이며, 지금 맞이하는 〈봄〉이란, 딸이 죽고 없는 이 세상을 말한다.

유심히 보아야 할 것은 장면의 전환이다. 현재 시점에서 화자는 봄과 5월을 발견하고 회상의 통로를 찾아 과거의 일을 불러낸다. 불러내는 방법은 시제의 혼합이다. 화자는 딸의 이야기와 봄의 이야기, 겨울의 이야기와 〈보험맨(회사직원)〉인 자신의 처지를 혼합하고 있다. 그러다 보니, 장면의 전환보다는 혼용에 신경을 쓰는 인상이다.

2장에서 딸의 이야기로 넘어갔던 장면은 역시 같은 방식(한 줄 띄어쓰기)을 통해 3장으로 넘어간다. 3장은 교수와의 대면이다. 교수와 화자는 사제관계가 아닌, 채권자와 채무자의 관계로 만난다. 그들은 서로의 입장에서 보험 보상을 자신들에게 유리하도록 적용하기 위해 신경전을 벌인다. 그 신경전은 팽팽한 견해차로 인해, 쉽게 해결되지 않고, 협박성 발언과 신경질적인 반응으로까지 나아간다. 그러다가 교수가 다음과 같이 말한다.

iii) 내가 여태까지 당신 회사에 납부한 보험료만 모았어도 이 차를 새로 살 수 있을 거요. 이 대리라는 분한테 알아듣게 얘길 했는데…… 이건 횡포가 아닙니까. 나 이런 문제로 줄다리기할 만큼 한가하지 않아요. 계속 이런 식이라면 소송을 제기하겠소. 비용은 문제가 아니요.

그는 비용이 문제가 아니라고 말한다. 그렇게 말하는 그의 얼굴을 보고 있자니 실패나 좌절 따위는 한 번도 겪어보지 못한 듯 매사에 자신만만했던 젊은 날의 그의 강의실에 앉아 있는 듯한 생각이 들었다. 사람들은 대게 뜻밖의 큰 일을 당했을 때 혹은 결백을 주장하고 싶을 때 결연한 의지를 보여주기 위해 이 말을 잘 쓴다. 그러나 사태가 진전되다 보면 결국은 비용도 문제가 된다는 걸 알게 될 것이다. 나는 머릿속에 확 떠오르는 장면을 지우려 고개를 저었다.

병실 복도에서 의사가 수술과 처치 과정을 설명하며 비용을 말할 때 나는 처음에 분노했다. 아내보다 내가 더 분노했다. 비용이라니. 네가 나를 어떻게 보고. 아이를 살릴 수 있다면, 그 아이를 살릴 수 있다는데 드는 돈은 그때 내게 비용이 아니었고 그 비용은 문제도 아니라고 생각했다. 아내와 나의 미래가, 아니 내 나머지 생의 전부가 일순에 사라지려는 순간이었는데 어떤 부모인들 목숨이라도 걸지 않으려 하겠는가. 비용은 문제가 아닙니다.(밑줄 : 인용자)

화자는 교수와 보험 협상을 하다가, 교수의 〈비용은 문제가 아니요〉라는 말에 의해 과거의 한 장면으로 거슬러 올라간다. 이것은 이전 장면 전환과는 사뭇 다르다. 시나리오를 연구하는 로버트 맥기는 진행감이 없는 이야기를 연속적으로 이을 때 〈이동의 원칙〉이 적용된다고 말한다. 서로 관련 있는 컷들을 이어 붙여 인위적으로 연속성을 만들어내는 것을 말하는데, 이러한 이동의 원칙을 살리지 못할 경우 이야기는 매개 고리가 없기 때문에 비틀거리기 십상이다. 구체적으로 말한다면 이동의 원칙은 A장면의 마지막과 그 다음 B장면의 첫머리를 연결시키는 〈제 삼의 요소〉를 첨가하는 것이다.

위의 대목에서 그 〈제 삼의 요소〉가 〈비용은 문제가 아니요〉이다. 이 말은 화자를 다른 상황으로 옮겨놓는다. 그 상황에서 화자 역시 쉽게 〈비용은 문제가 아니다〉라고 말하고 있다. 그러나 상황이 진전되면서 〈비용이야말로 문제일 수 있다〉는 깨달음을 얻게 된다. 막상 죽어 가는 자식을 뒷바라지한다는 것은 어려운 일이고, 비용의 문제야말로 만만하게 넘기기 어려운 사항이라는 것을 알게 된 것이다.

이러한 깨달음은 이중의 고통을 전해준다. 자식의 죽음을 비용의 문제로 바꾸었다는 자책이 화자를 괴롭히기 시작한 것이다. 즉 자식의 죽음이 얽힌 문제이기 때문에, <비용>에 관한 깨달음(모든 문제는 비용과 관련이 있다)이 더욱 고통스러운 지도 모른다. 자식이 죽을 지도 모르는 상황에서 비용을 따진다는 것은 불경스러운 일이다. 부모로서의 책임과 의무를 다하지 못하는 것으로 자타(自他)로부터 지탄받아 마땅한 소행이다.

그러나 소설 속에서는 그렇지 않다. 일반적인 상황과 달리 구체적인 입장에 놓인 사람들은 그 문제가 간단한 일이 아님을 알게 되고, 평상시에 하지 못했던 이러한 불경스러운 말은 소설 속의 언어로 녹아 어쩌면 그럴 수도 있다는 양해와 함께 우리 앞에 제출되는 것이다. 자식의 죽음보다 남겨진 빚이 더욱 고통스럽고 애통할 수 있는 것이 우리네 삶이고 인간의 본성일 수 있다.

좋은 소설은 일상적 통념을 뒤엎는다. 그 통념은 체면과 염치, 도덕과 윤리, 상식과 보편이라는 주위의 기준으로부터 유래된 것임으로, 집단 생활을 영위하는 사람들에게 함부로 무시되기 어려운 측면이 많다. 그러나 소설은 이단적이다. 그러한 통념을 뒤엎고 말할 수 있다. 자식의 죽음도 슬프지만, 그 자식이 남겨두고 간 비용의 문제가 그만큼 괴로울 수 있다고.

시나리오에서 요구되던 이동의 원칙이 이 소설에서 돋보이는 것은, 이동의 원칙을 주도하는 제 삼의 요소가 이 소설의 주제일 수 있기 때문이다. 적어도 등장 인물의 심리적 전환을 믿을 수 있도록 만들어 주기 때문이다. 지금 화자는 어떤 상황에 처한다 해도, 딸과의 추억 혹은 딸에 대한 죄책감을 벗어날 수 있는 상태가 아니다. 모든 주변 상황을 과거와 딸과 그 죄책감으로 연결시킬 수밖에 없는 처지이다. 이동의 원칙은 이러한 심리 상태를 일목요연하게 보여준다.

이동의 원칙에 의거한 장면 전환은 이후로도 몇 번 더 나타난다. 가령 교수가 보상 절차가 너무 까다롭고 그로 인해 자신이 받는 고통이 부당하다고 항의하면, 화자는 딸이 겪었던 치료 절차가 얼마나 끔찍했으며 자신이 그로 인해 얼마나 큰 고통을 당했는지 모를 것이라고 슬그머니 되뇌인다. 보험 협상을 통해 피해자가 입었을 <심리적 상처>에 대해 언급하게 되면, 아내가 보여주었던 과장된 그리고 일방적인 <심리적 투정>을 속으로 비난한다.

이처럼 이 소설은 이동의 원칙을 따라 화자의 심리적 상황이 현재에서 과거로, 보험 협상 테이블에서 가정 내의 불화로 이전해간다. 이것은 화자에게 외계의 사물을 보는 작업이 내면의 문제를 투영시키는 작업에 해당함을 보여준다. 그렇다면 이 소설은 화자가 겪었을 고통과 상처의 기록인 셈이다. 그 기록을 세련된 장면 전환 기법을 통해 직설적으로 드러내지 않았다는 점과, 일상 생활에서 감히 하기 힘든 말을 돋보이게 처리했다는 점에서 이 소설은 높은 점수를 받을 만하다.

## 5. 큰 것과 작은 것의 사이

솔직히 고백하면, 나는 박완서의 소설을 어려워한다. 그녀의 소설은 좀처럼 분석되지 않는 무언가를 지니고 있는 것 같다. 소설에 넘쳐나는 장광설도 판단하기 어려운 경우가 많다. 중년 부인의 수다처럼 그 내용을 잘 파악하기 힘들다.

박완서는 「마흔아홉 살」(『문학동네』 2003년 봄호)을 발표했다. 이 작품 역시 처음에는 진의를 파악하기 힘들었다. 그러나 이번에는 작정하고 이 소설을 거듭 읽었다. 여러 번 읽기로 결심한 것은, 이 소설에 크나큰 장점이 있다는 직관 때문이었다.

먼저 이 소설을 요약해보자. 소설의 중심 인물은 마흔아홉의 중년 부인(<그녀>)이다. 그녀는 같은 또래의 부인들과 사회 봉사 활동을 하고 있다. 그 봉사 활동은 무의탁 노인(그것도 독거 남자)을 대상으로 목욕을 시켜주는 일이다. 처음에는 많은 회원들이 자발적으로 이 일에 나섰다. 이 일에 처음부터 큰 관심을 보였고 가장 열성적으로 일한 그녀는 회장이 되어, 묵묵히 그리고 보람되게 목욕 봉사를 해내갔다.

소설은 그녀가 장을 보아 오다가 회원들이 하는 이야기를 엿듣게 되면서 시작된다. 회원들은 무의탁 노인들에게 열성적으로 헌신하는 회장이, 자신이 모시는 시아버지에게는 믿어지지 않을 만큼 위선적으로 행동한다고 흉을 보고 있었다. 한 회원의 보고에 따르면, 그녀는 시아버지의 속옷 빨래(팬티)를 죽은 쥐 다르듯 혐오스러워하며, 세탁기에 패대기를 쳐야 할만큼 그 일을 불만스럽게 생각하고 있다.

그런데 그녀의 시아버지는 자타가 공인하는 〈신사〉이다. 점잖고, 깨끗하고, 자식들에게 예의를 지키고, 사회적으로 신망을 받고 있고, 다른 사람들에게 크게 부러움을 사는 완벽한 시아버지 상을 보이고 있다. 심지어 그녀조차 그런 시아버지를 섬기는 것을 자랑스럽게 생각하고 있으며, 시아버지를 섬기는 일이 매우 쉬운 일임을 인정하고 있다. 그런데 이상하게도 시아버지의 팬티만큼은 우호적으로 다룰 수 없다고 한다. 집게로 집어 가급적 멀리 하고, 세탁기에 분풀이하듯 내쳐서 그 불만을 터뜨려야 할 대상으로 여기고 있다. 그녀도 그 이유를 모르고 있으며, 또 궁금해하고 있다.

회원들은 그녀의 이중적 행동, 즉 무의탁 노인을 돌보는 사회 봉사를 하면서 한편으로는 하나밖에 없는 시아버지를 혐오하는 태도를 〈위선〉으로 간주한다. 그리고 회장으로서의 본분과 임무를 다하는 태도도 진심으로 인정하지 않으려 한다. 이것은 그녀에 대한 질시와, 회장이 되려는 욕심이 맞물리면서, 회원들의 입에 오르내리게 된다. 그것을 그녀가 듣게 되고, 그녀는 그녀대로 마음의 상처를 입게 된다.

회원들 중에 동숙만큼은 그녀의 진심을 이해하려 하며, 회원들과 달리 그녀를 모함하는 일에 동참하지 않는다. 그런 동숙이지만 그녀에게 심리적 문제가 있다고 판단하고 그 이유를 캐묻는다. 이유를 추궁하는 과정은 이 소설을 해석하는 열쇠가 될 수 있다.

a) 그런데도 시누이가 어머니가 와 계시니 얼마나 좋은지 모른다고 야비다리를 치는 소리를 들으면 울컥 부아가 치밀면서 시어머니에 대해 참을 수 없는 적의에 사로잡히곤 했다. 시아버지 팬티는 자동적으로 시어머니 얼굴을 떠올리게 했다. 될 수 있는 대로 간략하게 말했는데도 동숙이는 충분히 알아먹은 표정으로 고개를 주억거렸다.
　＜원죄는 성적 스캔들이 아니라 고부간의 갈등이었구나. 시시껄렁하게.＞
　＜사람 마음 그렇게 간단한 게 아니다, 너. 내가 하는 이상한 짓은 시어머니와 완벽하게 한편이 되어 시아버지를, 아니 그분의 남성성을 구박하는 의식일 수도 있다는 생각이 들어.＞

그녀가 시아버지를 모시게 된 것은, 시어머니가 별거를 결심했기 때문이다. 시어머니는 자식들이 장성한 이후, 더 이상 남편의 시중을 들면서 그의 그늘 아래 사는 것을 거부한다. 그녀의 거부로 남편(시아버지)은 아들네로 보내지고, 자신(시어머니)은 딸네로 들어간다. 문제는 시아버지를 모시는 것이 싫은 것이 아니라, 시어머니의 처사와 행동이 못마땅한 것이다. 이것은 동숙이 제시하는 그녀의 혐오스러운 행동에 대한 이유이다.

그러나 그녀는 그렇지 않다고 반박한다. 자신이 시아버지의 속옷 빨래를 싫어하는 것은, 시어머니와 마찬가지로 남성적인 힘으로 여성을 굴복시키며 살았던 시아버지(혹은 시아버지로 대표되는 남성들)에 대한 반발 때문이라는 것이다. 물론 스스로도 확신은 하지 못하지만, 자신이 시어머니를 싫어할 이유가 없다는 항변이다. 이러한 주장에도 일리가 있다. 그녀의 시어머니는 시아버지와 마찬가지로 그녀에게 크게 해가 되는 행동을 한 적이 없다.

그렇다면 어느 것이 옳은가. 고부간의 갈등인가? 남성에 대한 혐오감인가?

이어지는 동숙의 이야기는 고부간의 갈등에 힘을 실어준다. 동숙은 자신의 시어머니를 입에 올리면서, 이 세상의 며느리들이 겪는 분노를 설명한다. 또 시어머니의 입장이 되어 며느리에 대한 거리감을 성토하기도 한다. 동숙의 이야기를 들으면, 이 소설은 고부간의 갈등을 원죄처럼 안고 살아야 하는 여자들의 불안정한 심리를 그린 작품일지도 모른다.

그러나 곳곳에 매복된 정치 이야기를 참고하면, 이 소설이 남성에 대한 혐오감을 다룬 작품일 수도 있다는 생각이 든다. 그녀는 잘못된 정권과 사회 불합리에 반기를 들었던 젊은 날의 저항을 언급하고, 공무원이었던 아버지의 은근한 심적 지원까지 받으면서 뛰어들었던 시위에 대해 이야기한다. 이것은 386세대 이전에 70년대 학번이 수행해야 했던 의무이자 용기 있는 선택으로 회고된다. 그럼에도 386세대처럼 단결되고 자랑스러운 의식으로 발전하지 못 하고 흩어져 버린 것에 대해 안타까워한다. 이것은 힘을 가진 세대(386)에 대한 부러움이면서 동시에 힘을 모으지 못한 세대(70년대 학번)의 자책이기도 하다. 그렇다면 힘과 권위에 대한 반발이라는 측면에서, 남성에 대한 혐오와 맞닿을 수 있다.

두 가지 입장의 극단에서 물러나서, 사뭇 포용적인 태도를 취할 수도 있다. 삶이 본래 양면적이라고 전제하고, 그녀가 보여주었던 위선적인 측면을 양면 적인 속성의 발현으로 간주할 수 있다. 불확실한 인간의 마음과 모순적인 현실의 모습을 가감 없이 비추어낸 소설로「마흔아홉 살」을 정리하고 그 해석 을 닫을 수도 있다. 그렇다고 해도 이 소설은 좋은 소설이며, 읽을만한 가치가 있다고 판단된다.

그러나「마흔아홉 살」은 그 이상을 보여준다는 인상을 지우기 힘들었다. 해석하고 남은 여백에서 또 다른 해석의 여지가 남아있다고 생각되었다.

  b) 〈(전략)네가 구설수만 분분하고 땡전 한푼 안 생기는 목욕 봉사에 그렇

게 헌신적일 수 있었던 것도 그놈의 정의감의 찌꺼기 때문이었을걸. 소외된 사람 나 몰라라, 내 집구석 내 식구만 잘살면 그만으로 사는 게 어쩐지 편치 못해서 시작했을 테니까.>

　　<무슨 정의감씩이나. 순전한 자기 위안이지.>

　　<자기 위안이면 예술이게. 맞아, 넌 그 일을 예술처럼 하더구나.>

　　<놀리지 말아. 그게 설사 예술이라고 해도 내 이중성은 용서받지 못할 거야. 난 왜 이렇게 겉 다르고 속 다를까. 어디까지가 진실이고 어디서부터 가짜인지 나도 모르겠는 거 있지.>

　　c) <그래 맞아, 그 땐 신바람이 그게 진짜 신바람이었는데. 그런 우리가 왜 이렇게 기죽고 쪼잔하게 돼버렸나 몰라. 386들은 명칭까지 붙여가며 즈이끼리의 동질감을 과시하는데 우리 칠십년대 학번은 그러지도 못 하고, 불의에 항거하는 젊은 열정만으로 어떤 암흑도 밝힐 수 있을 것처럼 물불 안 가리던 때가 정말 우리에게도 있기나 있었을까 싶다니까. 기껏 시어머니한테 어깃장이나 놓고, 넌 시아버지 팬티한테 분풀이나 하고.>

두 대목은 새로운 해석의 지평을 열어주고 있다. 무의탁 노인의 목욕과 시아버지 속옷 빨래를 양면적인 측면에서 볼 것이 아니라, 무의탁 노인에 대한 관심을 시아버지 빨래를 기피하는 삶에서 그 사소함을 딛고 타인을 위해 자신을 변화시키려는 선택으로 정리한다면 해석은 조금 달라진다.

<마흔아홉 살>의 나이는 젊은 날의 이상을 거의 상실한 시점이다. 그녀는 젊은 날에 비록 철저하지는 못했을지라도 나름대로 정의감을 가지고 있었고, 그 정의감을 실행하려는 용기도 갖추고 있었다. 그러나 살면서, 즉 나이가 들면서 그 정의감은 퇴색되고 그 용기는 삶의 거죽에 눌려 소진된 상태이다. 그 용기를 되살리기 위해서, 동숙의 말대로 하면 <그 놈의 정의감의 찌꺼기>를 되살리기 위해서 그녀는 봉사를 결심했고 열성적으로 일해왔다.

그러니 목욕 봉사는 삶에 찌들어 <쪼잔>해진 마흔아홉 살의 생애를 넘어서기 위한 하나의 선택이자 몸짓으로 이해되어야 한다. 그러나 한껏 <쪼잔>

해진 그녀들의 삶은, 모처럼의 용기마저 온전히 내버려두지 않는다. 시어머니라는 혹은 남성이라는 대상에 의해 그들의 용기는 근거 없는 화풀이로 뒤바뀐다. <기껏 시어머니한테 어깃장이나 놓고, 넌 시아버지 팬티한테 분풀이나하>는 사이에 그들의 용기는, 정의감의 복원은, 보다 큰 삶을 꿈꾸는 결심은, 의미 있는 행동에 대한 선택과 몸짓은, 불의에 항거하는 오래되었지만 젊은 열정은 사소한 일상으로 굴러 떨어지고 만다. 중요한 것을 잊고, 버리고, 미루어둔 채, 하찮은 것들에 매달려 사소한 일상의 반경에 자신을 가둔 셈이다. 무의탁 노인의 목욕 봉사는 그들에게 추상이고, 속옷 빨래와 다른 사람들의 험담은 현실인 것이다.

이 소설은 <큰 것>을 꿈꾸는 사람들이 <작은 것> 앞에서 맥을 못 추는 광경을 보여준다. 그것도 매우 솔직하게 그리고 인위적인 조작이 거의 없는 형태로 보여준다. 그리고 그녀는 모순적인 자기 태도를 통해 내부에 존재하는 두 가지 사이의 길항을 바라본다. 그녀는 큰 것을 꿈꾸지도 작은 것을 무시하지도 못하는 어정쩡한 상태로 접어든다. 그것이 마흔아홉 살의 딜레마라고 말하는 것 같다.

소설의 결미에서 그녀는 마침내 <위선도 용기도 둘 다 자신이 없>다고 고백하고 만다. 잔뜩 불어난 몸처럼 자신이 살아온 마흔아홉의 생애가 부담스러운 것이다. 이러한 깨달음은 내가 감히 무어라 할 수 없는 지점이다. 논리나 이론으로 설명될 수 없는 삶의 한 측면이며, 단순화와 요약을 거쳐 정리되지 않는 복잡다단한 현실의 갈래라고 밖에는 말하지 못하겠다. 내가 지금 할 수 있는 말은, 그럼에도 불구하고 내일의 삶을 <위선과 용기>로 살아가지 않아야겠냐는 조심스러운 뇌까림 정도이다. 그리고 박완서 소설이 흥미롭고 깊이 있는 이유가 여기에 있다는 정도이다.

## 6. 사족 : 황당한 이야기들과 그 문제점

　최근 젊은 작가들이 선보이는 소설 중에는 황당하기 이를 데 없는 이야기들이 드물지 않게 포함되어 있다. 나는 이러한 작가들의 성향을 점검한 적이 있고, 이를 <신 인류의 상상력>이라고 명명한 바 있다. 김영하의「고압선」이나「흡혈귀」, 송경아의「투명인간」등이 이러한 성향을 대표하는 작품이다. 이러한 성향의 소설들은 현실적으로 불가능한 힘을 가진 존재나, 초자연적인 현상 혹은, 경이적인 이적에 대해 주로 이야기한다. 물론 이러한 성향은 몇 작가에 국한된 특성이 아니고, 현재에만 나타난 특성도 아니다. 그러나 90년대 이후, 특히 70년대 전후 출생 작가들을 중심으로 본격문학의 소재로 차용되기 시작했다는 점에서 우리에게 상당히 낯선 현상인 것은 틀림없다.[1]

　2003년 전반기에도 이러한 성향을 지닌 작품들이 드물지 않게 나타났다. 김영하의「그림자를 판 사나이」(『문학동네』 2003년 봄호), 이동하의「우렁각시는 알까?」(『현대문학』 3월호), 김종호의「루푸스(Lupus)」(『한국문학』 2003년 봄호) 등이 그것이다. 이런 작품들은 희한한 인물과 사건을 중심으로 황당한 스토리를 들려주는 데에서 출발한다. 그러나 희한함과 황당함은 현실의 효과적인 은유가 되지 못하고 흥미위주의 이야깃거리로 전락하고 만다. 그렇다면 우리는 굳이 이 이야기를 본격문학의 테두리에서 읽을 필요가 없을 것이다. 또 이 세 작품은 초자연적인 존재에 대한 믿음을 소설 안에 완전히 구현시키지 않는다. 토도로프 식으로 말하면, 해석적 <망설임>을 첨가하려고 한 듯 하다. 독자들은 불에 타죽는 원인을 어떻게 해석해야 하는지, 우렁각시와 그 남편의 변모를 어떻게 받아들여야 하는지, 과연 뿔이 났다는 남자의 전언이

---

　1) 졸고,「신인류의 상상력 - 젊은 작가들이 부활시킨 초인과 이족의 계보」,『리토피아』 2001년 겨울호.

진실인지 함부로 단정하기 어렵다. 하지만 그 망설임은 독서의 요식적인 머무름에 불과하다. 그 망설임을 통해 우리가 현실에 대해, 혹은 우리의 처지에 대해 생각할 것은 거의 없다. 이것은 황당한 이야기를 그럴 듯하게 가공하는 솜씨는 분명 뛰어나지만, 그 가공이 무엇을 담아내야 하는 지에 대해서는 진지하게 고민하지 않았기 때문이다.

이러한 상상력을 조금 확장하면, 김종광의 「허생의죄」(『한국문학』 2003년 봄호)나 김도언의 「기호태傳」(『한국문학』 2003년 봄호)처럼 인류 명작을 패러디한 소설들에 맞닿기도 하고, 백민석의 「믿거나말거나박물지 셋」(『문예중앙』 2003년 봄호)이나 김종광의 「환상기」(『문학사상』 2003년 2월호)처럼 현실 논리가 과감하게 제거된 〈이상한 나라 엘리스 류〉 이야기로 나아가기도 하며, 김도연의 「불개」(『문예중앙』 2003년 봄호)나 김재호의 「파라노이아」(『실천문학』 2003년 봄호)처럼 현실적인 상황에서 황당한 상상 체험을 하는 작품이 만들어지기도 한다.

이러한 작품들은 현실 밀착력을 거부하고 현실을 우회하여 살피려는 새로운 창작 기풍의 변화를 보여주고 있다. 그러나 서장에서 말한 대로, 이러한 창작 기풍의 변화는 난기류에 휩싸여 있다. 그 이유는 서술한 대로 신빙성과 동일시가 부족하기 때문이다. 그 중 가장 나은 한 편을 예로 들어보자.

김종광의 「허생의죄」를 읽으면서 연속되는 의문을 물리칠 길이 없었다. 허생은 어떻게 유연기를 알았는가? 천기를 읽고 하늘의 비밀을 가늠할 정도인 유연기가 허생에게는 왜 그렇게 쉽게 굴복하는가? 허생이 유연기를 굴복할 정도로 뛰어난 인물이라면, 어째서 자신의 말(왕도정치의 이상을 실현하겠다는 포부)조차 지켜내지 못하는가? 이 소설을 읽으면서 연속적인 질문을 하면 대답할 길이 막연하다. 이야기의 신빙성이 충분하지 않은 것이다. 그래도 끝까지 읽을 수 있다면, 그것은 원작 「허생전」을 이 소설과 비교하기 때문이다. 그러나 허생의 입장에서 소설을 읽거나 유연기의 비판적 생각을 받아들이기는 힘들다. 즉 동일시는 불가능하다. 그것은 신빙성 자체에 너무나 큰 오류가 있기 때문이다. 또 원작을 패러디 하는 목적도 불분명하다. 이것은 이 소설을 읽는 목적과도 관련된다. 왜 이 소설을 읽는 것일까? 즉 허생의 죄가 우리와 무슨 관련이 있다는 것일까? 그것은 과연 삶의 통찰력을 전해줄 수 있을까?

예전에 내가 했던 마무리로, 이 글을 역시 마무리하고자 한다. 그것은 아직도 이 문제가 제대로 해결되지 못하고 있으며, 실제로 그 폐해가 심각하다는 것을 내 나름대로 강조하고자 함이다.

자유분방한 상상력은 근원적인 한계로 인해 그 빛이 퇴색되는 경우가 많다. 그것은 문학의 기본기와 밀접하게 관련된다. 젊은 작가들은 소재적 특이함이나 기법의 새로움에 함몰되어, 이러한 소재를 결합하는 솜씨나 기법이 궁극적으로 담아내야 할 작가의식에서 맹점을 곧잘 드러낸다. 세목을 나누어서 말해보면, 정확한 문장의 중요성을 인지하는 경우가 드물고, 비유와 묘사 능력이 부족하며, 삽화를 배치하고 소설을 조형함에 있어 내적 논리를 매설하지 못하고 즉흥적으로 처리하는 아쉬움이 많다. 작가의 전언을 소설에 매설하고 소설의 존재 이유를 마련해주는 솜씨가 미비하다. (중략) 그들은 황당하고 괴상한 것들을 당연하고 낯익은 것 옆에 끌어와서 인식적 충격을 가하고 있다. 이것은 젊은 작가들이 기존의 문단에, 혹은 지금까지 문학계에 일으키는 일종의 봉기이고, 반란이다. 그러나 그 봉기가 과연 무엇을 위한 것이고, 그 반란이 어떠한 비전과 통찰력을 담고 있는가 라는 질문에 명료하게 대답할 준비가 되어 있지 못하다. 이 점 역시 하나의 충격이다.[2] ◆(『문예연구』 2003. 여름)

---

2) 졸고, 「황당하고 괴상한 것들의 봉기, 혹은 반란」, 『오늘의 문예비평』 2002년 가을호.

새미비평신서 「14」

# 비평의 교향악

인쇄일 초판 1쇄  2003년 08월 06일
　　　　 2쇄  2013년 03월 23일
발행일 초판 1쇄  2003년 08월 13일
　　　　 2쇄  2013년 03월 25일

지은이 김 남 석
발행인 정 진 이
발행처 새미
등록일 1994.03.10, 제17-271호

서울시 강동구 성내동 447-11 현영빌딩 2층
Tel : 442-4623~4 Fax : 442-4625
www. kookhak.co.kr
E- mail : kookhak2001@hanmail.net
ISBN 978-89-5628-077-6
가 격 18,000원